DROEMER

BECKY
HUNTER

Bis mein Herz wieder schlägt

ROMAN

Aus dem Englischen
von Karin Dufner

Die englische Originalausgabe erschien 2024 unter dem Titel
»Meet Me When My Heart Stops« bei Corvus,
an imprint of Atlantic Books, London.

Besuchen Sie uns im Internet:
www.droemer-knaur.de

Deutsche Erstausgabe Juni 2025
© Becky Hunter, 2024
© 2025 der deutschsprachigen Ausgabe Droemer Verlag
Ein Imprint der Verlagsgruppe
Droemer Knaur GmbH & Co. KG
Maria-Luiko-Straße 54, 80636 München
Alle Rechte vorbehalten. Das Werk darf – auch teilweise – nur
mit Genehmigung des Verlags wiedergegeben werden.
Die Nutzung unserer Werke für Text- und Data-Mining
im Sinne von § 44b UrhG behalten wir uns explizit vor.
Redaktion: Andrea Brandl
Covergestaltung: buxdesign | München
Coverabbildung: Illustration von Ruth Botzenhardt
Satz und Layout: Adobe InDesign im Verlag
Druck und Bindung: GGP Media GmbH, Pößneck
ISBN 978-3-426-56135-5

Kontaktadresse nach EU-Produktsicherheitsverordnung:
produktsicherheit@droemer-knaur.de

2 4 5 3 1

Kapitel 1

Als Emery das erste Mal stirbt, ist sie erst fünf Jahre alt. Sie spielt in einem Garten, ihrem eigenen, wie ich annehme. Es ist ein ziemlich unkonventioneller Garten, liebevoll instand gehalten und voller Kletterpflanzen, die sich an Holzgerüsten emporranken. Ein Plattenweg schlängelt sich durch das Gras bis zum Teich im hinteren Teil des Grundstücks, wo Insekten um die Lilien surren. Der Duft von frisch gemähtem Gras liegt in der Luft – allerdings nicht aus diesem Garten, der gepflegt verwahrlost ist, sondern von einem der Nachbargrundstücke, diskret verborgen hinter Hecken in der Illusion, man wäre ganz allein auf der Welt. Leise Musik dudelt aus dem leicht knisternden Radio in der Küche. Die Hintertür steht weit offen, um die Sommerbrise hereinzulocken.

Emerys Vater kümmert sich auf der Terrasse um den Grill. Die Würstchen zischen, als er sie auf den Rost legt. Ihre Mutter sitzt ein paar Meter daneben, den Sonnenhut tief ins Gesicht gezogen, ein volles Glas Rosé neben sich auf dem Beistelltisch. Kondenswasser perlt am Rand des Glases ab. Es scheint unberührt, denn all ihre Aufmerksamkeit gilt dem ausgedruckten Dokument auf ihrem Schoß.

Da ist auch noch ein zweites Mädchen, am Rand der Terrasse, nicht weit von der Stelle entfernt, wo Emery spielt. Sie ist schon älter, schätzungsweise zehn. Außerdem ist sie ziemlich groß und wirkt ein wenig schlaksig und unbeholfen. Den Teint und die Haarfarbe hat sie offenbar von Emerys Mum: olivfarbene Haut und dazu dichtes braunes Haar, das ihr wie ein Vorhang ums Gesicht schwingt. Sie liest in einem abgegriffenen Buch mit dem Titel *Bist du da, Gott? Ich bin's, Margaret*. Allerdings blickt sie ständig auf und zu Emery hinüber, als wolle sie nach ihrer kleinen Schwester schauen, obwohl sie nicht ahnen kann, was gleich geschehen wird.

Widerstrebend wende ich mich Emery zu. Ich kann es nicht länger vor mir herschieben. Natürlich weiß ich, dass ich ihretwegen hier bin. Doch das Grauen liegt mir diesmal schwerer als sonst im Magen. Denn sie ist ja noch ein Kind.

Sie ist barfuß, kauert im Gras und betrachtet etwas auf dem Boden. In der einen Hand hält sie ein Stöckchen, mit der anderen stützt sie sich auf dem Boden ab. Eigentlich ist sie beinahe reglos, starrt nur vor sich hin, und auf ihrer kleinen Stirn entsteht eine Falte, als dächte sie über ein Problem nach, das sie nicht lösen kann. Dunkle Locken fallen ihr über die Schultern und umrahmen das herzförmige Gesicht. Bei seinem Anblick und der Unschuld, die sich darin spiegelt, krampft sich etwas in mir zusammen. Es ist ein schmerzhafter Stich, obwohl ich dachte, ich hätte dieses Gefühl längst in mir abgeschaltet. Aus reiner Notwendigkeit.

Mit plötzlicher Entschlossenheit springt sie auf, das Stöckchen noch immer umklammernd. Ich erkenne Grasflecken auf ihrer Latzhose, über deren Hosenbeine sie immer wieder stolpert, weil sie ihr ein bisschen zu lang sind.

»Emery?« Das ist ihr Vater. Mit zweifelnder Miene schaut er zu ihr hinüber, die Grillzange in der Hand. »Wo willst du hin?«

Das Gesicht ihrer Mutter ist halb im Schatten des Sonnenhuts verborgen, als sie aufblickt. »Lass sie doch, James.« In diesem Satz schwingt ein Seufzer mit, und ich kenne den Grund dafür. Es sollte keine Rolle spielen, wo Emery hingeht oder was sie tut. Schließlich kann ihr hier in ihrem Garten eigentlich nichts passieren. James sieht zwischen seiner Frau und seiner Tochter hin und her.

»Sie hat keine Schuhe an«, stellt er fest.

»Das macht doch nichts.«

»Am Teich gibt es Brennnesseln.«

»Tja, wenn sie sich verbrennt, wird sie lernen, in Zukunft nicht mehr barfuß draufzutreten, richtig?« Da Emerys Mutter sich wieder über ihr Dokument beugt, bemerkt sie die wortlose Missbilligung in den Augen ihres Mannes nicht.

Außerdem ist Emery sowieso schon losgelaufen. Sie rennt durch den Garten in Richtung Teich. Der Teich – vielleicht droht dort ja die Gefahr. Ich weiß nie genau, wie es passieren wird, nur dass es ganz bestimmt geschieht. Manchmal ist es offensichtlich: ein Krankenhausbett oder ein Auto, das zu schnell fährt. Aber oft tappe ich im Dunkeln. So wie heute. Da ist nichts als das Wissen, dass es bevorsteht. Unmittelbar. Ich sehe nur die kurzen Momente, ehe jemand stirbt, und kann mir so ein Bild von diesem Menschen in diesem Augenblick machen. Um den Zusammenhang zu verstehen. Glaube ich wenigstens, auch wenn ich nicht sicher sein kann. Schließlich hat mir ja nie jemand ein Regelwerk ausgehändigt.

Obwohl ich all das weiß, kann ich nicht verhindern, dass ich einen Satz auf sie zumache, versuche, sie festzuhalten und zu verhindern, dass sie sich dem Teich nähert. Denn ich will nicht mit ansehen müssen, wie dieses von Licht und Tatendrang strotzende kleine Mädchen nach Atem ringt, während Wasser in ihre Lunge dringt. Aber natürlich ist es zwecklos. Ich spüre den Ruck um die Taille, als mich etwas packt und zur Untätigkeit verdammt. Ich darf mich dem Schicksal nicht entgegenstellen.

Doch wie sich letztlich herausstellt, ist Ertrinken nicht das Problem.

»Autsch!« Wut liegt in ihrem Aufschrei, nicht Angst, nicht Schmerzen. Doch noch während sie erbost den Dorn in ihrem Fuß betrachtet, bemerke ich, dass sie blass wird. Es ist kein besonders großer Dorn. Nur ein winziges, stecknadelkopfgroßes Blutströpfchen quillt aus der Wunde. Kein Weltuntergang. Etwas, das Mami mit einer Pinzette herausholen und mit einem Küsschen heilen kann.

Doch in der Sekunde bevor sie zu Boden fällt, weiß ich es. Wie ich es immer weiß. Es ist vorbei. Einfach so. Ihr Herz hat aufgehört zu schlagen. Denn dieser winzige Dorn, dieser kaum sichtbare Einstich, hat genügt, um das Herz dieses kleinen Mädchens zum Stillstand zu bringen.

Sie stürzt und landet mit einem leisen Plumps auf dem sommerverdorrten Boden. Die Locken ergießen sich um ihr Gesicht. Nur wenige Zentimeter von ihren pummeligen schlaffen Fingern bleibt das Stöckchen liegen.

»Emery!« Der erste Schrei kommt von ihrer Schwester. Sie rennt durch den Garten. Ihre langen Beine überwinden mühelos die Strecke.

Ein Klappern ertönt, als die Grillzange auf der Terrasse landet und James ebenfalls losstürzt. Seine Frau ist dicht hinter ihm. Ihre Miene ist entschlossen, beinahe geschäftsmäßig, als sie sich an ihrem Mann vorbeischiebt. »Was ist los?«, fragt sie. »Emery?« Ihr Tonfall ist ein wenig barsch, so als rechne sie damit, dass die Kleine gleich wieder aufsteht. So als wolle sie ihnen nur einen Streich spielen. Dennoch höre ich die Panik, die in ihren Worten mitschwingt.

Das ist vermutlich das Schlimmste daran, obwohl ich meine Meinung dahingehend oft wieder ändere. Dennoch gehören die Schreie der Überlebenden, ihr Flehen, ihr Schluchzen – oder auch das gelähmte Schweigen, eine Leere, die sich über sie senkt – zu den Dingen, die ich am meisten verabscheue. Manchmal ist auch niemand da, wenn es zu Ende geht. Das ist genauso schwer.

Den Rest brauche ich nicht mehr mit anzusehen. Ich beobachte, wie die Mutter sich hinkauert und das Mädchen berührt. Ganz sanft, trotz ihrer entschlossenen Miene. Ich höre das Wimmern der Schwester, die über ihre Schulter späht.

Und dann bin ich plötzlich an einem ganz anderen Ort. Und Emery ist es auch.

Erstaunt starrt sie mich aus ihren großen braunen Augen an. Sie trägt noch dieselbe Latzhose, die jetzt keine Grasflecke mehr hat und ihr auch nicht mehr zu groß ist. Offenbar sind ihr diese beiden Dinge im Garten nicht aufgefallen.

Unwillkürlich frage ich mich, wie ich wohl für sie aussehen mag. Ich bin ich, jedes Mal, und einige Details an mir sind konstant. Die Menschen können ihre Vorstellung von mir nicht komplett verändern. So behält zum Beispiel mein Haar stets seine Farbe – Braun wie eine Baumrinde –, und ich bin auch immer etwa gleich groß und schwer. Doch genauso wie sich meine Wahrnehmung äußerlicher Einzelheiten meiner Besucher hier verändert, gilt das, wie ich inzwischen feststellen konnte, auch umgekehrt.

»Wer bist du?« In ihrem Tonfall schwingt keine Angst mit, nur eine gesunde Portion Misstrauen.

Ich hole Luft. Eigentlich sollte ich diesen Teil des Ablaufs inzwischen aus dem Effeff beherrschen. »Ich bin hier, um dir zu helfen.« Ich bemühe mich, Ruhe und Selbstvertrauen in meine Stimme zu legen und nicht daran zu denken, wie klein sie noch ist. Daran, wie unfair es ist, dass ein Dorn ihr das Leben genommen hat. Manchmal ist dieser Punkt rasch abgehakt, zumindest bei denen, die mit dem Tod rechnen mussten und die Zeit hatten, sich damit abzufinden und Abschied zu nehmen. Diese Menschen brauchen oft nicht mehr als etwas Trost und ein paar aufmunternde Worte. Einige sind auch wütend. In diesen Fällen kann es ein wenig länger dauern. Wie wird es bei Emery sein? Was braucht sie, um ihren Tod besser akzeptieren zu können? Wie soll ich einem Kind helfen, seinen Frieden damit zu machen?

Ich spüre, wie mir etwas Saures in der Kehle aufsteigt, ein bitterer Geschmack. Vielleicht musste ich deshalb noch nie einem Kind helfen. Ich war einfach noch nicht so weit. Obwohl ich offen gestanden auch jetzt nicht das Gefühl habe, so weit zu sein. Allerdings ist es zwecklos, einen höheren Sinn in das Ganze hineingeheimnissen zu wollen. Das habe ich inzwischen aufgegeben. Zumindest habe ich es versucht.

Emery betrachtet mich mit schief gelegtem Kopf. Es ist eine sonderbare Geste, allerdings erscheint sie mir nicht vertraut, sondern vermittelt mir eher das eigenartige Gefühl, dass sie mir irgendwann vertraut werden wird. Jedenfalls bewirkt sie, dass sich meine Nackenhärchen aufstellen. »Wobei denn helfen?«, fragt sie.

Mein Mund wird trocken. Normalerweise ist meinen Besuchern mehr oder weniger bewusst, dass sie tot sind. Auch wenn wir nicht gemeinsam neben ihrer Leiche stehen und sie auch nicht zusehen müssen, wie ihre geliebten Angehörigen trauern oder in Panik geraten. Das wäre dem Prozess, »alles hinter sich zu lassen«, wohl kaum zuträglich. Was immer das auch bedeuten mag. Jedenfalls scheinen meine Besucher bei ihrer Ankunft bis zu einem gewissen Grad verstanden zu haben, was hier geschieht, so ungern sie es auch zugeben.

Liegt es am Alter der Kleinen, dass sie nicht erfassen kann, was allen anderen einleuchtet? Sie hat so wenig Lebenserfahrung. Alles muss so neu und seltsam für sie sein. Schlagartig werde ich mir meiner eigenen Unzulänglichkeit bewusst. Das alles ist doch nur ein riesengroßer Mist. Man hat mich hierher abgeordnet, und nun soll ich ihr helfen, obwohl ich nicht die geringste Ahnung habe, wie das gehen soll. Ist das etwa fair ihr gegenüber? Dass ausgerechnet ich der Letzte sein soll, den sie vor ihrem Tod zu Gesicht bekommt? Auch wenn ich nur wenige Momente in ihrem Leben verbracht habe, bin ich felsenfest überzeugt davon, dass sie etwas Besseres verdient hat.

»Ich soll dir helfen, dich damit abzufinden …« Ihre kleinen, dichten Brauen ziehen sich zusammen, als sie die Stirn runzelt. Ja, gut, sie ist erst fünf. »Äh … ich bin hier, um dafür zu sorgen, dass es dir gut geht.« Sie nickt langsam.

»Aha. Ich heiße Emery.«

»Richtig«, stimme ich zur. Ihr Name ist das Einzige, was ich bereits über sie weiß.

»Und das hier«, verkündet sie würdevoll, »ist voll schräg.«

Beinahe rechne ich mit der Frage, ob sie träumt. Menschen, die nicht loslassen können, klammern sich nämlich recht häufig an die Möglichkeit, dass sie vielleicht wieder aufwachen werden. Aber sie fragt nicht. Stattdessen schaut sie sich um, und als ihre Erinnerungen Gestalt annehmen, kommt allmählich unsere Umgebung ins Bild.

Es ist ein Schlafzimmer. Die beiden Betten sind mit zueinander passender Bettwäsche bezogen – die Decken blauweiß gestreift, die Kopfkissen mit leuchtend blauen und violetten Blumen, dazu ein flauschiges weißes Sofakissen. Das ganze Zimmer ist eine sonderbare Kombination aus diskreter Eleganz und hoffnungsloser Übertreibung: Einerseits ist da die hellgrüne, verblasste Tapete, im Kontrast dazu nimmt ein grellbuntes abstraktes Gemälde in kühnen Farben die halbe Wand gegenüber von den Betten ein. In der Ecke gibt es ein Waschbecken mit einem kleinen Spiegel und einem hölzernen Regalbrett darüber, auf dem zwei Zahnbürsten in einem Plastikbecher stehen. Durch die geschlossene Tür weht ein leichter Geruch nach Frühstücksspeck herein.

Emery setzt sich auf eines der Betten und streckt die Hand nach der Lampe auf dem Nachttisch aus. Im Zimmer flackert ein gelbliches Dämmerlicht. »Hey, ich erinnere mich an dieses Zimmer«, sagt sie.

Das andere Bett knarzt unter meinem Gewicht, als ich mich setze. »Erzähl mal.«

Sie sieht mich an. Zum ersten Mal bemerke ich einen Anflug von Unbehagen. Normalerweise fühlen sich die Menschen wohler, wenn sie sich an früher erinnern. Nicht umgekehrt.

»Warum?«

»Möchtest du nicht reden?«

Sie zupft an dem flauschigen Kopfkissen hinter ihr, drückt es sich vor die Brust und betrachtet mich über den Rand hinweg. Da spüre ich es noch einmal. Ein Wiedererkennen. So als sei ich ihr schon einmal begegnet. Aber das stimmt nicht ganz. Denn der Blick, mit dem sie mich jetzt bedenkt, löst in mir ein Gefühl aus, als musterte mich eine ältere Version von ihr. Was unmöglich ist.

»Das ist ein BMB«, verkündet sie schließlich.

Trotz unserer Situation kann ich mir ein Lächeln nicht ganz verkneifen. »Meinst du ein *B and B, Bed and Breakfast*?«

»Genau. Wir waren dort im Urlaub. Mum, Dad, ich und Amber.«

»Amber ist deine Schwester?«

Sie nickt. »Meine große Schwester«, fügt sie überflüssigerweise hinzu. Aber man muss der Fairness halber einräumen, dass sie nicht wissen kann, wie viel ich weiß. »Ich durfte das Zimmer mit ihr teilen. Dieses Zimmer. Bis dahin durfte ich das nie, weil sie behauptet, dass ich sie wach halte. Sie sagt, dass ich *schnarche*.« Empört rümpft sie das Näschen. »Obwohl das gar nicht stimmt.« Sie drückt das Kissen fester an sich, und als sie weiterspricht, klingt sie so hilflos, dass es mir fast das Herz bricht. »Warum sind wir hier?« Ihre Stimme zittert leicht. Genau aus diesem Grund bemühe ich mich stets um professionelle Distanz und versuche, nicht zu viel über die Menschen nachzudenken. Darüber, wer sie sind und was sie verloren haben. Das ist meine einzige Möglichkeit, bei Verstand zu bleiben.

»Es ist eine Erinnerung. Deine Erinnerung.«

Zweifelnd verzieht sie das Gesicht. »Warum ist Amber dann nicht hier, wenn es meine Erinnerung ist?« Sie blickt zur Tür, als erwarte sie, dass ihre Schwester jeden Moment hereinkommt. So viel Hoffnung spiegelt sich in ihrem Gesicht, und da ist er wieder, dieser schreckliche Stich, den ich am liebsten nie mehr spüren würde, weil er so verdammt wehtut.

»Sie kann nicht kommen«, erwidere ich sanft. »Tut mir leid, aber es sind nur wir beide hier.« Andere Menschen erscheinen nie in diesen Erinnerungen. Vermutlich liegt das daran, dass sie nicht auf dieselbe Weise herkommen können. Vielleicht auch daran, dass in diesem Fall kein Platz für mich und meine Aufgabe mehr wäre. Allerdings glaube ich, dass die jeweilige Person durch diese Erinnerung eine Chance bekommt, an die Menschen zu denken, die ihr Leben zu etwas Besonderem gemacht haben. Und das ist sicher ein kleiner Trost.

Als Emery mich wieder ansieht, bemerke ich, dass ihr allmählich ein Licht aufgeht. »Ich will nach Hause«, flüstert sie.

Ich weiß nicht, was ich dazu sagen soll. Nein, das stimmt nicht ganz. Eigentlich sollte ich ihr jetzt reinen Wein einschenken: *Du kannst nicht mehr nach Hause.* Ich habe die Worte im Ohr und weiß auch, welchen Ton ich anschlagen muss: verständnisvoll, aber entschieden. Doch sie bleiben mir in der Kehle stecken. Ich hole zittrig Luft. Auch die Erinnerungen um uns herum scheinen zu erbeben. Im ersten Moment glaube ich, dass es an mir liegt. Weil ich gerade den Verstand verliere, der das Letzte ist, was ich noch verlieren könnte. Aber Emery richtet sich auf. Ihr Blick huscht hin und her, und ihre Finger krallen sich mit aller Kraft um das Kissen.

»Was war das?«, fragt sie argwöhnisch.

»Keine Ahnung«, platze ich heraus, würde mich aber am liebsten ohrfeigen, als sie mich ängstlich ansieht. Meine Aufgabe ist es, dafür zu sorgen, dass sie sich besser fühlt. Deshalb darf ich niemals zugeben, etwas nicht zu wissen. Auch wenn es so ist. Ich habe keine Ahnung, warum diese Erinnerung so flüchtig zu sein scheint. Gerne würde ich es auf ihr Alter schieben, darauf, dass ihre Erinnerungen deshalb eben noch nicht so stabil sind. Aber ich bin nicht ganz sicher, ob es wirklich daran liegt.

»Tut mir leid«, erwidere ich. »Ich wollte dir keine Angst machen.«

»Vor dir habe ich auch keine Angst.« Bei ihr klingt das, als sei es das Selbstverständlichste der Welt. »Du gehörst ja zu den Guten.«

Mühsam unterdrücke ich ein Auflachen. *Zu den Guten.* Vermutlich ist damit das Gegenteil von den *Bösen* gemeint. Es hat etwas seltsam Befriedigendes, dass sie mich als gut einstuft. »Wie kommst du darauf?« Ich kann mir die Frage nicht verkneifen.

Sie zuckt die Achseln. »Ich weiß es eben.«

»Warum hast du dann Angst?« Die Antwort liegt auf der Hand.

Sie nagt an ihrer Unterlippe. »Ich glaube, ich gehöre hier nicht hin.«

Ich gehöre hier nicht hin. Damit habe ich schon oft gerungen. Mit dem plötzlichen Tod. Damit, wer sterben soll und wer nicht. Und wann. Wer entscheidet das eigentlich?

Ich stehe auf, trete ans Fußende ihres Bettes und setze mich wieder. Obwohl die Erinnerung gerade noch so fragil war, fühlt sich der Teppich unter meinen Füßen recht fest an. Dann warte ich, bis sie Blickkontakt zu mir aufnimmt. Noch immer kauert sie sich hinter ihrem Kissen am Kopfende zusammen. »Dagegen, dass du hier bist, kann ich nicht viel tun.« Meine Stimme ist kaum mehr als ein Flüstern. »Aber ich verspreche dir, dass alles gut wird.« Für gewöhnlich verspreche ich nichts dergleichen, sondern bin sehr vorsichtig mit irgendwelchen Zusagen. Weil ich nämlich keinen blassen Schimmer habe, was als Nächstes passiert. Also sollte ich auch nichts versprechen. Aber in diesem Fall tue ich es trotzdem.

Sie holt tief Luft und nickt. »Kann ich jetzt wieder zurück? Bestimmt machen sich alle schon Sorgen.«

Obwohl ich nicht sicher bin, was ich jetzt sagen soll, setze ich zu einer Antwort an. Doch etwas hält mich zurück. Diese

Erinnerungen fühlen sich stets sehr real an, selbst wenn nie Menschen darin vorkommen. Auch jetzt höre ich unten Geschirr klappern, und unter den Geruch nach Speck hat sich Kaffeeduft gemischt. In dem kleinen Spiegel über dem Waschbecken ist Emerys Scheitel zu sehen, und die Bettdecke unter meinen Handflächen fühlt sich weich an. All das habe ich erwartet. Allerdings habe ich nicht mit dem Dunst gerechnet, der sich nun über alles senkt wie Hitzeflirren über von der Sonne glühenden Asphalt. Das ist eine völlig neue Erfahrung für mich. Ebenso wie das Zittern.

Wenn die Menschen bereit sind, verblassen sie für gewöhnlich. Ich weiß nicht, wohin sie gehen oder was genau geschieht. Aber es ist fast, als lösten sie sich in der Erinnerung auf und würden ein Teil davon, bevor alles verschwindet. Emery nicht. Stattdessen werden ihre Konturen schärfer und heben sich von der diffusen Erinnerung ab.

»Was passiert da?« Ihre Stimme ist schriller geworden, was zeigt, dass sie im Grunde bloß ein verängstigtes Kind ist. Ich kehre wieder in die Gegenwart zurück, und mir wird klar, dass ich sie angestarrt habe. Emery betrachtet ihre Hände, die klar aus der nebeligen Erinnerung hervorstechen. »Was ist da los?« Ich denke daran, wie entschlossen sie aus dem Gras aufgestanden und durch den Garten gelaufen ist. Wo wollte sie hin? Ich würde sie gerne fragen, aber die Zeit ist zu Ende.

»Ich ...« Ich schlucke, denn die Worte bleiben mir in der Kehle stecken. Denn eigentlich ist so etwas gar nicht möglich. »Ich glaube, unsere Zeit ist um.«

Sofort scheint sich die Anspannung in ihrem Körper zu lösen, und sie nickt, als sei diese Antwort absolut nachvollziehbar. Der Blick, den sie mir zuwirft, ist viel zu nachdenklich für ein so junges Geschöpf. »Sehe ich dich wieder?«

Ich weiß nicht, was ich sagen soll. Wenn ich jemanden sehe, ist das normalerweise das unwiederbringliche Ende. Aber bei ihr habe ich das Gefühl, dass es erst der Anfang ist.

Plötzlich verschwindet sie. Anders als die anderen nicht in einem allmählichen Verblassen, sondern auf einen Schlag. Mit einem Ruck wird sie aus diesem Ort gerissen, als hätte sie überhaupt nie hier sein sollen. Und in dem kurzen Moment, bevor sich jemand Neues zu mir gesellt, flüstere ich in die Dunkelheit hinein: »Ja, ich denke schon.«

Kapitel 2

EINE MINUTE SPÄTER (AUGUST 1984)

ALTER: 5

Emery wurde vom Weinen ihrer Mum geweckt, was seltsam war, weil ihre Mum sonst nie weinte. Manchmal wurde sie rot im Gesicht, und dann begannen ihre Augen merkwürdig zu glänzen. Aber sie schluchzte nie, und genau das tat sie jetzt. Deshalb hätte Emery am liebsten gar nicht die Augen aufgemacht. Denn wenn Mum weinte, musste etwas ganz, ganz Schlimmes passiert sein.

Sie spürte die Hände ihrer Mum auf der Brust. Dass es ihre Hände waren, wusste sie deshalb, weil sie nach dem komischen Handcremezeugs rochen, das sie immer benutzte. Sie wusste außerdem, dass sie draußen lag, denn der Boden unter ihrem Rücken fühlte sich hart und uneben an, und das Gras kitzelte sie an den nackten Füßen. Außerdem hatte sie den Geruch nach Gras und Erde in der Nase. Sie spürte die Sonne auf Gesicht und Armen, doch obwohl sie ziemlich warm schien, war ihr irgendwie kalt, und sobald sie das dachte, fing sie auch schon zu zittern an. Und davon tat ihr alles weh. Es war ein schrecklicher, scharfer Schmerz, den sie nie wieder spüren wollte. Hauptsächlich tat es dort weh, wo die Hände ihrer Mum sie berührten, aber eigentlich auch sonst überall.

Ihrer Mum stockte der Atem. »Emery?«

Emery schlug die Augen auf und schaute in das rot angelaufene Gesicht ihrer Mutter. Sie stellte fest, dass ihre eine Hand viel wärmer und klebriger war als die andere, und als sie hinsah, erkannte sie Amber, die kreidebleich war und ebendiese Hand umklammerte. Neben Amber lag das Stöckchen, mit dem Emery gerade gespielt hatte. Sie hatte es fallen gelassen, das wusste sie noch. Als sie gestürzt war. Und, autsch, ja, das war der Grund! Sie spürte den Dorn in ihrem Fuß.

»Du zerquetschst mir die Hand, Amber«, sagte sie. Beim Sprechen kratzte sie die Stimme im Hals.

Amber ließ los, und ihre Mum lachte, was aber fast wie ein Schluchzen klang. »James! James, es geht ihr gut!«

»Oh, mein Gott, oh, Gott sei Dank.« Die Stimme ihres Vaters klang atemlos und komisch. Er war nicht bei ihnen auf dem Boden, doch seine Schritte näherten sich. »Emery, kann ich …«

»Was machst du da?«, schrie ihre Mum. »Warum bist du nicht am Telefon und rufst einen Krankenwagen?«

»Schon erledigt. Sie kommen gleich«, zischte ihr Dad.

»Dann geh rein und frag nach, wie lange das noch dauert!« Der scharfe Tonfall ließ Emery zusammenzucken. »Tut mir leid«, sagte ihre Mum und streichelte ihr das Haar. »Entschuldige, Schatz.«

Emery starrte sie verwirrt an. »Was ist passiert?«

»Du warst …« Ihre Mum verstummte. »Wie lange dauert das denn noch, James?«, kreischte sie stattdessen.

Als Emery sich aufsetzen wollte, hinderte ihre Mum sie daran. Emery warf einen hilfesuchenden Blick auf Amber, die sie jedoch nur ansah. Ihre Augen waren riesengroß, so als breche auch sie gleich in Tränen aus. »Wozu brauchen wir einen Krankenwagen?«, fragte Emery. Sie wusste, was ein Krankenwagen war. Krankenwagen hatten Blaulichter und brachten schwer kranke Menschen zum Arzt, damit sie dort behandelt wurden. Krankenwagen waren etwas für Leute, die sich das Bein gebrochen hatten oder gleich sterben mussten. Emery betrachtete ihre eigenen Beine und wackelte probehalber mit den Zehen. Der Dorn brannte noch, ansonsten schien alles in Ordnung zu sein.

Trotzdem sah ihre Mutter sie weiterhin so seltsam an.

Emery spürte, wie ihre Unterlippe zu zittern begann. »Was ist denn los mit mir?«

Ihre Mum schluchzte wieder auf, und als sie »Nichts, alles ist gut, Schatz« sagte, klang das wie eine Lüge.

Amber lächelte inzwischen. »Das wird sicher lustig, kleine Em.« Ihre Stimme klang irgendwie rau, so wie bei einem der Bösewichte im Film. »Vielleicht schalten sie ja das Blaulicht ein.«

»Aber warum? Es geht mir gut. Ich glaube, ich bin hingefallen. Und dann war da so ein Mann …«

»Ein Mann?«, unterbrach ihre Mum argwöhnisch.

»Ja. Ein Mann. Er war nett und hat gesagt, er würde mir helfen.« Emery biss sich auf die Lippe. »Aber ich glaube, er wusste auch nicht so recht, was er tun soll. Wir waren wieder im *Bed em Breakfast. Bed and Breakfast*«, verbesserte sie sich und wandte sich an ihre Schwester. »Weißt du noch, Amber? Wir haben in einem Zimmer geschlafen.«

»Liebes«, wandte ihre Mum zögernd ein. »Du warst die ganze Zeit hier im Garten.« Sie legte Em die Hand auf die Stirn, als wolle sie fühlen, ob sie Fieber hatte.

»Er war echt«, beharrte Emery.

»Also …«, meinte ihre Mum mit noch immer tränenerstickter Stimme. »Tja, das klingt wie …« Allerdings erfuhr Emery nie, wie das klang, weil ihre Mum den Satz nicht beendete. »James! Kannst du denen nicht sagen, dass sie sich beeilen sollen?«

»Ja, Alice. Was glaubst du, was ich hier mache?«

Emery blickte ihre Schwester an. »Er war echt, Amber«, wiederholte sie und schob die Unterlippe vor, um ihre Worte zu betonen. »Ich habe ihn gesehen.«

Amber strich ihr das Haar aus dem Gesicht. Emery stellte fest, dass ihre Hand zitterte. Dann nickte sie. »Ich weiß.« Emery seufzte erleichtert. »Wie Kitty, stimmt's?«, fuhr Amber fort. Enttäuschung machte sich in Emery breit, denn ihre

Schwester hatte offenbar gar nichts verstanden. Kitty war doch nur eine Erfindung, eine Fantasiefreundin, während die Dinge hier ganz anders lagen.

Emery saß auf einem weiß bezogenen Bett, baumelte mit den Beinen und sah sich in dem langweiligen Zimmer um, während der Arzt mit ihren Eltern redete. Hier drinnen gab es nichts zu tun, und außerdem roch es komisch. Aus dem Nebenzimmer kamen sonderbare Geräusche. Inzwischen waren sie seit einer Ewigkeit hier. Zwei Leute hatten an Emery herumgefingert und sie in eine Maschine gesteckt, was ihr ziemliche Angst gemacht hatte. Danach, solange sie gewartet hatten, hatte Amber ein Stück Papier und einen Stift entdeckt, und sie hatten Tic-Tac-Toe gespielt, aber auch das war nach einer Weile langweilig geworden. Inzwischen sprach ein Arzt mit ihren Eltern. Es war nicht mehr die nette Ärztin von vorhin, die Emery gefragt hatte, was sie am liebsten mochte. Es hatte sich herausgestellt, dass sie fast die gleichen Sachen gut fanden. Erdbeereis zum Beispiel, aber kein Vanilleeis, weil das langweilig war. Außerdem saure Colafläschchen und *Aristocats*.

»Es ist ein sehr seltener Herzfehler«, erklärte der Arzt gerade. Er hatte eine ziemlich lange Nase und leichte Hasenzähne. Emery sah Amber an, die auf der anderen Seite ihrer Mum saß, während Dad im Zimmer auf und ab ging, und zog die Lippen zurück, sodass ihre eigenen Zähne vorstanden. Amber grinste zwar, wedelte aber mit der Hand, damit sie aufhörte. Obwohl sie eigentlich gar nicht so viel älter war, erzog sie gern an Emery herum.

»Das ist so ähnlich wie bei einem anoxischen Reflexanfall, bei dem ein Kind einfach zu atmen aufhört. Nur, dass in Emerys Fall eben das Herz aufhört zu schlagen.«

»Es hört auf zu *schlagen*?«, wiederholte ihr Dad, und Emery bemerkte, dass ihre Mum ihm einen warnenden Blick zuwarf.

Also musste es etwas Schlimmes sein. Sie spürte, wie ihr Herz einen kleinen Satz machte, und legte die Hand auf ihre Brust. Aber sie konnte doch fühlen, dass es schlug. Sie wollte es den anderen sagen, nur dass niemand in ihre Richtung schaute. Sie griff nach der Hand ihrer Mum, die sie nahm und drückte.

»Das kann durch einen Schock ausgelöst werden«, fuhr der Arzt mit der großen Nase und den riesigen Zähnen fort, ohne ihren Dad zu beachten. »Es braucht kein besonders schmerzhaftes oder beängstigendes Erlebnis zu sein. Ein winziger Schreck genügt, um einen Spasmus zu verursachen.«

Spasmus. Emery hatte keine Ahnung, was das war. Etwas Schlimmes? Bei ihm klang es jedenfalls so.

»Die Erforschung dieser Erkrankung steckt noch in den Kinderschuhen, weshalb ich Ihnen, wie ich fürchte, nicht viel dazu sagen kann ...« – bei diesen Worten murmelte ihre Mum etwas –, »aber wenn das Herz innerhalb von vier bis fünf Minuten wieder zu schlagen beginnt, dürfte es zu keiner Hirnschädigung kommen.«

Emery verzog zweifelnd das Gesicht. Was meinte er mit Hirnschädigung? War etwa ihr Gehirn verletzt? Sie hatte doch gar keine Kopfschmerzen. Vielleicht sollte sie das lieber sagen.

»Und wie können wir dafür sorgen?«, fragte ihr Dad. Seine Stimme hörte sich viel zu hoch an, fast quietschend. Außerdem konnte er nicht still stehen. Emery beobachtete, wie er auf und ab ging. Er trug noch die Shorts, die er im Garten angehabt hatte – die potthässlichen braunen –, und dazu Sandalen, obwohl man die Haare auf seinen großen Zehen darin sehen konnte. Emery fand, dass er in diesem weißen Zimmer ziemlich doof aussah.

»Zuerst einmal, indem Sie sich mit Wiederbelebungsmaßnahmen vertraut machen«, erwiderte der Arzt. »Außerdem müssten sämtliche Aufsichtspersonen und Lehrkräfte über ihren Zustand informiert sein und wissen, was zu tun ist.«

»Und was, wenn gerade niemand in der Nähe ist?«, fragte

ihr Dad. Seine Stimme war ganz leise, als glaubte er, dass Emery ihn so nicht hören konnte, obwohl sie direkt daneben saß. Erwachsene taten das ständig, bei Amber allerdings seltener. Niemand sprach *über* Amber, wenn Amber dabei war, und erwähnte Dinge, die sie nicht wissen sollte. Deshalb musste Emery die Spionin sein, wenn sie und Amber ihren Eltern einen Streich spielen wollten. Das kam zwar nicht oft vor, nur wenn Emery Amber dazu überreden konnte, aber trotzdem.

»Wie gesagt, die Forschung steht noch ganz am Anfang. Aber wenn das Herz nicht von selbst wieder zu schlagen anfängt, dann …« Der Arzt verstummte, räusperte sich und sah kurz zu Emery herüber. Na gut, vielleicht hatte sie nicht jedes Wort verstanden, doch nun wusste sie, dass es etwas mit ihrem Herzen und ihrem Gehirn zu tun hatte und ziemlich schlimm sein musste, nach dem Verhalten ihrer Eltern zu urteilen. Emery hatte einen Kloß in der Kehle. Sie wollte ja keine Heulsuse sein, aber die Erwachsenen machten ihr Angst.

Ihre Mutter blickte sie ebenfalls an und wandte sich dann an Amber. »Könntest du mit deiner Schwester nach draußen gehen, Amber? Hier.« Sie kramte in ihrer Handtasche und holte zwei Pfund-Münzen heraus. »Geht und kauft euch etwas am Automaten.«

Amber nickte, nahm das Geld, sprang vom Bett und hielt Emery die Hand hin. Emery runzelte die Stirn. Sie mochte es zwar nicht, wenn man in ihrer Gegenwart über sie redete, hinter ihrem Rücken aber genauso wenig.

»Komm schon«, sagte Amber lächelnd. »Ich wette, die haben Freddos. Von dem Geld können wir Unmengen von Freddos kaufen.«

Emery griff nach Ambers Hand, denn eigentlich wollte sie unbedingt ein Freddo und hatte die Nase ziemlich voll von diesem Zimmer.

Auf dem Weg den Flur hinunter blickte sie ihre Schwester an. »Was haben die über mein Herz gesagt? Ist es kaputt?«

»Nein.« Allerdings stieß Amber das recht hastig hervor und machte dabei ein zweifelndes Gesicht. Emery hatte den Verdacht, dass vielleicht nicht einmal *Amber* es wusste, was verrückt war, denn Amber wusste sonst alles.

»Ich will nicht, dass es kaputt ist«, flüsterte Emery. »Und ich will auch nicht, dass mit meinem Gehirn etwas Komisches passiert. Warum sagen die solche Sachen?«

Amber legte den Arm um sie und drückte sie fest an sich. Eigentlich war Ambers Arm ziemlich dünn, fast so dünn wie ein Zweig, aber gerade fühlte er sich stark und beschützend an. »Der Arzt hat nur Unsinn geredet, kleine Em. Ärzte nehmen sich furchtbar wichtig, das weißt du ja«, erklärte sie in ihrem üblichen Brustton der Überzeugung.

Emery schürzte die Lippen, denn sie wusste das nicht. Aber wenn Amber fand, dass sie das wissen sollte, war es vielleicht besser, einfach so zu tun, als ob. Also nickte sie. Und es ging ihr doch gut, oder? Sie war nur hingefallen. Und jetzt veranstalteten die Erwachsenen ein Riesentheater darum.

»Machen wir Huckepack?«, fragte Amber und beugte sich vor, damit Emery auf ihren Rücken klettern konnte. Ambers Haare waren inzwischen so lang, dachte Emery. Viel, viel länger als ihre eigenen, obwohl sie sie schon seit einer Ewigkeit wachsen ließ. Ihre Mum sagte, das liege daran, dass Amber glatte Haare hatte, weshalb es bei Emery länger dauern würde, was ziemlich unfair war. Es war doch nicht ihre Schuld, dass sie Locken hatte.

Amber trug Emery in einen großen Raum, in dem viele Leute herumsaßen. Emery entdeckte den Verkaufsautomaten auf der anderen Seite. »Und was war das für ein Mann, den du gesehen hast?«, fragte Amber, und als Emery schwieg, bohrte sie weiter: »Du hast behauptet, du hättest einen Mann gesehen. Hat er sich um dich gekümmert, als du hingefallen bist?«

»Ich glaube schon.« Emery und Amber hatten zwar schon einige Babysitter gehabt, doch dieser Mann war so ganz anders gewesen.

»Wie heißt er?«

Emery schüttelte den Kopf. »Keine Ahnung.« Vielleicht hätte sie ihn fragen sollen.

»Sollen wir ihm einen Namen geben?«

Emery antwortete nicht darauf, sondern klammerte sich weiter an ihrer Schwester fest und wippte leicht im Rhythmus ihrer Schritte.

»Em? Wir könnten ja einen erfinden. Wie sah er denn aus?«

»Ich will nicht darüber reden«, erwiderte Emery in demselben Tonfall wie Amber, wenn sie über etwas nicht reden wollte, was neuerdings ständig vorkam, wobei Emery bloß nicht darüber reden wollte, weil Amber ihr nicht glaubte, dass der Mann wirklich da gewesen war. Und es deshalb in Ordnung fand, ihm einfach einen falschen Namen zu geben. Aber er *war* echt, weshalb es ganz und gar nicht in Ordnung war. Was, wenn ihm der erfundene Name nicht gefiel? Sie selbst würde keinen erfundenen Namen wollen. Manchmal wollte sie Rella genannt werden, weil es eine coolere Version von Cinderella war. Doch meistens war ihr Emery am liebsten.

»Okay«, erwiderte Amber. Sie schwieg einen Moment, doch als sie Emery vor dem Verkaufsautomaten auf die Füße stellte, fügte sie hinzu: »Alles wird gut, kleine Em. Das weißt du doch, oder?«

»Das weiß ich«, antwortete Emery mit Nachdruck. Sie glaubte es, weil Amber sie niemals angelogen hätte. Amber konnte sie mehr vertrauen als allen anderen. Im nächsten Moment fiel ihr ein, dass auch der Mann gesagt hatte, dass alles gut werden würde. Und aus irgendeinem Grund wusste sie, dass sie auch ihm vertrauen konnte.

Kapitel 3

SIEBEN JAHRE SPÄTER (APRIL 1991)

ALTER: 12

Emery straffte die Schultern und ging zu ihrem Dad hinüber, der auf einem blauen Campingstuhl im Kreis einiger anderer Erwachsener um die Reste des Lagerfeuers vom Vorabend saß. Alle hatten dampfende Tassen mit Kaffee oder Tee aus ihren Thermosflaschen in der Hand. Jemand war in aller Frühe aufgestanden und zum Bäcker gegangen und hatte Gebäck und einen Stapel Zeitungen gekauft, die nun verteilt wurden. Emery fand, dass die Erwachsenen ziemlich mitgenommen aussahen. Aber sie wusste, dass letzte Nacht viel Wein getrunken worden war. Im Zelt hatten sie und Bonnie bis in die frühen Morgenstunden Gelächter gehört. Offenbar waren sie am ersten Tag ihres Campingurlaubs ziemlich aufgekratzt.

Ihr Dad blickte zu ihr auf. Er trug seine alberne Pudelmütze, mit der er wie eine schräge, schlankere Version des Weihnachtsmanns aussah. Außerdem saß die Mütze schief, sodass die schwarzen Locken, die Emery von ihm geerbt hatte, auf der einen Seite herausgerutscht waren. Es war Emery ein Rätsel, warum sie ausgerechnet im April zelten gegangen waren. Wussten sie denn nicht, dass es da noch kalt sein würde? Die ganze Woche vor dem Ausflug hatte ihr Dad wie ein Besessener die Wetterberichte konsultiert, bis ihrer Mum eines Abends der Kragen geplatzt war: *Wir fahren in den New Forest, James, nicht in die verdammte Arktis.*

»Ich und Bonnie schauen uns ein bisschen um«, verkündete Emery. In der kühlen Morgenluft bildete ihr Atem eine Wolke vor ihrem Mund.

Ihr Dad zog die Augenbraue hoch. »Tatsächlich?«

»Ja.« Sie hatte es für die bessere Strategie gehalten, es ihm einfach mitzuteilen, anstatt um Erlaubnis zu fragen. »Wir nehmen die Fahrräder. Wir fahren nicht weit, nur rund um den Campingplatz.«

Beim Anblick seiner zweifelnden Miene machte sich Enttäuschung in ihr breit. Eigentlich hatte sie gewollt, dass Bonnie ihn fragte, weil er ihr wahrscheinlich nicht so schnell etwas abschlagen würde. Aber Bonnie war ein Feigling und hatte darauf bestanden, dass jede von ihnen mit ihren eigenen Eltern sprach. Und da Emerys Mum wie vom Erdboden verschluckt zu sein schien, blieb nur ihr Dad übrig. Eigentlich hätte Emery sich am liebsten heimlich aus dem Staub gemacht, doch Bonnie war strikt dagegen gewesen.

»Ich halte das für keine gute Idee«, erwiderte ihr Dad und wich ihrem Blick aus.

»Uns passiert schon nichts«, gab Emery so ruhig und geduldig zurück, wie sie nur konnte.

»Emery, du bist erst zwölf, deshalb ist es mir nicht recht, dass du allein in der Gegend herumfährst.« Ihr Alter war nicht der Grund, das wussten sie beide. »Wir gehen sowieso gleich reiten«, fuhr er fort. »Das wird sicher ein Spaß!« Emery war da nicht so sicher, denn sie hatte den Verdacht, dass ihr Dad ihr nicht erlauben würde, sich auf ein Pferd zu setzen, wenn sie erst dort waren. Und falls er sich doch überreden ließe, war die Chance, dass sie so schnell würde reiten dürfen, wie sie wollte, praktisch null.

»Ich will nicht reiten, sondern mit Bonnie Fahrrad fahren.«

Seine Miene verfinsterte sich noch weiter, wobei sich sein ganzes Gesicht solidarisch in Falten zu legen schien. Seine Augenbrauen waren meliert, was bedeutete, dass wohl auch sein restliches Haar bald grau werden würde. »Das ist eine nette Unternehmung für uns als Gruppe. Außerdem brechen wir gleich auf. Also reicht die Zeit nicht, um vorher noch allein loszufahren.«

»Dad! Das ist so unfair!« Der Einwand war kindisch, und Emery bereute ihren trotzigen Tonfall, sobald sie die Worte ausgesprochen hatte. Obwohl es stimmte: Es *war* unfair.

In diesem Moment erschien ihre Mum. Sie trug die Brille mit dem dicken Gestell, die sie sich vor einigen Jahren zugelegt hatte. Ihr Haar, das denselben warmen Braunton aufwies wie Ambers, hatte sie lässig oben auf dem Kopf zusammengebunden. Bekleidet war sie mit einem schlabbernden Hemd und einer Jogginghose, und sie erschauderte, als sie die Zeltklappe beiseiteschob. Emery wusste, dass sie erst spät am gestrigen Abend eingetroffen war. Wegen ihrer Arbeit hatte sie den ersten Tag des Ausflugs verpasst. Was nicht weiter ungewöhnlich war – sie arbeitete häufig in den Ferien. »Was ist denn los?«, fragte sie nun.

Emery verschränkte die Arme. »Dad erlaubt mir und Bonnie nicht, allein mit dem Rad eine Runde um den Campingplatz zu drehen.«

Seufzen. »Ach, James, mach dich doch nicht lächerlich. Natürlich können sie fahren.« Emery sah zu ihrer Mutter hinüber und spürte die Solidarität zwischen ihnen. Ja, ihre Mutter arbeitete die ganze Zeit, und, ja, viele der anderen Eltern hielten sie für ein bisschen »hochnäsig«, aber wenigstens verstand sie, worum es ging.

»Ich finde das zu gefährlich«, entgegnete ihr Dad spitz mit einem Blick auf ihre Mum. Obwohl Emery nur die Rückseite seiner Pudelmütze sehen konnte, konnte sie sich seinen Gesichtsausdruck genau vorstellen.

»Es ist absolut ungefährlich«, fügte ihre Mum mit einer wegwerfenden Handbewegung hinzu. »Deshalb haben wir uns doch für diesen Campingplatz entschieden. Er ist kinderfreundlich.«

»Du weißt genau, dass ich das nicht damit gemeint habe.«

Kurz herrschte Stille, und Emery hatte plötzlich das Gefühl, dass alle Blicke auf ihr ruhten. Sie hielt Ausschau nach ihrer Tante Helen – noch eine Stimme der Vernunft, die sie unterstützen würde –, aber die war nirgendwo zu sehen. Wie sie Helen kannte, schlief sie noch.

»Du kannst sie nicht ihr Leben lang in Watte packen, James«, sagte Emerys Mum leise.

Emery trat von einem Fuß auf den anderen und spürte Hitze in ihrer Brust aufsteigen. Die anderen Erwachsenen taten zwar so, als hörten sie nicht zu, trotzdem wollte sie nicht, dass jeder von ihrer Krankheit erfuhr. Allerdings war bei genauerer Überlegung davon auszugehen, dass ihr Dad es bereits allen erzählt hatte, damit sie wussten, was im Notfall zu tun war. Bei diesem Gedanken verzog sie das Gesicht. Bonnie hatte sie eingeweiht, schließlich musste sie ihr erklären, warum ihr Dad so überfürsorglich war. Doch sie hatte es dargestellt, als sei es keine große Sache. Was es ja auch nicht war. Schließlich war es nur ein einziges Mal passiert, und sie konnte sich kaum noch daran erinnern.

»Bald ist sie ein Teenager«, sagte ihre Mutter. »Was willst du dann tun? Sie für den Rest ihrer Tage zu Hause einsperren?« Zwar war die Vorstellung, dass sie sich mit ihrem dreizehnten Geburtstag auf wundersame Weise in ein völlig neues Wesen verwandeln würde, dem man mehr Unabhängigkeit zugestand, absolut unsinnig, doch sollten ihr an diesem Tag auf einen Schlag mehr Freiheiten in den Schoß fallen, würde sie sich ganz bestimmt nicht dagegen sträuben.

»Außerdem«, fuhr ihre Mum weiter fort, »passiert es vielleicht nie wieder. Wir können unser Leben nicht immer in Wartestellung verbringen. Das tut niemandem gut.«

Sie erhob die Stimme, um ihrem Dad, der in dem Moment zu einer Erwiderung ansetzte, das Wort abzuschneiden, und sah zu den anderen. »Was sagst du dazu, Maureen? Findest du nicht auch, dass Bonnie und Emery ein bisschen zusammen Rad fahren können, während wir anderen uns fertig machen?«

Emery warf einen Blick auf Bonnies Mum, die ihr rotes Haar – sehr viel leuchtender als Bonnies Rotblond – auf Lockenwickler gedreht hatte. Da sie Maureen noch nie anders als perfekt zurechtgemacht gesehen hatte, war es, als erlebe man eine Schauspielerin ohne ihr Kostüm. Auch wenn Maureen bereits vollständig geschminkt war. Bonnie und Emery gingen immer zu ihr, wenn sie Make-up ausprobieren wollten. Sie hatte ihnen sogar schon beigebracht, wie man einen Lidstrich zog. Emerys Mum schminkte sich hingegen fast nie. Auf Emerys Frage nach dem Grund hatte sie geantwortet, das sei albernes Theater, mit dem man das Patriarchat unterstütze. Obwohl Emery das Wort »Patriarchat« im Wörterbuch nachgeschlagen hatte, verstand sie noch immer nicht, was genau das Problem von Lidstrich war.

»Also, ich finde, das ist eine prima Idee«, erwiderte Maureen. »Nur zu.«

Emery bemerkte, dass am Hals ihres Dads ein Muskel zuckte, wie immer, wenn er sich ärgerte und versuchte, sich nichts anmerken zu lassen. »Ich bin immer noch nicht sicher, ob …«

»Colin kommt auch mit«, ertönte Maureens Stimme über die erkaltete Feuerstelle hinweg. Einige der anderen Erwachsenen blickten von ihren Zeitungen auf und fragten sich offenbar, was das ganze Tamtam sollte. Bonnie sah ihren Bruder giftig an. Aber Emery hatte nichts dagegen, denn sie probierte gerade aus, wie es sich anfühlen mochte, auf ihn zu stehen. Schließlich musste sie ja auf *irgendjemanden* stehen, und Bonnies älterer Bruder schien unter den gegebenen Umständen eine vernünftige Alternative zu sein.

Ihr Dad unterzog Colin mit seinem wirren Blondschopf und dem Guns-N'-Roses-Hoodie einer kritischen Musterung. Ganz offenbar war ein Vierzehnjähriger in seinen Augen nicht sonderlich vertrauenswürdig. Allerdings bezweifelte Emery, dass er selbst in diesem Alter sehr vertrauenerweckend gewesen war. Laut Tante Helen war er auf dem Ehrlichkeitstrip gewesen und hatte sofort zugegeben, wenn er mit jemandem in Streit geraten war, was ziemlich nervig gewesen sei, denn ihre Eltern hätten ihr nie geglaubt, wenn sie ihnen gesagt hatte, dass er Dreck am Stecken hatte. Schließlich würde er, so ihre Annahme, ja freiwillig mit der Sprache herausrücken, wenn dem so wäre. Nun nahm er die rote Pudelmütze ab und fuhr sich mit der Hand durch die Locken. »Ich würde mich wohler fühlen, wenn Amber auch mitkommt.«

Wie auf Kommando sahen alle gleichzeitig zu Amber hinüber. Sie saß, die langen Beine unter ihren schlabbrigen Pulli gezogen, auf einem Campingstuhl. Vor Kurzem hatte sie sich einen Pony schneiden lassen, der ihr – wie Emery ihr schon mehrfach mitgeteilt hatte – ganz und gar nicht stand, und schien sich dahinter zu verstecken. Jedenfalls tat sie so, als könne sie die anderen nicht sehen.

»Wir brauchen keinen Babysitter«, empörte sich Emery. Als sie wieder zu ihrer Schwester hinübersah, bekam sie sofort ein schlechtes Gewissen. Aber Amber hatte sie offenbar gar nicht gehört und starrte konzentriert in das Schulbuch auf ihrem Schoß. Wahrscheinlich hatte sie keine Lust, mit Emery und Bonnie abzuhängen. Das war zumindest seit einiger Zeit ihre Antwort, wann immer Emery sie fragte. Sie war viel zu sehr damit beschäftigt, sich mit ihren Abschlussvorbereitungen wichtigzumachen, und eine richtige Langweilerin geworden. Emery hatte sich bereits geschworen, niemals so zu sein, wenn sie erst mal siebzehn war. Wo blieb denn da der Spaß im Leben, Partys und Knutschen mit Jungs und all so was?

»Amber?«, fragte Dad. »Begleitest du Bonnie und Emery?«
»Und Colin!«, rief Maureen.

Amber blickte ihren Dad an. Ein leicht verzweifelter Ausdruck stand in ihren Augen. Ihren *bernsteinfarbenen* Augen, auch wenn ihre Eltern steif und fest behaupteten, sie hätten das nicht ahnen können, als sie ihre Tochter Amber, also Bernstein, genannt hatten. »Ich kann nicht, Dad. Ich muss lernen.«

»Ich bin sicher, dass du ...«

»Ich habe gesagt, dass ich nicht kann. Okay? Gleich, wenn wir zurück sind, habe ich Probeklausuren.«

Bei diesen Worten wechselte Emery einen Blick mit Bonnie, und die beiden grinsten, bevor sie sich rasch abwandten, um bloß die Verhandlungen nicht zu gefährden. Doch Amber regte sich immer gleich so auf, was es wirklich schwierig machte, ernst zu bleiben. Allerdings hatte ihr Dad keinen Grund, sich zu beschweren. Schließlich war er es doch, der ihnen ständig predigte, sie müssten an ihre berufliche Zukunft denken. Die Noten, die sie jetzt schrieben, hätten Auswirkungen auf ihr ganzes weiteres Leben. Warum wunderte er sich also?

»Geh einfach, Emery«, sagte ihre Mum leise mit einem leichten Nicken und dem Anflug eines Lächelns. In diesen Momenten liebte Emery ihre Mum. Und bevor ihr Dad weiter protestieren konnte, lief sie los und gab Bonnie ein Zeichen, ihr zu folgen. Mit einem triumphierenden Grinsen schlossen sie ihre Fahrräder auf, dicht gefolgt von Colin.

»Fertig?«, fragte Emery, blickte zwischen Colin und Bonnie hin und her und schwang ihr Bein über den Sattel. Ohne die Antwort abzuwarten, strampelte sie, so schnell sie konnte, los, bevor jemand sie zurückholen konnte. Als sie Colin hinter sich lachen hörte, warf sie ihm über die Schulter hinweg ein Lächeln zu und genoss ihre Freiheit.

Am Rand des Campingplatzes wurde sie langsamer. Colin hielt neben ihr, Bonnie ein paar Meter dahinter. »Und was sehen deine großen Pläne jetzt vor?«

Emery zuckte die Achseln. »Lasst uns einfach losfahren und den Campingplatz erkunden.« Skeptisch betrachtete sie die Zelte. »Obwohl ich ja gedacht hätte, hier gibt es etwas mehr zu entdecken.«

Colin schaute in Richtung des Kiespfads, der vom Campingplatz weg zur Straße führte. »Kommt, wir fahren ins Dorf.«

Bonnie, die inzwischen auf Emerys anderer Seite stand, verzog das Gesicht und wollte anscheinend widersprechen. Sich über Verbote hinwegzusetzen, war nicht gerade ihre Stärke. »Super«, erklärte Emery hastig – teils, weil sie Colin beeindrucken und ihm zeigen wollte, dass sie schon so erwachsen war wie er, aber auch, weil ein Ausflug ins Dorf ihrem Dad noch viel weniger gefallen würde als eine Runde um den Campingplatz. Noch ein Grund mehr.

Also traten sie und Colin wieder in die Pedale. Der Kies knirschte unter den Reifen, und sie ignorierten Bonnies »Leute!«. Sie würde schon nachkommen, das wusste Emery. Inzwischen schwitzte sie in ihrer Jacke, und die Sonne schien ihr warm ins Gesicht. Vielleicht war Zelten im April ja doch nicht so schlecht.

»Sag mal, büffelst du auch so viel wie deine Schwester?«, fragte Colin in scherzhaftem Ton.

Emery verdrehte die Augen. »Meine Prüfungsergebnisse zählen ja noch nicht mal. Also brauche ich mir darüber noch keine Gedanken zu machen.«

»Das wird sich bald ändern. Lange dauert es nicht mehr, bis der Druck anfängt, glaub mir«, erklärte er mit der geballten Weisheit eines Vierzehnjährigen. Emery konnte sich ein leises Prusten nicht verkneifen. Als sie das Ende des Pfades erreichten und nach rechts abbogen, um den Wegweisern zu Dorf zu folgen, musterte sie ihn. Eigentlich sah Colin gar nicht so schlecht aus. Er war recht groß und hatte kaum Pickel. Außerdem waren seine Augen von einem strahlenderen Blau als Bonnies, was gut war. Denn wenn sie die gleiche Augenfarbe gehabt hätten, wäre es Emery vorgekommen, als würde sie ihre beste Freundin küssen. Wobei sie noch nicht einmal mit

Gewissheit sagen konnte, ob sie ihn überhaupt küssen wollte. Allerdings war das vielleicht eine Möglichkeit, die Sache mit dem ersten Kuss abzuhaken.

»Bestimmt lassen sie dich bald irgendwo ein Praktikum machen«, sprach er weiter. »Damit du anfängst, deine Zukunft zu planen.«

Emery schnaubte verächtlich. »Das mit der Zukunft lass mal meine Sorge sein.«

»Colin will Journalist werden«, ertönte Bonnies Stimme dicht hinter ihnen. Sie klang beinahe höhnisch. »Er hat sein Praktikum bei der *Cambridge Evening News* gemacht, richtig, Colin?«

»Ja. Na und?«

»Ständig hat er nur noch über Nachrichten gequatscht, und dabei haben die ihn bloß Tee kochen und Kekse holen lassen.«

»Das stimmt nicht«, stieß Colin hervor.

»Doch. Ich habe gehört, wie du es Mum erzählt hast.«

»Halt die Klappe, du blöde Ziege«, knurrte Colin. Inzwischen waren seine Wangen leicht gerötet, wodurch er jünger aussah. Eher so wie die Jungs in Emerys Klasse, obwohl er immer an die große Glocke hängte, dass er schon in der Zehnten war.

Sie bretterten den Gehweg neben der Straße entlang, um die Fußgänger herum, bis sie eine kopfsteingepflasterte Gasse erreichten. Als Colin abrupt abbremste, fuhren Emery und Bonnie fast hinten auf. Emery schaute das Sträßchen hinunter, das von unzähligen altmodischen Souvenirlädchen und Cafés gesäumt wurde. Sie öffneten gerade. Und – ja! »Los, wir kaufen uns ein Eis!« Emery richtete ihr Rad aus und strampelte los. Über dem Eingang der Gelateria spannte sich eine blau-weiße Markise. Der Pappaufsteller vor der Tür zeigte einen feisten Italiener.

»Du kannst Gedanken lesen«, meinte Colin hinter ihr. Ein

Glück, dass Emery daran gedacht hatte, für alle Fälle ihr Taschengeld einzustecken.

Die drei lehnten ihre Räder an einen der Metalltische auf der Terrasse und gingen hinein. Bonnie nahm zwei Kugeln Pfefferminz-Schokostreusel, ihre Lieblingssorte, Colin nur Schokolade, was Emery langweilig fand. Sie entschied sich für Ingwer-Ananas, weil das so geheimnisvoll klang.

»Das willst du wirklich essen?« Argwöhnisch beäugte Colin das gelbe Eis.

»Na klar.«

Er verzog das Gesicht. »Dann bist du mutiger als ich.«

Emery lachte auf und versuchte, lässig ihr Haar über die Schulter zu werfen – was jedoch offenbar misslang, weil Bonnie sie zweifelnd ansah.

Sie setzten sich auf eine der Bänke vor dem Café. Emery musterte Colin über ihre Eiswaffel hinweg. »Und du willst ernsthaft Journalist werden?«

Er zuckte die Achseln. »Na ja, schon. Wahrscheinlich.«

Es wunderte Emery immer wieder, dass es Leute gab, die tatsächlich wussten, was sie einmal werden wollten. Amber war auch so. Sie war fest davon überzeugt, dass sie als Physiotherapeutin arbeiten würde, eine rein willkürliche Entscheidung, obwohl sie noch nicht einmal mit der Schule fertig war.

Sie warf einen fragenden Blick auf Bonnie. »Aber du weißt noch nicht, was du werden willst, oder?«

Bonnie schüttelte den Kopf. »Keine Ahnung.« Wenigstens ein Mensch, der auf ihrer Seite stand.

Nachdem sie ihr Eis aufgegessen hatten, seufzte Emery. »Wir sollten lieber zurückfahren.« Wenn sie nicht gleich eine Ewigkeit wegblieb und somit ihre Vernunft unter Beweis stellte, würde ihr Dad während des restlichen Urlaubs vielleicht ein bisschen lockerer werden.

Als sie auf ihre Räder stiegen, sah Colin Emery herausfordernd an. »Wer als Erster zu Hause ist?«

Sie brauste davon, bevor er *Los!* sagen konnte. Grinsend entfernte sie sich immer weiter, ohne die Frau zu beachten, die ihr nachrief, sie solle besser aufpassen, und fuhr lachend im Höllentempo um die Kurve und auf den Kiespfad zurück zum Campingplatz. Hinter sich hörte sie, dass Bonnie, die abgehängt wurde, wie immer entnervt maulte. Colin lachte ebenfalls und versuchte, zu ihr aufzuschließen.

Auf halbem Wege den Kiespfad entlang überholte er sie. Emery spürte, wie ihre Beine brannten, als sie sich bemühte, den Rückstand wettzumachen. Als sie sich kurz umsah, stellte sie erleichtert fest, dass Bonnie nur noch ein kleines Stück hinter ihnen war und weiter mithielt.

Sie war praktisch auf gleicher Höhe mit Colin, als sie, ohne langsamer zu werden, auf den Campingplatz fuhren. »Hey, wartet auf mich!«, rief Bonnie, doch im Eifer des Gefechts achteten sie nicht auf sie.

Fast hatten sie es geschafft. Emery war sicher, dass gleich da vorne ihre Zelte standen. Also trat sie noch fester in die Pedale, obwohl ihre Oberschenkel vor Schmerz schrien. Und, ja! Sie war noch immer auf gleicher Höhe mit Colin. Ein Stück voraus erkannte sie ihre Gruppe. Ihr Dad stand auf und drehte sich zu ihnen um, auch wenn sie aus dieser Entfernung seine Miene nicht ausmachen konnte. Ernsthaft? Hatte er tatsächlich die ganze Zeit auf sie gewartet?

Da sie für einen kurzen Moment abgelenkt war, gelang es Colin, sich erneut einen Vorsprung zu verschaffen. Als er sie grinsend überholte und sich umdrehte, fiel ihm das blonde Haar in die Augen. Emery verzog finster das Gesicht und versuchte, noch schneller zu treten. Die unebene Stelle auf dem Weg sah sie erst, als es zu spät war. Mit voller Geschwindigkeit prallte sie dagegen. Das Rad rutschte unter ihr weg.

Sie spürte einen heftigen Aufprall, als sie auf dem Boden aufschlug. Obwohl sie sich bemühte, den Sturz mit den Händen abzufangen, wurde ihr Kopf ruckartig zurückgerissen, sodass ein scharfer Schmerz durch ihren Nacken fuhr. Ihre Zähne schlugen so fest aufeinander, dass ihr Schädel zu vibrieren schien. Sie spürte ein Stechen im Mund und hatte den metallischen Geschmack von Blut auf der Zunge.

Und dann, für eine kurze Sekunde, war da gar nichts.

Kapitel 4

Emery blinzelte mehrmals. Die Schmerzen waren verschwunden, ebenso wie der Blutgeschmack. Ihr Kopf tat nicht mehr weh, und als sie ihre Hände betrachtete, fehlte jede Spur von der Erde, auf die sie kopfüber gestürzt war.

Außerdem war sie, wie sich herausstellte, nicht mehr auf dem Campingplatz, sondern mitten in einem Wald. Im nächsten Moment wurde ihr bewusst, dass sie sich hoch oben in der Luft befand, auf einer hölzernen Plattform auf halber Höhe eines Baumes. Eine leichte Brise zupfte an ihren Locken. Sie stand im Schatten, doch durch das Blätterdach über ihrem Kopf strömte Sonnenlicht herein und warf dunkle und helle Flecke auf den Waldboden unter ihr. Irgendwo in der Nähe hörte sie jemanden lachen. Es war das fröhliche Lachen eines Kindes. Sie drehte sich um, konnte jedoch nicht ausmachen, woher es kam. Denn es war ja niemand da.

Niemand außer ihm.

»Ich hab's gewusst«, stieß sie hervor. Er stand etwa einen Meter von ihr entfernt und hatte die Hände in den Taschen seiner Jeans vergraben. *Jeans.* Aus irgendeinem Grund erschien es ihr sonderbar, dass er ausgerechnet Jeans tragen sollte. Als sie an sich herunterschaute, stellte sie fest, dass sie noch dieselbe Jacke anhatte wie heute Morgen.

»Was hast du gewusst?«, fragte er im Plauderton, als sei ihre Begegnung absolut alltäglich. Seine Stimme war leise, und er hatte einen Akzent. Schottisch? Sie war ziemlich sicher, dass es sich um einen schottischen Akzent handelte. Er war zwar nur leicht, aber eindeutig. Warum um alles in der Welt hatte er einen schottischen Akzent?

»Ich wusste, dass du nicht nur ein Produkt meiner Fantasie bist«, sagte sie.

Er musterte sie forschend. Seine Augen waren von einem hellen Graugrün und wirkten ein wenig geheimnisvoll. Allerdings musste sie der Fairness halber einräumen, dass in dieser Situation wohl jeder geheimnisvoll gewirkt hätte. Außerdem war er groß. Eigentlich hatte sie gedacht, dass sie es damals so empfunden hatte, weil sie selbst noch so klein gewesen war. Aber er war tatsächlich groß, und wenn er einen Schmollmund zöge, sähe er aus wie dieser Schauspieler, auf den Bonnie so stand. David irgendwas, ein Typ mit tollen Wangenknochen, markantem Kiefer und Wahnsinnsaugenbrauen, alles noch betont von seinem dunklen Haar.

»Emery«, sagte er. Es hörte sich fast an, als wolle er den Klang ihres Namens ausprobieren.

Sie trat von einem Fuß auf den anderen. Da sie nicht wusste, wo sie hinschauen sollte, entschied sie sich für sein Kinn. »Ja. Ich dachte, wir hätten das beim letzten Mal schon geklärt.« Sie sprach zu schnell, und es gelang ihr nicht, so herablassend zu klingen wie beabsichtigt. Aber was sollte sie auch sagen? Jahrelang hatte sie darüber nachgegrübelt, ob es wirklich passiert war, und sich gefragt, wer dieser Mann gewesen sein mochte. Ein Engel, ein Geist, ein Gespenst? Zu guter Letzt hatte sie sich beinahe überzeugt, dass sie sich das Ganze nur eingebildet hatte. Und jetzt stand er vor ihr. Und redete mit ihr.

»Verzeihung«, sagte er, zog die Hand aus der Tasche und fuhr sich durchs Haar, das dieselbe hübsche rötlich braune Farbe besaß wie die Kastanien, die sie vor einigen Jahren immer gesammelt hatte. Aber dann hatte sie herausgefunden, dass Kastanien Spinnen fernhielten, und eigentlich mochte sie Spinnen. Außerdem mussten auch Spinnen irgendwo leben, oder? Und deshalb hatte sie mit dem Kastaniensammeln aufgehört. »Ich glaube, ich habe mich auch gefragt, ob du nicht ein Produkt meiner Fantasie bist. Das Mädchen, das ins Leben zurückgekehrt ist«, meinte er nachdenklich.

Und das war wirklich derart schräg, dass sie beschloss, nicht darauf zu antworten.

»Er hat sich verändert«, erwiderte sie stattdessen. »Seit dem letzten Mal. Ich meine den Ort, an dem wir hier sind.« Sie wies in den Wald hinein. Nun bemerkte sie, dass an der Plattform eine Seilrutsche befestigt war, die durch die Bäume führte. Wohin genau, ließ sich nicht feststellen, aber genau diese Ungewissheit war schließlich ein Teil des Spaßes gewesen. Ihr fiel wieder ein, dass es ein Stück voraus eine kleine Lichtung gab und der Wald gar nicht so groß war, wie es den Anschein hatte. Sie verzog das Gesicht. »Ist das hier überhaupt ein Ort? Ist es echt?«

»Tja«, entgegnete er und wippte auf den Fersen. »Wenn man es metaphysisch betrachtet, bin ich nicht ganz sicher. Trotzdem würde ich sagen, ja. Er ist echt, und das alles hier geschieht wirklich. Es sieht nicht genauso aus wie damals, weil sich der Ort deiner Erinnerung anpasst. Einer Erinnerung, die dir Trost spendet. Vermutlich verändert sich der Ort, wenn du dich als Person veränderst.«

»Das *vermutest* du?«

»Tut mir leid. So etwas ist mir noch nie passiert. Das soll heißen, dass ich nie jemanden öfter als einmal sehe.« Er klatschte in die Hände. »Also. Wo sind wir jetzt?«

»Das weißt du nicht?«, wunderte sich Emery.

»Es ist *deine* Erinnerung.«

Als sie ihn argwöhnisch ansah, verzog er keine Miene, lehnte sich nur an den Baumstamm und wartete auf ihre Antwort. »Es ist – war – im Ferienlager. Nach dem fünften Schuljahr. Bonnie – das ist meine Freundin …«

»Die Rothaarige, die beim Radfahren hinter dir war?«

Sie musterte ihn zweifelnd. »Ja. Woher weißt du das? Hast du etwa … zugeschaut? Denn das fände ich total krank.«

Er schüttelte den Kopf. »Ich sehe nur die Momente, bevor du stirbst.«

Ihre Miene wurde unwillig. »Also bin ich tot.« Obwohl das die einzige logische Erklärung war, fühlte es sich doch anders an, es laut auszusprechen.

Er zuckte zusammen. »Ja. Tut mir leid.«

Tot. Das war das Wort, um das alle herumschlichen, wenn sie über ihren Herzfehler sprachen. Das Wort, das in so vielen Gesprächen mitschwang. Mit Ärzten. Mit ihrer Schwester. Ihren Eltern. Und nicht nur in Gesprächen *mit* ihr, sondern auch in denen *über* sie. »Ich komme zurück, stimmt's? Wenn sie mein Herz wieder in Gang kriegen.« *Sie*. Oh, mein Gott, ihr Dad hatte alles beobachtet und rannte vermutlich gerade in heller Angst zu ihr. Sie schluckte. »So war es beim letzten Mal.« Das hatten sie ihr erklärt, als sie alt genug gewesen war, um es zu verstehen.

Wieder fuhr er sich mit der Hand durchs Haar. »Ich ... ich weiß es nicht.«

Ihr Dad würde sie zurückholen, sagte sie sich entschlossen. Er würde ihre Mum dazurufen. Zu zweit würden sie wissen, was zu tun war. Das war doch der Sinn und Zweck des Erste-Hilfe-Kurses, richtig? Seit sie fünf war, nahmen sie jedes Jahr an einem Auffrischungslehrgang teil, nur für den Fall, dass es wieder passierte. Emery bekam ein schlechtes Gewissen. Es war ihre Schuld. Bestimmt hatte sie ihnen Angst gemacht. Wenn sie nicht auf diesen Fahrradausflug bestanden hätte, wäre das alles nicht geschehen.

»Ich hätte nicht Rad fahren dürfen«, murmelte sie und blickte auf den Waldboden.

»Es war nicht deine Schuld, Emery«, widersprach er. Seine Stimme war so sanft und beruhigend und von einer Anteilnahme erfüllt, die ihr die Tränen in die Augen trieb.

Nein, sie wollte nicht weinen, wollte nicht daran denken, welche Ängste die anderen gerade ausstanden. Nicht nur ihre

Familie, sondern auch Bonnie und Colin. Sie wollte auch nicht daran denken, dass sie das alles hätte verhindern können, hätte sie nur auf ihren Dad gehört. Und jetzt hatte sie ihn in seiner Meinung bestätigt. Dass sie gefährdet war und nicht die gleichen Freiheiten haben durfte wie andere Jugendliche in ihrem Alter. Was sie erwartete, wenn – falls – sie zurückkehrte, malte sie sich lieber gar nicht erst aus.

Deshalb wechselte die das Thema. »Du hast gerade gesagt, du könntest die Zeit davor sehen, bevor … du weißt schon. Wie lange davor denn? Hast du uns Eis essen sehen?« Aus irgendeinem Grund gefiel ihr die Vorstellung nicht, dass er ihren unbeholfenen Flirtversuch beobachtet haben könnte.

»Nein …?« Er zog die Augenbraue hoch, als frage er sich, was sie an diesem Eis so verlegen machen mochte.

»Aber du hast gesehen, wie das Rad umgekippt ist, und auch alles andere?«

»Ja.« Eine kurze Pause entstand. Seine Miene wurde angespannt, allerdings nur für einen Sekundenbruchteil, und da er sie sofort wieder mitfühlend anlächelte, hatte sie es sich bestimmt bloß eingebildet. »Offenbar hat es wehgetan.«

Sie zuckte sie Achseln. »Es war nicht so schlimm«, schwindelte sie. Da es warm war, zog sie die Jacke aus, unter der sie einen rosafarben und grün gestreiften Pulli trug. »Aber heißt das … dass du mich nur beobachtest?« Falls ja, war an der Sache mit dem Schutzengel vielleicht etwas dran.

»Nein, ich helfe den Menschen, wenn sie …«

»Sterben«, beendete sie schonungslos den Satz.

»Ja.«

»Was bist du dann? So eine Art Todesengel?«

»Ich bin nicht sicher, ob es eine Bezeichnung für mich gibt«, erwiderte er nachdenklich.

»Du weißt es nicht?«

»Nein.«

»Na, du bist mir vielleicht eine Hilfe«, brummte sie. Als er leise prustete, lächelte sie und freute sich, ihn zum Lachen gebracht zu haben. »Wie heißt du?«

»Wie ich heiße, spielt keine Rolle.«

Emery verschränkte die Arme und starrte ihn durchdringend an. Diese Methode war altbewährt und verschaffte ihr fast immer die gewünschte Antwort. Aber er schüttelte mit Nachdruck den Kopf.

»Ich bin hier nicht weiter wichtig. Es geht um dich.«

Mit einem Seufzer wandte sie sich ab, betrachtete die Seilrutsche und streckte die Hand nach dem Geschirr aus, in das man sich schnallen musste, wenn man mitfahren wollte. Dann blickte sie sich um. Er lehnte noch immer an dem Baum und musterte sie forschend, als sei er nicht sicher, wie er sie einschätzen sollte.

»Kommt es manchmal vor, dass dich jemand für Gott hält?«

»Manchmal. Daraus ergeben sich interessante Gespräche.«

»Das kann ich mir denken.«

Sie blickte auf den Waldboden. Eigentlich hatte sie noch nie an Höhenangst gelitten – oder es war ihr zumindest gelungen, das Unbehagen zu überwinden, das große Höhe in ihr auslöste. Allerdings ging es ziemlich weit nach unten. Sie wandte sich wieder zu ihm um. »Aber du bist es nicht, richtig? Gott, meine ich.«

»Nein. Ganz bestimmt nicht.«

Ein wenig erleichtert atmete sie auf. »Nur für alle Fälle.« Sie hielt inne. »Gibt es ihn?« Beim Gedanken an die Bemerkung ihrer Mum über das Patriarchat verzog sie das Gesicht. »Oder sie?« Sie neigte den Kopf zur Seite. »Oder etwas mit Gendersternchen?«

Er schüttelte den Kopf. »Keine Ahnung.«

Sie rümpfte die Nase. »Man sollte annehmen, dass du mehr Antworten auf Lager hast. Findest du nicht?«

»Könnte man«, entgegnete er spöttisch. Nach einer kurzen

Pause ergriff er wieder das Wort. »Vielleicht bin ich ja so etwas Ähnliches wie ein Bergführer.«

Sie verzog das Gesicht, woraufhin er fragend die Augenbrauen hob. »Erinnert mich an die Pfadfinderinnen«, murmelte sie.

Er sah sie verwirrt an. »Ach ja, Moment, ich erinnere mich, das gibt es auch für Mädchen.«

»Genau. Meine Schwester hat mich mal hingeschleppt. Ich fand es gruselig.«

Emery versuchte, sich sein Gesicht einzuprägen, ohne dass er es bemerkte. Nach dem letzten Mal war es ihr trotz aller Bemühungen nicht gelungen, es sich ins Gedächtnis zu rufen, schließlich hatte sie ja kein Foto gehabt, das sie hätte zu Hilfe nehmen können. Sie kam zu dem Schluss, dass er so alt war, wie sie ihn eingeschätzt hatte. Älter als sie natürlich. Auch älter als Amber, doch jünger als ihre Eltern. Also nicht der alte, weise Mann, den sie sich vorgestellt hatte.

»Bist du der Einzige? Der einzige *Bergführer*?« Sie zog jede Silbe in die Länge, damit es möglichst albern klang.

»Nein, es gibt noch andere. Ich kann schließlich nicht allen helfen.«

»Nein«, stimmte Emery zu. »Das wären ja ziemlich viele Leute, oder?«

»Allerdings bin ich noch nie einem der anderen begegnet«, fügte er nach einer Weile hinzu. »Wir existieren ... getrennt voneinander.«

Sie schnaubte. »Klingt langweilig.«

Er schmunzelte. »Mir ist nicht langweilig. Schließlich lerne ich ständig neue Menschen kennen, auch wenn die Begegnungen nur flüchtig sind.«

Sie zwirbelte eine Locke um ihren Zeigefinger. »Aber das muss ziemlich einsam sein.« Anstatt ihr zu widersprechen, wandte er sich ab und ließ den Blick durch den Wald schweifen. Emery biss sich auf die Lippe. Wie dumm von ihr. Warum hatte sie das gesagt? »Tut mir leid«, sagte sie eilig.

Er drehte sich wieder zu ihr um und lächelte, nur dass es diesmal ein wenig gezwungen wirkte. »Muss es nicht.« Er löste sich vom Baum, trat neben sie und spähte die Seilrutsche entlang. »Also. Wo genau sind wir? Ferienlager? Und wo?«

»Irgendwo in Wales.« Sie streckte die Hand nach dem Geschirr aus. Eigentlich konnte sie es auch weglassen und einfach so von der Plattform springen. Hier war niemand, der sie daran hindern konnte. Und was sollte ihr bei einem Sturz schon passieren? Schließlich war sie ja bereits tot, richtig? »Ich bin nicht mehr sicher, wie der Ort hieß. Irgendwas mit A?« Sie sah ihn fragend an. Möglicherweise kannte er ja eine Ortschaft in Wales, die mit A anfing. Aber er schüttelte nur bedauernd den Kopf.

Sie verzog das Gesicht. »Allwissend bist du jedenfalls nicht.«

»Wäre es besser, wenn ich alles wüsste? Ich könnte ja so tun, als ob.« Trotz seiner höflichen Miene schien er sich ein Schmunzeln verkneifen zu müssen.

Emery hätte ihm gern eine provokante Antwort gegeben. Zum Beispiel, dass Allwissenheit eigentlich zur Stellenbeschreibung gehörte, wenn man sich um den Job eines Bergführers für Tote bewarb. Aber dann fiel ihr seine Miene ein, als sie über Einsamkeit gesprochen hatte, und sie entschied sich dagegen.

Sie setzte sich, ließ die Beine über den Rand der Plattform baumeln und genoss es, dass sie endlich einmal niemand zur Vorsicht mahnte. »Jedenfalls sind ich und Bonnie mitgefahren. Unsere ganze Klasse war dabei. Es war das erste Mal, dass Mum und Dad mir erlaubt haben, über Nacht wegzubleiben. Kannst du dir das vorstellen?« Sie verdrehte die Augen. »Was das angeht, ist es wirklich schlimm mit ihnen.« Andererseits: Sie war doch jetzt tot, oder nicht? Also war das, wovor ihre Eltern solche Angst gehabt hatten, doch wieder eingetreten. Bei diesem Gedanken wurde ihr ein wenig heiß und mulmig, deshalb verdrängte sie ihn schnell. »Gut, das hier ist eine Seilrutsche«, fuhr sie ausweichend fort.

»Das habe ich mir fast gedacht.«

Sie sah ihn an, unsicher, ob er sie auf den Arm nehmen wollte. Er war so schwer zu durchschauen. »Eigentlich hätte ich nicht damit fahren dürfen«, gab sie zu. »Dad hat den Betreuerinnen einen ellenlangen Brief geschrieben, warum manche Sachen für mich tabu sind, aber offenbar hatten sie es vergessen. Bonnie war ein totaler Feigling.« Lächelnd erinnerte sie sich an ihre Freundin, wie sie sich, einen albernen gelben Helm auf dem Kopf, an den Baumstamm gedrängt hatte. »Aber nachdem ich gefahren war, hat sie es auch gemacht.« Unbehagen ergriff Besitz von ihr. Falls sie nicht zurückkehrte, würde sie Bonnie nie wiedersehen.

Sie fuhr sich mit der Zunge über die Lippen und zwang sich, weiterzusprechen. Solange sie weitersprach, würde sie nicht mehr an diese Dinge denken. »Ich habe Dad nie erzählt, dass ich damit gefahren bin.«

»Und deiner Mum?«

Emery zögerte. »Sie hat nicht gefragt.«

Sie beließen es dabei.

Als er sich ebenfalls setzte und die langen Beine baumeln ließ, gab die Plattform ein leises Knarzen von sich. Falls ihm die Höhe zusetzen sollte, ließ er es sich zumindest nicht anmerken. Andererseits hatte er keinen Grund, sich zu fürchten. Er war ja auch schon tot. Oder? Eigentlich eher nicht. Aber lebendig war er auch nicht.

»Du machst dir Sorgen«, merkte er mit sanfter Stimme an.

»Ja.« Es war zwecklos, es abzustreiten – nicht ihm gegenüber und nicht hier.

»Dass du nicht zurückkehren könntest.«

»Ja.« Sie zuckte die Achseln. »Sagst du mir jetzt, dass das ganz normal ist?«

»Vielleicht würde ich das, und es stimmt, aber ...«

Er verstummte, als alles um sie herum zu vibrieren begann. Ein Zittern durchlief sie. Emery hatte noch nie ein Erdbeben erlebt, aber so ähnlich stellte sie es sich vor – zumindest ein leichteres. »Was war das?« Es gefiel ihr gar nicht, dass ihre Stimme so verängstigt und dünn klang. Aber er lächelte nur und lehnte sich entspannt zurück. Um sich herum konnte sie das Laub auf dem Waldboden sehen, und ein würziger, fichtennadelähnlicher Geruch stieg ihr in die Nase. Und da war noch etwas, eine Art Zitronenduft, der sich mit dem Salz und dem Wind vom Meer her mischte.

»Ich glaube, das heißt, dass uns hier nicht mehr viel Zeit bleibt.«

»Was?« Emerys Stimme wurde schrill. »Weil ich ...«

»Nein«, erwiderte er mit Nachdruck. »Weil du zurückkehrst. Genauso war es auch beim letzten Mal.«

Sie spürte, wie ihr Atem wieder leichter wurde. »Wirklich?«

»Ja.«

Sie holte tief Luft. »Das ist gut.« Im nächsten Moment hielt sie inne. »Aber wie funktioniert das? Mein Herz kann doch unmöglich so lange stehen geblieben sein, wie ich jetzt hier bin, oder? Ich habe gehört, wie die Ärzte es Mum und Dad erklärt haben. Sie müssen mich sofort wiederbeleben.«

»Hier vergeht die Zeit anders«, antwortete er, als genüge das als Begründung.

»Hmmm.« Sie hätte weiter nachhaken können, bezweifelte jedoch, dass sie dadurch viel erfahren würde. Vielleicht wusste er es ja selbst nicht. Also kam sie auf die Füße. »Dann sollte ich die Zeit hier wohl, so gut es geht, nutzen.«

Er legte den Kopf in den Nacken und schaute zu ihr herauf. »Und wie genau willst du das anstellen?«

Sie griff nach dem Geschirr und nestelte konzentriert an den Gurten herum. Nachdem sie sich festgeschnallt hatte, grinste sie. Im nächsten Moment sauste sie auch schon durch die Luft und hielt sich an der Stange über ihrem Kopf fest.

Sie hörte sein überraschtes Auflachen und stieß einen Freudenschrei aus. Wieder und wieder hallte ihr Jauchzen durch den Wald, und außer ihnen beiden war da niemand, der es hörte. Die Bäume flogen förmlich an ihr vorbei. Da sie vom letzten Mal noch wusste, wie fantastisch es war, fühlte es sich doppelt so gut an. Schließlich hatte sie die Plattform am anderen Ende erreicht, lief aus und schaffte es nur mit knapper Not, nicht auf der anderen Seite hinunterzufallen. Sie wartete einen Moment, bis sich ihr Atem beruhigt hatte, und rief dann: »Los! Du musst es auch ausprobieren!« Sie konnte ihn zwar nicht sehen, war aber sicher, dass er sie hörte.

»Auf keinen Fall!«

»Warum nicht?«

»Weil ...« Seine Stimme erstarb.

»Mach schon. Was willst du sonst tun? Da drüben stehen bleiben und herüberschreien, bis ich wieder zu den Lebenden zurückkehre?« Es war sonderbar, wie normal es sich anfühlte, einem Engel/Bergführer/Geist etwas durch den Wald zuzurufen. »Wie willst du mich von da drüben aus führen?«

Emery hörte ihn unterdrückt schimpfen. Vermutlich glaubte er, sie bekäme es nicht mit. Sie konnte ein Kichern nicht unterdrücken. Im nächsten Moment sah sie, wie die Seilrutsche sich anspannte. Die Rolle fing an zu surren.

Er wirkte viel zu groß für die Seilrutsche und sah urkomisch aus, denn natürlich war sie für Menschen konstruiert, die um einiges kleiner waren als er. Als er auf allen vieren auf der Plattform landete und sich mit einem spröden Blick in ihre Richtung wie ein Hund schüttelte, musste sie wieder lachen. Und dann lachte er auch, und sie konnten beide nicht mehr aufhören. Sie lachten so heftig, dass ihnen die Luft wegblieb.

Er beruhigte sich als Erster, richtete sich auf und überkreuzte die Beine. Nach kurzem Zögern setzte sie sich ihm gegenüber.

Sie legte den Kopf schief. »Was mache ich eigentlich hier, wenn du mich nicht führen sollst?«

»Tut mir leid, da muss ich passen. Ich kann auch nur raten.« Kurz wandte er sich ab und ließ den Blick über die Umgebung schweifen.

»Was ist?«, fragte sie argwöhnisch.

Er drehte sich um und betrachtete sie mit leicht zweifelnder Miene. »Siehst du es auch?«

Sie wusste genau, was er meinte: den Dunst, der durch den Wald kroch und der im wirklichen Leben nicht da gewesen war. Aber Moment. Kroch er heran, oder wich er zurück? Denn je länger sie darüber nachdachte, umso deutlicher wurde, dass dieser Dunst hauptsächlich von ihr selbst ausging. Eigentlich hätte das beängstigend sein sollen, stattdessen löste es ein Gefühl der Geborgenheit aus: Es bedeutete, dass sie zurückkehrte – zu Amber, zu Bonnie, zu ihren Eltern.

»Müssen wir uns jetzt verabschieden?«, fragte sie. Er nickte, begleitet von einem kurzen Lächeln. »Dann ... äh ... bis bald?« Sie suchte nach den richtigen Worten, aber was sagte man in so einer Situation?

Er lächelte ihr ein letztes Mal zu. Es war ein gütiges Lächeln, fand sie. Gütig und ein wenig traurig. »Ich hoffe für dich, dass du dich irrst«, erwiderte er leise.

Kapitel 5

Das Erste, was Emery beim Aufwachen wahrnahm, war der Schmerz. Sie spürte ein Stechen in ihrer Brust und eine Enge, die ihr den Atem raubte. Doch als sie nach Luft schnappte, füllte Sauerstoff ihre Lunge, und im nächsten Moment bemerkte sie das Blut in ihrem Mund. Sie drehte den Kopf zur Seite und spuckte es aus, eine Bewegung, die ein heftiges Pochen in ihrem Kopf auslöste. Sie wimmerte leise.

»Emery? Kannst du die Augen aufmachen? Emery! Sieh mich an!« Es war die Stimme ihres Dads. Sie klang gleichzeitig schrill, panisch und ärgerlich. Sie zwang sich, die Augen zu öffnen, schloss sie jedoch sofort wieder gegen das grelle Licht. »Emery!«

»Gib ihr einen Moment, James.« Die Stimme ihrer Mum war ganz nah.

»Verdammt noch mal, Alice, ich will nur schauen, ob sie noch lebt.«

»Das weiß ich. Aber sie ist wieder bei Bewusstsein, alles ist gut. Sie ist nur ...«

»Nichts ist gut! Herrgott, wir hätten sie nie allein losfahren lassen sollen.« Selbst in ihrem Zustand erkannte Emery, dass dieses »wir« nicht wirklich so gemeint war, und spürte, wie sich das Schweigen zwischen ihren Eltern mit Schuldbewusstsein füllte.

Als sie husten musste, tat es weh. Dennoch zwang sie sich, wieder die Augen zu öffnen. Alles war zwar etwas verschwommen, doch sie sah das Gesicht ihres Dads neben sich. Seine großen Hände lagen übereinander auf ihrer Brust. Seine karierte Pyjamahose war voller Erde, weil er neben ihr kniete.

»Hey, Kleines«, sagte er mit sanfter Stimme. »Alles ist gut. Du bist wieder bei uns.« Aber seine Worte von gerade eben hallten noch in ihrem Kopf wider: *Nichts ist gut. Herrgott.*

Sie wandte den Kopf und schaute hinauf in den leuchtend blauen Himmel. »Mum?«

Sofort erschien das Gesicht ihrer Mum neben dem ihres Dads. »Ich bin hier. Wie fühlst du dich?«

»Ich ...« Wieder wurde sie von einem Hustenanfall geschüttelt. »Alles in Ordnung.« Sie dachte daran, wo sie noch vor einem Moment gewesen war. Auf einer Seilrutsche im Wald und völlig schmerzfrei. Sie dachte an *ihn*, daran, wie ruhig und bestärkend er sich verhalten hatte. Was für ein Unterschied zu der Panik, die ihre Eltern verbreiteten. Vorsichtig holte sie Luft. Diesmal tat es nicht ganz so weh.

»Wir müssen sie ins Krankenhaus bringen«, verkündete ihr Dad. »Alice, die Autoschlüssel sind im Zelt. Helen ruft bereits einen Krankenwagen.«

Eine kaum merkliche Pause entstand, bis ihre Mum nickte. Nachdem sie Emery sanft den Kopf gestreichelt hatte, stand sie auf, und Amber nahm ihren Platz ein. Ihr Gesicht war aschfahl, und in ihren Augen hinter dem dämlichen Pony glänzten Tränen.

»Es tut mir leid«, stieß sie mit einem unterdrückten Schluchzer hervor und sah ihren Dad an. »Es tut mir leid, dass ich nicht mitgefahren bin.«

»Sei nicht albern«, antwortete ihr Dad mit rauer Stimme. »Es ist nicht deine Schuld.« Allerdings legte er eine winzige Betonung auf das Wort *deine*. Emery fragte sich, ob Amber es überhaupt bemerkt hatte. Erst jetzt nahm er die Hände von Emerys Brust. Sie zitterten. Die großen, kräftigen Hände ihres Dads zitterten, als er sich mit der einen über den stoppeligen Kiefer fuhr. Erst jetzt erkannte sie, dass er noch immer die rote Pudelmütze trug, allerdings war sie ihm halb vom Kopf gerutscht, sodass dieser einem seltsam lang gezogenen Ei ähnelte. Unter anderen Umständen wäre das lustig gewesen.

»Also, Em, dann lassen wir dich mal durchchecken«, sagte er. Als Emery sich aufsetzen wollte, legte ihr Dad sanft die Hand auf ihre Brust. »Nein, ich trage dich.«

»Dad!« Emery spürte, wie ihre Wangen rot anliefen. »Das ist peinlich.«

»Keine Widerrede.« Seine Miene verriet, dass sie diese Debatte nicht gewinnen würde. Allerdings war sie nicht sicher, ob seine Kräfte reichen würden, um sie hochzuheben. Schließlich hatte er sie seit Jahren nicht mehr getragen. Doch er schaffte es. Amber bückte sich nach der Pudelmütze, die ihm endgültig vom Kopf gerutscht war.

Erst als Emery wie ein Baby in seinen Armen lag, sah sie, dass Bonnie und Colin noch da waren. Sie hatten außer Sichtweite gestanden und alles beobachtet, ebenso wie Maureen. Sie hatte den Arm um Bonnie gelegt, und da sie noch die Hälfte der Lockenwickler in den Haaren hatte, wirkte ihr Kopf seltsam schief. Bonnie und Colin waren beide genauso bleich wie Amber. Bonnie hatte eindeutig geweint. Colin stand stocksteif und mit angespanntem Kiefer da.

Alle schauten weg oder zu Boden, wo Emerys Fahrrad immer noch lag. Würde sie es behalten dürfen? Oder würde man dem Rad die Schuld an dem Zwischenfall geben und es in einen Schuppen sperren oder verschenken? Emery versuchte, den Kloß in ihrer Kehle hinunterzuschlucken. Das wäre unfair gewesen. Schließlich konnte das Rad nichts dafür und sollte nicht bestraft werden.

Sie spürte, wie alle Blicke auf ihr ruhten, als ihr Dad sie zum Zelt trug. Ihre Wangen glühten, und ihre Unterlippe zitterte, sosehr sie sich auch zu beherrschen versuchte. Sie wollte nicht weinen. Es war sowieso schon schrecklich genug, dass alle sie anstarrten. Weinen hätte alles nur noch verschlimmert. Deshalb machte sie sich so klein wie möglich, drückte das Kinn an die Brust und verbarg die Finger unter den Ärmeln ihrer Jacke. Doch leider schaute sie ein letztes Mal auf, nur ganz kurz, um festzustellen, ob sie noch beobachtet wurde. Ihr Blick fiel zuerst auf Colin, und in dem kurzen Moment, in dem ihre Augen sich trafen, sah sie etwas darin aufblitzen.

Schuldgefühle. Er hatte Schuldgefühle.

Emery saß mit angezogenen Beinen gegen ein Kissen gelehnt im Bett. Seit geschlagenen zwanzig Minuten wollte sie nach unten gehen, doch die lauten Stimmen ihrer Eltern hinderten sie daran. Magenknurren hin oder her.

»Ach, hör doch endlich auf! Wir bewegen uns im Kreis, James.«

»Weil du dich weigerst, mir zuzuhören!«

Gestern waren sie früher als geplant aus dem New Forest zurückgekommen, nachdem sie den Nachmittag im Krankenhaus verbracht hatten. Emery hatte sich nicht einmal von Bonnie verabschieden können, denn ihre Mum war zum Campingplatz gefahren, um ihre Sachen zu packen, während die Ärzte sämtliche Untersuchungen durchführten, auf die ihr Dad bestand. Anschließend hatte er sie schnurstracks nach Hause gebracht. Urlaub vorbei. Einfach so.

Die Zimmertür öffnete sich einen Spaltbreit, und als Emery sich umwandte, sah sie Amber hereinspähen. »Darf ich reinkommen?«, flüsterte sie. Emery nickte. Das war momentan ein großes Thema bei ihnen: Emery neigte dazu, ungefragt bei Amber hereinzuplatzen, was häufig dazu führte, dass Amber ihr Schulbuch auf den Schreibtisch knallte und ihr befahl zu verschwinden, denn sie habe *so viel zu tun*! Amber hingegen klopfte stets höflich an, ganz gleich, wie sauer sie auch sein mochte, so als wolle sie ihrer Schwester demonstrieren, wie man die Privatsphäre seiner Mitmenschen achtete. Heute jedoch schien sie das nicht tun zu wollen. Sie wirkte verunsichert und kaute an ihrer Unterlippe. Offenbar befürchtete sie, dass Emery sie nicht im Zimmer haben wollte.

In dem kurzen Moment, bevor Amber die Tür wieder hinter sich schloss, wurden die Stimmen ihrer Eltern noch lauter, drangen in jede Ecke von Emerys kleinem Zimmer, umwehten das schmale Bett mit der maritim gemusterten Überdecke und schlüpften durch die Lücke zwischen der Wand und dem kitschigen Frisiertisch, den sie von Tante Helen geerbt hatte.

»Es das zweite Mal, dass es passiert ist, weil du sie hast gewähren lassen!«

»Ich habe sie nicht gewähren lassen, James.«

»Du hast es ihr erlaubt.«

»Ja, ich habe ihr einen gottverdammten Fahrradausflug erlaubt. Habe ich deshalb etwa meine elterlichen Pflichten vernachlässigt? Willst du das damit sagen? Ein Dorn und ein Fahrrad – die machen mich in deinen Augen offenbar zu einer unfähigen Mutter. Willst du darauf hinaus?«

»Ich habe nie behauptet …«

Sobald Amber die Tür schloss, wurde die Stimme ihres Dads leiser. Amber trat zu Emerys Bett und setzte sich. Als sie die Hände auf dem Schoß verkrallte, bemerkte Emery, dass sie die Fingernägel bis zum Nagelbett abgekaut hatte und die Häutchen ringsum abstanden.

»Geht es dir gut?«, fragte Amber.

Emery zuckte ausweichend die Achseln. Wahrscheinlich. Zumindest hatte sie keine Schmerzen mehr.

Amber betrachtete noch immer ihre Hände. Sie trug ihre hellblaue Highwaist-Lieblingsjeans, um die Emery sie beneidete, seit sie sie gekauft hatte. Dazu hatte sie ein Oberteil mit Batikmuster an, auf das Emery absolut nicht scharf war, weil es wie der reinste Sack aussah. Das Haar hatte Amber so straff zurückgebunden, dass sich ihre Gesichtshaut spannte, und sie hatte dunkle Ringe unter den Augen.

Zu Emerys Entsetzen glitzerten Tränen darin. »Es tut mir so leid«, flüsterte Amber.

Emery sah sie fragend an. »Wovon redest du?«

Als Amber tief Luft holte, fragte Emery sich, ob ihre Schwester sich auf dieses Gespräch vorbereitet hatte. Amber neigte dazu, in ihrem Zimmer zu sitzen und eine Ewigkeit darüber nachzugrübeln, was sie sagen sollte. Emery war das genaue Gegenteil davon: Sie platzte häufig einfach mit etwas heraus, ohne vorher groß darüber nachzudenken. Aber so war die Angelegenheit dann wenigstens ausgestanden und erledigt.

»Es tut mir leid, dass ich nicht mitgefahren bin.« Amber holte zittrig Luft. Emery schlang die Arme fester um die Knie. Sie wusste nicht, wie sie sich verhalten sollte, denn normalerweise war es umgekehrt: Amber tröstete sie, wenn sie traurig war. War es eine gute Idee, sie jetzt zu umarmen? Ihr die Schulter zu tätscheln? »Es tut mir leid, dass ich nicht auf dich aufgepasst habe.«

Emery schüttelte entschlossen den Kopf. »Es ist nicht deine Aufgabe, auf mich aufzupassen«, erklärte sie mit Nachdruck. »Ich brauche niemanden ...« Aber sie konnte den Satz nicht beenden, da das nach Heuchelei geklungen hätte. Sie brauchte doch jemanden, der auf sie aufpasste, richtig? Genauer ausgedrückt, jemanden, der sie am Leben erhielt. So jemanden würde sie immer brauchen, wie ihr erst jetzt klar wurde. Sie spürte ein scharfes Pulsieren im Bauch. Zum ersten Mal wurde es ihr in seiner ganzen Tragweite bewusst: Solange niemand ein Mittel gegen ihre Krankheit fand, würde sie immer darauf angewiesen sein, dass jemand da war, der ihr Herz wieder zum Schlagen brachte.

»Also machst du mir keine Vorwürfe?«, hauchte Amber.

Emery starrte sie an. Ihre Stimme klang so dünn. Amber war zwar nur fünf Jahre älter als sie, aber sie war *siebzehn*. Im September würde sie von zu Hause ausziehen und an die Universität gehen. Sie war ihre große Schwester; etwas, das sie Emery bei jeder Gelegenheit unter die Nase rieb, für gewöhnlich begleitet von einem tiefen Seufzer. Aber gerade klang sie so ... jung. Für Emery eine völlig neue Erkenntnis.

Umständlich kam Emery auf die Knie, die sie sich bei dem Sturz aufgeschürft hatte, sodass sie etwas brannten, und rutschte zu ihrer Schwester. »Nein«, sagte sie, »ich gebe dir nicht die Schuld.« Beinahe hätte sie den Arm um Amber gelegt und sie beruhigend an sich gedrückt. Doch dieser Rollentausch war im Moment noch zu viel für sie. Stattdessen lächelte sie aufmunternd. »Ich hätte es sogar blöd gefunden, weil du mir bloß in die Quere gekommen wärst.«

Amber blickte sie vielsagend an. »Klar. Wie hättest du auch mit Colin flirten sollen, wenn ich dabei bin?«

Emery spürte, wie ihre Wangen rot wurden. »Ich habe nicht mit ihm geflirtet«, protestierte sie.

Es zuckte um Ambers Lippen. »Dann hast du es eben versucht.«

Gerade als Emery zu einer Antwort ansetzte, ertönte abermals die Stimme ihres Vaters: »Du arbeitest den ganzen Tag. Jeden gottverdammten Tag. Ich bin hier und muss auf sie aufpassen. Und dann kommst du hereinspaziert und erlaubst ihr alles Mögliche, und schau dir an, wozu das geführt hat!«

»Sie ist ein Kind, verdammt! Sie muss all diese Dinge tun können! Was meine Berufstätigkeit angeht, warst du damit einverstanden! Du warst derjenige, der ein zweites Kind wollte, und du hast mir versprochen, dass ich deshalb meinen Beruf nicht aufgeben muss.«

»Aber das war, bevor wir wussten, was passieren kann, wenn sie nicht beaufsichtigt wird!«

Amber warf Emery einen Blick zu. Emerys Herz raste, und ihr Magen krampfte sich zusammen, bis ihr ein wenig übel wurde. *Du warst derjenige, der ein zweites Kind wollte.* Hieß das, dass ihre Mum sie nicht gewollt hatte?

»Sie meint es nicht so«, sagte Amber leise. Emery presste die Lippen zusammen.

»Ich halte das nicht mehr aus«, schrie ihre Mutter unten weiter, offenbar ohne sich darum zu scheren, dass man sie im ganzen Haus hören konnte. »Ich kann nicht auf Zehenspitzen herumschleichen, während du sie behandelst wie eine Zeitbombe, die jeden Moment hochgehen kann.«

Die Antwort ihres Dads war zu leise, um sie zu verstehen.

»Vielleicht passiert es ja nie wieder«, flüsterte Amber. Aber das war eine trügerische Hoffnung, das wussten sie beide. Emery schwieg und presste die Lippen noch fester zusammen. So war es weniger gefährlich. Nach einer Weile spürte sie den Arm ihrer Schwester um sich. Amber konnte das, was Emery vorhin nicht geschafft hatte. Sie drückte Emery an sich, und Emery war erleichtert, dass alles wieder normal war und sie wieder die kleine Schwester sein konnte. Sie ließ den Kopf an Ambers Schulter sinken.

»Sie sind nur gestresst«, meinte Amber leise. »Es war ...« Sie schluckte, da das, was sie jetzt sagen wollte, offenbar zu schrecklich war, um es auszusprechen. Dann räusperte sie sich. »Kannst du ...?« Wieder verstummte sie, nur dass ihr Tonfall diesmal eher fragend war, weshalb Emery nachhakte.

»Ob ich was kann?«

»Kannst du dich an irgendetwas erinnern, wenn es passiert? Vorher oder danach oder ...« *Währenddessen.* War es das, was sie wissen wollte?

Emery dachte an die Welt, in der sie gewesen war, und an den Mann, den sie nun schon zum zweiten Mal dort gesehen hatte. Daran, dass es da etwas gab, einen Ort, wo man hinkonnte, und jemanden, der einem half. Vielleicht würde es Amber ja trösten, wenn sie wusste, dass es Emery gut ging und sich jemand um sie kümmern würde, falls es doch irgendwann geschah. Aber vielleicht klang es ja auch zu verrückt, und Amber würde ihr nicht glauben. Eine Fantasiefreundin.

Sie konnte sich zwar nur undeutlich erinnern, doch hatte Amber das damals, vor all den Jahren, nicht gesagt? Es würde sich anhören, als hätte sie eine Schraube locker, außerdem wollte ein egoistischer Teil von ihr das alles – und ihn – für sich behalten. Es war ihr Geheimnis, auf das niemand sonst Zugriff hatte. Das niemand beeinflussen oder verändern konnte.

»Ich erinnere mich an den Sturz«, sagte sie. »Und daran, dass ich wieder aufgewacht bin.« Das war keine Lüge. Zumindest keine richtige.

Kurz herrschte Schweigen. »Ich glaube, sie haben aufgehört zu streiten«, bemerkte Amber. »Sollen wir runtergehen und zu Mittag essen?«

Emery nickte und setzte sich auf, als Amber ihren Arm löste. Wenn Amber dabei war, konnte sie nach unten gehen. Amber würde sie abschirmen. Außerdem wollte sie ihre Eltern nicht mehr streiten hören. Wenn sie unten war, würden sie wenigstens nicht mehr über sie reden.

Du warst derjenige, der ein zweites Kind wollte.
Das war, bevor wir wussten, was passieren kann.
Ich halte das nicht mehr aus.

Wieder spürte sie diesen scharfen Schmerz in ihrem Innern und dachte an Colin. Daran, wie ihre Blicke sich begegnet waren, an die Schuldgefühle in seinen Augen, als sie weggetragen worden war. Es war falsch von ihm, so zu empfinden. Nicht er war es, der Schuldgefühle haben sollte.

Sondern sie.

Kapitel 6

ZWEI JAHRE SPÄTER (JULI 1993)

ALTER: 14

Emery spähte um die Küchentür herum und stellte fest, dass ihr Dad am Küchenblock stand und eine Zwiebel hackte. Er kehrte ihr den Rücken zu und hatte noch den Anzug an, den er in der Schule trug. Sie öffnete die Tür ein Stück weiter – meistens schloss er sie fast ganz, damit die Essensgerüche nicht durchs ganze Haus zogen – und wartete, bis er sie bemerkte. In der rechten Hand hielt sie das Blatt Papier umklammert, auf dem »Erlaubnis der Eltern« stand und das sie schon die ganze Woche mit sich herumtrug, um es unterschreiben zu lassen. Inzwischen war Donnerstag, und wenn sie es nicht bis morgen abgab, würde sie nicht mit Bonnie und dem Rest ihrer Klasse zur Geschichtsexkursion nach Frankreich fahren. Sie hatte bis jetzt gewartet, in der Hoffnung, ihre Mum in einer ruhigen Minute abpassen zu können. Ja, natürlich wäre Dad wütend geworden, weil man ihn übergangen hatte, allerdings wäre es dann längst zu spät. Das Problem war bloß, dass ihre Mum die ganze Woche nicht da gewesen war. Sie war bis spät in die Nacht in der Kanzlei gewesen, was in letzter Zeit immer öfter vorzukommen schien. Ihr Beruf sei wichtig, lautete stets ihre Antwort, wenn Emery sich beschwerte. Die Leute brauchten sie. Schließlich sei sie deswegen Anwältin geworden.

Na, prima, irgendwelche fremden Leute sind wichtiger als deine eigene Tochter.

Dieser Satz war mit einem strafenden Blick quittiert worden.

Trotzdem war es ärgerlich. Mit ihrer Mum konnte man beim Abendessen besser reden, außerdem behandelte sie Emery wie eine Erwachsene. Wie einen Menschen, der verstand, wie es auf der Welt lief. Wohingegen ihr Vater beharrlich so tat, als wäre sie noch ein Kind. Erst letzte Woche hatten sie ein Gespräch über die Obdachlosenzahlen in Großbritannien geführt, und ihre Mum hatte sich angehört, was Emery dazu zu sagen hatte. Dann jedoch war ihr Dad hereingekommen, hatte das Gesicht verzogen und gemeint: »Müssen wir unbedingt beim Essen am Freitagabend über so deprimierende Themen sprechen? Lasst uns doch lieber über etwas anderes reden.« Emery und ihre Mum hatten hinter seinem Rücken Blicke gewechselt.

Außerdem glaubte sie, dass die Streitereien vielleicht aufhören würden, wenn ihre Mum öfter zu Hause war. Emery lauschte von ihrem Zimmer aus, wenn ihre Eltern abends in der Küche stritten, in der irrigen Annahme, dass sie schon schlief.

»Mein Beruf ist wichtig, James!«

»Wichtiger als meiner?«

Und dann herrschte Schweigen, das sich so lange hinzog, dass Emerys Magen sich vor Angst zusammenkrampfte. Ein Schweigen, an dem sie die Schuld trug. Denn es entstand nur, weil ständig einer von ihnen hier bei ihr bleiben musste.

Ihr Dad hatte immer noch nicht gemerkt, dass sie in der Tür stand, deshalb ging sie zu ihm hinüber. Die Terracottafliesen fühlten sich unter ihren nackten Füßen klebrig an. Die Hintertür war weit aufgerissen, und das Radio lief, allerdings wurde es von Tante Helen übertönt, die gerade vom Sport gekommen war und unter der Dusche sang. Zum Sport trug sie stets leuchtend türkisfarbene Leggings, ein violettes Top und ein Stirnband, als wäre sie einem dämlichen Fitnessvideo aus den Achtzigern entstiegen. Doch ihr drolliges Outfit schien sie nicht im Mindesten zu stören. »Es macht riesigen Spaß«, hatte sie verkündet, als sie Emery an der Haustür begegnet war. »Du solltest mal mitkommen.«

»Ich denke nicht, dass so etwas für Emery infrage kommt«, hatte ihr Dad abgewiegelt, noch bevor Emery etwas erwidern konnte. Was absolut unlogisch war, denn Sport stärkte doch das Herz, oder? Auch vom Sportunterricht hatte er sie abzumelden versucht. Und als stellvertretender Rektor ihrer Schule hatte er außerdem die Möglichkeit, ihre Teilnahme an allen möglichen Aktivitäten einzuschränken, was entsetzlich peinlich war. Emery hatte sich etwas einfallen lassen müssen, um die Aufmerksamkeit von sich abzulenken und sich gegen die Hänseleien ihrer Mitschüler zu wehren, weil sie immer am Spielfeldrand sitzen oder in die Bibliothek gehen musste, wenn es zu kalt war, um im Regen herumzustehen und ihren Freundinnen beim Netzball zuzuschauen. Was für das inzwischen zerknitterte und ziemlich kläglich aussehende Stück Papier in ihrer Hand nichts Gutes verhieß.

Helens unmelodische Stimme ertönte weiter aus der Dusche, wobei niemand den Text des Songs verstand, den sie schmetterte. Emery hatte nicht gewusst, dass sie zu Besuch kommen würde, und sie fragte sich, ob ihre Eltern ebenso überrascht waren wie sie. Helen schneite oft unangekündigt zwischen ihren Auslandsreisen herein, die sie unternahm, um für ihr Buch zu recherchieren – obwohl sie niemandem verriet, wovon dieses Werk überhaupt handelte. Außerdem hatte sie, wie es aussah, auch noch keine Zeile davon geschrieben. Emerys Mum verdrehte nur die Augen, wenn die Sprache auf dieses Projekt kam.

»Dad«, begann Emery, woraufhin er erschrocken zusammenzuckte. Das Messer verrutschte leicht in seiner Hand, und er sah sie an. Inzwischen war sie an diesen raschen Von-Kopf-bis-Fuß-Blick gewöhnt, ob auch alles in Ordnung war. Wie mochte es wohl sein, einfach *Dad* sagen zu können, ohne dass er überlegte, ob sie im Begriff war, tot umzufallen? Meistens gelang es ihm, es zu verbergen, also las er offenbar etwas aus ihrer Körpersprache heraus. Emery lockerte die Schultern und hob spielerisch ein Bein, versuchte, entspannt zu wirken.

»Was kochst du da?«, erkundigte sie sich in aufgesetzt fröhlichem Ton.

Argwohn spiegelte sich auf seiner Miene: Sie kam sonst nie in die Küche, um sich danach zu erkundigen. Ganz im Gegenteil: Häufig musste er sie hinausschicken, wenn sie sich vor dem Essen einen Toast machen wollte. »Spaghetti bolognese.«

Helen würde sich bestimmt beklagen. Vermutlich verzichtete sie gerade wieder einmal auf Fleisch oder Kohlenhydrate. Und dann würden sie und Dad beim Essen die ganze Zeit gegeneinander sticheln. Allerdings fühlte sich ihre geschwisterliche Kabbelei nie feindselig an, sondern es schwang stets Zuneigung mit.

»Mmmmhhh«, erwiderte sie. »Ich hätte da nur eine kurze Frage ...«

»Ja?« Er nahm das Schneidebrett und schob die Zwiebelstücke mit dem Messer in die Bratpfanne.

»Du weißt doch, dass bald die Geschichtsexkursion stattfindet ...« Sie hätte schwören können, dass er einen Moment erstarrte, bevor er einen Teelöffel Öl in die Pfanne gab. Natürlich wusste er es, schließlich war er stellvertretender Rektor. Er hatte sie gezwungen, auf seine Schule zu gehen, wohingegen Amber die andere staatliche Schule besuchen durfte, wo sie mit keinem der Lehrer verwandt war. *Falls etwas passiert, muss ich da sein, Emery.* Sie hatte keine Chance gehabt, diese Debatte zu gewinnen. Ein Glück, dass Bonnie sich aus Solidarität für dieselbe weiterführende Schule entschieden hatte.

Als er schwieg, legte sie den Elternbrief auf den Küchenblock neben das Schneidebrett. Er überflog ihn. Sie sah, wie er kurz das Gesicht verzog, bevor er sich um eine neutrale Miene bemühte. Hatte er etwa gehofft, dass sie freiwillig verzichten würde? Vermutlich. Es war ein Ausflug zu irgendeiner Burg, also ganz bestimmt todlangweilig. Allerdings würden sie nach *Frankreich* fahren, was wiederum cool war. Und außerdem bedeutete es drei ganze Tage nur mit Bonnie.

»Keine gute Idee, Em. Das weißt du doch.«

Obwohl sie mit dieser Antwort gerechnet hatte, hätte sie am liebsten lautstark protestiert. Aber sie und Bonnie hatten das Gespräch im Voraus geprobt.

»Die Lehrerinnen sind in Erster Hilfe ausgebildet.« Er sagte nichts, wollte es also offenbar weder abstreiten noch bestätigen. »Und wir werden die ganze Zeit beaufsichtigt.« Darauf hätte sie zwar nicht schwören können, hielt es aber für wahrscheinlich. »Es sind nur drei Tage, und wir fahren mit dem Reisebus. Also wäre es keine anstrengende Flugreise und …«

»Tut mir leid, Emery. Die Antwort ist Nein.«

Sie ballte die Fäuste und spürte, wie sich ihre Fingernägel in ihre Handflächen gruben. »Also wirst du mir nie im Leben irgendetwas erlauben? Das ist doch Schwachsinn!«

»Emery!«

»Ist es aber!« Als er nichts erwiderte, verschränkte sie die Arme. »Vielleicht ziehe ich ja aus und wohne bei Tante Helen.« Das Plätschern der Dusche und der Gesang waren inzwischen verstummt. »Sie würde mich nach Frankreich fahren lassen.«

»Das kann sie gar nicht. Sie ist weder deine Mutter noch dein Vormund.«

»Dann lasse ich mich eben gerichtlich für volljährig erklären.«

»Ich bezweifle, dass dieses Verfahren in den nächsten drei Wochen abgeschlossen wäre.«

Emerys Blut geriet in Wallung. »Du nimmst mich nicht ernst!«

Seufzend rührte ihr Dad seine Zwiebeln herum, die sich an

den Rändern allmählich braun verfärbten. »Es tut mir leid, Emery«, sagte er wieder. »Ich weiß, dass du das ungerecht findest, aber es ist nur zu deinem Besten ...«

»Denkt Mum auch, dass es das Beste ist?«, entgegnete Emery.

»Emery!« Es klang wie ein warnendes Knurren.

»Nein, das ist doch einfach nur blöd!« Sie spürte, wie ihr Tränen in die Augen traten. Dabei hatte sie Bonnie doch versprochen, dass sie ruhig und vernünftig bleiben würde. »Du kannst mich nicht einsperren. Ich bin vierzehn. In zwei Jahren dürfte ich sogar schon heiraten, wenn ich wollte, und ...«

»Du willst heiraten? Wer ist denn der Glückliche?«

»Dad!« Sie holte tief Luft. Ihre Kehle war so zugeschnürt, dass es wehtat. Es machte sie ja so wütend, dass er die Angelegenheit als Witz abtat. Seine Miene veränderte sich, als er sie ansah.

»Liebes, ich weiß, dass du es als unfair empfindest, aber ...«

»*Empfinden*? Ich empfinde es nicht nur so, es *ist* unfair.« Sie hatte Mühe, nicht laut loszuschreien und aus der Küche zu stürmen. Wie konnte sie die Situation noch retten? Im nächsten Moment hörte sie, wie sich die Haustür öffnete, und kurz darauf kam ihre Mum in die Küche. Sie war barfuß wie Emery. Ihre Fersen sahen von den Pumps (ein Zugeständnis an das Patriarchat) wund und geschwollen aus, ihre weiße Bluse hatte unter den Achseln leichte Schweißflecke, und ihr schwarzer Rock schien in der Taille zu kneifen. Ihr Lächeln wirkte ein wenig gezwungen und erschöpft. Emery erwiderte es nicht und warf ihrem Dad einen giftigen Blick zu, woraufhin ihre Mum die Augenbrauen hochzog.

»Alles in Ordnung?«, fragte sie zögernd, obwohl sie die Antwort vermutlich schon kannte.

»Du bist früh dran.« Ihr Dad gab das Hackfleisch zu den Zwiebeln und wandte seiner Frau den Rücken zu.

»Die Verhandlung war früher zu Ende, als ich ...« Sie brach

ab, als Emery den Elternbrief vom Küchenblock nahm und damit aus der Küche stürmen wollte, fasste ihre Tochter am Arm und versperrte ihr den Weg. »Was ist hier los?«

Die Worte sprudelten nur so aus ihr heraus. »Dad erlaubt mir nicht, auf die Geschichtsexkursion mitzufahren.« Inzwischen weinte sie. Nicht weil ihr der Schulausflug so viel bedeutete, sondern weil er der Beweis war, dass sich die Situation nie bessern würde. Nach dem letzten Anfall würde ihr Dad ihr nie wieder etwas erlauben.

»James.« Ihre Mum seufzte müde. »Du wirst ihr nicht jeden Schulausflug der nächsten vier Jahre verbieten können.« *Vier Jahre!* Wie sollte sie noch vier Jahre überstehen? Vielleicht war es ja eine Lösung, mit sechzehn von der Schule abzugehen und sich einen Job zu suchen.

»In der elften findet die Erdkundeexkursion statt. Da bin ich als Aufsichtsperson dabei. Also kann sie mitfahren.« *Sie.* Als wäre Emery gar nicht im Raum. Es erinnerte sie daran, wie die Ärzte nach den Untersuchungen mit ihren Eltern über sie redeten. Sie sprachen mit *ihnen*, nicht mit *ihr*.

»Ich habe Erdkunde doch gar nicht in der Abschlussprüfung! Außerdem will ich nicht auf einen Schulausflug, wenn du dabei bist«, entgegnete sie in gehässigem Ton. Gut so. Beim Anblick seiner gekränkten Miene konnte sie sich den gemeinen Gedanken nicht verkneifen.

»James«, begann ihre Mutter wieder. »Meiner Ansicht nach sollten wir sie fahren lassen. Wir können ja mit den Lehrerinnen sprechen, damit sie informiert sind, falls …«

»Nein.« Das klang so endgültig, als läge die Entscheidung allein bei ihm.

»Vielleicht hat Alice' Einwand etwas für sich, James.« Emery wirbelte herum und sah Helen hinter ihrer Mum stehen. Wie viel hatte sie mitbekommen? Wahrscheinlich alles, denn das Haus war ziemlich hellhörig.

»Halt dich da raus, Helen«, knurrte ihr Dad. Helen fing

Emerys Blick auf und zuckte kurz die Achseln, was wohl *Ich habe es wenigstens versucht* besagen sollte.

Emery riss sich aus dem Griff ihrer Mum los und rannte aus der Küche, vorbei an ihrer Tante, die nichts weiter als ein Handtuch anhatte. Hinter sich hörte sie die erschöpfte Stimme ihrer Mutter. »Müssen wir dieses Gespräch wirklich schon wieder führen, James?«

Und auch die Antwort ihres Vaters: »Offenbar schon, weil du dich weigerst, mir zuzuhören.«

Sie hatte es wieder einmal geschafft, einen Streit heraufzubeschwören, nur weil sie auf eine verdammte Geschichtsexkursion fahren wollte. Emery spürte, wie ihr Atem immer schneller wurde. Ihre Augen brannten.

Amber stand im Flur. Das Haar fiel ihr offen über die Schultern, der dämliche Pony war zum Glück herausgewachsen. Sie trug ein weißes T-Shirt unter einer Latzhose und sah absolut cool aus, während Emery vermutlich feuerrot im Gesicht war, noch ihre Schuluniform anhatte und einen zerknitterten Zettel mit der Faust umklammerte.

»Komm«, sagte Amber. »Wir gehen raus.«

Kapitel 7

»Dad wird sauer sein, weil wir ihm nicht gesagt haben, wo wir hingehen«, murmelte Emery, als sie den Hügel hinunter in Richtung der Stadtmitte von Cambridge spazierten.

»Tja, dann muss Dad sich eben mal locker machen.«

»Ja«, stimmte Emery zu. »Das muss er wirklich.«

Beim Gehen stieß Amber sie mit der Schulter an. »Und wie läuft es bei dir, kleine Em?« Sie war erst vor ein paar Tagen über die Sommerferien nach Hause gekommen, weshalb sie noch kaum Zeit zum Reden gehabt hatten, weil Emery meistens in der Schule war.

Emery lachte höhnisch. Sie wusste nicht, wie sie erklären sollte, dass ihr Leben noch enger geworden war, seit Amber in Cardiff studierte. Nun waren nur noch sie, Mum und Dad im Haus, was hieß, dass es zu still war und sie noch mehr unter Beobachtung stand als ohnehin schon.

Doch während Emery ihre Schwester schrecklich vermisste, schien Amber aufgeblüht zu sein, war sehr viel mehr sie selbst.

Deshalb wollte Emery nicht, dass sie ein schlechtes Gewissen bekam, weil sie glücklich war. Auch wenn sie nie bemerkt hatte, dass Amber zu Hause unglücklich gewesen wäre. Sie hatte darüber nachgedacht, was Amber gefehlt haben könnte, dass sie stets so bedrückt und gestresst gewirkt hatte, zumal sie nach ihrem Auszug quasi über Nacht zu einer souveränen, entspannten jungen Frau geworden war. Zweifellos lag es an dem Druck, den es bedeutete, die große Schwester von jemandem zu sein, der ständig im Mittelpunkt stand. Bei dem jedes Mal, wenn er stolperte, das ganze Haus den Atem anhielt. Ihr war klar, dass man ihr diese Aufmerksamkeit immer aufgedrängt hatte. Und das hieß wiederum vermutlich, dass ihre Eltern weniger Muße gehabt hatten, Amber zu fragen, wie sie sich dabei fühlte. War das der Grund? In der Abschlussphase hatte Amber so unter Strom gestanden. Trotzdem hatte ihr Dad sich ständig nur Sorgen um Emery gemacht und Amber gebeten, ein Auge auf sie zu haben, wann immer er etwas erledigen musste, und sei es nur, im Nebenzimmer eine Unterrichtsstunde vorzubereiten. Obwohl Amber auf ihre Prüfungen lernen musste. Amber hatte sich nie beklagt, und Emery wusste, dass das an dem Zwischenfall während des Campingurlaubs lag. Alle zermürbten sich selbst und gegenseitig mit Schuldgefühlen.

»Du weißt bestimmt, dass die Geschichtsexkursion grässlich langweilig wird«, meinte Amber im Plauderton. Emery sah sie zwar an, schwieg aber. »In meiner Schule ging der Ausflug nach Deutschland. Wir durften höchstens drei Stunden lang aus dem Bus raus. Und dann hat jemand in den hinteren Sitzreihen gekotzt, und wir haben auf dem ganzen Heimweg den Gestank nicht mehr rausgekriegt.«

Emery rümpfte die Nase. »Aber du durftest mitfahren, richtig?« Allerdings spürte sie, wie ihre Wut von Müdigkeit abgelöst wurde. Die Sonne beschien warm ihren Kopf. Ihre Locken hatte sie mit einem Haarband zusammengefasst, für das sie sich heute in der Schule eine Ermahnung eingehandelt hatte, weil es angeblich zu bunt war.

»Wie geht es Bonnie?«, fragte Amber.

»Gut. Und wie ist es an der Uni? Hast du schon gelernt, wie man verstauchte Handgelenke kuriert, und solche Sachen?«

Amber lachte leise auf. »Ich arbeite dran. Und was ist mit Jungs?« Als Emery das Gesicht verzog, versetzte Amber ihr einen Rippenstoß. »Als ich ausgezogen bin, hast du auf Colin gestanden.«

»Nein, ich habe mir *überlegt*, ob ich auf ihn stehen soll. Das ist ein Unterschied.«

»Und?«

»Ich habe mich dagegen entschieden. Was ist mit dir? Irgendwelche Typen am Start?« Amber errötete – Geheimhaltung war noch nie ihre Stärke gewesen. »Also ja!«, rief Emery. »Bitte sag jetzt, dass er cooler ist als Stephen, der Starrer.« Soweit Emery feststellen konnte, hatte Ambers einzige Romanze zu Schulzeiten aus gelegentlichem Händchenhalten und Scrabble bestanden.

»Er hat nicht *gestarrt*, sondern aufmerksam zugehört.«

»Und ob er gestarrt hat. Es war gruselig. Stephen, der Grusel-Starrer.«

Amber schürzte die Lippen. »Jedenfalls ist er ganz anders als Stephen.«

»Gut.« Ihre Haut im Nacken juckte vom Schweiß, der sich unter ihrem Haar sammelte.

»Aber ich bin noch nicht sicher, ob da überhaupt was läuft«, fuhr Amber fort. »Es ist … Emery! Was machst du da?« Sie packte Emery am Oberarm und riss sie zurück, als sie auf die Straße treten wollte.

Emery starrte auf Ambers Hand. »Da ist kein einziges Auto, Ambs.«

»Hast du überhaupt geschaut?« Ambers Stimme war schrill, beinahe hysterisch.

Emery verdrehte die Augen. »Ja, Mami, habe ich.«

Amber achtete nicht auf ihren Ton. »Tatsächlich? Ausgerechnet du solltest vorsichtig sein, wenn …«

»*Ausgerechnet ich*? Weil ich der einzige Mensch auf der ganzen Welt bin, der bei einem Autounfall totgefahren werden kann?«

»Mach darüber keine Witze, Emery«, stieß Amber zwischen zusammengebissenen Zähnen hervor.

Emery sah ihre Schwester nachdenklich an. Dann holte sie tief Luft. Die warme Sommerluft verschaffte ihr keine Kühlung. »Ja, ich weiß. Tut mir leid.« Sie bemühte sich, ruhig zu klingen. Doch etwas prickelte unter ihrer Haut, und der Drang, laut loszuschreien, wuchs. *Sei vorsichtig, Emery.* Immer und immer wieder: *Sei vorsichtig.* Und dabei gab sie sich – wenn man die Exkursion einmal beiseiteließ – wirklich Mühe, damit alle zufrieden waren und ihre Eltern einander nicht noch mehr als sonst an die Gurgel gingen. Das hieß jedoch nicht, dass es fair wäre. Es war ungerecht, dass sie vorsichtiger sein musste als andere. Dass alle sie – um ihre Mutter zu zitieren – behandelten wie eine Zeitbombe, die jeden Moment hochgehen konnte. Und zwar aus einem Grund, auf den sie nicht den geringsten Einfluss hatte.

Aber sie wollte nicht vorsichtig sein. Sie wollte etwas Dummes, etwas *Leichtsinniges* tun. Nur um zu zeigen, dass sie es konnte. Am liebsten würde sie ihre Schwester in einem Trotzanfall wegstoßen und vor das Auto – einen leuchtend blauen Fiat – laufen, das die Straße entlangkam. Dann würde sie auf die andere Straßenseite rennen und es schaffen, weil sie es konnte, schließlich war sie keine Vollidiotin. Oder sie blieb einfach stehen wie bei einer Mutprobe und sprang erst im letzten Moment zur Seite. Sie stellte sich den Blick ihrer Mum vor – den Anwaltsblick, wie sie und Amber ihn nannten –, der ihr sagte, dafür sei sie doch viel zu groß. Dann die Stimme ihres Dads: *Das ist keine gute Idee, Em.* Das Gesicht ihrer Schwester, mit weit aufgerissenen Augen, voller Panik und Angst, dass ihr in ihrem Beisein etwas zustoßen könnte. Sie erinnerte sich daran, wie Amber sich nach dem Fahrradunfall in ihr Zimmer geschlichen hatte, zerknirscht, weil sie befürchtete, Emery könnte ihr die Schuld geben.

Sie trat vom Straßenrand zurück, ging zur Fußgängerampel, drückte auf den Knopf und wartete. Da, es ging doch, schön vorsichtig.

»Und freust du dich schon auf die Zwischenprüfungen?«, fragte Amber. Ihr gekünstelt fröhlicher Ton entging Emery nicht. Außerdem war diese Frage nicht hilfreich. *Was kommt dann? Was hast du vor? Hast du schon über deine Zukunft nachgedacht?* Das wollten mehr oder wenige alle von ihr wissen. Die Erwachsenen. Dabei gehörte ihre Schwester eigentlich nicht zu denen und hätte sich mit Emery gegen die Erwachsenen verbünden müssen. Und warum interessierten sich eigentlich alle so für ihre Zukunft, wenn sie ohnehin so sicher waren, dass ihr Herz jeden Moment stehen bleiben würde? Sie spürte, wie Bitterkeit in ihr aufstieg, und war machtlos dagegen.

Sie beantwortete Ambers Frage nicht, denn sie wollte sie nicht anschnauzen. Schließlich wusste sie in ihrem Innersten, dass das alles nicht Ambers Schuld war. Sie sah zu, wie die Ampel für die Autos von Grün auf Gelb umsprang. Dann auf Rot. Die Ampel begann zu piepsen, und Emery trat auf die Fahrbahn, um die Straße zu überqueren. Amber folgte ihr.

Fast hatten sie das andere Ende des Fußgängerüberwegs erreicht, als ein Auto um die Ecke gerast kam, eindeutig schneller als erlaubt. Emery machte einen erschrockenen Satz auf den Gehweg und hörte, wie Amber dem Fahrer wüste Beschimpfungen nachbrüllte. Doch er hupte sie nur an und raste hinter ihnen über den Überweg, obwohl die Ampel noch nicht umgesprungen war.

Wie aus weiter Ferne hörte sie, wie Amber »Wo brennt's denn, Arschloch?« schimpfte. Doch sie spürte schon den Ruck, als ihr Körper auf das schrille Hupen reagierte. Die Fahrtwindschleppe des Autos traf sie, und ihre Schwester schnappte nach Luft.

Ihr Herz krampfte sich zusammen. Und als sie hinfiel, in den Sekunden, bevor sie das Bewusstsein verlor und ihr Herz vollständig stehen blieb, war ihr einziger Gedanke: *Ach, verdammte Scheiße.*

»Ich war doch vorsichtig!«, empörte sich Emery, sobald sie ihn sah. Er breitete schicksalsergeben die Hände aus, während sie sich durch die Locken fuhr, wodurch sich ihr Haarband lockerte. Er betrachtete sie. Vermutlich wartete er darauf, dass sie sich beruhigte. Ein wenig verlegen rückte sie ihr Haarband wieder gerade.

»Ich habe nie das Gegenteil behauptet«, erwiderte er mit ruhiger, gelassener Stimme.

Sie starrte ihn finster an, aus dem einfachen Grund, weil sonst niemand da war. Und weil sie sich diesmal wirklich Mühe gegeben hatte, vorsichtig zu sein. Sie hatte doch alles richtig gemacht, an der Ampel gewartet und vor dem Überqueren der Straße in beide Richtungen geschaut! Alles streng nach Vorschrift. Sie hatte weder etwas Dummes noch etwas Leichtsinniges getan. Nichts, was sie nicht hätte tun sollen. Was nun? Durfte sie etwa nie wieder über die Straße gehen, um bloß nicht angehupt zu werden?

»Was denkst du, kleine Emery?«

Sie zuckte zusammen, und sie brauchte einen Moment, um den Grund zu erkennen. *Kleine Emery.* So nannte auch Amber sie, und bis jetzt hatte sie sich nie etwas dabei gedacht, aber ... *klein.* Aus irgendeinem Grund gefiel es ihr nicht, dass er sie als klein wahrnahm. Sie sah ihm in die grüngrauen Augen, die sie sich nie so recht ins Gedächtnis rufen konnte, ganz gleich, wie sehr sie es auch versuchte. Vor Kurzem waren ihre Schulfreundinnen und sie sich einig gewesen, dass Will Smith die tollsten Augen überhaupt hatte, doch inzwischen war sie da nicht mehr so sicher. Als sie spürte, wie ihr vor Verlegenheit ganz heiß wurde, wandte sie den Blick ab.

»Nichts«, erwiderte sie. »Ich wollte nur ...« Emery setzte sich ins Gras. Sie befanden sich in der Grünanlage unweit von ihrem Zuhause, wo sie und Bonnie oft nach der Schule abhingen. Es war warm, wenn auch zum Glück nicht ganz so heiß wie in der Realität, denn sie trug noch dieselben Sachen, in denen sie auf dem Gehweg zusammengesackt war. »Ich wollte nicht, dass das passiert«, murmelte sie, während er sich neben ihr niederließ.

»Natürlich nicht.«

»Nein, du kapierst es nicht«, entgegnete sie ungeduldig und trommelte sich mit den Fingern aufs Knie. »Mein Dad …« Aber sie wusste nicht, wie sie es richtig erklären sollte. Bestimmt drehte er jetzt endgültig durch. Und fand wahrscheinlich einen Weg, ihrer Mum die Schuld zu geben. In Emery wuchs die schreckliche Gewissheit, dass dieser Zwischenfall der Ehe ihrer Eltern den Todesstoß versetzen könnte. Genau deshalb hatte sie unbedingt verhindern wollen, dass so etwas wieder passierte. »Es wird ihm gar nicht gefallen«, endete sie ausweichend. »Meiner Mum auch nicht.«

»Darauf hast du keinen Einfluss«, antwortete er mit sanfter Stimme.

»Nein«, sagte sie, schaffte es aber noch immer nicht, ihn anzusehen. »Wahrscheinlich nicht.« Und war der heutige Tag nicht Beweis genug? Dafür, dass es absolut sinnlos war, sich an die Regeln zu halten, weil es so oder so geschah? Sie seufzte. »Allerdings wäre ich lieber woanders als in diesem Park.«

»Tja, es ist deine Party. Offenbar magst du den Park doch«, sagte er lachend.

Sie rümpfte die Nase. Ja, sie hatte wirklich Spaß, wenn sie, Bonnie und ihre anderen Freundinnen sich hier noch kurz die Zeit vertrieben, bevor sie wieder nach Hause musste – und zwar viel früher als der Rest ihrer Clique –, um wieder in die Rolle des Sorgenkinds zu schlüpfen. Dennoch hätte sie sich gern an einem cooleren Ort mit ihm getroffen. Ein Beben erschütterte den Park, und Emery hätte schwören können, dass auch die Schaukeln am anderen Ende zu schwingen begannen. Sie spürte, wie ihre Finger sich rechts und links von ihr ins Gras krallten, und bemühte sich, sie einen nach dem anderen zu lockern. »Beim letzten Mal hatte ich den Eindruck, dass es länger dauert«, sagte sie leise.

»Ich auch«, bestätigte er und lächelte sie an. »Vielleicht wird es ja bei jedem Mal anders.« *Es wird.* Das klang wie ein Versprechen, dass sie sich wiedersehen würden. Sie ertappte sich dabei, dass ihr diese Aussicht gefiel.

Inzwischen verschwamm er seltsam vor ihren Augen. Seine Umrisse hoben sich nicht mehr so klar von der Umgebung ab, und sein kastanienbraunes Haar verschmolz mit der Rinde der Bäume in der Ferne. Doch als sie ihre eigene Hand betrachtete, stach sie aus dem diffusen Grün ringsherum hervor. Sie sah ihm direkt in die Augen. »Verrätst du mir jetzt deinen Namen?«

Sie sah, dass seine Lippen sich bewegten, konnte jedoch nicht sagen, ob er ihr antwortete oder wieder behauptete, das spiele keine Rolle – obwohl das nicht stimmte. Inzwischen war es ihr aus irgendeinem Grund wichtiger als je zuvor. Aber sie würde sich bis zum nächsten Mal gedulden müssen, denn sie wurde von ihm weggezogen, zurück zu den Schmerzen, die sie, wie sie inzwischen wusste, beim Aufwachen erwarteten.

Amber beugte sich schluchzend über sie. Das Haar fiel ihr ins Gesicht, während sie weiter Emerys Brust bearbeitete, denn sie hatte nicht bemerkt, dass ihre Schwester die Augen wieder aufgeschlagen hatte. Emery hustete, als hätte sie Wasser geschluckt, obwohl ihre Lunge definitiv nicht das Problem war.

»Alles in Ordnung!« Ambers Stimme drang wie aus weiter Ferne an ihre Ohren, als habe Emerys Verstand die Reise noch nicht ganz beendet. Sie klang so anders als *seine* Stimme, außerdem war alles um sie herum viel zu hell und zu real. »Ja, sie atmet.« Es dauerte einen Moment, bis Emery begriff, dass Amber nicht mit ihr sprach. Erst jetzt sah sie das Mobiltelefon ihres Dads neben sich auf dem Gehweg. Amber hatte kein Mobiltelefon, also musste es das von ihrem Dad sein. Was hieß, dass Amber es für alle Fälle auf ihren Spaziergang mitgenommen hatte. Um für alle Eventualitäten gerüstet zu sein.

Immer wieder verschwamm Emery alles vor Augen, als

Amber das Mobiltelefon vom Boden aufhob. »Ja, als wir über die Straße gegangen sind. Nein, auf der Huntington. Okay.« Sie ließ das Telefon sinken. Dann legte sie Emery die Hand auf den Kopf und streichelte ihr sanft das Haar. Ihre Finger zitterten. »Dad ist gleich da.«

Emery schloss kurz die Augen. Ihr tat der Kopf weh. Und zwar sehr. Vor allem der Hinterkopf.

Ihre Arme fühlten sich schwer an, als sie die schmerzende Stelle berühren wollte. Sie ertastete etwas Feuchtes und Klebriges und zuckte zusammen. Und als sie die Hand zurückzog, stellte sie fest, dass sie blutig war. Offenbar hatte sie sich den Kopf gestoßen.

Sie wimmerte leise, woraufhin Amber, die immer noch schluchzte, ihren Kopf auf ihren Schoß bettete. Von der anderen Straßenseite gafften Passanten herüber, kamen allerdings nicht näher. Hielten sie Emery etwa für einen betrunkenen Teenager? Welchen Eindruck machte sie wohl, fragte sie sich kurz, doch in Wahrheit interessierte es sie nicht. Es war ihr scheißegal, was die Leute von ihr dachten.

»Alles ist gut«, sagte Amber. Wieder und wieder. *Alles ist gut, alles ist gut, alles ist gut.*

Nur dass gar nichts gut war, richtig? Sie würde nie gesund werden. Vor wenigen Sekunden war sie bei *ihm* gewesen. Er hatte sie gütig und verständnisvoll angesehen. Hier hingegen verstand sie niemand. Alle waren nur in heller Aufregung.

»Mum?«, fragte sie.

Amber brauchte eine Sekunde zu lang für ihre Antwort. »Ich glaube, sie kommt auch.« Was hatte sie am Telefon gehört? Wieder einen Streit ihretwegen? Emerys Lider schlossen sich flatternd.

»Nein!« Ambers entsetzter Tonfall sorgte dafür, dass Emery sie wieder aufriss, obwohl sie es nicht wollte. Am liebsten wäre sie eingeschlafen und erst wieder aufgewacht, wenn sich alle beruhigt hatten.

»Keine Sorge«, krächzte sie. »Es geht mir gut.« Amber hielt ihre Hand umklammert, obwohl das Blut an ihren Fingern klebte. »Alles ist gut«, wiederholte sie Ambers Worte, obwohl gar nichts gut war. Nicht wirklich. Und vielleicht würde sie sich daran gewöhnen müssen.

Kapitel 8

SECHS JAHRE SPÄTER (DEZEMBER 1999)

ALTER: 21

Die Musik im Haus war so laut, dass sie unter Emerys Haut vibrierte, deshalb konnte sie gar nicht anders, als sich im Takt dazu zu bewegen. Draußen war es eiskalt, aber drinnen, im Wohnzimmer eines Fremden, spürte sie, wie ihr auf der Stirn und zwischen den Oberschenkeln unter dem engen schwarz und silbern gemusterten Kleid der Schweiß ausbrach. Rings um sie herum drängten sich Körper aneinander. Inzwischen war die Feier so weit fortgeschritten, dass von Bewegungsfreiheit keine Rede mehr sein konnte. Immer wieder übertönten Gelächter und Stimmengewirr die Musik. Die Fenster im Wohnzimmer und in der angrenzenden Küche waren beschlagen. Jemand hatte einen Penis an eine der Scheiben gemalt, ein Beweis dafür, dass man mit Anfang zwanzig nicht automatisch reifer wurde. Emery hob ihr Glas lauwarmen Weißwein an die Lippen und kam zu dem Schluss, dass Bonnie und ihr vermutlich etwas Besseres eingefallen wäre, um das neue Jahrtausend zu begrüßen. Allerdings war sie zu zerstreut gewesen, um konkrete Pläne zu schmieden. Und Bonnie hatte eine Million Ideen gehabt, die allerdings ausnahmslos von ihrem Freund an der Universität abhingen. Doch da sie mittlerweile nicht mehr zusammen waren, hatten sie Colins Einladung zur Party irgendeines Studienfreundes in Cambridge gerne angenommen.

Emery fischte die letzten kläglichen Kartoffelchips aus einem Pappschälchen, das auf dem mit Rotweinflecken übersäten Couchtisch stand. Die Wohnung wies hier und da halbherzige Weihnachtsdekoversuche auf: zerfleddertes Lametta oben an den Fensterrahmen und ein einsamer goldener Stern an der Küchentür. Eine Studentenbude wie aus dem Bilderbuch. Allerdings hoffte Emery, dass die Wohnung in Falmouth, die sie sich mit mehreren Freundinnen teilte, etwas behaglicher wirkte, obwohl sie auch Studentinnen waren.

Eine Flasche Prosecco in der Hand, kämpfte sich Bonnie durch die Gäste. Vielleicht war es dieselbe, die sie und Emery mitgebracht hatten, vielleicht auch eine andere. Aber wen zum Teufel interessierte das? Schaum quoll aus dem Flaschenhals, als sie sie Emery in die Hand drückte. »Wir brauchen etwas, um das neue Jahr willkommen zu heißen!« Sie schwankte ein wenig in ihren Mörder-Stilettos, die sie zehn Zentimeter größer machten. Dazu trug sie ein leuchtend blaues Kleid, angeschafft nach der Trennung von ihrem Freund – »damit er sieht, was er verpasst« –, das ihre Augen noch blauer wirken ließ.

Emery trank direkt aus der Flasche, was Bonnie mit einem wohlwollenden Nicken quittierte. Im nächsten Moment summte Emerys Mobiltelefon in dem Abendtäschchen, für das sie viel zu viel Geld ausgegeben hatte. Sie kramte es heraus, öffnete die Nachricht und verzog das Gesicht.

Ein frohes neues Jahr, Emery. Kuss, Mum.

Mehr nicht. Gleich würde das Jahr 2000 anbrechen, ein umwälzendes historisches Ereignis, und *Frohes neues Jahr* war alles, was ihrer Mum dazu einfiel. Und außerdem war es noch nicht einmal Mitternacht. Allerdings bekam Emery solche Nachrichten immer verfrüht, denn ihre Mum, die Tüchtigkeit in Person, verschickte sie, bevor die Netze überlastet waren.

Seit ihre Mum die Familie vor sechs Jahren verlassen hatte, beschränkte sich ihr Verhältnis zu ihr auf einzeilige SMS zum Geburtstag, an Weihnachten und an Silvester. Im Jahr nach ihrem Auszug hatten Emery und Amber versucht, die Weihnachtsferien bei ihr zu verbringen, doch Mum hatte die ganze

Zeit gearbeitet und ihnen das Gefühl vermittelt, dass sie eigentlich störten. Amber hatte Normalität vorgetäuscht, das Schweigen mit Small Talk gefüllt und Fragen gestellt, um die Unterhaltung am Laufen zu halten. Aber Emery hatte sich unruhig und nervös gefühlt. Zu guter Letzt hatte ihre Mum sie früher als geplant zurück zu ihrem Dad gefahren – am ersten Weihnachtsfeiertag.

Danach hatte mehr oder weniger Funkstille geherrscht. Nach der Trennung von der Familie war Mum nach London gezogen, da das offenbar praktischer für ihren Beruf war. Und obwohl London und Cambridge nicht allzu weit auseinanderlagen, sodass sie einander trotzdem hätten sehen können, war ihnen die Distanz zu groß erschienen, um sie zu überbrücken. Und wozu auch? Mum wollte eindeutig nichts mehr mit ihnen zu tun haben, ganz egal, was Amber sagte. Obwohl eine fiese kleine Stimme in Emerys Kopf beständig raunte, dass Mum vielleicht gar nichts dagegen hatte, wenn *Amber* sie besuchte. Womöglich war es nur Emery, mit der sie ein Problem hatte. Und das war in Ordnung so. Zu diesem Entschluss war Emery bereits vor einiger Zeit gelangt. Wenn ihre Mum nichts mit ihr zu tun haben wollte, dann sollte es eben so sein. Es war besser, es so zu sehen. *Sauer* zu sein. Wegen dieser dämlichen Neujahrs-SMS. Denn wenn sie nicht sauer gewesen wäre, hätte sie sich ja schuldig fühlen müssen, was noch viel schlimmer wäre.

Emery schaltete das Mobiltelefon ab und schob es in ihr Täschchen zurück. Aus den Augen, aus dem Sinn. Dann trank sie noch einen großen Schluck Prosecco. Sie spürte, wie er ihr sofort zu Kopf stieg – dorthin, wo bereits der Wein herumwaberte. Emery fühlte sich beschwipst und ziemlich wagemutig – so verwegen, dass sie ihrer Mutter am liebsten geantwortet hätte, und zwar etwas anderes als nur *Frohes neues Jahr*.

Schlechte Idee, Emery.

»Alles in Ordnung?«, erkundigte sich Bonnie mit einem leichten Schluckauf.

Emery zuckte die Achseln. »Nur meine Mum.«

Bonnie schloss sie in die Arme. »Dafür habe *ich* dich lieb.«

Emery prustete leise und tätschelte ihr den Rücken. »Ich liebe dich auch, Herzensfreundin.«

»Und ich vermisse dich.«

»Wie kannst du mich vermissen? Ich stehe doch vor dir.«

»Du weißt genau, was ich meine.« Bonnie wich zurück und verzog schmollend das Gesicht. Emery verstand tatsächlich: Sie besuchten verschiedene Universitäten. Bonnie studierte Geschichte in Bristol, um sich »alle Möglichkeiten offenzuhalten«, während Emery sehr zum Bedauern ihres Vaters in Falmouth Kunst belegt hatte, weil sie sehr gerne zeichnete. Allerdings war ihr ziemlich schnell klar geworden, dass sie doch nicht so leidenschaftlich für die Kunst brannte wie die meisten anderen ihrer Mitstudenten. Und außerdem verdarb ihr das Studium den Spaß daran. Andererseits hatte sie sich auch nicht eingeschrieben, um eine große Künstlerin zu werden. Sie wollte studieren, um Freundschaften zu schließen, auf Feten zu gehen, sich zu amüsieren und wichtige Entscheidungen hinauszuschieben. Und in dieser Hinsicht hatte sie ihr Ziel erreicht.

»Na, bald sind wir ja Tag und Nacht zusammen«, erwiderte Emery und gab ihr die Proseccoflasche zurück. »Bestimmt hast du danach die Nase voll von mir.« Die beiden planten nach dem Abschluss eine Australientour, was Emery sehr gut in den Kram passte, da sie so die Entscheidung für einen Beruf noch weiter hinauszögern konnte. Sie hatten beide für diese Reise gespart, wobei Bonnie viel besser darin war als Emery und sich häufig ärgerte, weil diese a) nicht die gleiche Geldsumme auf der hohen Kante hatte wie sie und b) sich nicht aktiver an der Planung der Reiseroute beteiligte.

Im Moment jedoch schüttelte Bonnie feierlich den Kopf. »Ich könnte niemals die Nase voll von dir haben.« Emery konnte ein Lachen nicht unterdrücken, als ihre Freundin überschwänglich die Flasche reckte. »Wir werden in diesem Jahr SO viel Spaß haben. EIN JAHR. Kannst du das fassen?«

Die Musik schien noch lauter geworden zu sein. Wieder spürte sie das Prickeln unter der Haut, den Drang, sich ins Getümmel zu werfen, mit geschlossenen Augen zu tanzen und allem zu entfliehen, weit weg von dem Leben und den Menschen, die sie kannte, damit sie endlich durchatmen konnte.

»Siehst super aus, Wilson.«

Als sie die Augen aufschlug, stand Colin vor ihr. Lächelnd wies sie auf sich selbst. »Das sollte ich auch, nach der stundenlangen Arbeit, die ich dafür investiert habe.« Sie und Bonnie hatten sich in Bonnies Zimmer im Haus ihrer Eltern vorbereitet, das Emery an ihre Schulzeiten erinnerte. Sie hatten die Musik aufgedreht und tief in die Make-up-Kiste gegriffen. Wenn man an Silvester keine Kriegsbemalung auflegen konnte, wann dann? Colin sah auch gut aus. Sein blondes Haar war zerzaust, offenbar mit voller Absicht. Außerdem wirkte er nicht so müde wie bei ihrer letzten Begegnung, als Bonnie und sie ihn im Sommer in London besucht hatten.

»Colin«, verkündete Bonnie ernst und schmiegte sich eng an Emerys Seite – ob aus Zuneigung oder weil sie allein nicht mehr gerade stehen konnte, war nicht zu ermitteln –, »ich liebe dich.«

Emery grinste nur und zuckte die Achseln, als Colin sie vielsagend ansah. Er legte den Arm um Bonnie. »Ich liebe dich auch, Schwesterherz.«

Emery betrachtete Colin und Bonnie, die beiden Menschen, die Teil ihres Lebens waren, seit sie denken konnte. Und dann fällte sie eine spontane Entscheidung. Sie wandte sich in Richtung Haustür, drängte sich durch die Menge und schnappte sich ihren Mantel von der Sofalehne.

»Wo willst du hin?«

»Frische Luft.« Sie hastete weiter in den Flur, wo sie Amber in einem langen bunten Rock und Pumps am Treppengeländer lehnen sah. Das braune Haar hatte sie aus dem Gesicht frisiert. Amber war in letzter Minute mitgekommen, offenbar weil sie nichts Besseres zu tun hatte. Außerdem hatte sie ihre Freundin Robin mitgebracht, eine Blondine mit hohen Wangenknochen, die sie vor sechs Monaten kennengelernt hatte. Die beiden waren in ein Gespräch vertieft und hatten Emery offenbar nicht bemerkt. Robin gestikulierte wild, während Amber eifrig nickte.

Emery strebte an den wenigen Leuten vorbei, die im Flur standen, riss die Tür auf und spürte, wie ihr die kalte Luft entgegenschlug.

»Emery, was machst du denn?«, rief Bonnie, die noch immer am Arm ihres Bruders hing. »Es ist gleich Mitternacht!«

»Kommt, wir gehen zum Fluss runter«, erwiderte Emery und schlüpfte in ihren Mantel. Sie musste raus aus dieser Enge. Ihre Mutter kam ihr in den Sinn. Was machte sie wohl gerade? Mit wem verbrachte sie den Silvesterabend? Dachte sie auch an Emery und Amber, oder betrachtete sie ihre Töchter als abgehakt, nach dem Motto: Nachricht geschickt, Mutterpflicht erfüllt?

»Ja!« Bonnie war sofort Feuer und Flamme, torkelte zu Emery herüber und hakte sie unter. »Ich LIEBE den Fluss.« Emery spürte, wie ihren Lippen zuckten. Bonnie war wirklich niedlich, wenn sie betrunken war.

Sie wandte sich an Colin, der in der Tür stand. Er drehte sich kurz um, vielleicht um nach dem Freund Ausschau zu halten, der ihn eingeladen hatte. Dann sah er wieder Emery an. »Klar. Warum nicht? Ich hole nur unsere Jacken.«

»Haben deine Freunde denn nichts dagegen?«, fragte Emery, als er wenige Augenblicke später zurück war und seiner Schwester in den Mantel half. Er war über die Weihnachtsferien aus London zu Besuch und wollte sich eigentlich mit seiner alten Clique treffen.

»Nein. Die kriegen das gar nicht mit.«

Sie marschierten den Hügel hinunter in Richtung Stadtzentrum. Bonnie packte Emery am Arm. »Moment mal. Wo ist denn Amber?«

Emery tätschelte ihre Hand. »Der geht es gut.« Wieder dachte sie daran, wie Amber Robin angesehen hatte. Als existierte niemand sonst im Raum. Robin war klug, promovierte gerade an der Cambridge University. Aber Emery wusste, dass Amber nicht deshalb so fasziniert von ihr war. Obwohl ihre Schwester noch nicht so weit war, es zuzugeben, und Robin weiterhin hartnäckig als »eine Freundin« bezeichnete. Deshalb war es wohl besser, wenn Emery die beiden nicht mit zum Fluss schleppte. Sonst hätte sie in ihrem momentanen Gemütszustand womöglich noch versucht, ihnen irgendwelche Geheimnisse zu entlocken, und das, obwohl sie sich geschworen hatte, sich in Geduld zu üben. Amber würde es ihr schon erzählen, wenn sie bereit dazu war.

Colin warf Emery über Bonnies Kopf hinweg einen Blick zu und schmunzelte, nur ganz flüchtig, doch Emery hatte den Eindruck, dass er ihr damit etwas mitteilen wollte: Im Gegensatz zu Bonnie hatte auch er gespürt, dass zwischen Robin und Amber etwas lief. So etwas passierte immer wieder. Colin schien stets zu ahnen, was Emery dachte. Zwischen ihnen herrschte eine Verbindung, wie man sie nicht so leicht fand. Nur in solchen Augenblicken wurde ihr klar, dass sie das manchmal vermisste, wenn er nicht da war.

Sie gingen die Huntington Road entlang, vorbei am Fitzwilliam mit seiner scheußlichen Sechzigerjahre-Architektur. Ein Stück entfernt grölten ein paar betrunkene Studenten aus vollem Halse: *Fitzwilliam till I die, Fitzwilliam till I die, I know I am, I'm sure I am ...* Um diese Jahreszeit waren die meisten Studenten nach Hause gefahren, was hieß, dass die Studentenkneipen mehr oder weniger leer waren, nur einige Unermüdliche harrten in der Stadt aus. Eigentlich war es merkwürdig, dass Emery den Großteil ihres Lebens in dieser Universitätsstadt verbracht hatte und außerdem jetzt offiziell Studentin war. Trotzdem hatte sie keine Ahnung, wie es war, als solche hier zu leben.

Colins kleines Nokia piepste. Er zog es heraus, las die Nachricht, runzelte die Stirn und schickte dann eine kurze Antwort.

»Wer war das?«, fragte Emery.

»War es deine Freundin?« Bonnie lachte los, als habe sie gerade einen furchtbar komischen Witz gemacht.

»Nein«, entgegnete Colin ein wenig zu schnell. Bonnie riss ihm das Mobiltelefon aus der Hand. Er versuchte, es ihr wieder abzunehmen. »Bon, lass den Quatsch.«

Aber sie las bereits die Nachricht, wozu sie stehen bleiben musste, denn einen Text zu entziffern und dabei einen Fuß vor den anderen zu setzen, überstieg eindeutig ihre Fähigkeiten. Sie verzog das Gesicht, sah Emery an und gab Colin das Mobiltelefon zurück. »Die Nachricht ist von deinem Dad«, verkündete sie unverblümt.

Emery spürte, wie ihr die Röte ins Gesicht schoss. »Von meinem *Dad*?«

»Nein, also, es ist nicht ...«

»Nicht von meinem Dad? Nicht von einem gewissen James Wilson?« Colin schwieg. Und er brauchte auch nichts zu sagen, weil Emery es wusste. »Er will mich kontrollieren, richtig? Verdammte Scheiße.« Sie fuhr sich mit der Hand durchs Haar, während Bonnie ein betretenes Gesicht machte. Offenbar bereute sie es, die SMS gelesen zu haben. »Deshalb kommst du also mit? Um sicherzugehen, dass mir nichts passiert?«

»Nein!« Als Colin nach ihrer Hand griff, zog Emery sie mit einem Ruck weg. »Nein, Em. Ich schwöre.«

Sie versuchte, sich zu beruhigen, indem sie tief durchatmete. Doch das Prickeln – das Brennen – unter ihrer Haut wurde stärker. Ihr Herz schlug schneller, heftiger. Es drängte sie, etwas zu tun. *Irgendetwas.*

»Woher hat er eigentlich deine Nummer?«, erkundigte sie sich.

»Keine Ahnung. Daher, wo alle anderen sie auch herhaben.«

Eigentlich unwichtig, dachte sie. Wenn ihr Dad sie aufspüren wollte, fand er Mittel und Wege, um es auch zu schaffen. Außerdem hielt er große Stücke auf Colin. Den braven, zuverlässigen, vernünftigen Colin. Eine Zeit lang hatte er darauf bestanden, dass Colin Bonnie und Emery begleitete, wenn er es selbst nicht einrichten konnte. Doch sie hatte gedacht, dass sie diese Phase inzwischen hinter sich hatten.

»Du hast geantwortet«, stellte sie fest.

»Ja, weil er sich sonst Sorgen machen würde. Aber das ist nicht der Grund, warum ich hier bin, okay? Ich wollte mit euch zusammen sein. Ich habe dich seit einer Ewigkeit nicht gesehen.«

Sie spürte Wut in sich auflodern. Am liebsten hätte sie ihm das Mobiltelefon aus der Hand gerissen und kaputt getreten. Oder Bonnie die Flasche aus der Hand genommen und mit einem Zug leer getrunken. Oder die Flasche auf den Boden geschleudert. Sie bewegte die Finger, deren Spitzen von der Kälte allmählich taub wurden. Es war nicht Colins Schuld. Wahrscheinlich hatte ihr Dads zuvor eine SMS an sie geschickt. Und als sie nicht geantwortet hatte, weil ihr Telefon abgeschaltet war, hatte er sich wieder einmal Sorgen gemacht.

Du bist doch vorsichtig, oder, Emery?, waren seine Worte gewesen, als sie heute Abend zu Bonnie aufgebrochen war. Wenn er geahnt hätte, was sie an der Uni trieb, dass sie schrittweise ihre Grenzen austestete und sich auf die Probe stellte, um herauszufinden, wie weit sie gehen konnte ... Schließlich war Vorsicht zwecklos – das letzte Mal war sie gestorben, weil sie von einem dämlichen Auto angehupt worden war. Und weil ihr Dad anschließend durchgedreht und in einen Beschützerwahn verfallen war, hatte ihre Mum beschlossen, ihn zu verlassen. Es war Emery nicht gelungen, das Auseinanderbrechen ihrer Familie zu verhindern. Wieso sollte sie also vorsichtig sein?

Colin sah sie weiter abwartend an. Sie atmete durch. »Okay. Mach dir keinen Kopf deswegen. Ich weiß ja, wie er ist.«

Auch er atmete erleichtert auf, was die Frage aufwarf, mit welcher Reaktion er wohl gerechnet hatte. Dann grinste er, trat zwischen sie und Bonnie und legte die Arme um sie beide. »Meine zwei Mädchen!«

»Wir sind nicht deine Mädchen«, protestierte Bonnie, lachte aber trotzdem, als er ihr einen Kuss auf den Scheitel drückte. Emery stimmte in ihr Gelächter ein, und sie schütteten sich aus vor Lachen, obwohl keiner recht wusste, weshalb, während sie weiter durch die Straßen wankten.

Auf der Brücke über die Cam blieben sie stehen, beugten sich über die Balustrade und spähten hinab ins dunkle Wasser. Der Himmel war bewölkt, doch ein Strahl Mondlicht durchdrang die Wolkendecke und spiegelte sich im Fluss. Vielleicht würden sie von hier aus ja das Feuerwerk sehen können.

»Ist jetzt der Moment für die guten Neujahrsvorsätze?«, fragte Colin.

Emery zog eine Augenbraue hoch. »Wozu? Du hast doch alles, was du willst.« Sie konnte noch immer kaum fassen, dass Colin, der mit vierzehn Journalist hatte werden wollen, nun genau diesen Beruf ausübte und in London bei einer überregionalen Zeitung arbeitete. So als wäre es wirklich ganz einfach, einen Traum zu haben und ihn wahr werden zu lassen.

»*Alles* stimmt nicht ganz«, widersprach er. Sein Tonfall war zwar locker, aber trotzdem schwang etwas darin mit, das Emery lieber nicht näher ergründen wollte.

Stattdessen zuckte sie die Achseln. »Ich glaube nicht an gute

Vorsätze. Es ist besser, für den Moment zu leben. Wenn man seine Zukunft plant, kann man nicht mehr genießen, was im Hier und Jetzt passiert.« Um ihre Worte zu untermauern, kletterte sie auf die Betonbrüstung der Brücke und breitete die Arme aus, damit sie das Gleichgewicht nicht verlor.

»Nicht, Emery.« Inzwischen schien Bonnie wieder nüchterner zu sein. Der Spaziergang hatte ihr offenbar gutgetan.

Emery schaute zu ihr hinunter. »Komm schon. Lebe im Augenblick, Bon.« Wieder war da das Prickeln unter ihrer Haut. *Tu es, tu es, tu es.*

Ringsum hatte der Countdown für das neue Jahr begonnen. Ein überschäumendes Gefühl von Aufregung und Wagemut stieg in Emery auf.

Zehn, neun ...

Sie schloss die Augen. Eine Brise strich ihr übers Gesicht. Ihr Herz klopfte ein wenig, wie um sie zu erinnern, dass es noch da war, noch schlug.

»Los, Emery, komm da runter«, sagte Bonnie.

Acht, sieben, sechs ...

Emery spürte eine Hand am Bein, die versuchte, sie zum Herunterklettern zu bewegen. Sie öffnete die Augen und grinste Bonnie an. »Feigling.«

»Spinnerin«, zischte Bonnie.

Fünf, vier ...

Emery lachte auf, als Colin neben ihr auf die Brüstung stieg. Seine Regenjacke hatte er ausgezogen.

»Wir leben im Augenblick, richtig?«

»Leute!«, rief Bonnie. Emery schlüpfte aus ihrem Mantel und ließ ihn einfach hinter sich fallen. Sie erschauderte in der kalten Luft.

Drei, zwei ...

»Na, dann frohes neues Jahr«, sagte Colin mit einem schiefen Grinsen.

Eins.

Sie sprang, hörte Colin johlen und nahm an, dass er auch gesprungen war. Bonnies *Verdammte Scheiße* klang ganz weit weg.

Ein kurzer Moment der Glückseligkeit. Das Herz schlug ihr bis zum Halse, und sie fühlte sich wie in einer Achterbahn, die zu schnell über eine Erhebung raste.

Als sie ins Wasser eintauchte, hatte sie nur eine Sekunde Zeit. Eine Sekunde, um zu spüren, wie kalt es war, wie es sie umspülte, ihre Kleider durchdrang. Und wie es sie nach unten zog. Sie spürte, wie die Luft ihrer Lunge entwich. Dann war da ein metallischer Geschmack in ihrem Mund, an den sie sich noch undeutlich erinnerte.

Und so kam es, dass Emery Wilson in jener ersten Sekunde des neuen Jahrtausends wieder einmal starb.

Kapitel 9

Ihr war noch immer kalt, aber nicht wegen des Wassers. Nein, sie fror, weil sie am Hang eines gottverdammten Berges stand. Ringsherum glitzerte der Schnee im hellen Sonnenlicht, und die Kiefern links von ihr waren von einer dicken Reifschicht bedeckt. Rechts von ihr glitt ein leerer Sessellift lautlos dahin. Die Alpen. Sie war wieder in den dämlichen Alpen.

Ihre Absätze versanken im Schnee. Außerdem hatte sie noch immer das schwarz-silberne Kleid von der Silvesterfeier an, und sie zerrte daran, um sich so gut wie möglich mit dem Stoff zu bedecken. Ihre Zähne klapperten ein wenig. Nackte Beine. Warum musste sie nur nackte Beine haben? Wenigstens war sie nicht nass, und eigentlich hätte sie in Anbetracht der Umstände noch viel mehr frieren müssen.

Obwohl sie nicht genau wusste, wonach sie eigentlich suchte, schaute sie sich um – bis ihr Blick auf ihn fiel. Er stand einige Schritte entfernt und war mit einer dunkelblauen Skijacke, Jeans und Schneestiefeln etwas passender gekleidet als sie. Auf seinem kastanienbraunen Haar saß eine Sonnenbrille. Sie hatte ihn zwar seit über sechs Jahren nicht gesehen, trotzdem schien es das Normalste von der Welt zu sein, ihn einfach anzulächeln. »Ach, hallo.«

Er zog einen Mundwinkel hoch. »Hallo, Emery. Nicht zu glauben, dass wir uns ausgerechnet hier treffen.« Sie lachte leise und schüttelte den Kopf. Ihr Atem bildete eine Wolke vor ihrem Mund, die sich rasch in der klaren, frischen Luft auflöste.

Sie legte den Kopf schief. »Diesmal nicht ›kleine Emery‹?« Das war ihr herausgerutscht, und sie hätte sich ohrfeigen können. War es richtig, sich anmerken zu lassen, wie genau sie sich noch an ihre Begegnungen erinnerte?

Aber er lächelte nur. »Inzwischen bist du nicht mehr so klein.«

Sie schnaubte theatralisch. »Ich bin immer noch klein, vielen Dank auch.« Als er auflachte, wurde sie von einem Gefühl der Leichtigkeit ergriffen. Sie ließ den Blick über sein Gesicht schweifen. Bei jedem Wiedersehen hatte es sich tiefer in ihr Gedächtnis eingegraben, obwohl er immer ein wenig anders aussah. Seine Augen waren noch genauso graugrün, seine Haare nach wie vor kastanienbraun. Nur wirkte er jetzt jünger, was natürlich auch daran liegen konnte, dass sie selbst älter geworden war. Als er sie anlächelte, zog ihr Magen sich leicht zusammen. Der Typ war *scharf*. Ja, okay, sie hatte gewusst, dass er attraktiv war. Doch hier, in den Bergen, als das Sonnenlicht sein Gesicht beschien, wurde es ihr erst so richtig bewusst.

Sein Lächeln verblasste ein wenig. »Was ist?«

»Nichts«, erwiderte sie rasch und starrte in den Schnee, denn sie spürte, dass ihre Wangen sich verräterisch röteten. *Reiß dich zusammen, Emery.* Schließlich konnte sie ja schlecht auf ihren Todesengel stehen. Irgendwo gab es sicher einen Psychiater, der sich vor Begeisterung nicht mehr einkriegen würde. Nicht, dass sie es je einer Menschenseele anvertraut hätte. »Du hast dich nur ein bisschen verändert.« Sie hob wieder den Kopf und biss sich auf die Lippe. Sein Name. Sie musste ihn einfach erfahren …

»Nick«, sagte er, seine Stimme war kaum lauter als ein Flüstern. »Ich heiße Nick.« Wieder machte ihr Magen einen Satz: Er hatte tatsächlich ihre Gedanken gelesen. Und er hatte seinen Namen genannt, hier, wo außer ihr niemand war, der es hören konnte. »Tut mir leid, aber beim letzten Mal hatte ich keine Gelegenheit mehr dazu.« Das sagte er so, als … habe er seinen Namen selbst schon seit einer Weile nicht mehr laut ausgesprochen. Als sei er kurz davor gewesen, ihn zu vergessen. *Nick.* So alltäglich.

Sie betrachtete ihn noch immer und versuchte, seinen Namen mit ihm in Einklang zu bringen. Als er die Augenbrauen hochzog, lächelte sie rasch. »Wahrscheinlich habe ich mit so etwas wie Gabriel gerechnet.« Ein Funkeln ließ seine Augen aufleuchten. Emery hielt ihm die Hand hin. »Tja, nett dich kennenzulernen, Nick.«

Nach kurzem Zögern griff er danach. Seine Hand war so groß, dass ihre darin verschwand, und er hatte einen festen, vertrauenerweckenden Händedruck. Sie stieß einen leisen Seufzer aus, erleichtert, dass sie ihn tatsächlich berühren konnte. Dass er greifbar und real war. Also war sie selbst ebenfalls greifbar und real. Obwohl das keine Erklärung für das Prickeln war, das an ihrem Arm hinauflief und ihr einen wohligen Schauder über den Rücken jagte, als sie seine Hand um ihre spürte. Auch nicht dafür, dass sie ihm plötzlich nicht mehr in die Augen schauen konnte. Ein Hauch von Zitronenduft wehte ihr entgegen, und dann noch etwas Kräftigeres, das sie an salzige Meeresluft erinnerte. Ihr Magen krampfte sich zusammen.

Reiß dich zusammen, Emery, sagte sie sich wieder. *Ihr gebt euch doch nur die Hand, verdammt.*

Als er ihre Hand losließ, strich sie sich eine Haarsträhne hinters Ohr, um zu verbergen, dass ihr Gesicht erneut zu glühen angefangen hatte, obwohl sie am restlichen Körper zitterte. Ihre Finger nahmen die fehlende Wärme wahr.

»Du weißt, dass du dich umziehen kannst, wenn du möchtest.« Sie sah an sich hinunter. »Deine Sachen. Ich habe das schon einige tun sehen.«

Sie schürzte die Lippen. »Wie denn?« Doch ehe er antworten konnte, seufzte sie auf. »Darf ich raten? Du bist nicht sicher.«

Sein Grinsen war ein wenig schuldbewusst. Vor dem Hintergrund des blauen Himmels und des weißen Schnees wirkte der Grauanteil in seinen Augen auf unerklärliche Weise dunkler. »Es passiert einfach … irgendwie. Vermutlich hat es damit zu tun, welche Sachen man in seiner Vorstellung trägt. Was hattest du zum Beispiel deiner Erinnerung nach damals an?«

Emery gab sich Mühe, sich den Skiurlaub mit ihrer Familie in den Alpen ins Gedächtnis zu rufen. Sie war elf und der Urlaub der erste und einzige Besuch in den Alpen gewesen. Und es war der letzte Familienurlaub gewesen, als es noch den Anschein gehabt hatte, als wäre alles in Ordnung. Bevor ihre Mum immer mehr auf Abstand gegangen war, vor dem verdammten Fahrradunfall im New Forest, dem Wendepunkt, nach dem ihr Dad seiner Panik freien Lauf gelassen hatte.

Sie erinnerte sich an den türkisfarbenen Skianzug, den ihre Eltern ihr gekauft hatten. Und obwohl der ihr inzwischen nicht mehr hätte passen dürfen, war er plötzlich da, und er saß wie angegossen. »Okay«, meinte sie und steckte die Hände in die Taschen der wie aus dem Nichts erschienenen Jacke. »Jetzt bin ich richtig angezogen.« Wieder ließ sie den Blick über den Berg schweifen und setzte sich in den einladend weichen Schnee. Links von ihr glitt weiter langsam der Sessellift vorbei. Im Schnee waren die Zickzackspuren von Skiern auszumachen. Doch der Berg war menschenleer. Das hätte auch unheimlich sein können, fühlte sich aber friedlich an. Wahrscheinlich gehörte es zur Magie dieses Ortes.

Kurz darauf folgte Nick ihrem Beispiel und ließ sich neben sie sinken, wenn auch nicht so nah, dass sie einander hätten berühren können. Sie spürte seinen Blick. Doch er schwieg.

»Warum hast du das getan?«, fragte er schließlich. Seine Stimme war sanft und leise.

Sie wandte sich zu ihm um. »Was getan?«, erwiderte sie, obwohl sie genau wusste, was er meinte.

»Warum bist du in den Fluss gesprungen?«

Ihr Achselzucken sollte eine Nonchalance vermitteln, die

sie eigentlich nicht empfand. »Zum Spaß?« Die Sonne wärmte ihr Gesicht, und obwohl ihre Fingerspitzen davon taub wurden, stützte sie sich mit den Handflächen im Schnee ab, der leise knirschte.

Er antwortete nichts darauf und sah sie nur weiter forschend an.

»Ich wollte nicht, dass … es passiert und dass ich wieder hierherkomme«, beharrte sie.

Außerdem konnte sie sich nicht erklären, warum ihr Herz ausgerechnet heute stehen geblieben war. Dabei hatte sie an der Universität und auch hier im Skiurlaub Dinge getan, die als riskant oder leichtsinnig hätten eingestuft werden können. Damals hatte ihr Dad ihr wegen ihres Zustands anfangs sogar das Skilaufen verboten. Also hatte sie in den ersten Tagen gelangweilt und verdrossen herumgesessen und sich gefragt, warum sie überhaupt hierhergefahren waren. Rückblickend betrachtet, hatte dieser Urlaub vermutlich das Ziel verfolgt, sie als Familie einander näherzubringen. Möglicherweise war es auch ein Versuch ihres Dads gewesen, Mum zum Bleiben zu bewegen. Amber hatte die ganze Zeit auf der Piste verbracht. Seltsamerweise hatte sie sich ziemlich geschickt angestellt, obwohl keiner von ihnen jemals Ski gelaufen war. Ihre Mum hatte – Überraschung! – meistens gearbeitet, und ihr Dad hatte darauf bestanden, dass Emery mit ihm zum Langlaufen ging, was gleichzeitig anstrengend und todlangweilig war. Irgendwann hatte ihre Mum ihren Dad davon überzeugen können, Emery eine Privatstunde nehmen zu lassen. Doch zu ihrem Ärger und ihrer Überraschung hatte sie sich im Gegensatz zu Amber nicht als Naturtalent entpuppt und war prompt gestürzt. Heftig. Über irgendeinen Schneehügel. Aber es war nichts passiert. Ihr Herz hatte weitergeschlagen.

Sie stellte fest, dass Nick sie immer noch beobachtete und auf etwas zu warten schien. »Was?«, fragte sie und hatte das unbestimmte Gefühl, sich rechtfertigen zu müssen. Irgendwie war heute alles anders als beim letzten Mal. Damals war sie vierzehn und die Welt eine völlig andere gewesen. Eine, in der ihre Mum noch eine Rolle spielte.

»Du hast es also nicht absichtlich getan?« Seine Stimme war ruhig und leise. »Damit dein Herz stehen bleibt?«

Seine Worte lösten eine unangenehme Hitzewelle aus, die an ihrem Rücken hinaufglitt. Trotzdem schüttelte sie nachdrücklich den Kopf. »Nein.« Rückblickend betrachtet, war es eine dämliche Idee gewesen. Sie hatte einfach nicht damit gerechnet, dass das Wasser so kalt sein würde. Aber sie sagte die Wahrheit: Sie hatte nicht gewollt, dass ihr Herz stehen blieb. Sie hatte nur *irgendetwas* tun wollen. Einige Male, kurz nachdem ihre Mum ausgezogen war, war sie bis an ihre Grenzen gegangen, mit dem Gedanken, dass ihre Mum zurückkehrte, wenn es wieder passierte. Vielleicht konnte sie so ja den Beweis liefern, dass der Grund für die früheren Zwischenfälle nicht darin zu suchen war, dass ein Elternteil recht und das andere unrecht hatte, sondern es sich bloß um Zufälle handelte, die sich jederzeit wieder ereignen konnten. Und vielleicht hätte ihre Mum ja dann zurückkommen wollen, um für sie da zu sein. Denn auch wenn sie ihre Fehler hatte, war und blieb sie ihre Mum, und Emery hatte sie vermisst.

Allerdings war sie nicht deshalb in den Fluss gesprungen. Dafür war es viel zu spät. Nach einigen Jahren war Emery zu dem Schluss gelangt, dass ihr Verhalten so oder so nichts geändert hätte. Möglicherweise hatte ihre Mum ja nur nach einem Anlass gesucht, um zu verschwinden. Denn schließlich hatte sie danach kaum etwas getan, um die Beziehung zu ihnen aufrechtzuerhalten. Wenn Emery noch einmal gestorben wäre, hätte sie das auch als Bestätigung dafür sehen können, dass sie mit einer schwierigen Tochter auf Dauer überfordert gewesen wäre.

Aber nun war es wieder passiert. Und in der realen Welt waren nur Colin und Bonnie da, um ihr zu helfen. Sie würden sie aus dem Wasser ziehen und versuchen müssen, sie wiederzubeleben. Was war sie doch für ein egoistisches Miststück, den beiden so etwas anzutun!

Das Gefühl der Hilflosigkeit drohte sie zu überwältigen. Es war entsetzlich, so auf andere Menschen angewiesen zu sein. »Was, wenn sie es nicht schaffen?«, fragte sie. »Wenn mein Herz nicht wieder zu schlagen anfängt?«

Nick war sichtlich um eine neutrale Miene bemüht. »Ich glaube, du kennst die Antwort.«

Das war richtig, bis zu einem gewissen Grad zumindest. Obwohl sie sich eine aufmunterndere Antwort erhofft hatte. Mehr Einzelheiten dazu, was genau geschehen würde. Aber vielleicht würde sich dann ja nur noch schlechter fühlen. Also fragte sie stattdessen: »Kann ich mir anschauen, was gerade mit mir passiert? Im Fluss, meine ich? Wenn du die Momente sehen kannst, bevor jemand stirbt, kannst du mir dann auch die danach zeigen?«

»Das geht nicht. Tut mir leid.«

Vielleicht war es ja das Beste so. Vielleicht wollte sie gar nicht mit ansehen, wie die anderen panisch versuchten, sie zu retten, sonst hätte sie sich nur noch schuldiger gefühlt. Da war es doch leichter, hier bei Nick zu sitzen und zu tun, als geschähe das alles nicht wirklich. Es war die endgültige Flucht aus ihrer eigenen Haut. Und tatsächlich hatten das Prickeln und Brennen, der Drang, ihren Mitmenschen zu beweisen, dass sie nicht so vorsichtig zu sein brauchte, nachgelassen, seit sie hier war. Sie reckte ihr Gesicht der Sonne entgegen und schloss die Augen.

»Also, Nick. Was hast du so getrieben?«, fragte sie kess und lächelte, als sie ihn auflachen hörte. »Hattest du diese Woche viel zu tun?«

»Ich denke eigentlich nicht in Wochen.«

»Aber du hast doch andere Leute empfangen, richtig? Sie geführt?«

»Ja«, erwiderte er, und das Lächeln in seinem Tonfall verriet ihr, dass er sich an ihr Gespräch in den Baumwipfeln vor all den Jahren erinnerte.

»Wen denn?«

Er zögerte. »Ich weiß nicht, ob ich dir das sagen darf.«

»Gegen die Regeln?«

»Na ja, ich weiß nicht einmal, ob es tatsächlich Regeln gibt. Schließlich werden meine Leistungen nicht bewertet.« Bei der Vorstellung musste sie kichern. »Es ist nur, dass es sich irgendwie privat anfühlt, wenn jemand stirbt.«

Sie dachte eine Weile darüber nach und kam zu dem Schluss, dass er recht hatte. Offen gestanden hätte es ihr auch nicht gefallen, wenn Nick fremden Leuten von ihr erzählt hätte. Von ihren Erinnerungen, in die sie ihn mitnahm. Von den Momenten, in denen sie am verletzlichsten war. Deshalb wechselte sie das Thema. »Hast du es nie satt, in den Welten anderer Menschen zu leben?« Als er nicht sofort antwortete, schlug sie die Augen auf und stellte fest, dass er sie mit zusammengezogenen Brauen ansah. »Was ist?«

Er bemühte sich um einen entspannteren Gesichtsausdruck. »Nichts. Nur hat mir bis jetzt niemand diese Frage gestellt. Vermutlich habe ich auch noch nie so darüber nachgedacht. In gewisser Weise ist es interessant, so viel von der Welt zu sehen zu bekommen.« Sie spürte, dass er fest daran glaubte, aber möglicherweise war da noch etwas, das er ihr vorenthielt.

»Wie kannst du sicher sein, dass diese Leute die Welt genauso sehen wie du?« Er blickte sie fragend an. »Ich meine, momentan ist der Himmel strahlend blau, und der Schnee glitzert förmlich. Aber das könnte nur meine subjektive Wahrnehmung sein, richtig?«

»Ich denke schon. Aber gilt das nicht für das ganze Leben? Dass alles von der subjektiven Wahrnehmung abhängt? Deshalb erweitert es vielleicht sogar meinen Horizont, wenn ich die Welt mit den Augen anderer sehe.«

Sie nickte und kicherte dann leise.

»Was ist?«, hakte er nach.

»Da sitze ich also in den Alpen und führe eine philosophische Debatte mit ... tja, mit dir.« Vergeblich versuchte sie, sich ein solches Gespräch mit Bonnie oder einer ihrer Uni-Freundinnen vorzustellen. »Und hinzu kommt, dass ich tot bin ... genau genommen.«

»Ein wahres Wort«, stimmte er zu. In seinem Tonfall schwang ein trockener Humor mit, und Emery stellte fest, dass ihr das gefiel.

Sie kreuzte die Beine zum Schneidersitz. »Du hast einmal gesagt, dass die Zeit hier anders vergeht.«

»Ja ...« Ein Anflug von Argwohn lag in seinem Ton, was Emery nicht ganz nachvollziehen konnte. Vielleicht mochte er ja keine Fragen zu dem Thema, wie das alles hier funktionierte. Insbesondere deshalb, weil er selbst nicht allzu viel darüber zu wissen schien.

»Wie lange ist es für dich her, dass du mich zuletzt gesehen hast?« Er starrte ins Leere und schwieg so lange, dass sie nicht anders konnte, als wieder das Wort zu ergreifen. »Wenn du es mir nicht sagen kannst ...«

»Nein, entschuldige, daran liegt es nicht. Ich denke nur nach. Es ist ...« Er tippte mit dem Finger in den Schnee. »Es ist, als sei überhaupt keine Zeit vergangen. Und dann wieder fühlt es sich an wie eine Ewigkeit.« Er verzog das Gesicht. »Tut mir leid. Besser kann ich es nicht ausdrücken.«

Sie nickte langsam. Dabei wurde ihr klar, dass ihr eigentlich eine ganz andere Frage auf den Lippen lag: Wie lange war es für ihn her, seit sie ein vierzehnjähriges Mädchen gewesen war? Aber wahrscheinlich war es besser, dieses Thema nicht weiter zu vertiefen.

»Warum treffe ich eigentlich immer mit dir zusammen?«, erkundigte sie sich. »Schließlich hast du gesagt, dass du auch andere begleitest, also ...?«

»Diese Frage habe ich mir auch schon gestellt. Ich bin nicht sicher, aber vielleicht werden wir den Menschen ja irgendwie … zugeteilt. Ganz bestimmt gibt es einen Grund dafür«, antwortete er nachdenklich.

»Einen Grund, warum du manchen Menschen besser helfen kannst als anderen?«

Sein kurzes Zögern ließ das darauffolgende »Ja« nicht ganz so überzeugend wirken.

»Und glaubst du, du kannst ihnen helfen?«

Wieder eine Pause. »Ich hoffe es.«

Sie ließ es für den Moment auf sich beruhen. Eigentlich hatte sie angenommen, dass er einen Zweck erfüllte, dass er Teil eines großen, in sich funktionierenden Universums war und seinen Platz darin genau kannte. Doch je länger sie mit ihm redete, desto unwahrscheinlicher wurde diese Theorie.

»Meinst du also, dass du mir aus einem bestimmten Grund zugeteilt wurdest?« Sie konnte ihm dabei nicht in die Augen schauen, auch wenn sie nicht ganz verstand, warum. Aus dem Augenwinkel sah sie, dass er sie betrachtete.

»Wenn meine Vermutung stimmt, ja. Dann wahrscheinlich schon.« Der Inbegriff einer ausweichenden Antwort.

Sie klatschte in die Hände. Das Geräusch hallte von den Bergen ringsherum wider. »Also sag schon dein Sprüchlein auf.«

»Mein was?«

»Das, was du den Leuten normalerweise sagst. Die übliche Ansprache eben.«

Er warf ihr einen Blick zu. »Na ja, du bist anders.« Das Wort *anders* klang bei ihm so, als sei es etwas Gutes, etwas, das Anlass zur Freude gab. Ein kleiner Schauder überlief sie, denn normalerweise war dieses Wort negativ behaftet: Sie konnte vieles nicht, was andere konnten, weil sie *anders* war. Das verriet ihr die kaum verhohlene Furcht im Tonfall ihres Dads.

In diesem Moment kam es wieder, dieses Beben, an das sie

sich noch erinnerte und das in der wirklichen Welt eine Lawine ausgelöst hätte. Emery atmete langsam und erleichtert auf. So ungern sie es zugab, aber sie hatte darauf gewartet, denn die Alternative wollte sie sich lieber gar nicht erst ausmalen. Nick stand die Erleichterung ebenfalls ins Gesicht geschrieben. Sie versetzte ihm einen Rippenstoß. »Hey, willst du denn nicht, dass ich bleibe?« Oh Gott, flirtete sie etwa mit ihm? *Böse Emery!*

Er lächelte zwar, doch das Lächeln erreichte seine Augen nicht. »Ich fände es wundervoll, wenn du bleiben würdest, aber das ist nicht möglich.« Erst jetzt sah er ihr ins Gesicht. »Hier kann man nicht bleiben, sondern es ist nur eine Art Zwischenstation.« Sie dachte daran, dass sie sein Dasein einmal als einsam bezeichnet hatte, wiederholte es jedoch nicht, um ihn nicht traurig zu machen.

Stattdessen schaute sie sich um. »Bestimmt kriegt man hier irgendwo Skier.« Vielleicht konnte sie es ja noch einmal versuchen, um festzustellen, ob sie wirklich so unbegabt war wie in ihrer Erinnerung.

»Davon ist auszugehen«, erwiderte er trocken.

Sie ließ sich rücklings in den Schnee fallen und begann, mit Armen und Beinen zu rudern.

»Was machst du da?«

Seine Fassungslosigkeit brachte sie zum Lachen. »Einen Schneeengel.«

»Aha.«

Missbilligend schnalzte sie mit der Zunge. »Es gab keine weißen Weihnachten, obwohl wir alle darauf gehofft hatten. Deshalb will ich den Schnee hier so gut wie möglich ausnützen.«

Eine kurze Pause entstand. Dann spürte sie, dass er sich neben sie in den Schnee sinken ließ, und registrierte, dass er sich bewegte. Auch er malte einen Schneeengel in den Schnee. Sie brach in schallendes Gelächter aus, das sich an den Bergwänden ringsherum brach.

Reglos und mit über dem Kopf ausgestreckten Armen lag sie da und blickte in den klaren blauen Himmel hinauf. Als sie die Arme wieder anzog, streiften ihre Fingerspitzen die seinen. Es hatte etwas Vertrautes, wie sie beide dalagen, ohne etwas zu sagen. Sie waren völlig allein auf der Welt. Wegen der grellen Sonne schloss Emery die Augen.

»Alles in Ordnung?«, murmelte er.

Sie zögerte, wusste nicht, wie sie es erklären sollte. Einerseits wollte sie zurück, andererseits graute ihr ein wenig davor. Hier war es so friedlich, während sie in der Wirklichkeit Wasser in der Lunge, eiskalt an der Haut klebende Kleidung, Brustschmerzen und zwei sehr besorgte Menschen erwarteten, die sich über sie beugten. Außerdem würde sie sich mit ihren Schuldgefühlen auseinandersetzen müssen, weil sie ihre Freunde mit ihrem Leichtsinn so erschreckt hatte. Und mit den Ängsten ihres Vaters, der es unweigerlich erfahren würde. Gleichzeitig widerstrebte ihr zutiefst der Gedanke, dass sie sich anders hätte verhalten, gar versuchen sollen, den nächsten Anfall vorherzusagen. Doch das war alles viel zu kompliziert, deshalb sagte sie nur: »Ja, alles in Ordnung.«

Sie spürte, wie er sich neben ihr aufsetzte, und öffnete die Augen, musste jedoch ein paarmal gegen den Dunst anblinzeln, der sich über sie gesenkt hatte.

Nick stand auf und hielt ihr die Hand hin. Sie versuchte, nicht zu sehr daran zu denken, wie sich seine Haut anfühlte. Seine Handfläche war rauer, als sie erwartet hatte.

Er verschwamm immer mehr, schien sich allmählich aufzulösen, während ihre eigenen Umrisse klarer wurden. Sie biss sich auf die Lippe. »Auf Wiedersehen, Nick.«

Er streckte die Hand aus, um ihr den Schnee von der Schläfe zu wischen. Die Berührung seiner Finger jagte ihr einen angenehmen Schauder über den Rücken. »Bis zum nächsten Mal, Emery.«

Kapitel 10

FÜNF JAHRE SPÄTER (FEBRUAR 2004)

ALTER: 25

Blind tastete Emery nach dem Wasserglas auf ihrem Nachttisch, wobei sie beinahe die Lampe umgestoßen hätte. Stöhnend beugte sie sich weit genug vor, um es an ihre Lippen halten zu können, und verzog das Gesicht: Das Wasser schmeckte leicht abgestanden. Eines ihrer Beine hatte sich in dem dünnen Laken verheddert, der Schweiß auf ihrem Rücken wirkte in der klebrigen Hitze kühlend. Der Ventilator war zwar auf sie gerichtet, gab aber nur ein klägliches Lüftchen von sich. Vermutlich war sie der einzige Mensch in ganz Australien, der keine Klimaanlage hatte. Das war einer der vielen Gründe, warum sie versuchte, sich so selten wie möglich in ihrer winzigen Wohnung über dem Restaurant in Perth aufzuhalten, wo sie arbeitete.

Sie hörte im winzigen angrenzenden Badezimmer die Dusche laufen und fuhr sich in Ermangelung einer Zahnbürste mit der Zunge über die Lippen. Ihre Schläfen pochten, und ihre Kehle fühlte sich trocken und kratzig an. Der leichte Grasgeruch in der Luft sorgte dafür, dass sich ihr leerer Magen unangenehm zusammenkrampfte.

Seufzend stellte sie das Wasserglas weg und griff nach ihrem Mobiltelefon. Eine neue Nachricht.

Offenbar hattest du gestern einen schönen Abend.

Sie wurde von Verlegenheit ergriffen. Rasch warf sie einen Blick in ihre Postausgänge.

Colin. Co-lin! Ich gehe gerade am Meer spazieren und überlege, ob ich reinspringen soll. Außerdem denke ich an diiiiich und daran, als wir in den Cam gesprungen sind. Wann kommst du mich wieder besuchen? Ich vermisse dich soooooo.

Na ja, es hätte schlimmer sein können. Sie gab sich Mühe, nicht zu oft Nachrichten an die Leute zu Hause zu schreiben, weil es für alle Beteiligten ein Vermögen kostete. Allerdings verstießen sie und Colin regelmäßig gegen diesen Vorsatz. Bei diesem Gedanken bekam sie sofort ein schlechtes Gewissen. Wann hatte sie Bonnie zuletzt geschrieben? Sie waren zwar zusammen nach Australien gekommen, aber Bonnie war längst wieder zu Hause und hatte ein duales Studium aufgenommen, während Emery geblieben war. Sie genoss die Freiheit, von Job zu Job zu tingeln, in einem Land, wo niemand sie kannte und sie sein konnte, was sie gerade sein wollte.

Tut mir leid, schrieb sie zurück. *Ich hatte wohl einen Anfall von Sentimentalität.*

Und jetzt, im kalten, harten Tageslicht?

Oh, ich denke natürlich nie an dich und vermisse dich überhaupt nicht.

Gut zu wissen.

Wie viel Uhr ist es bei euch?

Sechs Uhr abends.

Du hast den ganzen Tag mit deiner Antwort gewartet?

Ich hatte zu tun, Em. Viel zu tun.

Emery schmunzelte. Colin arbeitete inzwischen bei der *Times*, was er ihr bei jeder Gelegenheit unter die Nase rieb. Das Telefon vibrierte in ihrer Hand.

Aber ich freue mich immer zu hören, dass du mich vermisst.

Sie lächelte, antwortete aber nicht. Sie vermisste Colin – und Bonnie – mehr, als sie sich im nüchternen Zustand eingestehen wollte. Insbesondere deshalb, weil sie nicht müde wurde zu betonen, dass sie hier in Australien ihren Traum lebte. Außerdem hatte sie letzte Nacht nicht an Colin gedacht. Sie und Neil waren barfuß über den Strand geschlendert. Das Meer hatte ihre Füße umspült, und sie hatten einander herausgefordert, sich nackt in die Fluten zu stürzen. Das hatte sie an den Cam erinnert, an ihr Gefühl der absoluten Furchtlosigkeit, direkt bevor sie im Wasser aufkam.

Nein, sie hatte nicht an Colin gedacht, der sie erst aus dem Wasser gezogen und dann wiederbelebt hatte. Auch nicht an Bonnie, die vor Angst wie erstarrt gewesen war und ihr später schluchzend gestanden hatte, dass sie nach dem Zwischenfall auf dem Campingausflug eigens einen Erste-Hilfe-Kurs besucht hatte, um auf alles vorbereitet zu sein. Emery hatte ein schrecklich schlechtes Gewissen gehabt und sich geschämt. Sie hatte Bonnie an sich gezogen und alles in diese Umarmung gelegt: ihre Dankbarkeit, ihre Verlegenheit und ihre Reue, weil sie sie in so eine Lage gebracht hatte.

Ja, das alles war ihr durch den Kopf geschossen, als sie und Neil sich ausgezogen hatten und ins Wasser gerannt waren. Doch sie hatte immer Nick vor Augen gehabt, ihre letzte Begegnung Revue passieren lassen und sich gefragt, ob sie ihn je wiedersehen würde. Nick konnte sie aus offensichtlichen Gründen keine SMS schicken, ja, sie konnte nicht einmal über ihn sprechen. Also hatte sie stattdessen an Colin geschrieben.

Eine letzte Nachricht erschien auf dem Display.

Wenn du nicht vorher wieder zu Hause bist, komme ich an Ostern. X

Sie legte das Telefon weg und beschloss, später zu antworten, wenn die Kopfschmerzen nachgelassen hatten. Colin hatte sie schon einmal besucht, als Bonnie noch hier gewesen war. Würde er sie beim nächsten Mal mitbringen? Oder allein kommen? Sie wusste nicht, warum ihr Magen sich zusammenzog, noch nicht einmal, ob es ein angenehmes oder ein unangenehmes Gefühl war.

Sie hörte den Hahn quietschen, als die Dusche abgedreht wurde. Kurz darauf erschien Neil in der Tür. Seine breiten Schultern füllten den gesamten Türrahmen aus. Er hatte sich ein Handtuch um die Taille gewickelt. Sein rostrotes Haar war feucht und zerzaust. Seine Füße hinterließen nasse Abdrücke auf dem fleckigen beigefarbenen Teppichboden, als er zu ihrem Bett ging und Ausschau nach seinen Kleidern hielt. Emery nahm sich einen Moment Zeit, um seinen Körper zu bewundern: durchtrainiert und sonnengebräunt, weil er morgens wie ein Besessener am Strand entlangjoggte. Bei ihrer ersten Begegnung an der Bar des Lokals im Erdgeschoss, wo sie arbeitete, hatte er ihr weismachen wollen, er sei Rettungsschwimmer. Prompt war sie auf dieses Klischee hereingefallen, woraufhin er sie ausgelacht hatte. Sie hatte ihn ein wenig zappeln lassen, bevor sie bereit gewesen war, mit ihm zu schlafen. Nicht, weil sie keine Lust darauf gehabt hätte – eigentlich war es von Anfang an darauf hinausgelaufen –, sondern weil sie sich langweilte. Deshalb hatte es Spaß gemacht, zuzuschauen, wie er sich abstrampelte.

Sie sah ihm zu, während er sich anzog, sein Grinsen, als er sein T-Shirt über den Kopf streifte. Der Typ platzte fast vor Selbstbewusstsein. Schließlich trat er zum Bett, beugte sich vor und küsste sie auf die Wange. Er roch nach ihrem Kokosnuss-Shampoo. Sein Blick blieb an ihrer nackten Brust und an dem Bein hängen, das sie über das dünne Laken gelegt hatte, weil ihr zu warm gewesen war. »Bis später, Babe. Arbeitest du heute Abend?«

»Nein.« Herrje, ihre Stimme klang schrecklich heiser. »Meine Schwester kommt. Amber, erinnerst du dich? Sie ist für zehn Tage hier. Ich habe mir freigenommen.«

»Ach, ja, klar. Ich weiß.« Eine unverfrorene Lüge, aber es war ihr zu lästig, ihn darauf hinzuweisen.

»Also habe ich wahrscheinlich nicht so viel Zeit«, fügte sie hinzu. Sie war nicht sicher, was sie damit provozieren wollte. Sollte er darauf bestehen, ihre Schwester kennenzulernen? Oder beteuern, dass er sie vermissen würde?

»Okay, Baby. Schick mir einfach eine SMS, wenn du wieder kannst.« Mehr nicht. Nun gut. Schließlich hatte sie von Anfang an gewusst, dass es nur etwas für eine Nacht war. Und wenn sie absolut ehrlich mit sich war, wusste sie auch, warum er sie überhaupt angezogen hatte: Es waren seine Augen, grau mit einem Hauch von Grün. Für einen kurzen Moment hatte sie jemand anders vor sich gesehen, als sie ihn über den Tresen hinweg angeblickt hatte.

Emery trat von einem Fuß auf den anderen und warf immer wieder einen Blick auf die Ankunftstafel. Die Maschine war eindeutig gelandet. Warum zum Teufel dauerte das dann so lang? Ringsherum hasteten Menschen mit quietschenden Sohlen über den blitzblanken Fußboden und zogen ihre Koffer hinter sich her. Irgendwo weinte ein Kind. Sie konnte dem Kleinen keinen Vorwurf machen.

Das Handy in ihrer Hand läutete. Sie hatte alle paar Minuten darauf geschaut, für den Fall, dass Amber versuchte, sie zu erreichen. Aber es war nicht ihre Schwester, die anrief.

»Ich gehe nur ran, wenn es ein Notfall ist«, sagte sie, anstatt sich mit »hallo« zu melden. »Ich habe diesen Monat schon zu viel Guthaben verbraucht.«

»Das ist aber ein Glück, denn – ich bin verlobt!!!!!«

Emery hätte fast das Telefon fallen gelassen. »Was? Oh, mein Gott! Mit Joe?«

Bonnie lachte. »Nein, mit Humphrey.«

»Wer zum Teufel ist Humphrey?«

»Keine Ahnung. Es gibt bestimmt Unmengen von Humphreys. Natürlich mit Joe, Dummchen.«

»Oh, mein Gott. DAS GIBT'S JA NICHT!« Die Leute im Terminal warfen ihr bereits scheele Blicke zu, weil sie wie eine Wahnsinnige am Telefon herumschrie.

»Beruhige dich. Schließlich wollen wir nicht, dass dein Herz verrückt spielt.«

Sie quittierte die Bemerkung pflichtschuldig mit einem Auflachen. »Ich kann es kaum glauben.«

»Warum? Weil ich nicht der Typ für die Ehe bin?«

»Äh, nein. Das heißt, du bist absolut der Typ für die Ehe. Obwohl: Was bedeutet das in unseren Augen?«

»Brotbacken?«

Emery seufzte dramatisch. »Tja, dann bin ich wohl raus.«

»Ich auch. Am besten gestehe ich Joe, dass ich noch nie im Leben einen Laib Brot gebacken habe.«

»Doch, im Kochunterricht in der Schule. Schon vergessen?«

»Ich erinnere mich vage an einen ziemlich widerspenstigen Teig.«

»Aber, Bonnie, wir sind doch noch so JUNG!« Wieder erntete sie Blicke von den anderen Fluggästen. Eine vorbeigehende Frau nahm ihre Tochter fester an der Hand, als wäre Emery eine tobende entsprungene Irre.

»Ich weiß, Em. Aber ich liebe ihn.« Emery konnte förmlich hören, dass Bonnie lächelte, was sie auch zum Lächeln brachte. »Und es fühlt sich richtig an.«

»Also gut.« Sie stieß den Atem aus. »Absolut fantastisch, würde ich sagen.« Ihre beste Freundin *heiratete*. Aber Joe war wirklich ein absoluter Traummann. Bonnie hatte ihn nach ihrer Rückkehr aus Australien in der Kantine bei Cadbury kennengelernt, wo er auch ein duales Studium absolvierte.

»Wahrscheinlich werden wir sowieso eine Ewigkeit verlobt bleiben. Bis ich heiratete, vergehen bestimmt noch ein paar Jährchen.«

»Wunderbar. Mehr Zeit, um den Junggesellinnenabschied zu planen.« Verheiratet! Bonnie wollte heiraten. Emery probierte in Gedanken mehrere Variationen dieses Satzes aus, damit es realer wurde.

»Apropos ... wahrscheinlich brauche ich es dir nicht extra zu sagen ...«

»Bonnie Mistry, wenn du mich gerade fragen wolltest, ob ich deine Brautjungfer sein will, lautet meine Antwort, dass mir Kobaltblau besonders gut steht.«

In Bonnies Lachen schwang so viel Freude mit, dass Emery seltsamerweise fast die Tränen kamen. »Muss es unbedingt Kobaltblau sein?«

»Ja. Etwas anderes kommt nicht infrage.«

»Als Trauzeugin hast du schließlich ein Mitbestimmungsrecht, alsooooo …«

Emery stieß ein atemloses Lachen aus und kniff die Augen zusammen. »Ich glaube, ich fange gleich zu heulen an. Nein, Moment, ich heule ja schon.«

»Nein, tust du nicht.« Sie konnte beinahe hören, wie Bonnie die Augen verdrehte.

Emery schlug die Augen auf und ließ rasch den Blick durch das Terminal schweifen. Noch immer keine Spur von Amber. »Also gut, vielleicht nicht richtig, aber ich könnte heulen. Bist du sicher?«

»Klar bin ich sicher. Wenn nicht ich, wer sonst?«

»Okay, okay. Ich werde eine tolle Trauzeugin sein, Ehrenwort.«

»Das weiß ich.«

»Und was sagen deine Eltern dazu?«

»Ich habe es ihnen noch nicht erzählt.«

»Was?«

»Es ist erst gestern passiert.«

»Und mir sagst du es zuerst? Okay, a) ich fühle mich absolut geehrt, und b) ich glaube, du solltest Maureen vorschwindeln, dass sie die Erste ist.«

Da war ja Amber. Das Haar zu einem strengen Knoten hochgesteckt, kam sie durch die Schranke. Sie zog ein schickes schwarzes Köfferchen hinter sich her. Robins kurzes blondes Haar stand nach dem Flug in sämtliche Richtungen ab. Ihr riesiger Koffer hatte eine um einiges angemessenere Größe.

»Mist, da sind sie. Wenn man vom schlechten Timing spricht.«

»Wer?«

»Amber ist hier. Ich stehe am Flughafen. Sie und Robin kommen zu Besuch.«

»Ach, verdammt, ich hatte ganz vergessen, dass das heute ist.«

»Aber ich muss alles erfahren«, fuhr Emery eilig fort und schob sich winkend nach vorne, um sich bei Amber bemerkbar zu machen. »Wie hat er es gemacht? Ist er auf ein Knie gefallen? Ich wette, das hat er getan. Joe ist einfach der Typ, der auf die Knie geht. Und wo wart ihr? Sag jetzt bloß nicht, an irgendeinem schrecklichen Ort wie in der Kantine, wo ihr euch kennengelernt habt.«

»Nein.« Bonnie hielt dramatisch inne. »Es war in Venedig.«

»Heilige Scheiße, *natürlich*.«

Robin entdeckte Emery zuerst und stieß Amber an. Die beiden kamen auf sie zu. »Ich muss Schluss machen, Bonnie.«

»Ja, klar. Richte Amber Grüße von mir aus.«

»Das werde ich. Aber können wir uns irgendwann länger unterhalten? Bestimmt haben die beiden Jetlag und legen sich irgendwann hin. Dann rufe ich dich an, zum Teufel mit dem Guthaben.«

»Klar! Jederzeit. Ich bin sowieso viel zu aufgekratzt, um zu schlafen.«

Emery legte auf, während Robin und Amber näher kamen. Sie lächelte die beiden an und umarmte sie nacheinander. Während Amber ziemlich erledigt wirkte, war Robin so vergnügt wie immer. Vielleicht hatte sie ja als Professorin genug Übung darin, wegen irgendwelcher Abgabetermine, gestärkt von Kaffee, die Nächte durchzumachen, sodass ihr ein zwanzigstündiger Flug nichts anhaben konnte.

Emery strahlte die beiden an und wich einen Schritt zurück. Bonnie war verlobt und glücklich, und jetzt war Amber hier. »Ihr habt es geschafft!«, rief sie voller Freude, packte Robins riesigen Koffer und überließ es Amber, sich selbst um ihr Mini-Gepäckstück zu kümmern. »Kommt. Jetzt geht der Spaß los.«

Kapitel 11

Emery gab Amber und Robin gerade genug Zeit, um ihr Gepäck ins Hotel zu bringen, und bestand auf ein Mittagessen in einem ihrer liebsten Strandcafés. Das Lokal war zwar wie immer voll besetzt, doch sie ergatterten einen schönen Platz im Freien unter einem Sonnenschirm. »Es ist so heiß hier«, beklagte Amber sich immer wieder.

»In Australien ist es im Sommer heiß?«, wiederholte Emery ungläubig. »Das ist ja nicht zu fassen!«

»Wo ist unsere Sonnencreme?«, fragte Robin, als sie sich setzten. »Wir haben sie vergessen, richtig? Verdammt. Ich war sicher, dass ich die mit Lichtschutzfaktor 50 besorgt hatte. Wir müssen vorsichtig sein, denn laut wissenschaftlicher Erkenntnisse …«

»*Du* hast sie vielleicht vergessen«, unterbrach Amber, »aber ich nicht.« Aus ihrer gewaltigen Handtasche förderte sie eine Flasche Sonnencreme zutage. Ein winziger Koffer, dafür eine XXL-Handtasche. Das sollte jemand verstehen.

»Ich habe außerdem meine Zahnbürste vergessen«, meinte Robin zu Emery, was wie eine Beichte klang. »Und ich habe nur ein Paar Socken dabei, nämlich die, die ich anhabe.«

Emery lachte. »Ich gehe später mit dir einkaufen. Aber davor … Mimosas, einverstanden?« Das brachte ihr eine hochgezogene Augenbraue von Amber ein. Emery verdrehte die Augen. »Ihr seid im Urlaub. Außerdem besteht der Drink hauptsächlich aus Orangensaft. Noch dazu ist für euch praktisch Schlafenszeit.«

»Ich bin dabei«, verkündete Robin, womit das Thema erledigt war.

Während sie auf die Drinks warteten, fing sie an, sich Kühlung zuzufächeln. »Siehst du, es ist tatsächlich heiß«, murmelte Amber.

»Nur, weil wir nicht daran gewöhnt sind«, meinte Robin achselzuckend. »Während meines Auslandsjahrs in Neuseeland habe ich eine Ewigkeit gebraucht, um mich im Sommer an die Hitze zu gewöhnen.«

»Ach ja«, erwiderte Amber. »Dein Jahr in Neuseeland. Das hatte ich fast vergessen, denn du redest ja kaum darüber.« Amber lachte, als Robin ihr einen Rippenstoß versetzte. Dann lächelten die zwei einander an. Es wirkte so vertraut, fast als hätten sie vergessen, dass Emery ebenfalls am Tisch saß. Emery verspürte einen Anflug von Eifersucht. Sie war nicht sicher, warum, schließlich mochte sie Robin, sehr sogar. Wenn es der größte Fehler eines Menschen war, dass man ihm manchmal nicht ganz folgen konnte, weil er in einem Höllentempo von der Erforschung einer bestimmten neuseeländischen Vogelart erzählte, sagte das einiges aus. Außerdem schien Amber glücklicher als je zuvor, ein Gefühl, das in den Jahren, die sie mittlerweile zusammen waren, offenbar nicht nachgelassen hatte.

Amber hatte geweint, als sie Emery endlich von Robin erzählt hatte, und sich für ihre Heimlichtuerei entschuldigt. Emery hatte sie umarmt und gesagt, sie freue sich für sie. Es war einer jener beängstigenden Momente gewesen, in denen sie sich nicht mehr nur als kleine Schwester fühlte. In denen ihr klar wurde, dass Amber sie womöglich ebenso brauchte wie umgekehrt.

Also ja, es war wirklich wundervoll, dass Amber Robin hatte. In Augenblicken wie diesen schienen sie einander zu erden, und Emery sah, wie gut sie zusammenpassten und sich ergänzten wie die Teile eines Puzzles.

Vielleicht lag es daran. Erst die Nachricht von Bonnies Verlobung, dann der Anblick dieses glücklichen Paars. Sie hatte so etwas noch nie auch nur annähernd erlebt. Gut, sie hatte es auch nicht versucht, aber trotzdem. Sie hatte keine Ahnung, wie es war, wenn zwei Puzzleteile zusammenpassten. Und sie war nicht sicher, ob ihr das jemals passieren würde.

»Wir haben Neuigkeiten«, verkündete Amber, nachdem die Mimosas serviert worden waren.

»Sag bloß nicht, dass ihr euch auch verlobt habt.« Ein winziger Schatten huschte über Robins Gesicht. Emery biss sich auf die Lippe. Wie dumm von ihr. Warum musste sie immer die Klappe aufreißen, ohne vorher nachzudenken?

Aber Ambers Tonfall war beiläufig. »Nein, denn das können wir nicht, stimmt's? Aber ... Moment mal, wer hat sich verlobt?«

»Bonnie.«

»*Bonnie?* Die ist doch erst so alt wie du, oder?«

Emery lachte. »Ich weiß! Offenbar gibt es Leute, die sich mit fünfundzwanzig verloben. Und was habt ihr mir zu erzählen?«

Amber holte Luft. »Wir ziehen nach Edinburgh.«

»*Edinburgh?*«

»Ich stamme von dort«, erklärte Robin. Sie war groß und blond und hätte mit ihren fließenden Bewegungen auch als Australierin durchgehen können. Obwohl sich ihre Haut von der Sonne schon jetzt rosig färbte. »Ich habe, seit ich zum Studium weggegangen bin, nie mehr längere Zeit dort verbracht und inzwischen ein wenig Heimweh. Außerdem ist an der dortigen Uni eine Dozentenstelle frei geworden.«

»Und ich habe mich bereits für einen Job als Physiotherapeutin in einer Privatklinik beworben, die einen tollen Eindruck macht«, fügte Amber hinzu. »Gleich wenn wir zurück sind, habe ich ein Vorstellungsgespräch.«

Emery nickte und brauchte einen Moment, um das zu verdauen – obwohl sie schon eine ganze Zeit am anderen Ende der Welt lebte. Dennoch hatte sie angenommen, dass Amber immer in Cambridge sein würde, wenn sie es irgendwann wieder nach Hause schaffte. »Was hält Dad davon?«

»Tja ...« Amber zog das Wort in die Länge. »Er könnte sich mit der Idee vermutlich besser anfreunden, wenn du nach Hause kämst.«

Emery seufzte auf. »Bitte nicht.«

»Tut mir leid. Entschuldige! Ich wollte nur ... Er macht sich Sorgen um dich.«

»Er macht sich immer Sorgen um mich. Öfter mal was Neues.«

Amber biss sich auf die Lippe. »Ich glaube, wenn du etwas tun würdest ... du weißt schon, etwas Richtiges, könnte er es vielleicht ein bisschen besser verstehen. Aber im Moment ist es für ihn, als würdest du aus reinem Mutwillen wegbleiben.«

»Ich tue doch etwas. Ich habe einen Job, richtig?«

»Ach, Emery, du weißt genau, was ich meine.« Inzwischen klang sie wie die typische große Schwester. Robin griff demonstrativ nach ihrem Glas, blickte aufs Meer hinaus und setzte die Sonnenbrille auf, als wolle sie sich dahinter verstecken.

Emery spürte die patzige Antwort, die ihr auf der Zunge lag. Doch so gut kannte sie Robin nun auch wieder nicht, und Amber hatte sie seit zwei Jahren nicht gesehen. Also atmete sie tief die Meeresluft ein. »Amber, du bist gerade erst angekommen. Können wir den Vortrag nicht verschieben? Um drei Tage oder so?«

Amber lockerte die Schultern. »Tut mir leid. Ja, du hast recht. Entschuldige. Ich habe Dad versprochen, das Thema anzuschneiden, was ich hiermit getan habe.« Sie lächelte verlegen. Emery erwiderte das Lächeln.

»Wie geht es Dad?«

»Ach, na ja, unverändert. Ständig redet er davon, sich zur Ruhe zu setzen.« Das wusste Emery bereits. Er bestand auf wöchentlichen Anrufen, hauptsächlich, um sich nach ihrer Gesundheit zu erkundigen und zu fragen, ob sie sich regelmäßig ärztlich untersuchen ließ. Und wann sie zurückkäme. Vielleicht hatte sie ein bisschen geschwindelt und behauptet, eine ihrer Freundinnen sei Krankenschwester und vor Ort, falls etwas passieren sollte. Doch sie hatte sich gedacht, dass eine Notlüge gerechtfertigt war, wenn sie dadurch ein bisschen Druck von ihm nahm.

Die nachfolgende Pause war ein wenig zu lang, um beiläufig zu sein. »Mum geht es auch gut, nur für den Fall, dass dich das interessiert.«

»Tut es nicht«, entgegnete Emery bemüht ruhig und gleichmütig. Amber schien ins Detail gehen zu wollen, daher ergriff Emery eilig das Wort. »Und was wollt ihr unternehmen, während ihr hier seid?«

Zum Glück gab Amber nach und ließ ihr den abrupten Themenwechsel durchgehen, aber nach ein, zwei Gläsern Wein würde sie garantiert noch mal damit anfangen. Doch im Moment sah sie Robin an, die sich wieder am Gespräch beteiligte und sich die Sonnenbrille ins Haar schob. »Keine Ahnung. Alles? Wir können uns die Delfine anschauen, richtig?«

»Ja, definitiv.«

»Und wir wollen sehen, wo du arbeitest«, fügte Amber hinzu.

Emery verzog das Gesicht und versuchte, den Blick der Kellnerin zu erhaschen, damit sie etwas zu essen bestellen konnten. »Puh, lieber nicht. Das ist todlangweilig.«

»Rottnest Island?«, schlug Robin vor, worauf Emery nickte.

»Gute Idee. Da war ich selbst noch nicht.«

Amber schüttelte den Kopf. »Wie das?«

»Ich hatte eben andere Dinge zu tun, die spannender waren. Apropos: Für morgen habe ich etwas Tolles geplant.«

»Emery ...« Ambers Tonfall war warnend.

»Was denn?«, fragte Emery arglos.

»Es ist doch nicht gefährlich, oder? Keine Aktion, für die Dad uns umbringen würde?«

Emery legte die Hand aufs Herz. »Pfadfinderinnenehrenwort.«

»Du warst eine miserable Pfadfinderin.«

Emery grinste nur.

Als die drei aus dem Taxi stiegen, starrte Amber entsetzt auf den Schriftzug über dem Eingang des Gebäudes. »*Skydiving*? Du willst allen Ernstes Fallschirmspringen?« Sie schüttelte den Kopf. »Das soll wohl ein Scherz sein.«

»Ich will, dass wir *alle* einen Fallschirmsprung machen. Und ja, es ist mein voller Ernst.« Emery legte ihrer Schwester die Hand auf den Rücken und versuchte, sie zum Eingang zu schieben. Es war noch früh am Morgen. Sie hatte Robin und Amber aus dem Bett geholt, indem sie im Hotel einen Weckauftrag veranlasst hatte, damit sie rechtzeitig hier waren. Fallschirmspringen hatte sie ausprobieren wollen, seit sie in Australien war, und sogar eigens Geld dafür gespart.

»Emery, das ist eine ausgesprochen schlechte Idee.«

Robin schwieg und blickte nur neugierig auf das Gebäude etwa eine Autostunde entfernt von Perth am Ende einer Staubstraße, so herrlich abgelegen, dass man sich wirklich fühlte wie am Ende der Welt.

»Das sagst du immer, wenn ich eine gute Idee habe.«

»Weil deine Ideen immer miserabel sind.«

»Hast du dir je überlegt, dass ich in Australien geblieben sein könnte, weil ich es satthabe, dass alle mich wie ein Porzellanpüppchen behandeln?«, platzte Emery heraus, schämte sich jedoch für ihren Ausbruch, kaum dass die Worte über ihre Lippen gekommen waren. Schließlich wusste sie, wie es für Amber gewesen sein musste. Und auch, warum sie nach dem Studium zurück nach Cambridge gekommen war.

»Es tut mir leid«, sagte sie leise. Klugerweise war Robin bereits zum Empfang vorausgegangen. Sanft drückte Emery Ambers Arm. »Ambs, als ich fünf war, bin ich gestorben, weil ich mir einen Dorn eingetreten hatte.«

Amber holte zittrig Luft. »Ich erinnere mich.«

»Ein *Dorn*, Amber. Deshalb weißt du genauso gut wie ich, dass es jederzeit wieder passieren kann. Und darum habe ich mir gedacht, dass ich leben, das heißt, *wirklich* leben sollte, solange ich kann.«

Amber löste den Blick von Robins Rücken, um sie finster anzusehen. »Sag nicht solche Sachen.«

Anstelle einer Antwort zog Emery ihre Schwester an sich und spürte, wie diese die Umarmung erwiderte. Die Geste vermittelte ihr eine Geborgenheit, wie nur eine große Schwester sie schenken konnte. Der tröstliche Pfefferminzgeruch von Ambers Lieblingsbodylotion stieg ihr in die Nase.

Als sie sich voneinander lösten, warf Amber einen Blick auf das Schild über dem Eingang: *Skydive Geronimo*. Sie biss sich auf die Lippe. »Ich habe Angst.« Nicht so sehr vor dem Fallschirmsprung, das wusste Emery, obwohl das sicher nicht zu den Dingen gehörte, die Amber freiwillig unternehmen würde.

»Das brauchst du nicht«, erwiderte Emery leise. »Ich habe auch keine.«

Amber schniefte. »Ich bin nicht sicher, ob mir das nicht noch größere Angst macht.« Emery verdrehte die Augen. Dann gingen sie in die Richtung, in die Robin verschwunden war.

»Woran hast du das mit Robin gemerkt?«, fragte Emery nach einer Weile.

»Dass ich eine Lesbe bin?«

»Nein. Das heißt, irgendwie schon, aber nur, wenn du darüber reden willst.«

Amber warf ihr einen spöttischen Blick zu. »Offen gestanden dachte ich, dass ich mein Coming-out inzwischen hinter mir habe.«

»Klar, aber woran hast du gemerkt, dass sie die Richtige ist?«

»Wieso fragst du?«, hakte Amber argwöhnisch nach. »Gibt es da etwa jemanden?«

»Nein. Absolut nicht.« Emery seufzte auf. »Vergiss es. Ist nicht so wichtig.« Plötzlich war ihr das Thema unangenehm.

»Em, was …«

In diesem Moment kehrte Robin vom Empfang zurück. »Okay. Wenn wir es wirklich tun wollen, müssen wir zuerst zur Sicherheitseinweisung.« Amber schluckte hörbar. Robin lachte. »Ich bin dafür.«

Emery drückte Amber ein letztes Mal den Arm, worauf diese tief durchatmete. »Okay. Oh, mein Gott, okay. Dann also los.« Für sie, das wusste Emery. Amber würde es nur für sie tun.

Nicht der Sprung war der Auslöser. Auch nicht der Flug oder der Wind, der durch die offene Tür der Maschine fegte. Es war nicht der Blick hinunter zur Erde, die sehr weit entfernt zu sein schien. Es war nicht der Fluglehrer, der hinter ihnen »Seid ihr bereit? Auf drei geht's los!« schrie. Es war auch nicht der Sprung selbst oder das Gefühl, im freien Fall zu sein, oder der Wind, der ihr ins Gesicht blies, oder ihr Magen, der sich zusammenkrampfte. Es war nicht das Adrenalin, das ihr durch die Adern rauschte, oder ihr Jubelschrei, bevor der Fallschirm sie ruckartig wieder nach oben riss. All das war genauso, wie Emery es sich in ihren Träumen ausgemalt hatte. Anschließend war Amber sogar beinahe lachend auf sie zugekommen, obwohl sie am ganzen Leib zitterte, und hatte Emery den Arm um die Schultern gelegt. »Na, kleine Em, vielleicht ist an dem Quatsch, dass man im Augenblick leben sollte, ja doch etwas dran.«

Nein, letzten Endes war es der Moment, als sie ins Taxi stiegen, das sie in die Stadt zurückbringen sollte: Emery klemmte sich den Finger in der zufallenden Autotür ein. Ein heißer Schmerz schoss ihr durch den Zeigefinger. Es tat so weh, dass sie am liebsten laut geflucht hätte. Aber sie brachte nicht einmal einen Schrei heraus, bevor ihr Herz stehen blieb.

Kapitel 12

Also Fallschirmspringen, ja? Offenbar liebst du die Gefahr.«

Als Emery seine Stimme hinter sich hörte, verzog sie unwillig das Gesicht. »Und du scheinst besonders gern in Rätseln zu sprechen und anderen auf den Keks zu gehen.« Sie ließ sich einen Moment Zeit, bevor sie sich umdrehte und ihre Umgebung betrachtete. Sie war am Meer, allerdings an einem völlig anderen als dem, an dessen Küste sie jetzt lebte. Eine warme Brise liebkoste ihr Gesicht, die ebenfalls so ganz anders war als die manchmal drückende Hitze Australiens. Die Küste war wunderschön, der strahlend blaue Himmel endlos weit, und am Fuße der Felsen, die sich über dem Wasser erhoben, befand sich ein Sandstrand, so leer, wie man ihn in Falmouth im Juni niemals zu sehen bekäme, hätten sie sich in der realen Welt befunden.

Nick trat nicht in ihr Blickfeld. Er legte ihr auch nicht die Hand auf die Schulter oder zwang sie, sich umzuwenden. Vielleicht wollte er ja abwarten, bis sie bereit war. Sie selbst machte keine Anstalten, sich umzuwenden, weil sie wusste, dass sie es dann nicht länger würde leugnen können. Sie könnte nicht länger vorgeben, dass sie ihn nicht hatte wiedersehen wollen. Oder noch schlimmer – dass sie sich sogar auf dieses Wiedersehen gefreut hatte.

Als sie es schließlich doch tat, machte ihr Magen einen angenehmen kleinen Satz. Er stand etwa einen Meter von ihr entfernt, das Gesicht halb im Schatten, weil sich die Sonne hinter ihm befand. Das Licht fing sich in seinem kastanienbraunen Haar. Er hatte die Ärmel hochgekrempelt, sodass sie zum ersten Mal seine muskulösen Arme bemerkte. Sie hob den Kopf, um ihm in die graugrünen Augen zu schauen. Dabei spürte sie, wie die Nerven unter ihrer Haut vibrierten, obwohl sie wusste, wie albern das war. Allerdings war sie machtlos dagegen. Er sah noch besser aus als in ihrer Fantasie. Oder in den bruchstückhaften Erinnerungen, die sie von ihm hatte. Durfte er überhaupt so attraktiv sein? Es störte nämlich, lenkte nur ab. Außerdem hatte sie den Eindruck, dass er bei jeder Begegnung jünger wirkte.

»Woran liegt das?«, fragte sie laut.

Er zog die Augenbrauen hoch. Falls Bonnie ihr wieder einmal erzählen sollte, sie habe sich in Joe verliebt, weil seine Augenbrauen so sexy waren, würde sie nicht lachen. »Du weißt, dass ich keine Gedanken lesen kann.«

Sie schnaubte höhnisch. »Das ist doch lächerlich. Wie sollst du die Leute denn führen, ohne ihre Gedanken zu lesen?«

Er warf ihr einen spöttischen Blick zu. »Woran liegt was?«, hakte er nach.

Sie schüttelte den Kopf. »Egal.« Wahrscheinlich hatte es sowieso mehr mit ihr als mit ihm zu tun. Obwohl … »Wie alt bist du?«

Er verzog das Gesicht. Offenbar hatte er nicht mit dieser Frage gerechnet. »Fünfunddreißig.« Seine Antwort fiel so klar und eindeutig aus, dass sie ihn im ersten Moment verblüfft ansah. Er räusperte sich und wirkte auf einmal verunsichert. »Tja. Hängt vermutlich davon ab, wie man die Jahre zählt.«

»Das klingt schon eher nach dem Nick, den ich kenne.« Er quittierte die Bemerkung mit einem Lächeln. Allerdings musste sie sich rasch abwenden und aufs Meer blicken, um ihre Freude, ja, die Erleichterung zu verbergen, die sie empfand, weil sie endlich seinen Namen laut aussprechen konnte.

Gischt sprühte gegen ihre Beine, als sie sich auf die Felsen setzte. Sie trug das blaue Kleid, das sie am Tag der Erinnerung angehabt hatte, nicht die Leggings und das alte T-Shirt vom

Fallschirmspringen. Hinter ihr und ein Stück erhöht befand sich eines ihrer Stammlokale, Hooked on the Rocks. Allerdings waren die Drinks dort ein bisschen teuer für ihr Studentenbudget, weshalb sie nicht so oft hatte hingehen können, wie sie gewollt hätte.

»Wo sind wir jetzt?«, erkundigte sich Nick und ließ sich neben sie sinken. Sie lächelte: Inzwischen hatte sich zwischen ihnen ein Ablauf eingespielt, der ihr eine eigenartige Form von Geborgenheit vermittelte.

»Falmouth. In Cornwall. Hier habe ich studiert.« In der Ferne erkannte sie den Leuchtturm an der in einem Bogen verlaufenden Küstenlinie. Rechts von ihr schmiegte sich ein großes Herrenhaus in die Klippen, das an stürmischen Tagen wie aus einem Roman von Daphne du Maurier aussah. »Es kann an jedem x-beliebigen Tag gewesen sein«, fuhr sie fort. »Ich war oft hier. Aber ich glaube, ich weiß noch, an welchem Tag es genau war.« Sie warf einen kurzen Blick auf ihr Kleid. »Es war nach den Prüfungen. Ich bin allein hergekommen, um einfach nur dazusitzen und nachzudenken. Alle haben den Uniabschluss gefeiert, und später bin ich auch hingegangen. Aber zuerst war ich hier.« Sie seufzte auf. »Das Meer hat etwas herrlich Beruhigendes an sich. Findest du nicht?«

Er schaute hinaus übers Wasser und ließ sich nach hinten auf die Ellbogen sinken, um die Aussicht auf sich wirken zu lassen. »Da muss ich dir recht geben.«

Allerdings hatte sie ihm etwas verschwiegen: Auch wenn diese Felsen am Meer für sie ein »glücklicher Ort« waren, hatte sie sich hierher geflüchtet. Denn neben den knallenden Champagnerkorken, dem Lachen und den Plänen, später feiern zu gehen, war auch über die Zukunft gesprochen worden. Darüber, was die anderen nach ihrem Abschluss tun wollten. Ihre Australientour mit Bonnie ging zwar als Absichtserklärung durch, sodass sie nicht mehr viel dazu hatte sagen müssen. Trotzdem konnte sie die Frage, wo sie sich in fünf Jahren sehen würde, nicht mehr hören. Sie hasste dieses Gerede, denn schließlich lebte sie in dem ständigen Bewusstsein, dass sie vielleicht gar keine fünf Jahre mehr hatte, falls etwas schiefging.

Sie hatte keine große Lust, es laut auszusprechen, trotzdem spürte sie Nicks Blick auf sich ruhen. Offenbar versuchte er wie so oft, ihr Schweigen zu deuten. Sie warf ihm einen tadelnden Blick zu. »Wieso siehst du mich so an?«

»Tut mir leid«, erwiderte er und wandte sich rasch ab. »Es ist nur ... die meisten meiner Begegnungen verbringe ich damit, die Menschen zu beruhigen oder einfach nur« – er suchte nach dem richtigen Wort – »für sie da zu sein, ganz gleich in welcher Funktion.« Wieder fiel ihr sein angenehmer schottischer Akzent auf. Ein bisschen wie Robin, nur etwas ausgeprägter. Lag es daran, dass ein schottischer Akzent angeblich Geborgenheit vermittelte? »Manche Menschen weinen«, fuhr er fort, »oder wollen sich nicht damit abfinden, was passiert ist. Dann geben sie mir die Schuld, weil sie einen Sündenbock brauchen.« Emery überlegte, wie sich das wohl anfühlen mochte. Er bemerkte ihre Miene, die offenbar mehr verriet, als sie gedacht hatte, denn er sprach rasch weiter. »Das soll nicht heißen, dass es immer so schlimm ist.« Ein Lächeln huschte über sein Gesicht. »Einmal habe ich mit einem alten Mann Schach gespielt. Zumindest habe ich es versucht, denn ich konnte nicht Schach spielen, und er war nicht sehr gut darin, mir die Regeln zu erklären. Dann war da eine Frau Mitte fünfzig, die schon lange krank gewesen war. Sie hat mir in einer Karaokebar das Tanzen beigebracht, was gleichzeitig albern und herrlich war.« Er seufzte auf. »Aber trotzdem ist es mit dir ...« Er sah sie wieder an. »Ich kann es kaum glauben, dass ich dich immer wiedersehe.«

Bei diesen Worten krampfte sich ihr Herz ein wenig zusammen, ein keineswegs unangenehmes Gefühl, sondern eher so, als wisse ihr Herz, dass es der Grund für ihr Hiersein war, und freue sich darüber. Dennoch warf sie melodramatisch den Kopf in den Nacken. »Du kannst es also kaum glauben? Was glaubst du, wie es mir geht?«

Schon im nächsten Moment bereute sie die flapsige Antwort. Schließlich war er aufrichtig zu ihr gewesen, wohingegen sie alles ins Lächerliche zog. Sie biss sich auf die Lippe und musterte sein Gesicht, seine markanten Wangenkochen, während er weiter aufs ruhige Meer hinausblickte. »Es tut mir leid, dass ich das vor vielen Jahren als einsames Dasein bezeichnet habe.« Er runzelte die Stirn, woraufhin sie sich fragte, ob er sich überhaupt daran erinnerte. Und als ihr klar wurde, was es bedeutete, dass *sie* sich daran erinnerte, errötete sie. Doch jede ihrer Begegnungen hatte sich unauslöschlich in ihr Gedächtnis eingegraben. »Vielleicht war für dich ja nichts weiter dabei, aber ich hätte so etwas Dummes trotzdem nicht sagen sollen«, fuhr sie rasch fort, um sich wieder aus dem Fettnäpfchen herauszuarbeiten. »Ich war erst zwölf, und …«

»Ich erinnere mich«, sagte er leise.

Schweigen entstand, während sie beide den Möwen lauschten, bis Emery wieder das Wort ergriff. »Und ist es das? Einsam, meine ich.«

»Manchmal«, gab er zu und lächelte sie an. »Aber nicht so sehr, wenn du da bist.« Wieder ein Seufzen. »Aber es kann … traurig sein, ständig Menschen in ihren letzten Momenten zu beobachten.«

»Wie schaffst du das? Wie hältst du das auf Dauer aus, ohne dass es dich innerlich zerfrisst?«

»Ich bin nicht sicher, ob es das nicht doch tut.« Mit dieser Antwort hatte sie nicht gerechnet. Auf sie hatte er immer so ausgeglichen gewirkt. Wahrscheinlich zeigte das, wie wenig sie ihn kannte. »Aber vielleicht soll es mich ja zerfressen. Vielleicht wäre alles andere ein Zeichen dafür, dass ich meinen Job nicht richtig mache.«

Da sie nicht wusste, was sie darauf erwidern sollte, verfielen sie wieder in Schweigen. »Wünschst du dir nicht manchmal, dass es einfach aufhört?«, murmelte sie schließlich. Sie war nicht sicher, was sie da eigentlich fragte, schließlich wusste sie ja nicht, ob es eine Alternative gab, einen Ort, der auf das hier folgte.

Er blickte mit düsterer Miene lange aufs Meer hinaus. »Manchmal«, antwortete er schließlich und verzog das Gesicht. »Aber wenn ich so etwas denke, halte ich mir vor Augen, dass ich hier bin, weil ich hier sein soll.« Allerdings klang es nicht, als glaube er, sich für ein höheres Ziel einzusetzen, sondern nach Selbstaufgabe. Als sie nachbohren wollte, was genau er damit gemeint hatte, fiel er ihr ins Wort. »Australien also, ja? Wie ist es denn da so?«

»Sehr … australisch. Du weißt schon.«

»Nein, kann ich nicht behaupten. Ich war noch nie in Australien. Offen gestanden war ich noch nie im Ausland, so gern ich auch gewollt hätte.«

»Noch nie? Es hat dich noch nie jemand mitgenommen?« Dabei hätte sie gedacht, dass die Menschen viele glückliche Erinnerungen mit Auslandsreisen verbanden. Beim Anblick seiner sonderbaren Miene wurde ihr klar, dass sie etwas falsch verstanden hatte. »Oder soll das heißen …?«

»Nein«, erwiderte er rasch. »Genauso habe ich es gemeint.« Oberflächlich betrachtet, hätte sein Achselzucken wohl beiläufig gewirkt. »Wahrscheinlich einfach Pech.«

»Wir waren in den Alpen«, fügte sie hinzu.

»Stimmt, das hatte ich ganz vergessen.« Allerdings log er nicht sehr überzeugend, doch sie ließ es auf sich beruhen. Stattdessen holte sie tief Luft, schloss die Augen und konzentrierte sich. Sie war nicht sicher, ob es klappen würde, aber sie konnte es ja wenigstens versuchen. Also dachte sie so angestrengt an das Bild vor ihrem geistigen Auge, wie sie nur konnte. Und schon spürte sie, wie die Luft sich veränderte. Es wurde stickig und schwül, und ihr Nacken fühlte sich heiß an – ein klares Zeichen, dass es funktioniert hatte.

»Wahnsinn! Was hast du da gemacht?«

Lächelnd schlug sie die Augen auf und wies auf ihre Umgebung. »Das hier ist Australien. Perth, um genau zu sein.«

Er starrte sie fassungslos an. »Du hast deine Erinnerung geändert? Wie?«

Sie zuckte die Achseln. »Genauso, wie ich mich in den Alpen umgezogen habe.«

Er lachte ungläubig. Sie erhob sich, stemmte die Hände in die Hüften und schaute sich um. Es war der Strand, an dem sie beinahe jedes Wochenende verbrachte, allerdings ohne die üblichen Menschenmassen. Unterdessen starrte er sie weiter an, als hätte er sie noch nie zuvor gesehen. »Es will mir nicht in den Kopf, wie du das so einfach hingekriegt hast.«

»Willst du schwimmen gehen?«, fragte sie anstelle einer Antwort.

Er betrachtete argwöhnisch das Wasser. »Gibt es hier Haie?«

Sie brach in Gelächter aus, fühlte sich sehr leicht und fröhlich. War es eigentlich richtig, dass sie so empfand? Es lag wohl an diesem Ort. Hier konnte sie alles andere vergessen, der Inbegriff dessen, was es bedeutete, im Augenblick zu leben. Sie rannte über den heißen Sand und zog im Laufen ihren Bikini an. Das Wasser war so warm, wie sie erwartet hatte. Sie watete hinein, blickte sich um, ob Nick ihr folgte, und stürzte sich in die Fluten.

Nick war ein schnellerer, kräftigerer Schwimmer als sie. Eigentlich unfair, schließlich war es ihre Erinnerung, ihre Welt, weshalb ihr die Rolle der Überlegenen gebührte. Irgendwann hielten sie inne. Inzwischen konnten sie nicht länger stehen, sondern verharrten mit den Füßen paddelnd im Wasser, wobei sie einander ansahen. Hier draußen schien das unausgesprochene Machtgefälle zwischen ihnen nicht länger zu existieren. Vielleicht lag es ja auch nur daran, dass sie nun diejenige war, die bestimmte, wo es langging. Das Haar klebte ihr am Gesicht, während sie weiter Wasser trat. Und ... sie konnte seinen nackten Oberkörper unter der Oberfläche ausmachen. Emery bemühte sich, nicht hinzustarren, trotzdem konnte sie ihre Bewunderung nicht leugnen. Hatte er einen Einfluss darauf, wie er aussah? Säße sie in dieser Zwischenwelt fest, hätte sie dafür gesorgt, einen perfekten Körper zu haben.

Festsitzen. Dieses Wort war ihr unwillkürlich in den Sinn gekommen. Doch angesichts dessen, wie er seine Lage schilderte, erschien das die treffendste Bezeichnung dafür zu sein.

»Was denkst du gerade?«

Sie schmeckte Salz, als sie sich auf die Lippe biss. »Ich denke daran, dass du hier nicht wegkannst, und würde gern etwas tun«, gab sie zu. »Und auch daran, dass ich zwar sehr gerne hierbleiben und mit dir reden würde, aber Angst vor dem habe, was mir blüht, wenn ich nicht zurückkehre.« Sie hatte Amber vorhin angelogen. Auch wenn sie sich noch so große Mühe gab, hatte sie Angst: vor dem, was geschehen würde, wenn sie wirklich und tatsächlich starb. Angst um sich selbst und auch um die, die sie zurückließ. Diese Angst war auch der Grund, warum sie so heftig rebellierte, auch wenn sie das niemandem erzählt hätte. Schließlich wollte sie den Menschen, denen sie etwas bedeutete, nicht noch mehr zur Last fallen.

»Ich weiß.« Die Art, wie er es sagte, legte den Schluss nahe, dass er auch das Unausgesprochene gehört hatte.

»Ich dachte, du könntest keine Gedanken lesen«, entgegnete sie spöttisch.

»Im Laufe der Jahre bin ich immer besser darin geworden, die Dinge zu deuten. Außerdem verstehe ich inzwischen recht gut, was in dir vorgeht.«

Das machte sie ein wenig verlegen, was nicht gänzlich unangenehm war. »Und was denkst *du* gerade?«

Er seufzte theatralisch. »Ich denke, dass wir verschrumpeln werden, wenn wir noch viel länger im Wasser bleiben.« Sie verzog das Gesicht und spritzte ihm eine Ladung Wasser ins Gesicht, woraufhin er so lauthals zu lachen begann, dass sie nicht anders konnte, als einzustimmen. Sie musste husten, als sie beinahe unterging, weil sie schlagartig die Kräfte verließen, wie es bei einem Lachanfall häufig geschieht. Er packte sie, zog sie hoch und ließ die Hand leicht auf ihrem Arm liegen. Ihr Lachen erstarb, als sie ihre gesamte Aufmerksamkeit auf diese Berührung richtete.

»Ich denke«, fuhr er leise fort, »dass ich gerne einen Weg wüsste, wie ich dir diese Angst nehmen könnte, auch wenn das unmöglich ist.« Ihr stockte der Atem. »Und ich denke … wie froh ich bin, dass du ausgerechnet zu mir gekommen bist, und zwar mehr um meinetwillen, als um dich zu retten.«

Hitze durchfuhr sie. Seine Augen wirkten vor dem Blau des Meeres so grün. Und es gab nur noch sie beide; die ganze Welt lag ihnen zu Füßen. Immer noch mit den Füßen im Wasser paddelnd, rückte sie ein wenig näher an ihn heran und musterte ihn forschend. Er beobachtete jede ihrer Bewegungen.

Sie beugte sich vor. Schließlich war es ihr Grundsatz, sämtliche Vorsicht in den Wind zu schlagen, und jetzt schien nicht der richtige Zeitpunkt zu sein, um gegen dieses Lebensmotto zu verstoßen. Sie konnte sich seinen Geschmack vorstellen: nach Salz und nach Meer. Und sie wollte wissen, wonach er eigentlich sonst noch schmeckte. Kurz verschmolz ihrer beider Atem miteinander. Sein Blick wanderte zu ihrem Mund.

Doch im nächsten Moment wich er zurück. »Emery.« Und mit dem mahnenden Unterton seiner Stimme ließ das vertraute Beben die Landschaft erzittern.

Wieder durchströmte sie Hitze, diesmal jedoch aus einem anderen Grund. Sie riss sich los. Das Wasser spritzte in alle Richtungen, als sie versuchte, sich aus seinem Griff zu befreien.

Peinlich. *Du bist so was von peinlich, Emery!* Sie waren nicht allein auf der ganzen Welt. Die Welt war eine Ewigkeit entfernt, ganz weit weg, und er saß in diesem Zwischenreich fest, während sie ...

Sie schwamm los, weg von ihm, doch er konnte mühelos mithalten. »Emery«, sagte er wieder, und sein beschwichtigender Tonfall ließ ihre Wangen noch heftiger glühen.

»Alles in Ordnung«, stieß sie leicht atemlos hervor. »Entschuldige. Ich hätte das nicht tun sollen.«

»Emery, nicht so schnell.«

Inzwischen hatte sie seichteres Wasser erreicht und watete in Richtung Strand. Bis jetzt hatte sie sich nie Gedanken darüber gemacht, wie unelegant man dabei aussah. Dunst hing über der Küste und waberte über dem hellen Sand. Nein, es war kein Hitzeflirren. Taumelnd blieb sie stehen und betrachtete ihre Hand, deren Umrisse bereits schärfer wurden. Sie spürte, dass Nick sie eingeholt hatte, konnte ihn aber nicht ansehen.

»Geh nicht zornig zurück«, sagte er. In seiner Stimme schwang ein Anflug von Ungeduld mit.

»Ich bin nicht zornig«, entgegnete sie und stapfte weiter. Und es stimmte: Sie war nicht zornig, sondern hätte vor Scham im Erdboden versinken können. Sie fragte sich, ob sich ihm schon jemand an den Hals geworfen hatte, um vor dem Tod noch etwas zu fühlen. Allein beim Gedanken daran wand sie sich vor Verlegenheit. »Es tut mir leid«, entschuldigte sie sich noch einmal.

»Das muss es nicht. Mir sollte es leidtun.«

Sie riskierte einen raschen Blick auf ihn. »Warum denn?«

»Weil ...«

»Nein, vergiss es.« Sie wusste nicht, ob es auf diese Frage eine gute Antwort gab.

Inzwischen hatte sich der Dunst herabgesenkt und ließ den Horizont verschwimmen. Gott sei Dank. Die ultimative Methode, sich vor einem schwierigen Gespräch zu drücken.

Erst ganz zum Schluss, in dem Moment, als sie sicher war,

dass sie gleich zurückgezogen werden würde, und spürte, wie ihr Körper nach ihr rief, konnte sie ihm endlich in die Augen schauen. »Nick? Du hast einmal gelebt, richtig? Bevor du hierhergekommen bist.«

Als er flüchtig das Gesicht verzog und in jener letzten Sekunde plötzlich *ihrem* Blick auswich, hatte sie ihre Antwort.

Kapitel 13

»Herzchen, dein Dad hat mich gebeten, dich anzurufen.« Emery bereute sofort, den Anruf ihrer Tante Helen angenommen zu haben. In ein Handtuch gewickelt und das Haar noch nass, um sich abzukühlen, ließ sie sich aufs Bett fallen und verzog das Gesicht. In der Fallschirmspringer-Schule waren Sanitäter vor Ort gewesen, die Robin geholt hatte, damit sie ihr halfen. Und obwohl sie die Erlaubnis erhalten hatte, nach Hause zu fahren, hatte sie über zwei Stunden gebraucht, um Amber dazu zu überreden, sie lange genug allein zu lassen, damit sie duschen konnte. Wahrscheinlich kam ihre Schwester nur deshalb nicht in ihr kleines Zimmer gestürmt, weil Robin sie daran hinderte.

»Und warum ruft er mich nicht selbst an?«, entgegnete sie.

»Das weißt du ganz genau.« Was stimmte, denn ihrem Dad war klar, dass sie entweder gar nicht erst ans Telefon gehen oder das Gespräch in einen Streit ausarten lassen würde. Er würde wieder einmal in Panik geraten, was sie bloß wütend machen würde.

»Ich finde, du solltest nach Hause kommen, Liebes.«

»Mir geht es prima, danke für die Nachfrage.« Emery merkte selbst, wie trotzig sie klang, konnte sich aber nicht beherrschen.

Helen schnalzte missbilligend mit der Zunge. »Dir geht es nicht prima, und wir alle wissen das.«

Emery spürte, wie ihr heiß wurde. »Genau genommen …«

»Ja, ja, es ist alles in bester Ordnung. Nur, dass du wieder einmal einen Herzanfall hattest.«

»Es war kein Herzanfall!«

»Wie dem auch sei, Liebes. Jedenfalls denke ich, dass das jetzt genug von Australien war, du nicht?«

Emery biss die Zähne zusammen. »Helen, das ...«

»Es geht mich nichts an? Es ist ungerecht? Ich glaube, dieses Thema haben wir beide zur Genüge durchgekaut. Es geht mich sehr wohl etwas an, weil du mir wichtig bist. Dasselbe gilt für deinen Vater. Und was die Gerechtigkeitsfrage betrifft, ist das Leben eben meistens nicht fair. Ganz davon abgesehen, dass Fairness vom jeweiligen Blickwinkel abhängt. Ich weiß zwar nicht, was genau du dort drüben treibst, habe aber eine ungefähre Vorstellung, und ich halte es nicht für sonderlich klug.«

Emery machte ein finsteres Gesicht, in der Hoffnung, dass ihre Tante am anderen Ende der Leitung es spüren konnte.

»Er darf dich nicht auch noch verlieren, Kind«, fügte Helen in einem Tonfall hinzu, den sie nur ganz selten anschlug.

Emery schloss die Augen. Ihre finstere Miene verflog, stattdessen spürte sie einen Kloß in der Kehle. *Sie verlieren.* So, wie er seine Frau verloren hatte, als sie gegangen war. Und zwar wegen Emery. Weil sie kein normales Mädchen war und weil ihre Krankheit die Ehe ihrer Eltern zu stark belastet hatte. Sie hatte keine Ahnung, ob die beiden überhaupt noch miteinander redeten, fragte aber lieber nicht mehr nach, weil es doch nur zu betretenen Mienen führte.

»Er wird mich nicht verlieren«, erwiderte sie, wohl wissend, dass dies ein leeres Versprechen war. Schließlich konnte sie es nicht garantieren, oder? Gut, das galt genau genommen für jeden, nur fühlte es sich bei ihr endgültiger an. Früher oder später *würde* es geschehen. Die Frage lautete nur, wann.

Helen seufzte auf. »Du hast eine Krankheit, Emery. Es ist sinnlos, die Augen davor zu verschließen. Deshalb solltest du sie akzeptieren und lernen, damit zu leben.«

»Aber ich lebe doch damit!« Genau das war ja der springende Punkt, verdammt. »Ich lebe damit, während ihr anderen mich am liebsten in eine Gummizelle oder so was stecken würdet.«

Helen lachte höhnisch. Amber, Bonnie, Colin und, ja, sogar ihr Dad besaßen wenigstens den Anstand, bei diesem Vorwurf zerknirscht zu wirken, doch bei Helen zog das nicht. »Mach dich nicht lächerlich. Das haben wir nie behauptet, und deine Übertreibungen bringen dich nicht weiter. Denk doch mal nach: Wie würde dein Dad sich wohl fühlen, wenn du sterben würdest, wirklich sterben, meine ich, weil du Fallschirm springen gehst und niemand da ist, der dir hilft?« Emery schluckte, denn sie wollte nicht zugeben, dass sie sich auch davor gefürchtet hatte. Außerdem konnte sie weder Helen noch einem Mitglied ihrer Familie gestehen, wie groß ihre Angst war. Dennoch hatte sie es bei Nick geschafft, ehrlich zu sein. Warum? Doch mit dem Gedanken an Nick kam auch die peinliche Erinnerung an den Beinahe-Kuss zurück. Und an sein Gesicht, ein Bild, das sie rigoros beiseiteschob. »Lebe dein Leben, mein Liebes«, fuhr Helen fort, »aber tu es ein bisschen näher an zu Hause und nimm dabei ein wenig Rücksicht auf die Menschen, denen du am Herzen liegst.«

»Okay. Gut, danke für deinen Anruf und so, aber ich muss jetzt Schluss machen. Amber ist hier«, Emery hielt inne. »Aber das wusstest du ja, oder?«

»Was soll das? Habe ich dir nicht erzählt, dass Amber und Robin mich letzten Sonntag zum Mittagessen besucht haben? Ein reizendes Mädchen. Sie hat mir genau erklärt, welche Pflanzen ich in meinen Garten setzen soll, um verschiedene Vogelarten anzulocken. Irgendwann ist sie eben leider in Fachchinesisch verfallen. Zahlen und Grafiken und so weiter.«

Wider Willen musste Emery schmunzeln. »Ich mag deinen Garten, wie er ist.« Was stimmte. Helen wohnte inzwischen in Ely, nicht weit von Cambridge entfernt. Sie war dorthin gezogen, nachdem Emerys Mum gegangen war, um in der Nähe der Familie zu sein. Seitdem hatte sie keinen Finger im Garten gerührt, der inzwischen völlig verwildert und nicht mehr zu bändigen war. Manche hätten vielleicht Anstoß an dem vielen Unkraut genommen, doch Emery gefiel es, dass der Garten seinen eigenen Willen hatte.

»Mir auch, aber das darfst du Robin nicht verraten. Schließlich hat uns dieses Gespräch einander nähergebracht.«

»Wie soll das gehen, wenn du ihr nicht zugestimmt hast?«

»Nähe entsteht doch, indem man so *tut*, als stimmte man dem anderen zu, Herzchen.«

Emery grinste. »Bis dann, Tante Helen.«

»Bis dann, Kind. Bring mir etwas Hübsches aus Australien mit.«

Emery ließ sich beim Anziehen Zeit und betrachtete sich lange im Spiegel, bevor sie in ihr winziges Wohnzimmer ging. In der Wohnung gab es nicht einmal eine Küche, lediglich eine Herdplatte und einen kleinen Kühlschrank mit einem Schneidebrett darauf in einer Ecke des briefmarkengroßen Raums, in den ansonsten nur noch ein Sofa passte.

Amber stand von besagtem Sofa auf und verschränkte die Arme.

»Du hast es Dad erzählt.«

Robin sprang ebenfalls auf. »Ich mache Tee, ja? Emery, hast du einen Teekessel?«

»Nein«, entgegnete Emery und verzog das Gesicht, als sie merkte, wie patzig sie geklungen hatte. »Tut mir leid.«

»Schon gut«, erwiderte Robin betont fröhlich. »Ich gehe runter in den Pub und hole uns etwas, einverstanden?« Ohne den Schwestern Gelegenheit zu einer Antwort zu geben, verließ sie die Wohnung. Emery hörte das Knarzen ihrer Schritte auf der Treppe.

»Ich konnte es ihm unmöglich verschweigen«, erwiderte Amber flehend.

»Dass er es weiß, macht es nur noch schlimmer.«

»Emery, du kannst es nicht verheimlichen!« Emery schwieg, denn genau das war ihre Absicht gewesen, für den Fall, dass es hier in Australien wieder passieren sollte. Und wie es der Teufel wollte, hatte es natürlich geschehen müssen, während ihre Schwester zu Besuch war. »Außerdem solltest du es nicht anderen Leuten überlassen, es ihm zu sagen, sondern es selbst tun.«

»Warum?«, entgegnete Emery trotzig. »Wieso sollte ich, wenn er bloß in Panik gerät? Da ist es doch besser für ihn, wenn er es nicht weiß.«

»Weil du ihm eine Erklärung schuldest, Emery! Und uns anderen auch …«, schimpfte Amber. Emery stellte fest, dass ihre sonst so ruhige und beherrschte Schwester um Fassung rang.

Emery trat einen Schritt auf sie zu. »Nein, sprich weiter. Was wolltest du gerade sagen?«

Ambers Augen funkelten. »Du bist es uns allen schuldig, ein bisschen vorsichtiger zu sein.« Da war es wieder, dieses Wort, das Emery auf der Haut brannte wie eine züngelnde Flamme.

»Es ist mein …«

»Nein, ist es nicht!« Amber rang die Hände. »Es ist nicht nur dein Leben, sondern unser aller Leben! Glaubst du, mir gefällt es, immer diejenige sein zu müssen, die dich daran erinnert, gewisse Dinge lieber bleiben zu lassen? Meinst du, ich will dich ständig ermahnen, vorsichtig zu sein? Das tue ich schon mein ganzes Leben, Emery. Du könntest zur Abwechslung mal selbst auf dich achten!«

Emerys Herz schlug schneller, denn die Worte ihrer Schwester hatten sie getroffen wie ein Schlag in die Magengrube. Es war das erste Mal in all den Jahren, dass Amber es so offen aussprach. Emery hatte es zwar vermutet, trotzdem hatte Amber nie ein Wort darüber verloren. Und nun war Emery nicht sicher, wie sie darauf reagieren sollte.

Amber schloss die Augen. »Es tut mir leid. So habe ich es nicht gemeint.«

»Doch, hast du«, erwiderte Emery leise.

Amber schüttelte den Kopf, und als sie weitersprach, war ihre Stimme ganz leise. »Wir machen uns nur alle solche Sorgen um dich, kleine Em.« Emery nahm einen tiefen Atemzug, um sich zu beruhigen. Als ob sie das nicht gewusst hätte! Als ob ihr das nicht alle ununterbrochen predigen würden, verdammt! »Was ... was, wenn du beim nächsten Mal nicht zurückkommst?« Inzwischen hatte Amber Tränen in den Augen, ihre Wut schien längst verraucht. »Das könnte ich nicht ertragen.« Und dann, ohne Vorwarnung, begann sie zu schluchzen. Und Emery wurde wieder einmal von Schuldgefühlen übermannt.

Sie durchquerte das Zimmer, ließ sich aufs Sofa fallen und griff nach Ambers Hand. »Hast du es Mum erzählt?«

Es war das zweite Mal seit Mums Auszug. Beim ersten Mal hatte sie Emery angerufen und sich erkundigt, ob alles in Ordnung sei. Doch das Gespräch war steif und gezwungen gewesen, nichts als die Erfüllung einer elterlichen Pflicht. Sie hatte Emery vorgeschlagen, nach London zu kommen, doch daraus war nichts geworden. Und einige Monate später, nach ihrer Abschlussfeier, zu der ihr Dad allein erschienen war, war Emery nach Australien aufgebrochen.

Immer noch mit den Tränen kämpfend, schüttelte Amber den Kopf. »Soll ich?«

Emery zögerte nur einen Sekundenbruchteil. »Nein.«

»Sie könnte es trotzdem rauskriegen. Vielleicht von Dad.« Eine Pause entstand. »Oder von Helen.« Emery schnaubte zustimmend. Dass Helen Mums Entscheidung, die Familie zu verlassen, nicht guthieß, war kein Geheimnis. Also hatte sie bestimmt die Gelegenheit genutzt, sie anzurufen, und ihr einen Vortrag gehalten, sie müsse sich mehr um ihre Töchter kümmern. Was nicht hieß, dass einer dieser Vorträge bis jetzt etwas genützt hätte.

»Tja, wenn sie es erfährt, kann sie sich ja bei mir melden, richtig?« Dann würde Emery selbst entscheiden können, ob sie mit ihr reden wollte.

Amber sah sie an. »Verzeihst du mir?«

Emery fuhr sich mit den Händen übers Gesicht. »Was denn?«

»Dass ich Dad angerufen habe.«

Sie schnaubte. »Ich bin nicht blöd, Amber. Ich weiß, warum du ihn anrufst.« Aber Amber sah sie noch immer mit weit aufgerissenen Augen an. »Ja, ich verzeihe dir. Allerdings nur, wenn du mir auch verzeihst.«

Amber blickte sie fragend an. »Was soll ich dir verzeihen?«

»Dass ich ich bin.« Und obwohl das eigentlich als Scherz gemeint gewesen war, begann Emerys Stimme zu zittern. Amber legte den Arm um sie, und dann flossen die Tränen. Emery presste die Lippen zusammen, um sie zu unterdrücken.

»Du solltest dich nicht dafür entschuldigen, dass du du bist. Niemals.« Ambers Tonfall war eindringlich, und Emery fragte sich, ob ihre Schwester die Blicke bemerkte, die sie manchmal erntete, wenn sie mit Robin händchenhaltend durch die Straßen schlenderte. Selbst hier war es Emery aufgefallen. Ob Amber je gegen einen Teil von sich angekämpft hatte, nur weil er bei einigen Menschen auf Ablehnung stieß?

»Du hast recht«, sagte sie und tätschelte ihr die Schulter. »Es tut mir leid. Nicht, dass ich ich bin, sondern ...« Sie beendete den Satz nicht und löste sich aus der Umarmung.

Amber biss sich auf die Lippe und musterte sie forschend. »Könntest du dir einen Kompromiss vorstellen? Zum Beispiel, für den Augenblick zu leben oder wie du das sonst nennen magst, aber ein bisschen näher an zu Hause?«

Emery zögerte. »Ja. Vielleicht.« Amber zuliebe konnte sie es wenigstens versuchen.

Es klopfte an der Tür. »Darf man gefahrlos eintreten?« Emery stellte fest, dass Robins Akzent stärker hervortrat, wenn sie lauter sprach. Außerdem ließ sie der schottische Akzent an Nick denken. Er hatte einmal *gelebt*. Nick war ein echter Mensch gewesen. Sie wusste noch nicht genau, wie zum Teufel sie das einsortieren sollte.

Emery stand auf, um ihren CD-Spieler aus dem Schlafzimmer zu holen. Sie drückte auf PLAY und stellte die Musik auf volle Lautstärke. »Nicht dieses Lied!«, stöhnte Amber.

Emery nickte, stellte den CD-Spieler weg und hielt ihrer Schwester die Hand hin. Anfangs tanzte Amber noch zögernd, ein steifes kleines Hüftwackeln und ein jämmerliches Wippen auf den Zehenspitzen. Doch als der Rhythmus wechselte, reckte Emery lachend die Arme in die Luft und wirbelte um die eigene Achse. *Scheiß drauf*, dachte sie. *Scheiß einfach drauf.*

Robin brauchte keine Einladung, um mitzutanzen. Und bald sprangen die drei laut singend wie die Verrückten in Emerys winziger Wohnung herum. Emery kümmerte es nicht, dass sie sich später wegen des Lärms eine Standpauke vom Geschäftsführer des Restaurants würde anhören müssen. Denn im Moment verlor sie sich in der Musik, zusammen mit ihrer Schwester und der Frau, die ihre Schwester liebte. Und sosehr sie sich auch dagegen sträubte, glomm ein Fünkchen der Erkenntnis in ihr auf, dass es nicht darauf ankam, auch den kleinsten Moment zu einem Abenteuer zu machen. Sondern auf die Menschen, mit denen man diese Momente teilte – dieselben Menschen, vor denen sie hatte davonlaufen wollen.

Also würde sie es versuchen, sagte sie sich, während sie sich von Amber im Kreis herumwirbeln ließ. Sie würde nach Hause zurückkehren und es versuchen.

Kapitel 14

ZWEI JAHRE SPÄTER (JUNI 2006)

ALTER: 27

Emery hatte nicht damit gerechnet, dass sie der Anblick ihrer besten Freundin, die den Eröffnungstanz mit der Liebe ihres Lebens tanzte, zum Weinen bringen würde. Eigentlich hatte sie, wenn sie ganz ehrlich mit sich war, sogar eher mit einer peinlichen Veranstaltung gerechnet. Doch als sie nun am Rand der provisorischen Tanzfläche stand, wurden ihre Augen feucht. Bonnie und Joe hatten eine urige Scheune am Stadtrand von Cambridge aufgetrieben, die zum Glück bezahlbar war, weil noch nicht das Schild »Hochzeitslocation« daran klebte. Sie tanzten zu »Here Comes the Sun« von den Beatles, weil *Ein Zwilling kommt selten allein* einer von Bonnies Lieblingsfilmen war, den Joe sich schon beim dritten Date hatte anschauen müssen. Bonnie sah ja so glücklich aus. Was nur natürlich war, wie Emery dachte, schließlich war heute ihr Hochzeitstag. Außerdem war es berührend, wie die beiden einander ansahen, so als sei es ihnen völlig gleichgültig, dass Hunderte von Leuten sie beobachteten. Und so albern es auch klingen mochte, begriff Emery erst jetzt so richtig, dass das alles wirklich geschah.

Es war ein später Abend im Juni. Das Wetter hatte gehalten, und nun ging die Sonne unter. Durch die hohen Fenster der Scheune strömte orangefarbenes Licht herein und erhellte Bonnies Gesicht. Ihr rotes Haar war zu Locken gedreht und aufgesteckt und wurde von weißen Blüten geschmückt. Den Schleier, den sie zur Trauung getragen hatte, hatte sie längst abgenommen. Ihr Kleid hatte Spaghettiträger, und sie hatte sich die Mühe gespart, ihre Haut gebräunt wirken zu lassen, denn *auf den Fotos würde ich einfach nicht aussehen wie ich, Em.* Joe, hochgewachsen, dunkelhaarig und unverschämt attraktiv, hatte unübersehbar eigens Tanzstunden genommen. Er hob Bonnie sogar hoch und wirbelte sie herum, was alle Umstehenden mit einem Lachen quittierten. Die eigentliche Zeremonie war in einer nahe gelegenen Kirche abgehalten worden, weil Joes Familie gläubig war. Offenbar hatte Bonnies Mum, eine eingefleischte Atheistin, deswegen gemurrt und sich erst versöhnlich gezeigt, als Bonnie ihr versichert hatte, dass die Hochzeit in Cambridge stattfinden würde. Joe stammte nämlich aus dem Norden und hatte einen leichten Geordie-Akzent, der sich einschlich, wenn er nicht aufpasste. Und so hatte seine gesamte Familie die Fahrt nach dem Süden antreten müssen.

Endlich löste Bonnie den Blick von ihrem Bräutigam und drehte sich mit leuchtenden Augen zu ihren Gästen um. Schließlich entdeckte sie Emery und gab ihr mit einem Kopfnicken ein Zeichen. Lächelnd stieß Emery Colin neben sich an. »Ich glaube, das war unser Stichwort.«

Colin seufzte theatralisch. »Wenn es unbedingt sein muss.«

Ohne auf seine Proteste zu achten, zog Emery ihn auf die Tanzfläche, als die Band zu Whitney Houston überging. »Los«, sagte Emery. »Ich weiß doch, dass du es kaum erwarten kannst.« Als er stöhnte, grinste sie ihn an und spähte über seine Schulter, wo Bonnie gerade von einer Horde von Joes Cousins und Cousinen umlagert wurde.

Sie sah wieder Colin an, der, die Hände an die Seiten gepresst, steifbeinig von einem Fuß auf den anderen trat. »Was machst du da?«

»Ich tanze.«

»Das nennst du tanzen?« Sie hob die Arme über den Kopf und vollführte eine dramatische, wenn auch nicht sehr elegante Pirouette. »*Das* ist tanzen.« Sie drehte sich immer weiter, wilder und ausgelassener, während die Gäste lautstark *I wanna feel the HEAT with somebody* grölten.

Colin seufzte wieder und versuchte selbst eine unbeholfene Drehung, gefolgt von ein paar Schritten des Ententanzes, worauf Emery einen Lachanfall bekam. »Na also, geht doch!«

Er griff nach ihrer Hand und wirbelte sie noch einmal herum. »Ein Jammer, dass dieser Soundso absagen musste. Bestimmt tanzt er viel besser als ich.«

»Ed«, erwiderte Emery. »Und er brauchte nicht abzusagen, weil ich mich nämlich von ihm getrennt habe. Also wäre es etwas peinlich gewesen, wenn er hier aufgekreuzt wäre.«

»Ach ja«, erwiderte Colin, als wüsste er es nicht längst. »Wie lange hat es diesmal gedauert? Acht Wochen?« Sie bedachte ihn mit einem giftigen Blick. Allerdings musste sie zugeben, dass der Zeitraum ungefähr stimmte. Nach dem vierten Date hatte sie beschlossen, sich endlich wie eine Erwachsene zu benehmen, und Ed als Begleitung zu Bonnies Hochzeit eingeladen. Allerdings war das Ganze danach ziemlich bald im Sande verlaufen, was Bonnie etwas verärgert hatte: *Eigentlich ist es mir egal, Emery, aber kommst du nun in Begleitung oder nicht?*

Sie sah Colin mit Unschuldsmiene an. Inzwischen hatte er sich die Haare wachsen lassen, sodass sie ihm in die blauen Augen fielen, während er weiter auf der Tanzfläche herumschlurfte. »Gut, dass ich dich als Ersatzmann habe.«

»Wie dir vermutlich bekannt ist, war ich sowieso eingeladen, vielen Dank auch. Immerhin bin ich Trauzeuge und Bruder der Braut.«

Emerys Hand fühlte sich in seiner plötzlich sehr heiß an. Sie machte sich sanft los und schob sich die Locken aus dem Gesicht. Bonnie hatte für die Brautjungfern tatsächlich kobaltblaue Kleider gewählt, ebenfalls mit Spaghettiträgern, damit sie zum Brautkleid passten. Emery fand das Kleid zwar ein wenig zu figurbetont, hatte aber beschlossen, das Beste daraus zu machen. »Zurzeit jagt eine Hochzeit die andere. Offenbar liegt das am Alter«, seufzte sie.

»Vermutlich. Vielleicht können wir ja zur nächsten zusammen gehen.« Sein Tonfall war zwar beiläufig, aber sie kannte ihn gut genug, um den Blick zu deuten, mit dem er sie nun bedachte.

Deshalb lachte sie leise und schlug einen scherzhaften Ton an. »Was meinst du damit? Wir sind doch zusammen hier.«

»Du weißt genau, was ich meine, Emery.« Seine Stimme war ein wenig leiser geworden. Sie spürte ein Ziehen im Bauch. Natürlich hatte er recht: Sie wusste genau, was er wollte.

Die Musik wechselte zu einem langsamen Stück, zu dem es sich nicht ganz so locker tanzen ließ. Emery war klar, dass sie etwas sagen musste, doch die Sekunden zogen sich, ohne dass ihr etwas Passendes einfiel. »Ich hole mir was zu trinken«, platzte sie schließlich heraus. »Was ist mit dir?«

Mit unbewegter Miene schüttelte er den Kopf. »Nein, danke.« Als sie sich zum Gehen wandte, griff er nach ihrer Hand. »Emery?« Sie drehte sich um und schaute in seine blauen Augen. Und versuchte, beim Anblick des Ausdrucks, der sich darin spiegelte, nicht zusammenzuzucken. »Denk darüber nach. Falls du je Interesse an mehr als einer Bettgeschichte haben solltest.«

Sie verzog das Gesicht und befreite ihre Hand. Das hatte beinahe geklungen, als verurteile er sie deswegen. »Na und? Dann habe ich eben Bettgeschichten. Ich amüsiere mich und will Spaß im Leben. Ist das etwa verboten?«

Sein Blick sprach Bände. »Ich habe eher das Gefühl, du läufst vor dem Leben davon.«

Emery holte tief Luft und rang ihre Verärgerung nieder. Sie wollte sich nicht streiten. Außerdem war dies nicht der richtige Rahmen für so ein Gespräch.

»Bin gleich zurück.« Er machte keine Anstalten, sie zurückzuhalten, als sie davonging. *Wie blöd von mir*, sagte sie sich. Wahrscheinlich war es ganz allein ihre Schuld. Das Geplänkel und Flirten mit Colin war für sie immer ein harmloser Spaß gewesen. Weil sie Freunde waren. Gute Freunde zwar, aber nie mehr als das. Na gut, vielleicht war hin und wieder eine Andeutung aufgeblitzt, dass da vielleicht noch mehr sein könnte, allerdings … Sie hatte gedacht, als Freundin seiner kleinen Schwester sei sie tabu für ihn. Offenbar hätte sie besser aufpassen sollen. Dennoch wollten ihr seine Worte nicht mehr aus dem Kopf: *Ich habe eher das Gefühl, du läufst vor dem Leben davon.*

Tja, Irrtum. Oder? Sie zwang sich, eine freundlichere Miene aufzusetzen. Schließlich gehörte es sich nicht, dass die Trauzeugin am Hochzeitstag Trübsal blies.

Sie fand Amber an der Bar vor – ebenfalls ein Provisorium, weil die Eigentümer der Scheune noch dabei waren, die Räumlichkeiten auf die Eignung als Hochzeitslocation zu testen. »Ich dachte, du trinkst nicht«, sagte sie.

Amber zuckte erschrocken zusammen. Ihr zu einem Bob geschnittenes Haar war ordentlich geglättet, und sie trug winzige schwarze Ohrstecker. Das grüne Kleid mit dem weißen Blümchenmuster hatte sie eigens für diesen Anlass gekauft, allerdings war sie während der Trauung ständig hin und her gerutscht und hatte es sich ununterbrochen über die Oberschenkel gezogen – ein klares Zeichen, dass sie sich unwohl darin fühlte, auch wenn sie es nie zugegeben hätte.

»Das ist für Robin«, erwiderte sie und hielt einen Gin Tonic hoch. »Aber bitte häng es nicht an die große Glocke.« Ihr Tonfall war ein wenig scharf, worauf Emery die Augenbrauen hochzog. »Entschuldige. Ich … ich will nur nicht, dass hinter meinem Rücken über mich geredet wird.«

»Niemand wird reden. Du versuchst, schwanger zu werden. Das ist doch nicht weiter ungewöhnlich.«

Als Amber ihr einen strafenden Blick zuwarf, verzog Emery

reumütig das Gesicht. »Ja, du hast recht. Maureen würde es garantiert ausplaudern, wenn auch nur, um zu beweisen, dass das für sie in Ordnung geht. Damit auch alle sehen, wie tolerant sie ist«, fügte sie ironisch hinzu. Amber schnaubte leise. Emery wünschte, sie könnte ihr einen guten Rat geben, zumal sie in den letzten Monaten, seit sie bei Amber und Robin in Edinburgh lebte, mitbekommen hatte, wie sehr das Ganze die beiden stresste.

Nach ihrer Rückkehr nach England hatte sie versucht, bei ihrem Dad zu wohnen, das Experiment jedoch bald abgebrochen. Rund um die Uhr hatte sie Rechenschaft ablegen müssen, wo sie war und was sie gerade tat – ein drastischer Rückschritt in die Kindheit. Also hatte sie Ambers Angebot angenommen, auf ihrem Sofa zu übernachten. Außerdem war der Aufenthalt in Schottland eine Gelegenheit, ein paar klitzekleine Nachforschungen wegen eines bestimmten Menschen anzustellen, an den sie eigentlich lieber gar nicht denken wollte, weil es viel zu verwirrend war. Leider waren ihre Ermittlungen ins Leere gelaufen. Es gab nicht den geringsten Hinweis darauf, wer er gewesen sein und wann er gelebt haben könnte. Was vermutlich nicht weiter erstaunlich war, schließlich kannte sie ja nur seinen Vornamen.

»Was darf ich Ihnen bringen?«, fragte der Barkeeper, ein Typ von Anfang fünfzig. Er wirkte ein wenig gestresst und wischte sich einen Schweißfilm von der Stirn.

»Nur eine Cola, danke.«

Amber sah sie an. »Du trinkst auch keinen Alkohol?«

Emery zuckte die Achseln. Sie hatte keine Lust, näher auf die Gründe einzugehen – nämlich, dass sie unter Alkoholeinfluss dazu neigte, Dummheiten zu machen, und sie wollte nicht, dass besagte Dummheiten zu einem Herzproblem führten, das wiederum ihrer besten Freundin die Hochzeit verdorben hätte.

Amber schaute quer durch den Raum zu Robin hinüber. Sie

trug ein weißes Hemd mit silbernen Kragenknöpfen unter einem schwarzen Blazer und redete gerade ernsthaft und heftig gestikulierend auf einen jungen Mann von Anfang zwanzig ein. Dieser nickte zwar, wirkte aber ein wenig eingeschüchtert. Emery lachte leise. »Offenbar hat sie ein Opfer gefunden, das sie in eine wissenschaftliche Debatte verwickeln kann.«

Ambers Züge wurden weich. »Ich glaube, das ist einer von Joes vielen Cousins. Er hat den Fehler gemacht, Robin zu erzählen, dass er Biologie studiert.«

In gespieltem Bedauern schüttelte Emery den Kopf. »Der Arme.«

»Ja. Wahrscheinlich greife ich besser ein und rette ihn.« Amber nahm Robins Gin Tonic, schenkte sich aus einem Krug auf der Theke ein Glas Leitungswasser ein und wollte zu den beiden hinübergehen.

»Ambs?« Amber drehte sich noch einmal um. »Ich bin sicher, dass es bei euch beiden klappen wird.« Emery wusste, dass nicht nur das mögliche Urteil ihrer Mitmenschen das Problem war. Es kostete außerdem ziemlich viel Geld, durch künstliche Befruchtung schwanger zu werden. Eine Lesbensteuer, wie Robin es nannte. Und das zusätzlich zu dem Nachteil, dass sie nicht heiraten konnten. Die erste IVF-Runde hatten sie bereits hinter sich, und Emery wusste, dass Amber sehr sorgfältig auf sich achtete. Sie wollte diejenige sein, die das Baby austrug, und war seitdem auf dem Gesundheitstrip, obwohl sie gerade eine Pause zwischen den Versuchen einlegten.

Amber lächelte. »Danke, kleine Em.«

Der Barkeeper reichte Emery ihr Glas. Sie bedankte sich und ging hinaus auf den Hof. Sie wollte nur frische Luft schnappen, um wieder in Stimmung zu kommen und mit ihrer besten Freundin die Nacht durchzutanzen. Draußen stand ein Typ im Frack und rauchte. Emery war ihm erst ein paarmal begegnet, wusste aber, dass er Joes Bruder war. Alex. Ihre Absätze klapperten auf den Pflastersteinen, und der warme

Geruch nach sommerlichem Gras und Gegrilltem schlug ihr entgegen. Bald wurde ein Crêpe-Wagen erwartet, um die Gäste nach dem zweigängigen Menü bei Laune zu halten. Doch im Moment war es noch ruhig hier draußen.

Alex hielt ihr die Zigarettenschachtel hin. Emery bedankte sich mit einem Achselzucken und nahm sich eine. Wenn schon kein Alkohol, konnte sie wenigstens rauchen. Sie steckte sich die Zigarette zwischen die Lippen, und er gab ihr Feuer.

»Emery, richtig?« Er hatte wie Joe einen nordenglischen Akzent.

Sie stieß den Rauch aus und unterdrückte den Hustenreiz – die letzte Zigarette war schon eine Weile her. »Und du bist Alex.«

»Genau.« Wieder lächelte er ihr zu. »Ich denke, ich als Trauzeuge und du als Trauzeugin müssen mindestens ein Gläschen miteinander trinken.«

Emery legte den Kopf schief. »Bonnie hat mich vor dir gewarnt. Sie hat gesagt, du wärst der absolute Charmeur.«

Er presste sich die Hand aufs Herz. »Bei dir klingt das, als wäre das etwas Schlechtes.«

Ihr Lachen schlug in ein Stöhnen um, als das nächste Lied erklang. »*Dirty Dancing!* Echt jetzt?«

»Behaupte bloß nicht, dass du die einzige Frau auf der Welt bist, die diesen Film nicht mag.«

»Nein, das ist es nicht«, seufzte sie. »Ich finde nur, dass es noch ein bisschen zu früh dafür ist. Danach ist doch eigentlich keine Steigerung mehr möglich.«

Auf seinen Zügen erschien die Art von Grinsen, die ihn *definitiv* schon mehr als einmal in Schwierigkeiten gebracht hatte. »Du weißt schon, dass ich die Hebefigur draufhabe?«

Wieder lachte sie. »Nie im Leben.«

»Und ob.« Er ließ seine Zigarette fallen und trat sie aus. »Komm mit rein, dann beweise ich es dir.«

Sie schüttelte den Kopf. »Du willst mich veräppeln.«

Wieder dieses Grinsen. »Probier's aus.« Er schien nicht mehr ganz nüchtern zu sein, denn auf den Pflastersteinen zu seinen Füßen stand ein leeres Glas, das vermutlich Whisky enthalten hatte. Doch die Musik spielte, und drinnen lachten und sangen die Leute, während sie das Gefühl hatte, nicht recht dazuzugehören. Und das auf der Hochzeit ihrer besten Freundin. Außerdem wollten ihr Colins Worte nicht aus dem Kopf: *Ich habe eher das Gefühl, du läufst vor dem Leben davon.* Sie machten sie nervös und angespannt.

Auch sie trat ihre Zigarette aus. »Okay. Warum nicht?«

Alex lachte erfreut, während sie aus den Pumps schlüpfte, und wich zurück, damit sie Anlauf nehmen konnte. Sie lief los und sprang.

Und er fing sie tatsächlich auf! Heilige Scheiße! Gut, es war nicht sonderlich elegant, sie schwebte auch nicht über seinem Kopf, und ihre Beine strampelten wild in alle Richtungen. Aber sie war in der Luft! Im nächsten Moment geriet er ins Straucheln und ließ sie los, sodass sie mit einem dumpfen Plumpsen auf dem Boden aufkam, das Gleichgewicht verlor und gegen ihn stieß. Zum Glück fielen sie beide rücklings ins Gras, nur knapp vorbei an den Steinplatten. Emery landete auf ihm, die Beine rechts und links von seiner Taille, die Hände flach auf seiner Brust. Beide brachen in hysterisches Gelächter aus.

»Was zum Teufel tust du da?«

Emery war die Erste, deren Lachen erstarb. Sie drehte sich um und sah Colin in der offenen Tür zur Scheune stehen. »Wonach sieht es denn für dich aus?« Alex verstummte abrupt und stützte sich umständlich auf die Ellbogen. So anmutig wie möglich kletterte Emery von ihm hinunter und zog ihr Kleid glatt.

»Es ist Bonnies Hochzeit.« Colins Tonfall verriet deutlich, dass er seinen Zorn kaum noch im Zaum halten konnte.

»Das weiß ich, danke, denn zufällig bin ich die Trauzeugin.«

»Was dich offenbar nicht daran hindert, dich um jeden Preis in den Vordergrund zu drängen.«

»Äh ...« Verlegen blickte Alex zwischen den beiden hin und her. »Ich werde dann mal lieber ...« Er wies auf die Tür und flüchtete sich wortlos ins Gebäude.

Emery sah Colin aufgebracht an. »Das war nicht meine Absicht.«

»Nein? Ich habe die Hebefigur gesehen, Emery. Warum forderst du es heraus?«

»Was fordere ich denn heraus? Es war doch nur ein harmloser Spaß!«

»Und was gedachtest du zu tun, wenn dieser ›harmlose Spaß‹ dazu geführt hätte, dass dein Herz stehen bleibt?« Wieder bedachte sie ihn mit einem giftigen Blick. Was erlaubte er sich eigentlich? Sie war doch vorsichtig. Sie trank nicht, gab sich eine Scheißmühe mit allem. Aber Colin gab keinen Millimeter nach. »Was, wenn er dich fallen gelassen hätte? Wolltest du, dass wir alle rauskommen und dich tot hier liegen sehen?«

Emery reckte stur das Kinn, wollte nicht zugeben, dass es womöglich nicht die schlaueste Idee gewesen war. »Es wäre schon gut gegangen. Das ist es bis jetzt immer.«

»Nur, weil immer jemand da war, der dich wiederbelebt hat.«

Sie warf sich die Locken über die Schulter. »Geht es dir wirklich nur darum, Colin?«

»Was soll das heißen?«

»Ich glaube, du hast mich sehr gut verstanden. Ich habe mit einem anderen Typen geredet, dazu noch einem gut aussehenden, und du ...«

Er trat einen Schritt auf sie zu. Seine Fäuste waren an den Seiten geballt. »Was ist mit mir, Emery?«

Sie warf ihm nur einen Blick zu, wirbelte herum und marschierte auf ihre auf dem Boden liegenden Pumps zu. Aber er packte sie am Arm. »Nein, bleib stehen. Wir reden jetzt ...« Doch den Rest des Satzes hörte sie schon nicht mehr. Denn offenbar hatte sie sich durch seinen Griff irgendwo einen Muskel gezerrt, was eine Schockwelle durch ihren Körper sandte. Angesichts ihrer ohnehin schon aufgewühlten Gefühle war das genug: Sie zuckte erschrocken zusammen.

Und ihr Herz blieb wieder stehen.

Kapitel 15

»Das ist fantastisch! Absolut großartig.« Emery starrte Nick finster an. Sie befanden sich in einem Restaurant mit rot gepolsterten Sitznischen und einem blitzblank polierten Parkettboden. Die auf jedem Tisch flackernden Kerzen wirkten in dem ansonsten menschenleeren Raum beinahe unheimlich. Musik spielte – ein leises Stück mit Streichern, das damals vermutlich nur Hintergrundgeräusch gewesen war.

»Du freust dich also nicht, mich zu sehen.« Sein Tonfall war spöttisch. Außerdem hatte sie den Eindruck, dass er einen Sicherheitsabstand zu ihr hielt. Nick trug einen Anzug: offenes Hemd, elegantes Sakko. Fast schien er sich passend zu ihrem Kleid für die Hochzeitsfeier angezogen zu haben. Er lehnte an der hölzernen Theke. Dahinter waren aufgereihte Flaschen vor einem beleuchteten Spiegel zu sehen. Durften sie hier Alkohol trinken?, fragte sich Emery. Was würde passieren, wenn sie sich in diesem Lokal betrank?

Sie warf ihm noch einen finsteren Blick zu, um die Verlegenheit zu überspielen, die ihr Wiedersehen in ihr auslöste. In seinen Augen, heute mehr grau aus grün, spiegelte sich ein reservierter, abwartender Ausdruck. Emery wurde das Bild nicht los, wie sie ihn zuletzt ohne Hemd im Meer gesehen hatte.

Scheiße. Das alles war die absolute Scheiße. Offenbar baute sie nichts als Scheiße.

»Ich hatte nicht vor zu sterben.« Sie klang wie ein trotziges Kind, was eigentlich nicht ihre Absicht war.

Er zog die Augenbrauen hoch. »Heißt das, dass du es die anderen Male vorhattest?«

»Du weißt genau, was ich meine«, entgegnete sie patzig und fuhr sich mit der Hand unwirsch durchs Haar. Sie trug noch dasselbe kobaltblaue Brautjungfernkleid, nur kam sie sich hier, wo sie nicht in einer Menschenmenge untertauchen konnte, eigenartig nackt darin vor. »Es ist Bonnies Hochzeit.«

»Ich weiß«, antwortete er leise. »Das tut mir leid.«

»Es ist nicht deine Schuld.« Sie schaute zu ihm hinüber, war sich des Abstands zwischen ihnen sehr wohl bewusst. Eines Abstands, der noch deutlicher wurde, weil sie ganz allein im Restaurant waren. Ein Geruch nach Knoblauch und etwas Gegrilltem lag noch immer in der Luft. Emery schloss die Augen und stöhnte. »Das geht so nicht. Ich darf nicht tot sein. Nicht heute. Das macht ihr den ganzen Tag kaputt.« Sie spürte die Panik in ihrem Innern. Sie wird damit klarkommen. *Wahrscheinlich.* Dann jedoch fiel ihr Colins Vorwurf ein, sie wolle sich nur in den Mittelpunkt drängen. Das war unfair. So absolut unfair und außerdem nicht wahr. Trotzdem war es passiert, richtig? Der große Tag ihrer besten Freundin – und natürlich musste Emery wieder einmal alles verderben.

»Deine Schuld ist es auch nicht«, sagte Nick mit dem nervtötenden Selbstbewusstsein eines Menschen, der einen auf das Offensichtliche hinweist.

Wieder verzog sie das Gesicht. Dann sprang sie, einer spontanen Eingebung folgend, auf und umrundete die Theke.

»Was hast du vor?«, wunderte sich Nick.

Ohne auf ihn zu achten, öffnete sie einen der Kühlschränke und holte eine Champagnerflasche heraus.

»Emery, was tust du da?«

»Wonach sieht es wohl aus?« Sie schaute sich nach Sektflöten um und nahm zwei aus dem Regal. Der Champagner schäumte und zischte beim Einschenken, und die feinen Bläschen perlten auf ihrer Zunge, als sie daran nippte. Sie griff nach dem anderen Glas, marschierte zu Nick hinüber und drückte es ihm in die Hand.

»Ich trinke nicht …«

»Ach, halt doch die Klappe. Da mir der Alkoholverzicht in der wirklichen Welt nichts genützt hat, kann ich genauso gut hier auf Bonnie anstoßen.«

Er trank einen zögernden Schluck und blickte dann auf das Glas. »Ich weiß gar nicht mehr, wann ich das letzte Mal Champagner getrunken habe.«

»Kannst du dir hier nicht alles herbeizaubern, was du willst?«

Er schüttelte den Kopf. »Es hängt alles davon ab, was die jeweilige Person will. Ich habe darauf keinen Einfluss.«

»Wunderbar, denn im Moment will ich Champagner.« Sie kippte den Inhalt ihres Glases hinunter, um das Prickeln unter ihrer Haut zu vertreiben, denn diesmal hatte nicht einmal das Sterben ihm Einhalt gebieten können. Bei ihrem ersten Besuch hier hatte sie auch Champagner getrunken. In der Realität. Vor der Abreise nach Australien. Amber hatte sie zu einem Tag unter Schwestern in London eingeladen. Damals hatte Emery sich gefragt, ob wohl auch ein Treffen mit ihrer Mum geplant war – worauf der freie Platz neben ihnen im Theater mehr oder weniger deutlich hinwies. Allerdings verriet Amber ihr mit keiner Silbe, ob sie das wirklich vorgehabt und ob ihre Mum wieder abgesagt hatte. Sie hatten sich *Der König und ich* angesehen und dann in Covent Garden zu Abend gegessen.

Emery war begeistert gewesen: von den Menschenmassen und der Energie, die die Stadt verströmte. Trotz des Sommertags war es grau und regnerisch gewesen, doch das hatte ihre Freude nicht schmälern können. Denn Emery war zu dem Schluss gekommen, dass Grau zu London passte. Nun jedoch war alles völlig anders, denn es fehlten die Leute. Man sah zwar die Verkaufsstände, die Schaufenster und die Freiluftbars mit ihren Tischen, aber es war niemand da, um das Angebot zu genießen.

Sie schenkte sich Champagner nach und spürte Nicks Blick im Rücken. »Spar dir deine Vorhaltungen«, zischte sie. »Gehört es nicht zu deinen Grundsätzen, niemanden zu bewerten?«

»Ich bewerte dich nicht«, erwiderte er. Doch sein nachsichtiger Tonfall machte ihre innere Unruhe noch schlimmer. In diesem Moment wurde ihr klar, dass seine Gelassenheit ihr auf die Nerven ging. Warum musste er immer so verdammt ausgeglichen sein? Sie wollte raus. Ihn in diesem leeren Restaurant stehen lassen, das voll von ihren Erinnerungen war. Zurück zu Bonnie. Zur Hochzeit. Sie wollte einen Ausweg, obwohl es keinen gab.

»Ich verpasse die ganze Feier.« Ihr Tonfall war scharf.

»Nein. Falls du zurückkehrst, wirst du …«

Ihr riss der Geduldsfaden. »Falls, falls, falls!«

»Emery.« Da war er schon wieder, dieser geduldige Tonfall, der Inbegriff der Vernunft. Warum tat er das? »Was ist denn los?«, fragte er.

»Was los ist? Tolle Frage! Ich bin hier, richtig? Schon wieder. Ist das nicht genug Grund, sauer zu sein?« Sie kam nicht ganz dahinter, warum sie gerade so empfand, und wusste nur, dass sie das alles gründlich satthatte. Die ständige Vorsicht. Die Unberechenbarkeit. Und Nick, der sich stets so verhielt, als sei er nur zu einem einzigen Gefühl fähig. »Herrgott, Nick, glaubst du, für mich ist das einfach? Denkst du, ich will immer und immer wieder hierherkommen und mich fragen, ob ich diesmal vielleicht nicht zurückkehre, ob meine Familie das verkraften wird und ob ich genug getan habe, um mein Leben ohne Reue loslassen zu können?«

Als er gequält zusammenzuckte, wurde sie von einem hässlichen Triumphgefühl ergriffen. Offenbar hatte sie ihn endlich aufgerüttelt. »Ich weiß, dass es schwierig sein muss«, antwortete er. Und obwohl sein Tonfall weiter geduldig blieb, hörte sie, dass noch etwas darin mitschwang. Eine Anspannung, die zuvor nicht da gewesen war. »Ich weiß …«

»Aber du weißt es doch gar nicht, stimmt's? Du hast mir selbst gesagt, dass ich die Einzige bin, die du mehr als einmal siehst. Die Einzige, die so ist wie ich. Woher also willst du es wissen?«

»Was erwartest du von mir?« Und da war sie endlich, die Gefühlsaufwallung, denn er knallte sein Glas so heftig hin, dass der Champagner überschwappte. »Du meine Güte, Emery, meinst du, für mich ist es einfach? Du hast gesagt, ich hätte keine Ahnung, wie es für dich ist. Aber umgekehrt ist es doch genauso.« Er fuhr sich mit der Hand durchs Haar. »Du begreifst nicht, wie schwierig es sein kann, wie eingesperrt ich mir manchmal vorkomme, du ...«

»Dann erklär es mir. Du kannst mir nicht vorwerfen, dass ich nichts kapiere, wenn du nicht einmal den Versuch unternimmst, es mir begreiflich zu machen. Von mir verlangst du, dass ich dieses Kommen und Gehen einfach so hinnehme. Hier bei dir spielt sich ein ganzer Teil meines Lebens ab, über den ich mit niemandem reden kann, weil sonst alle denken würden, ich hätte eine Schraube locker. Und trotzdem spielst du weiter den Geheimnisvollen. Also mach schon endlich den Mund auf! Erzähl mir, wie es hier für dich ist. Oder erzähl mir, was du erlebt hast. Erzähl mir etwas Reales.«

Einen scheinbar endlosen Moment lang starrte er sie an. »Also gut«, presste er schließlich hervor. »Also gut. Mein Name ist – war – Nick Reymore. Ich bin in Inverness geboren und eine Woche nach meinem fünfunddreißigsten Geburtstag gestorben. In der Nacht, als Margaret Thatcher an die Macht kam. Ich bin unter Schmerzen gestorben und voller Angst um jemanden, den ich geliebt habe.«

Ihr Herz geriet ins Stottern, allerdings nur ein bisschen. Aber sie hatte es so gewollt – etwas Reales. »Wie bist du gestorben?«, flüsterte sie. Und um wen hatte er Angst gehabt?

Erbleichend schüttelte er den Kopf. Gut, vielleicht war es ja zu viel verlangt, dass er sich daran erinnerte. Für den Moment.

»Es tut mir leid«, meinte sie. »Was dir zugestoßen ist, meine ich.«

»Und mir tut es leid, dass du immer wieder hierherkatapultiert wirst«, erwiderte er mit leicht rauer Stimme.

Sie seufzte. »Vielleicht sollten wir uns darauf einigen, uns nicht ständig beieinander zu entschuldigen. Das wird auf Dauer langweilig.« Etwas zuckte um seine Lippen – der Anflug eines Lächelns. Doch sie musste sich abwenden, einen Schluck Champagner trinken und durch das Fenster auf den leeren Platz hinausschauen. Denn sie hatte das gerade nur gesagt, um zu verbergen, dass sie sich selbst und ihm etwas vormachte: Eigentlich *wollte* sie ständig hierherkatapultiert werden. Insgeheim wollte sie ihn wiedersehen.

Sie hatte die Worte ihrer Tante Helen im Ohr, laut und ein wenig vorwurfsvoll: *Er darf dich nicht auch noch verlieren.*

Emery stellte ihr Glas ab und stützte die Hände auf die Theke.

»Was denkst du gerade?«, erkundigte er sich wie so oft.

Sie sah ihn an. »Ich denke daran, welche Sorgen sich alle machen werden, wenn sie mich so sehen. Und dann denke ich daran, wie es sein wird, wenn ich zurückkehre.«

Er musterte sie. »Wie ist es denn, wenn du zurückkehrst?«

»Es …« Sie machte eine Geste. »Es tut weh«, räumte sie ein. »So, als müsse mein Körper darum kämpfen, mich zurückzuholen. Das Gefühl dauert zwar nicht lang, aber im ersten Moment glaube ich immer, dass ich keine Luft mehr kriege, als wäre mir ein Auto über die Brust gerollt.«

Er verzog das Gesicht. »Hört sich nett an.«

»Ja, es ist wirklich sehr amüsant.« Sie schüttelte den Kopf. »Aber am schlimmsten sind die anderen Leute. Weil sie Angst haben und weil ich machtlos dagegen bin. Denn obwohl ich zurückgekehrt bin, können sie nicht einfach zur Tagesordnung übergehen. Und das heißt, dass ich es auch nicht kann.«

»Möchtest du es denn lieber vergessen?«

Sie sah ihn an und überlegte, wie er es wohl gemeint haben mochte. »*Dich* vergessen?«

Er fuhr sich mit der Hand über den Nacken. »Bestimmt ist es schwierig, sich daran zu erinnern. Es zu wissen und so zu tun, als wäre es nie passiert.«

Sie neigte den Kopf. »Was macht dich sicher, dass ich so tue? Vielleicht habe ich es ja schon überall herumposaunt und das Mysterium des Todes gelüftet.«

»*Hast* du?«

»Nein, aber ich könnte.« Sie schwieg einen Moment, wohl wissend, dass er die Lüge bemerken würde. Dass diese Momente zwischen Leben und Tod ganz allein für sie beide da waren. »Es ist nicht so, dass ich das hier vergessen möchte«, sagte sie nach einer Weile. »Sondern die anderen sollten vergessen, dass es je passiert ist, weil sie mich sonst immer so ansehen, als dächten sie daran, wie mir das letzte Mal das Herz stehen geblieben ist. Oder sich ständig Sorgen machen, es könnte wieder passieren. Und das heißt, dass niemand mehr darauf achtet, wer ich jetzt in diesem Moment bin.« Sie zog die Nase kraus. »Ich weiß, wie dämlich das klingt.«

»Ich finde es überhaupt nicht dämlich.« Vielleicht war es ja das, was sie an diesem Ort – an *ihm* – so anzog: Er konnte sie nicht anders sehen, als sie im jeweiligen Augenblick war.

Sie schwiegen beide. Nur die leise Hintergrundmusik war zu hören. Emery spürte, wie ihre Nerven vibrierten. »Eigentlich sollte ich jetzt tanzen«, erklärte sie, um die Spannung zwischen ihnen zu vertreiben.

Er nickte langsam. »Warum tun wir's dann nicht?«

Sie warf ihm einen argwöhnischen Blick zu. »Was, hier?«

»Wieso nicht? Schließlich sieht uns ja niemand.« Er hielt ihr die Hand hin, die sie nach einem kurzen Zögern ergriff. Ihre Handfläche passte genau in seine. Das Vibrieren unter ihrer Haut wurde stärker.

Er führte sie zu der freien Fläche zwischen den Tischen und

drehte sich zu ihr um. Hitze durchströmte sie, als er ihr eine Hand auf die Taille und die andere leicht auf den Rücken legte. Ihr Verstand konnte gar nicht anders, als sich auf die Stellen zu konzentrieren, die er gerade berührte, und sie war sich jedes Zentimeters Luft zwischen ihnen bewusst. Wie einfach wäre es gewesen, näher an ihn heranzurücken. An seinen warmen Körper. Er drehte sie elegant im Kreis herum, und während das Tempo der Geigen schneller wurde, wirbelte er sie von sich weg und zog sie wieder heran, genau in dem Moment, als das Crescendo abbrach. Sie lachte auf und bemerkte, wie seine Augen zu leuchten begannen. »Woher tanzt du so gut?«, fragte sie.

Er schmunzelte. »Das bleibt mein Geheimnis.«

Es war zwar scherzhaft gemeint, doch sie biss sich auf die Lippe und sah ihm ins Gesicht. »Erzählst du mir etwas über dein Leben?« Sie spürte, wie sich seine Finger an ihrem Rücken kurz verspannten. Nur für einen Sekundenbruchteil.

»Was möchtest du wissen?«

»Irgendetwas. Eine Erinnerung. Eine schöne? Ist das nicht Sinn und Zweck dieser Veranstaltung?«

»Eine Erinnerung«, wiederholte er langsam, und sie fragte sich, wie viel von seinem Leben er noch wusste. Er war an dem Abend gestorben, als Margaret Thatcher die Wahl gewonnen hatte. Sie mochte in Geschichte nicht besonders gut sein, doch das war schon eine ganze Weile her, oder? Als er wieder das Wort ergriff, klang seine Stimme leise und zögernd. Und obwohl er weiter den Takt hielt, schweifte sein Blick in die Ferne. »Eine meiner ersten Erinnerungen ist, dass ich mit meiner Mum in einem Park in der Nähe unseres Hauses war.« Er schaute zu ihr herunter, und sie bemerkte, dass sie den Atem anhielt. »Ich war ein Kriegsbaby. Geboren während des Zweiten Weltkriegs.« Sie fuhr zusammen. Das konnte doch nicht möglich sein. »Mein Dad ... Als er aus dem Krieg zurückkehrte, war er nicht mehr derselbe.« Er schüttelte den Kopf.

»Manchmal frage ich mich, ob das jemals aufhören wird. Die Nachwirkungen, die dieses Ausmaß von Zerstörung auf eine ganze Generation hatte. Selbst ich konnte es nicht verstehen, dabei war es für mich gar nicht so weit entfernt. Jedenfalls starb er, als ich acht war, und ich glaube, meine Mum ist nie richtig darüber hinweggekommen. Nicht nur über seinen Tod, sondern auch darüber, dass er zu diesem Zeitpunkt nicht mehr der Mann war, den sie geheiratet hatte. Doch das Erlebnis in meiner Erinnerung fand davor statt. Ich war mit meiner Mum im Park, mein Dad war bei der Arbeit. Wir waren auf dem Spielplatz, und es war kalt. Sie öffnete eine Thermosflasche mit heißer Schokolade und hat mit mir gespielt. Ich weiß nicht mehr, was genau, aber ich sehe noch deutlich vor mir, wie sie gelacht hat und so glücklich wirkte.«

Sie bemerkte es zuerst. Ihre Umgebung veränderte sich, die Konturen verschwammen, und die kräftigen Rot- und Brauntöne im Restaurant wurden blassblau und grün. Außerdem spürte sie seinen seltsamen Sog, so als würde sie von etwas an der Taille gepackt und weggezogen werden, ohne dass sie sich dagegen sträuben konnte. Und dann waren sie dort – wo immer »dort« auch sein mochte.

»Nick.« Sie hauchte seinen Namen und spürte, wie er erstarrte. Sein ganzer Körper verspannte sich, seine Finger gruben sich in ihre Taille. Die Art, wie er dastand, stocksteif und mit angehaltenem Atem, war die Bestätigung.

Es war nicht mehr ihre Erinnerung, sondern seine.

Kapitel 16

Nick holte zittrig Luft und wich zurück. Eiskalte Luft füllte die Stelle, wo er gerade noch gestanden hatte. Als er sich um die eigene Achse drehte, waren seine Augen geweitet, und ein beinahe verängstigter Ausdruck lag darin.

Sie waren in einem Park. Vor ihnen erstreckte sich eine gewaltige Grünanlage, mit einem Pfad, der sich zwischen Laubbäumen und immergrünen Bäumen schlängelte. Es gab auch einen See, in dem sich Stückchen des blauen Himmels und eine dunstverhangene Sonne spiegelten. Rechts von ihnen befand sich der Spielplatz mit einem hölzernen Klettergerüst und einer Rutsche aus Metall.

»Wie ist das möglich?«, fragte er mit erstickter Stimme. Doch sie wusste, dass es keine Frage im eigentlichen Sinne war. »Mein Gott, ich erinnere mich, dass Mum an den Wochenenden oder nach der Schule mit mir hierhergekommen ist. Darauf konnte man sich verlassen, ganz gleich, wie das Wetter war.« Sein Lachen klang ungläubig, und er fuhr sich mit beiden Händen durchs Haar, bis es ihm wirr vom Kopf abstand. »Das kann nicht sein. Ist es für dich auch so?«

»Vermutlich hängt es von der Wahrnehmung ab.« Allerdings hatte sie eine Gänsehaut an den nackten Armen, und zwar nicht nur wegen des plötzlichen Temperaturunterschieds zwischen dem Restaurant und dem schottischen Wintertag. Obwohl sie schon so oft Emerys Erinnerungen besucht hatten, hatte es etwas seltsam Intimes, dass sie sich nun in einer von seinen aufhielten. Für sie wurde er dadurch auf eine bis jetzt nicht da gewesene Weise realer. Emery, die immer noch das dünne blaue Kleid trug, schlang die Arme gegen die Kälte um sich und versuchte, sich Nick als Kind vorzustellen. Irgendwie erschien es ihr unfair, dass er über ihr ganzes Leben im Bilde war, während sie nur Momentaufnahmen von ihm kannte.

»Ist das die Erinnerung, zu der du zurückkommen würdest?«, erkundigte sie sich. »Dein glücklicher Ort, wenn du nur auf der Durchreise wärst wie alle anderen?« *Wie alle anderen.* Es war ganz automatisch über ihre Lippen gekommen, weil sie sich von all den anderen abgrenzte, für die diese Zwischenwelt bloß eine Durchgangsstation war, wohingegen sie mit der Unsterblichkeit spielen und immer wieder zum Leben erwachen durfte.

»Keine Ahnung. Allerdings ist mir aufgefallen, dass die Menschen manchmal von ihren Erinnerungen überrascht werden. Wir suchen nicht notwendigerweise die Orte auf, wo wir gerne wären.« Emery fragte sich, was sie sich wohl als glückliche Erinnerung aussuchen würde, doch es gelang ihr nicht, sich auf eine einzige festzulegen. Wahrscheinlich war genau das die Schwierigkeit: Erinnerungen und deren Einordnung waren einem ständigen Wandel unterworfen.

»Hast du noch andere Erinnerungen an diesen Ort? Bevor du angefangen hast, anderen Menschen zu helfen?« War er hier anfangs allein gewesen?

»Eine«, antwortete er leise. »Ich hing in einer Erinnerung fest. Und es war keine glückliche.«

Sie beobachtete ihn: Seine Körperhaltung war steif, sein Blick schweifte umher, und er hatte sich halb von ihr abgewandt. »Wie bist du … da rausgekommen?«

»Keine Ahnung. Es hat sich einfach eine Gewissheit in mir eingestellt, was geschehen würde und was ich tun soll. Und dann, tja, den Rest kennst du ja.«

»Eigentlich nicht.« Einen Moment lang schwiegen sie. Emery erschauderte, als der kühle Wind über ihren nackten Rücken glitt. »Nick?« Abrupt wandte er den Kopf, trat eilig näher und zog sein Sakko aus, als er sie zitternd auf der Böschung stehen sah. »Wie war deine Mum?« Eigentlich hätte sie am liebsten gefragt, was er für ein Kind gewesen war, aber sie war nicht sicher, ob sich das gehörte.

Als er ihr das Sakko über die Schultern legte, wurde sie von einer Wolke aus seinem Duft nach Zitrone und Meeresluft eingehüllt. »Sie war ...« Sein Blick wanderte über den Spielplatz, und sie wusste, dass er sich erinnerte. »Gütig. Wunderschön. Und meistens traurig.« Er schüttelte den Kopf. »Sie hat zwar versucht, sich nichts anmerken zu lassen, aber ich wusste schon vor Dads Tod, dass sie eine gewisse Trauer in sich herumtrug.« Kurz schloss er die Augen. »Ich habe sie im Stich gelassen.«

»Was?«

»Als ich alt genug war, um von zu Hause auszuziehen, habe ich mir einen Platz an einer Universität im Süden gesucht und bin abgehauen.«

»Das tun doch die meisten Jugendlichen«, wandte Emery vorsichtig ein.

»Ich bin nie zurückgekommen.« Er spuckte die Worte förmlich aus, als lägen sie ihm bitter auf der Zunge. »Ich habe mich aus dem Staub gemacht, weil ich die Vorstellung nicht ertragen konnte, mein ganzes Leben wie sie in einem Winkel von Schottland zu verbringen. Obwohl ich wusste, dass sie sonst niemanden hatte und nicht über den Tod meines Dads hinweg war, bin ich gegangen ... unter dem Vorwand, dass ich studieren müsse. Dann musste ich arbeiten. Aber das war nicht die ganze Wahrheit. Ich wollte alles hinter mir lassen, wollte höher hinaus. Und sie war ein Teil der Vergangenheit.« Er starrte in die Ferne, vorbei an den Schaukeln zu den Bäumen, die sich dahinter erhoben.

»Meine Mum hat mich verlassen«, sagte Emery leise, den Blick auf den See gerichtet. Sie spürte, dass Nick sich zu ihr umwandte, sah ihn aber nicht an. »Keine Ahnung, ob du das schon weißt, aber sie ist abgehauen, als ich vierzehn war – einen Tag nachdem ich, tja, wieder einmal gestorben bin.« *Sie ist gegangen, weil ich gestorben bin.*

»Das tut mir leid, Emery«, flüsterte er. Aber sie schüttelte den Kopf. Das war nicht der Grund, warum sie es erwähnt hatte.

»Das soll nicht heißen ... Ich glaube, als Kind soll man von den Eltern fortgehen. Ich verstehe zwar, warum du ein schlechtes Gewissen hast, aber ist das nicht der natürliche Lauf der Dinge?« Das sagte sie selbst sich zumindest, wenn ihr Dad wieder einmal versuchte, sie zurück nach Hause zu holen. Dass ihre Mutter sie verlassen hatte, war etwas völlig anderes: Eine Mutter sollte ihre Kinder nicht im Stich lassen.

»Ich hatte immer vor, irgendwann zurückzukehren, zumindest vorübergehend«, fügte Nick hinzu. »Aber dazu ist es nie gekommen. Ich war zu egoistisch.«

Emery biss sich auf die Lippe und war nicht sicher, was sie darauf antworten sollte. Sie dachte daran, wie sie erst nach Falmouth, dann nach Australien und zu guter Letzt nach Edinburgh geflohen war. Bei den Menschen, die sie liebte, hielt sie es schlicht nicht für längere Zeit aus, obwohl sie wusste, wie sehr sie darunter litten, dass sie so weit weg war. Obwohl sie wusste, was geschehen konnte, wenn niemand in der Nähe war, der sich mit ihrer Krankheit auskannte.

»Ich finde nicht, dass du egoistisch bist«, erwiderte sie. Mehr konnte sie nicht tun.

Er wandte sich ab. »Du kennst mich vielleicht nicht so gut, wie du glaubst.« In seinem Tonfall schwang ein Hauch von Bitterkeit mit.

»An wem mag das wohl liegen?« Die Worte waren ihr spontan herausgerutscht. Sie schüttelte den Kopf. »Es ist in Ordnung, dass du nicht perfekt bist. Also brauchst du auch nicht den immer gelassenen und friedlichen Geistermann zu spielen. Du bist sowieso nicht sehr gut darin. Wenn du diese Rolle durchhalten willst, musst du nämlich außerdem so tun, als hättest du sämtliche Antworten parat.«

»Ich glaube, die meisten Menschen würden dir da widersprechen«, antwortete er ruhig. »Sie wollen Perfektion – oder zumindest die Illusion, dass es sie gibt.«

»Was macht dich da so sicher? Hast du sie je danach gefragt?« Er schwieg. »Das heißt nicht, dass du allen Leuten alles erzählen musst. Ich verlange ja nicht einmal, dass du mir alles erzählst. Aber wäre es nicht besser, wenn du mehr ... du selbst wärst?«

»Nein.« Eine knappe Aussage, die keinen Raum für Einwände ließ.

»Tja, ich bin da anderer Ansicht.«

»Emery ...«

»Nein, ich behaupte nicht, dass ich weiß, was dir gefällt oder wie du warst. Auch nicht, dass ich dich für den Inbegriff der Rechtschaffenheit halte, oder wie du es sonst nennen willst. Vielleicht bist du das ja gar nicht. Vielleicht warst du ja ein schlechter Mensch. Aber erstens bist du jetzt eindeutig kein schlechter Mensch, sonst könntest du das nicht tun, was du tust. Und zweitens wollen die Leute in ihren letzten Momenten gewiss keine Perfektion. Möglicherweise sehnen sie sich nicht nach Ruhe und Balance, sondern hätten lieber etwas Reales.«

Sein Blick schweifte zum Spielplatz hinüber. Emery fragte sich, was er wohl sah. »Ich habe viel Zeit in die Aufgabe gesteckt, eine Version meiner selbst zu schaffen, die an diesem Ort bestehen kann«, sagte er nachdenklich. »Es gibt Dinge in meiner Vergangenheit, auf die ich nicht stolz bin. Dinge, die ich rückgängig machen würde, wenn ich könnte. Der Mensch, der ich damals war, ist bestimmt niemand, mit dem die Leute ihre letzten Momente verbringen wollen.«

Emery erkannte den Anflug von Schmerz, der sich auf seinen Zügen abzeichnete, und fragte sich, was wohl vorgefallen sein mochte und warum er hier gelandet war. Sie wollte zu ihm hinübergehen, wollte die Hand ausstrecken und ihm die Sorgenfalten glatt streichen. Stattdessen zog sie sein Sakko fester um sich.

»Hast du dir je überlegt, dass du dich vielleicht deshalb so unfrei fühlst, weil du ständig versuchst, jemand zu sein, der du nicht bist?«

Er musterte sie lange. »Könnte ich dasselbe nicht von dir behaupten?«

»Was meinst du damit?«

»Spielst du deinen Freunden und deiner Familie nicht etwas vor, weil du befürchtest, es könnte sie überfordern, wenn sie wüssten, wie große Angst du in Wirklichkeit hast? Ist das nicht der Grund, warum du nie irgendwo sesshaft wirst?«

Ihr Herz krampfte sich unangenehm zusammen. Der Dunst zog auf. Es blieb nicht mehr viel Zeit. »Das ist etwas anderes.«

»Warum?« Als sie nicht antwortete, huschte ein leicht trauriges Lächeln über sein Gesicht, und er trat vor sie. Sie legte den Kopf in den Nacken, um ihn anzuschauen. »Ich habe im Leben immer mehr gewollt«, sagte er. »Und deshalb war ich dort, wo ich war, nie glücklich.«

Sie verzog das Gesicht. Obwohl das kein direkter Vorwurf war, schwang er zwischen den Zeilen mit. »Auf mich trifft das nicht zu. Eher das Gegenteil.« Und das stimmte doch, oder? Schließlich gab sie sich jede erdenkliche Mühe, für den Augenblick zu leben, nicht für irgendwelche vagen Hoffnungen auf die Zukunft.

»Ich bin absolut dafür, im Moment zu leben«, meinte er. Dieser Mann besaß eine beinahe unheimliche Fähigkeit, ihre Gedanken zu erahnen, auch wenn er behauptete, sie nicht lesen zu können. Emery verschränkte die Arme. »Ehrlich«, beteuerte er. »Glaub mir. Ich habe nämlich genug Leute gesehen, die bedauern, dass sie es nicht getan haben.«

»Na dann.«

»Aber man muss die richtige Balance finden. Denn wenn man sich zu sehr darauf versteift, nur für den Augenblick zu leben, lässt man sich nie genug Zeit, ihn auch zu genießen, oder?« Als sie nichts darauf erwiderte, seufzte er. Und mit dieser Bewegung seiner Brust begann er zu verblassen. »Ich glaube nicht, dass ich etwas vorspiele, das ich nicht bin. Auch diese Version von mir entspricht meiner Persönlichkeit. Genauso wie die Version von dir, die du deiner Familie zeigst, deiner Persönlichkeit entspricht. Das ist nicht der Grund, warum ich hier bin.«

»Wieso dann?«

Anstelle einer Antwort schüttelte er nur den Kopf. Inzwischen verschwamm alles um sie herum, während ihre eigenen Umrisse sich deutlicher abzeichneten. Also würde die Antwort auf ihre Frage bis zum nächsten Mal warten müssen. Deshalb sagte sie stattdessen: »Du hast mir einmal erzählt, es gebe einen Grund, warum du bestimmten Menschen zugewiesen wirst. Vielleicht gibt es ja auch einen Grund, warum ich dir zugewiesen wurde.« Dass sie gleich fort sein würde, gab ihr den Mut, es auszusprechen: »Vielleicht soll ich dir bei irgendwas helfen.«

Sie konnte sein Gesicht kaum noch ausmachen, doch sein Tonfall verriet seine Skepsis. »So funktioniert das nicht.«

In der kurzen Sekunde, bevor sie ruckartig in ihren Körper zurückkehrte, wo sie der Schmerz erwartete, sagte sie in die Dunkelheit hinein: »Woher weißt du das?«

Kapitel 17

ZWEI JAHRE SPÄTER (NOVEMBER 2008)

ALTER: 30

Bonnie grinste Emery an, während sie an der Theke darauf warteten, bestellen zu können. »Also? Ich habe dir doch gesagt, dass der Laden hier cool ist.« Jemand rempelte sie an, um sich zum Tresen durchzudrängen. Emery spürte die zahlreichen Gäste, die sich gegen ihren Rücken drückten.

»Sehr cool«, stimmte Emery zu, weil sie keinen Grund für Einwände sah. Bonnie hatte den Laden in Clapham entdeckt, wo sie und Joe derzeit wohnten, und mit ihren Lobeshymnen Emery dazu überredet, ihren Dreißigsten hier zu feiern. Die Bar war im Art-déco-Stil der 1920er-Jahre eingerichtet, der Fußboden hatte ein schwarz-weißes Schachbrettmuster, die Sitzbänke rings um die Holztische waren mit Plüsch bezogen, und die hell erleuchtete goldfarbene Theke schimmerte im dämmrigen Kerzenschein. Und die Musik war der Hammer: Eine Live-Band spielte Jazz, sodass man einfach tanzen musste – ein perfektes Ambiente, bevor es in der letzten halben Stunde ziemlich voll geworden war.

Nachdem der Barkeeper, ein Typ mit zurückgegeltem Haar und zwei offenen Hemdknöpfen mehr als unbedingt notwendig, die zwei bestellten Gin Tonic Bonnie zugeschoben hatte, schnappten sie sich ihre Gläser und kämpften sich durch die Wartenden. Inzwischen schwitzte Emery trotz des kühlen Novemberabends – es waren viel zu viele Menschen in einem Raum zusammengepfercht. Sie trug Jeans, ihre Lieblingspumps, schwarz mit silbernen Stilettoabsätzen, und ein leuchtend grünes rückenfreies Oberteil. In ihrem Glas klimperte das Eis, an der Außenseite sammelte sich bereits Kondenswasser. Am liebsten hätte sie es sich an Stirn und Hals gehalten, aber sie hatte eine Ewigkeit mit Frisur und Make-up verbracht. Schließlich wurde man nur einmal dreißig, richtig?

Bonnie steuerte auf ihren Tisch zu, den großen in der Ecke, den Emery im Voraus reserviert hatte. Doch auf halbem Wege wurde Emery von Amber aufgehalten, die sie am Arm packte und sich vorbeugte, um Stimmengewirr und Gelächter zu übertönen. »Tut mir leid, kleine Em, aber wir müssen los.« Sie wies mit dem Kinn auf Robin, die bereits aufstand. Unter dem Pulli mit Polokragen, in dem sie sich bestimmt halbtot schwitzte, zeichnete sich schon deutlich das Babybäuchlein ab.

Emery musterte ihre Schwester. Amber lächelte zwar, wirkte aber genauso blass und angespannt wie bei ihrer Ankunft. Ihr Gesicht war noch hohlwangiger als sonst, und sie hatte dunkle Ringe unter den Augen. Den ganzen Abend verhielt sie sich schon sonderbar. Ja, sie hatte sich mit großem Elan ins festliche Getümmel gestürzt und mit den anderen Gästen geredet und gelacht. Doch Emery hatte bemerkt, dass sie verstummte, sobald sie nicht aktiv in ein Gespräch verwickelt war. Dann verdüsterte sich ihre Miene, sie griff nach Robins Hand, und die beiden saßen einfach nur da, bis sie wieder angesprochen wurden, woraufhin sie erneut zu reden und zu lachen begannen.

»Okay.« Emery nickte. »Eine schwangere Freundin gilt als Ausrede, um sich zu verdrücken.« Robin war im vierten Monat. War man im vierten Monat schon müde oder spürte überhaupt, dass man schwanger war? Emery hatte keine Ahnung. Amber lächelte zwar, doch ihre Augen blieben ernst. »Ist alles in Ordnung, Ambs?«

Eine winzige Pause entstand. Emery hätte sie vermutlich gar nicht bemerkt, wenn sie ihre Schwester nicht so gut gekannt hätte. Amber nickte. »Alles bestens. Mach dir keine Sorgen um mich.« Auch wenn Emery ihr nicht ganz glaubte, wollte sie das Thema nicht vertiefen. Schließlich hatte sie schon ein paar Drinks intus und stand, beobachtet von allen ihren Freunden, mitten in einer rappelvollen Bar. Außerdem hatte sie einen Verdacht, was dahinterstecken könnte. Schließlich hatte Amber das Baby unbedingt selbst austragen wollen. Emery war ziemlich sicher, dass das auch Robins Wünschen entsprochen hätte. Doch es hatte nicht geklappt, obwohl sie es zwei Jahre lang versucht hatten. Hinzu kam, dass Robin schon achtunddreißig war, also nicht mehr im »idealen« Alter für eine Schwangerschaft, weshalb man im Krankenhaus ein Riesentheater veranstaltet hatte. Wie Emery wusste, hatten die Ärzte ständig mit Wörtern wie »geriatrische Schwangerschaft« um sich geworfen und den Druck damit noch erhöht.

»Sehen wir uns am Sonntag bei Dad?«, fragte Amber.

»Ja, natürlich.« Ihr Dad veranstaltete am Sonntag, Emerys tatsächlichem Geburtstag, ein großes Mittagessen. Denn angeblich war er zu alt, um eigens nach London zu kommen und in einer Bar zu feiern.

»Dann übergebe ich dir dort dein Geschenk.« Emery konnte sich ein Grinsen nicht verkneifen. Amber hatte schon immer großen Wert darauf gelegt, Emery ihr Geschenk erst an ihrem eigentlichen Geburtstag zu überreichen.

»Danke, dass ihr den weiten Weg gefahren seid.« Amber und Robin waren mit dem Zug aus Schottland angereist und hatten sich für die Nacht ein Hotelzimmer genommen, ab morgen würden sie bei Emerys Dad übernachten.

Emery drückte Amber kurz an sich, verabschiedete sich von Robin und setzte sich wieder an ihren Tisch. Ihre Freundinnen von der Uni saßen links von ihr und waren ins Gespräch vertieft. Bonnie stand, Joes Arm um sich, am anderen Ende des Tisches. Adams dunklen Haarschopf machte sie von hinten am Tresen aus.

Gerade als sie etwas vom Gespräch ihrer Uni-Freundinnen

aufzuschnappen versuchte, tauchte Colin auf, der kurz stehen geblieben war, um etwas zu Bonnie zu sagen. »Ich bin dann auch mal weg, Em.« Er beugte sich vor, um sie unbeholfen mit einem Arm an sich zu drücken. Seit ihrer letzten Begegnung hatte er sich blonde Bartstoppeln stehen lassen, die sie an der Wange kratzten.

»Okay.« Er hatte den ganzen Abend kaum ein Wort mit ihr gewechselt, und auch das nur, wenn andere Leute dabei waren. Eigentlich hatte sie damit gerechnet, dass er als einer der Letzten gehen würde, schließlich blieb er sonst auch immer, bis sie nach Hause wollte. Sie wusste nicht recht, ob sie ihn darauf ansprechen sollte. »War toll, dich zu sehen«, erklärte sie mit gespielter Begeisterung und strich sich die Locken aus dem Gesicht.

Colin hob die Hand, als wolle er ihre Schulter berühren, und ließ sie verlegen wieder sinken. »Dann bis bald, ja?« Mit diesen Worten machte er kehrt und steuerte auf die Garderobe zu, um seine Jacke zu holen. Sie blickte ihm nach und fragte sich, ob sie sich heute Abend mehr um ihn hätte bemühen sollen. Aber es waren so viele Leute da, um die sie sich kümmern musste, und irgendwie war die Zeit wie im Fluge vergangen.

In diesem Moment wurde ein Gin Tonic neben das bereits vorhandene Glas vor ihr auf den Tisch gestellt. Sie hob den Kopf und blickte in Adams grinsendes Gesicht. Er küsste sie auf den Scheitel, eine Geste, die er unter zunehmendem Alkoholeinfluss immer öfter zu wiederholen pflegte. »Bonnie und Joe bestellen Shots für den ganzen Tisch«, verkündete er. Emery schaute in Richtung Tresen, wo die beiden anstanden.

Erstaunt schüttelte sie den Kopf. »Heute ist sie gut in Form.«
Adam setzte sich neben sie. »Alles in Ordnung?«
»Ja, klar. Warum?«
Er zuckte mit den Schultern. Adam hatte tolle Schultern, breit und muskulös. Das war das Erste, was ihr an ihm aufgefallen war, als er sie vor anderthalb Jahre nach einem Date ge-

fragt hatte. Damals hatte sie an der Rezeption eines Hotels in London gearbeitet, als Versuch, in der Hauptstadt Fuß zu fassen. Er nahm an einer Tagung teil, die seine Vertriebsfirma dort abhielt. Inzwischen hatte Emery den Job im Hotel gekündigt und war als Bürokraft in einer Werbeagentur beschäftigt. Seitdem war sie dabei, sich einzureden, dass es ihr a) in der Werbebranche gefiel, weil es halbwegs kreativ war, und b) nichts ausmachte, dass sie nur als Bürokraft arbeitete, während alle ihre Freunde viel mehr verdienten und Jobs hatten, die das Wort »Manager« im Titel führten. Aber Adam war trotz alldem geblieben.

»Du siehst ein bisschen traurig aus«, meinte er nun. »Wenn man bedenkt, dass du Geburtstag hast. Ein Jahr älter – Grund zum Feiern!« Sie stieß mit ihm an und verdrehte die Augen, bevor sie einen Schluck trank. Allerdings hatte er recht: Sie sollte feiern, dass sie wieder ein Jahr älter geworden war.

»Ich mache mir nur Sorgen um Amber.«

Adam legte den Arm um sie. »Wahrscheinlich Babystress.« Er trank einen Schluck Bier. »Hey, hast du dir eigentlich schon mal Gedanken darüber gemacht?« Er versuchte zwar, beiläufig zu klingen, doch sie spürte, wie sein Arm ganz steif geworden war, als er sie an sich drückte.

»Worüber?«

»Du weißt schon ... über Kinder.«

Ihr Herz verkrampfte sich kurz, und sie griff nach ihrem Glas, um den kreidigen Geschmack in ihrem Mund zu vertreiben. »Äh ...«

»Tut mir leid!« Ein wenig zerknirscht lächelte er sie an. »Entschuldige, E.« Er war der Einzige, der sie E. nannte, vermutlich hatte er sich im Büro angewöhnt, seine Mitmenschen mit dem Anfangsbuchstaben ihres Vornamens anzusprechen. Emery war noch nicht sicher, ob ihr das gefiel oder nicht. »Das passt wohl gerade nicht.«

Sie nickte ausweichend. Wenn er nicht darauf drängte, würde sie dieses Thema bestimmt nicht freiwillig erörtern. Für sie war es noch immer gewöhnungsbedürftig genug, überhaupt eine feste Beziehung zu haben, und man musste es ja nicht gleich übertreiben. Schließlich waren sie noch nicht einmal zusammengezogen, weshalb es verfrüht war, an Kinder zu denken. Außerdem wusste sie nicht, wie sie dieses Gespräch überhaupt führen sollte. Denn, ja, sie hatte sich sehr wohl Gedanken darüber gemacht, allerdings stets mit dem Ergebnis, dass sie keine Kinder wollte. Sie durfte sich keine Kinder wünschen, weil es verantwortungslos wäre, solange sie nicht einmal für ihre eigene Zukunft garantieren konnte. Sie stand noch immer unter ärztlicher Aufsicht, und man hatte ihr inzwischen einen Defibrillator mitgegeben. Blöderweise war das Ding nicht mobil, weshalb es zu Hause in ihrem Wandschrank wohnte, an die Steckdose angeschlossen, wo niemand es sehen konnte. Irgendwann hatte sie Adam von ihrer Krankheit erzählt, woraufhin er gemeint hatte, es störe ihn überhaupt nicht. Schließlich habe jeder Mensch seine Eigenheiten, und das sei eben ihre. Doch sie hatten nie darüber geredet, was ihr Herz für ihre gemeinsame Zukunft bedeutete.

Im nächsten Moment kehrte Bonnie mit den Shots zurück. Froh über die Ablenkung, nahm Emery sich ein Glas. Sie verzog das Gesicht, als der Tequila ihre Kehle hinunterlief, und biss in den Zitronenschnitz. Als sie Colin aus der Richtung der Garderobe kommen sah, stand sie auf.

»Bin gleich zurück.« Sie schob sich hinter dem Tisch hervor und hastete ihm hinterher, wobei ihre hohen Absätze auf dem schwarz-weißen Boden klapperten.

Gerade als er die Bar verlassen wollte, holte sie ihn ein und folgte ihm auf den Gehweg hinaus.

Ihr Atem bildete eine Wolke vor ihrem Mund, doch nach der stickigen Hitze im Gastraum fühlte sich die eisige Kälte angenehm an.

»Hey«, sagte sie. Colin drehte sich um und vergrub die

Hände in den Jackentaschen, während sie, beide Arme um den Oberkörper geschlungen, auf ihn zutrat. Ein Stück entfernt wankte ein Grüppchen lachend und johlend im trüben Schein der Straßenlaternen den Bürgersteig entlang. Colin sah Emery abwartend an. »Ich …« Sie räusperte sich. »Danke, dass du gekommen bist.«

»Keine Ursache. Ich kann ja wohl kaum deinen Dreißigsten verpassen.«

Sie fuhr sich mit der Hand durchs Haar. »Richtest du Rachel aus, wie leid es mir tut, dass sie nicht kommen konnte?« Das war nicht ganz aufrichtig. Rachel war langweilig und wollte immer früh nach Hause, was hieß, dass Colin dann auch gehen musste. Sie arbeitete im Schichtdienst und hatte sich heute Abend offenbar nicht freinehmen können.

»Klar«, erwiderte Colin, doch sein Blick verriet, dass er genau wusste, was Emery dachte. Er wippte auf den Absätzen hin und her. »Adam scheint nett zu sein.«

»Ist er.«

»Gut.«

»Ja, das ist gut.« Er schwieg. Emery seufzte auf. »Warum bist du so seltsam?«

»Ich bin nicht seltsam.«

»Doch, bist du.« Ihre Zunge fühlte sich schwer an, und sie wusste, dass sie dieses Gespräch im nüchternen Zustand niemals führen würde. Trotzdem fuhr sie fort. »Du bist derjenige, der mir gesagt hat, dass ich mich endlich irgendwo niederlassen soll, schon vergessen?«

Seine blauen Augen wirkten ungewohnt dunkel im Dämmerlicht. »Nein, ich erinnere mich.«

Sie spürte, wie sie errötete. Verdammt. Was war sie doch für eine Idiotin, mit diesem Thema anzufangen! »Ich vermisse dich«, sagte sie leise.

»Ich stehe doch direkt vor dir.«

»Du weißt genau, was ich meine. Ich …« Sie stieß den Atem

aus und sah zu, wie er im Licht der Straßenlaternen eine Wolke bildete. »Ich vermisse uns. Unseren ...« Sie machte ein vage Geste. »Rhythmus.« Und das stimmte. Seit Bonnies Hochzeit stimmte es nicht mehr zwischen ihnen, deshalb fühlte es sich an, als sei auch sie nicht mehr im Lot.

Er bedachte sie mit einem Blick, den sie nicht richtig deuten konnte. »Ein Rhythmus entsteht nicht aus dem Nichts, Em.« Das klang zwar freundlich, doch sie spürte die Anspannung, die in seinem Tonfall mitschwang. »Man muss sich bemühen, ihn zu halten. Man muss auf den anderen achten.« Sie biss sich auf die Lippe. Sollte das bedeuten, dass er aufgehört hatte, sich zu bemühen? Oder war das ein Vorwurf, weil sie ihm nicht genügend Aufmerksamkeit schenkte? Sie rieb sich die Arme und wippte auf den Fersen.

»Du und Rachel solltet mal vorbeikommen. Zu mir. Mit Adam. Das wird sicher nett. Ich koche etwas.«

Endlich huschte ein Lächeln über Colins Gesicht. »Wenn du kochst, wird es ganz bestimmt nicht nett.«

Emery verdrehte die Augen. »Gut, dann überrede ich Adam, dass er übernimmt. Sein Chili ist fantastisch.«

Eine winzige Pause entstand. Lag es daran, dass Adams Name in der Luft schwebte? Emery hätte sich ohrfeigen können, denn jetzt hatte sie alles noch schlimmer gemacht. Dann: »Okay, klingt gut.«

»Wirklich?«

»Ja. Ich mag Chili.«

»Okay, toll!«

»Cool. Aber ich muss dann mal. Sonst verpasse ich die letzte U-Bahn.«

Emery nickte. »Ich schicke dir eine Nachricht.«

»Cool«, wiederholte er. Er trat auf sie zu, zögerte kurz, dann beugte er sich vor und küsste sie rasch auf die Wange, was ein warmes Prickeln hinterließ. »Alles Gute zum Geburtstag, Emery.«

Als sie ihm nachblickte, verspürte sie ein seltsames Ziehen im Magen. Ein kalter Schauder durchlief sie. Sie wandte sich um und ging wieder hinein.

Drinnen hatten alle ihre Gläser erhoben – noch mehr Tequila. Inzwischen waren sie nur noch zu zehnt, der harte Kern, der noch lange durchhalten würde. Als sie sie sahen, schnappte sich jeder einen Konfettikracher und machte sich bereit. Bonnie lächelte, zog jedoch die Augenbrauen hoch, als ihre Blicke sich trafen. Natürlich hatte sie mitbekommen, dass Emery Colin nach draußen gefolgt war. Unsicher, was Bonnie davon hielt, wandte sie sich Adam zu, der sie angrinste. Unvermittelt erfasste sie ein Gefühl der Zuneigung: Wie nett, dass er daran gedacht hatte, die albernen kleinen Konfettikracher mitzubringen.

Ihr Oberschenkel streifte den Tisch, als jemand sie packte und seine Finger in ihre Taille grub. Unwillkürlich zuckte sie zusammen und schnappte nach Luft, während alle Konfettikracher gleichzeitig losgingen.

Als ihr klar wurde, dass es nur der betrunkene Joe war, der ihr einen Schreck einjagen wollte, war es schon zu spät.

Kapitel 18

Diesmal waren sie am Flughafen. Heathrow Airport. Und dass sie ganz allein dort waren, war eine ziemlich sonderbare Erfahrung. Die Anzeigetafeln wiesen auf Ankunftszeiten hin, die sich orangefarben von einem schwarzen Hintergrund abhoben. Das Neonlicht brach sich im weißen Fußboden und in den viel zu hellen Decken des Gebäudes. Hinter ihr befand sich eine Filiale von Costa Coffee – natürlich menschenleer. Außerdem herrschte jener ganz spezielle Flughafengeruch nach Putzmittel und alten Socken. Am liebsten hätte Emery laut gerufen, um festzustellen, ob es ein Echo gab.

»Weißt du was?«, sagte Nick im Plauderton. »Ich glaube, es ist das erste Mal, dass sich jemand die Erinnerung an einen Flughafen ausgesucht hat, um dorthin zurückzukehren.« Sie wandte sich zu ihm um. Inzwischen stand er, die Hände in den Taschen, neben ihr und blickte zu der Anzeigetafel hinauf.

»Das war nach Australien«, erklärte sie und nahm die gleiche Körperhaltung ein. »Ich bin zurückgekommen, weil mir nichts anderes übrigblieb, und Colin hat mich vom Flughafen abgeholt. Er ist mein bester Freund«, fügte sie hinzu, weil sie nicht sicher war, ob Nick das wusste. Sie überlegte, welche Bruchstücke ihres Lebens er inzwischen beobachtet hatte.

»Colin. Ist er der Typ, der dich erschreckt hat?«

Also wusste er es nicht. »Nein. Warum?«

»Nur so. Die Art, wie du seinen Namen ausgesprochen hast. Es ist ... ach, nichts, vergiss es.« Doch nach seinem Ton zu urteilen war da sehr wohl etwas. Etwas, das sie nicht recht benennen konnte.

»Jedenfalls hat er mich am Flughafen erwartet. Hier. Ich

hatte Bammel vor dem Nachhausekommen und deshalb niemandem gesagt, wann genau ich lande. Schließlich wollte ich nicht, dass sich alle Sorgen machen, während ich im Flieger sitze, nach … dem, was passiert ist.« Sie räusperte sich. »Aber kurz vor dem Abflug habe ich mit Colin telefoniert, und da ist es mir offenbar rausgerutscht. Also ist er gekommen, um mich zu überraschen. Es war so schön, ihn zu sehen. Als wäre es doch nicht so schlimm, wieder hier zu sein.« Sie seufzte. »Obwohl ich versucht habe, es geheim zu halten, war ich froh, dass mich jemand erwartet.«

Sie verzog das Gesicht. Lag es daran, dass sie an Colin gedacht und sich gefragt hatte, wie sie ihre Freundschaft wieder kitten sollte? War sie deshalb wieder an diesem Ort? Und war sie wirklich nur froh gewesen, dass irgendjemand sie abholte? Oder hatte sie in diesem Moment Sehnsucht nach Colin gehabt?

Sie schob den Gedanken beiseite und drehte sich zu Nick um. »Hallo.«

Er lächelte. »Hallo. Und wahrscheinlich sollte ich dir alles Gute zum Geburtstag wünschen.« Sie sah ihn finster an. »Tut mir leid«, fügte er rasch hinzu. »Das war vermutlich eine unpassende Bemerkung.«

Seufzend lockerte sie die Schultern. Eigentlich hätte sie jetzt in Panik sein sollen, verzweifelt, weil sie ausgerechnet an ihrem Geburtstag einen Anfall gehabt hatte. Und noch dazu an ihrem dreißigsten. Sie sollte sich wünschen, zu Bonnie zurückzukehren. Zu Adam. Stattdessen war sie erleichtert, hier bei Nick zu sein, eine kleine Auszeit, in der sie nur sie selbst sein durfte. Aber schon im nächsten Moment gesellte sich zu dieser Erleichterung ein schlechtes Gewissen: Es war nicht richtig, so zu empfinden.

Wieder betrachtete sie die Anzeigetafel und die aufgelisteten Reiseziele. »Wo würdest du hinfliegen, wenn du könntest?«

»Ich weiß nicht recht. Früher wollte ich überall hin.«

»Warum bist du dann nie im Ausland gewesen?«

»Ich hatte es vor und habe sogar schon darauf gespart. Damals war es noch nicht so normal wie heute. Meine Mum war nie im Ausland, deshalb hatte ich das Reisen nicht von klein auf mitgekriegt. Und dann, tja ...« Lächelnd blickte er sie an. Um ihr zu demonstrieren, dass alles in Ordnung war, dachte sie. »Für den Anfang wollte ich nach Frankreich oder nach Spanien. Du findest das sicher langweilig.«

»Als ich sechzehn war, war ich mit Bonnie in Paris. Zum Abendessen durften wir sogar Wein trinken. Ich hätte große Lust, noch mal auf den Eiffelturm zu steigen.« Sie las die Städtenamen auf der Tafel. »Und ich möchte gern nach Mexiko«, sprach sie weiter. »Das ist das nächste Land auf meiner Liste. Hoffentlich.« Würde Adam mitkommen?, fragte sie sich. Er sprach ständig davon, mit ihr nach Venedig zu reisen. Wohin auch sonst?

»Klingt prima«, sagte Nick.

»Wir könnten Tauchen lernen«, fuhr Emery lächelnd fort. Solange sie niemandem von ihrer Herzkrankheit erzählte, würde man es ihr möglicherweise erlauben. »Und das Essen. Ich habe gehört, es soll ein Traum sein.«

»Ich wollte immer nach Afrika«, gestand Nick. »Nach Botswana vielleicht. Auf Safari. Im Busch übernachten. Aber es kam mir immer wie ein Luftschloss vor.«

»Eine Safari wäre cool.« In einer anderen Welt, in einem anderen Leben. Wären sie einander wie zwei ganz gewöhnliche Menschen am richtigen Ort begegnet, hätten sie dann solche Abenteuer gemeinsam planen können?

»Ich habe versucht, nicht an dich zu denken«, platzte sie heraus.

Er nickte. »Das kann ich verstehen.«

Emery fuhr sich mit der Hand durchs Haar. Sie hatte ein schlechtes Gewissen, weil sie es laut ausgesprochen hatte, obwohl sie wusste, dass er hier festsaß. Und wegen ihrer Worte bei ihrer letzten Begegnung. Sie hatte ihm versprochen, ihm zu helfen, oder es zumindest angedeutet. Und dann hatte sie Adam kennengelernt und versucht, Nick in einen Winkel ihres Gedächtnisses zu verbannen. Nicht, dass sie auch nur ansatzweise eine Idee gehabt hätte, wie sie ihm helfen konnte. Aber trotzdem. Sie hatte nicht einmal weiter versucht herauszufinden, wer er war, und sich eingeredet, dass alle anderen recht hatten: Sie musste endlich ihr Leben in geordnete Bahnen lenken. Und so hatte sie sich einen Job und einen festen Freund zugelegt und sich allergrößte Mühe gegeben, nicht an Nick zu denken.

»Nick?« Ihre Stimme war leise und klang ein wenig zögerlich.

»Hmmm?«

»Nur weil ich versuche, nicht an dich zu denken, heißt das noch lange nicht, dass ich es nicht trotzdem täte.«

Eine lange Pause entstand. So lang, dass Emery spürte, wie ihr vor Verlegenheit heiß wurde.

»Ich denke auch an dich. Ich kann nichts dagegen tun«, sagte er schließlich. Als er sie anblickte, wurde ihr aus einem ganz anderen Grund heiß, obwohl sie sich noch immer fragte, ob es daran lag, dass sie die Einzige war, die er mehr als einmal gesehen hatte. Oder steckte ein anderer Grund dahinter?

Sie legte den Kopf schief und schlug einen scherzhaften Ton an. »Könntest du mich hören, wenn ich mit dir spreche?«

Der Hauch eines Lächelns spielte um seine Lippen. »Ich bin nicht Gott, schon vergessen?« Sein Grinsen wurde breiter, und Emery konnte sich einen jüngeren Nick vorstellen, auf dessen Schultern noch nicht das Gewicht dieses Ortes lastete. Es war ein Lächeln, das ihr Herz zum Stolpern brachte. »Warum? Hast du es etwa versucht?«

Emery wandte demonstrativ den Blick ab und winkte ab. Es wäre wirklich zu peinlich gewesen zuzugeben, wie oft sie mit ihm reden wollte. Auch wenn sie sich sagte, dass sie damit aufhören musste. Und obwohl diese Gespräche immer nur in ihren Gedanken stattfanden.

Sie atmete die leicht stickige Luft ein. Noch vor wenigen Minuten war sie betrunken gewesen. Nun jedoch fühlte sie sich stocknüchtern, was allerdings nicht hieß, dass sie klar im Kopf war. Sie sah ihn an und stellte fest, dass er sie beobachtete. Und spürte, wie die Luft zwischen ihnen knisterte.

Emery wich einen Schritt zurück und schloss die Augen. Es war keine gute Idee, dieses Knistern. »Ich habe keine Ahnung, wie ich das hier verhindern soll.« Sie stieß den Atem aus. »Ich versuche, ein bürgerliches, geregeltes Leben zu führen ... und dann passiert es wieder, und ich ...« Ratlos hielt sie inne.

»Ich wünschte, ich könnte dir sagen, was du tun sollst«, erwiderte er leise.

Sie schlug die Augen auf und stellte fest, dass sich Besorgnis auf seinem Gesicht abzeichnete. Seine grauen Augen waren so voller Anteilnahme, dass ihr selbst die Tränen in die Augen stiegen. Sie blinzelte und blickte zu Boden. Wie albern! Weinen brachte sie keinen Schritt weiter. Sie wusste ja nicht einmal, warum sie weinte.

Emery hatte nicht bemerkt, dass Nick näher kam. Doch plötzlich war er da, ganz dicht vor ihr. Seine Arme umfingen sie. Sie spürte sein Zögern, die kurze Anspannung in seinen Armen, bevor er sie an sich zog. Emery schmiegte das Gesicht an seine Brust, schloss erneut die Augen und atmete seinen Geruch ein. Es war beruhigend und auch wieder nicht, weil ihre Nerven verrückt spielten. Sie war sich jedes Zentimeters ihres eigenen Körpers überdeutlich bewusst. Schließlich gestattete sie sich, die Arme auszustrecken und ihm langsam und behutsam um den Hals zu legen, wobei sie versuchte, sich nicht zu fragen, wie sich seine Haut wohl anfühlen mochte, unter den Stoffschichten, die sie voneinander trennten.

»Du bist immer zurückgekehrt«, sagte er leise. »Ich glaube, diesmal wirst du es wieder tun.«

Sie nickte, den Kopf weiter an seiner Brust. Aber ... »Und genau das ist das Problem. Weil ...« Sie schluckte. »Weil ein Teil von mir gar nicht zurückkehren will.« Sie fügte nichts hinzu, doch als sie ein winziges Stück zurückwich, sah sie Verständnis in seinen Augen aufglimmen. »Was denkst du gerade?«, flüsterte sie.

»Dass ich nicht weiß, was ich tun soll. Dass ich mir wünsche, du könntest hierbleiben. Und dass ich kein guter Mensch sein kann, wenn ich mir so etwas wünsche. Ich denke ...« Er beugte sich vor und lehnte die Stirn an ihre, eine Berührung, die sie wie ein elektrischer Schlag durchzuckte. »Ich denke, dass ich mir wünsche, das Schicksal hätte uns auf andere Weise zusammengeführt. Denn wir hätten uns bestimmt gut verstanden, du und ich.«

Am liebsten hätte sie mit einem kleinen Scherz geantwortet. Zum Beispiel, dass sie sich doch jetzt schon ausgezeichnet verstanden. Doch sie brachte es nicht über sich. Stattdessen stand sie nur da, Stirn an Stirn mit ihm, und lauschte dem Schlag seines Herzens. Und sie fühlte sich nicht tot, nicht wie in einer Zwischenwelt. Gerade konnte sie sich nicht vorstellen, dass es da noch eine Version von ihr gab, die auf dem Boden in einer Bar lag, umringt von ihren panischen Freunden. Denn das hier fühlte sich ebenso real an. Vielleicht sogar noch realer.

»Ich habe einen Freund«, platzte sie heraus. Die Worte kamen scheinbar aus dem Nichts und klangen sonderbar, wenn man sie laut aussprach. So, als gehörten sie nicht hierher.

Er wich ein Stück zurück. Eine Lücke entstand zwischen ihren Körpern. »Okay.« Sie kam sich dumm vor, weil sie es ihm erzählt hatte. Vielleicht interessierte es ihn ja gar nicht.

»Ich wollte nur ...« Sie brach ab und überlegte, wie sie diese Bemerkung begründen konnte. »Er redet dauernd von Kin-

dern. Was lächerlich ist, denn ich bin ja erst dreißig und ...«
Sie dachte an Bonnie, die auch ständig Andeutungen über Babys machte, über ihren Dreijahresplan mit dem Ziel, aus der Stadt in irgendeinen Vorort zu ziehen.

»Und du willst keine Kinder?«

»Das ist es nicht. Also ... doch, schon, aber ...« Sie seufzte auf. »Sieh mich an.« Was überflüssig war, weil er das bereits tat. Sogar zu eindringlich. Sie schluckte. »Sieh uns beide an. Wie soll ich Kinder kriegen, wenn ich jeden Moment tot umfallen kann? Findest du das etwa fair oder verantwortungsvoll?«

»Jeder kann jeden Moment tot umfallen.« So ruhig und vernünftig der Einwand auch klingen mochte, schwang doch Trauer darin mit. Um sich selbst?, fragte sie sich. Oder um all die Menschen, denen er beim Übergang geholfen hatte?

»Du weißt genau, worauf ich hinauswill«, beharrte sie. Ihr wurde klar, wie wichtig es ihr war, dass er ihr zustimmte. Schließlich war er der einzige Mensch, mit dem sie offen darüber reden konnte. Der einzige Mensch, der sie vielleicht annähernd verstand.

»Vielleicht solltest du besser mit *ihm* darüber sprechen«, entgegnete Nick spitz. »Und ihm eine echte Chance geben.«

Mit finsterer Miene befreite sie sich aus seiner Umarmung. »Ich bin nicht hergekommen, um mir Vorträge anzuhören«, murmelte sie, denn das war nicht die Antwort, die sie sich gewünscht hatte. Warum konnte er nicht einfach mit ihr einer Meinung sein? Und sie war auch noch aus einem anderen Grund verärgert, denn sie gab sich schließlich alle Mühe. Genau das hatte sie gerade auch Colin auf dem Gehweg erklärt. Sie hatte ihn daran erinnert, dass er derjenige gewesen war, der ihr zugeredet hatte, sich auf eine Beziehung einzulassen. Allerdings wusste sie sehr wohl, dass er damit gemeint hatte, sie solle es mit ihm, Colin, versuchen. Aber eigentlich war es auch gar nicht Colins Ermutigung gewesen, die sie bewogen hatte, Adam einen Platz in ihrem Leben zu geben. Sie war nur nicht gleich beim ersten Anzeichen dafür, dass es ernst werden könnte, geflüchtet, weil sie an Nick gedacht hatte. An ihr letztes Gespräch in seiner Erinnerung in Inverness. Sein Vorwurf, sie würde auch nur Theater spielen, hatte etwas in ihr ausgelöst, und so hatte sie sich immer öfter überlegt, ob er recht haben könnte. Ob es vielleicht besser war, wenn sie nicht mehr herumtingelte und das Risiko einging, bei einem einzigen Menschen zu bleiben.

»Du bist nicht freiwillig hier«, erwiderte er.

»Nein«, räumte sie ein. Ihr Tonfall war beinahe sarkastisch. »Und du hast mich nicht eingeladen.« Du hast dich nicht für *mich* entschieden. Das war kindisch und albern, und sie konnte gerade noch verhindern, dass sie es aussprach. Trotzdem stimmte es. Sie war ihm aufgezwungen worden, richtig? Ohne dass er etwas mitzureden gehabt hätte.

Sie beobachteten einander argwöhnisch, während die Worte zwischen ihnen hingen.

»Hattest du Kinder?«, erkundigte sie sich.

»Nein.«

»Wolltest du welche?«

»Keine Ahnung. Vielleicht.«

»Es geht doch nichts über eine klare Antwort.«

»Emery.« Er blickte sie eindringlich an. »Ich bin nicht derjenige, der seine Zukunft noch vor sich hat. Bei dir ist es in Ordnung, wenn du dir unsicher bist. Aber dass du deine Entscheidungen von etwas abhängig machst, was womöglich passieren könnte, kommt mir irgendwie albern vor ...«

»*Albern?* Es kommt dir *albern* vor?«

Der Flughafen schien zu erzittern. Es war ein Beben, bei dem die Menschen in der realen Welt wohl panisch die Flucht ergriffen hätten.

Er schwieg einen Moment. »So habe ich es nicht gemeint.«

»Doch, hast du. Sonst hättest du es nicht gesagt. Ich werde

dir verraten, was albern ist, Nick: Du, der du, wie du selbst zugegeben hast, hier festsitzt. Der einfach nur existiert, weil er nicht er selbst sein will und glaubt, dass er das nicht darf, denn er hat es nicht verdient …« Beim Anblick seiner starren Miene unterbrach sie sich abrupt. »Moment mal. Genau das ist es, richtig? Du glaubst, du hättest es verdient, hier zu sein.«

Ein neuerliches Zittern durchlief den Flughafen, und dichte Wolken senkten sich herab, hüllten alles ein. Zu beiden Seiten ragten hohe Backsteingebäude auf. Eine Seitengasse vielleicht? Ein Schrei erklang. Schmerzerfüllt. »Nein«, sagte Nick. Und im nächsten Moment waren sie wieder im grell erleuchteten Terminal.

»Was …« Emery drückte die Zunge gegen ihren trockenen Gaumen. »Was war das?«

»Nichts«, entgegnete er mit Nachdruck. »Gar nichts.«

»Nick?« Er antwortete nicht. Emery spürte, wie ein Schauder sie überlief. Zum ersten Mal sah sie ihn mit anderen Augen. Sie wusste nichts über ihn und hatte bis jetzt angenommen, dass er ein durch und durch guter Mensch war. Dass er hier war, um anderen zu helfen. Wie eine Art Engel. Aber woher nahm sie diese Gewissheit? Was, wenn es einen anderen Grund dafür gab?

»Also glaubst du, dass du es verdient hast, hier zu sein«, sagte sie leise. »Heißt das, du denkst, dass du bestraft wirst?«

Wieder erbebte der Flughafen, doch die kalte, dunkle Seitengasse kam nicht wieder.

»Ich kann nicht darüber reden.« Sein Tonfall war abwehrend, beinahe feindselig. Allerdings hatte Emery mehr als genug Erfahrung mit Schuldgefühlen und erkannte sie deshalb auf Anhieb, so gut er auch versuchen mochte, sie zu verbergen.

»Aber was …«

»Lass uns über etwas anderes reden, ja?« Er blickte auf sie herunter und zog die Brauen zusammen. »Oder wir reden gar nicht.« Sie betrachtete ihre Hände, die sich inzwischen wieder schärfer von einem dunstigen Hintergrund abhoben. Ihr Herz pochte, und sie wusste nicht, was sie tun oder denken sollte. Sie konnte noch nicht fort. Zuerst brauchte sie Antworten.

»Nächstes Mal«, versprach Nick, der wieder ihre Gedanken gelesen hatte. »Kehr zurück und feiere deinen Geburtstag. Rede mit deinem Freund. Lebe.« Es klang wie Befehle, kurz und knapp. Dann jedoch beugte er sich vor und küsste sie auf die Wange, behutsam, flüchtig, kaum mehr als ein Hauch. Und obwohl es Dinge gab, die sie nicht über ihn wusste und die vielleicht gute Gründe waren, ihm nicht zu trauen, spürte sie, wie ihr Körper auf ihn reagierte. Es war ein Knistern, das sie durchzuckte bis ins Mark. Sie ballte die Fäuste, um die Hände nicht nach ihm auszustrecken. Und allein diese Tatsache genügte, um neuerliche Schuldgefühle in ihr heraufzubeschwören. Sie dachte an den Mann in ihrem Leben in der realen Welt, zu dem sie zurückkehren würde. Denn wenn sie die Wahl gehabt hätte, wäre sie noch ein wenig länger hier bei Nick geblieben.

Seine letzten Worte hörten sich an, als wehten sie über einen Abgrund herüber. »Und, Emery?« Durch den Dunst konnte sie seine Augen ausmachen. »Nur, damit du es weißt: Wenn ich die Wahl hätte, würde ich mich auf jeden Fall für dich entscheiden.«

Kapitel 19

Als sie den Gartenweg zu dem Drei-Zimmer-Reihenhaus in Cambridge entlanggingen, warf Adam ihr immer wieder Seitenblicke zu. Ihr Dad hatte am Haus der Familie festgehalten, bis Emery ihm klipp und klar gesagt hatte, dass sie nicht zurückkommen würde. Erst dann war er in das kleinere, kostengünstigere Haus umgezogen, auf dessen Vortreppe sie nun standen. Emery läutete und seufzte, als Adam sie zum dritten Mal ansah.

»Was ist?«

»Nichts«, erwiderte er rasch. »Nur ... geht es dir gut? Frierst du vielleicht oder ...?«

»Mir geht es prima.« Genau genommen schwitzte sie sogar in ihrem dicken Mantel, weil sie den Weg vom Bahnhof hierher zu Fuß zurückgelegt hatten. Es war zwar schon November, aber die Sonne hatte noch ziemlich viel Kraft. Allerdings wusste sie, dass Adam nicht die Sorge umtrieb, dass sie frieren könnte – er hatte vielmehr Angst, ihr Herz könnte plötzlich wieder schlappmachen.

»Es ist nur ... du wirkst so angespannt.« Das Problem war nur, dass nicht sie es war, die Anspannung verbreitete, sondern er. Er zuckte zusammen, sobald sie stolperte, und war unterwegs bei jede Autohupe erschrocken, als rechne er permanent mit einem erneuten Anfall. Vermutlich konnte sie es ihm nicht zum Vorwurf machen, schließlich hatte er zum ersten Mal selbst einen miterlebt. Aber sosehr sie sich auch um Verständnis bemühte, wäre es ihr um einiges lieber gewesen, wenn er sie nicht pausenlos beobachtet hätte wie eine tickende Zeitbombe. Dieser Gedanke kam ihr ohne ihr Zutun in den

Sinn, und sie hörte wieder die Stimme ihrer Mum vor so vielen Jahren: *eine Zeitbombe, die jeden Moment hochgehen kann.*

Ihre Mum hatte ihr keine SMS geschickt. Es war Emerys dreißigster Geburtstag, doch sie hatte es offenbar vergessen. Emery versuchte, es sich nicht zu Herzen zu nehmen. Sich einzureden, dass es keine Rolle spielte. Es änderte ja nichts an ihrem – nicht vorhandenen – Verhältnis zueinander. Gesprochen hätte sie ohnehin nicht mit ihrer Mum. Und sie hätten auch nicht bei einem Mittagessen mit Champagner gefeiert. Trotzdem. Ein winziger Teil von ihr war gekränkt, weil sie eine der drei obligatorischen jährlichen Nachrichten nicht erhalten hatte. Sosehr sie auch stets beteuerte, wie wenig ihr daran gelegen war.

Inzwischen war sie so alt wie ihre Mutter damals bei ihrer Geburt. Mit nur fünfundzwanzig Jahren hatte sie Amber bekommen. Vielleicht war das ja der Grund, warum sie danach so entschlossen ihre berufliche Karriere verfolgt hatte. Natürlich waren das nur Spekulationen. Sie hatte ihre Mum nie gezielt danach gefragt. Wäre sie geblieben, hätten sie möglicherweise irgendwann darüber geredet. Emery vermutete, dass ihre Mum sie abgelehnt hatte: das zweite Kind, das gekommen war, als ihre Karriere so richtig Fahrt aufgenommen hatte.

Du warst derjenige, der ein zweites Kind wollte.

Ihr Dad hatte ein zweites Kind gewollt, nicht ihre Mum. Und damals hatten die beiden noch nicht einmal gewusst, dass dieses Kind nicht gesund sein würde.

Hör auf damit, Emery, schalt sie sich, während sie auf den Klingelknopf drückte.

Adam beobachtete sie noch immer mit Argusaugen. Sie legte ihm die Hand auf den Arm und rang sich ein Lächeln ab. »Wirklich, ich fühle mich gut. Und jetzt gehen wir rein und lassen uns zur Feier meines Geburtstags ein riesiges Mittagessen schmecken.«

Als ihr Dad die Tür öffnete, lächelte er, sodass auch seine

Augen strahlten. Inzwischen ging er auf die Siebzig zu, wirkte jedoch zufriedener als bei ihrer letzten Begegnung. Der Ruhestand tat ihm anscheinend gut. Sie wusste, dass er mit Leib und Seele Lehrer gewesen war, doch auch, wie sehr es ihn zum Schluss angestrengt hatte. Nun hatte er trotz des Winters wieder Farbe im Gesicht und schien besser in Form zu sein, als unternehme er tatsächlich die Spaziergänge, von denen er immer gesprochen hatte. Allerdings konnte er sein Alter nicht leugnen. Sein Haar, früher dunkel und lockig wie ihres, war nun grau und dünner, außerdem schlurfte er beim Gehen, weil sich eine Verletzung von früher stärker bemerkbar machte.

Er schloss Emery in die Arme. »Es ist so schön, dich zu sehen, Emery.« Sie erwiderte die Umarmung und versuchte, das schlechte Gewissen zu verdrängen, weil sie ihn nicht öfter besuchte. Er löste sich von ihr und musterte sie gewohnt prüfend. Mittlerweile hatte sie sich eigentlich daran gewöhnt. Nur heute fiel es ihr besonders auf, weil Adam dabei war und sie verhindern wollte, dass er den Eindruck bekam, dass sie ständig bewacht werden musste. »Wie geht es dir?«

»Ausgezeichnet.« Sie trat ein, schlüpfte aus ihrem Mantel und hängte ihn an den altmodischen Hutständer, den ihr Dad nach dem Umzug angeschafft hatte.

»Und das muss Adam sein!« Als Emery sich umdrehte, sah sie ihren Vater Adam zuzwinkern. Wie peinlich. »Endlich darf ich Sie kennenlernen.«

Lächelnd schüttelte Adam ihm die Hand. »Ich liege ihr schon seit Ewigkeiten damit in den Ohren.« Da war er wieder, der selbstbewusste, souveräne Adam, wie sie ihn kannte.

Emery verdrehte theatralisch die Augen. »Ja, ja, schon gut.« Man konnte ihr wohl kaum zum Vorwurf machen, dass sie diesen Antrittsbesuch vor sich hergeschoben hatte. Ihr Dad würde Adam die ganze Zeit beobachten, um festzustellen, ob er auch den Ansprüchen genügte und ob man ihm zutrauen konnte, auf sie aufzupassen. Außerdem verhehlte er nicht, wie froh er war, dass Emery endlich eine feste Beziehung hatte. Schließlich setzte er ihr schon seit Jahren deswegen zu. Hinzu kam, dass Adam ihren Dad unbedingt kennenlernen wollte und immer wieder drängte, es würde allmählich Zeit. Ihr fiel das Gespräch über Kinder von neulich Abend ein, doch sie verdrängte den Gedanken eilig. Es war sinnlos, sich jetzt den Kopf über den Grund zu zerbrechen, warum sie die Entscheidung hinauszögerte: So viel Verbindlichkeit durfte man schließlich nicht auf die leichte Schulter nehmen.

Aus dem Inneren des Hauses ertönte ein unverwechselbares lautes Lachen.

»Ist Helen schon hier?«, fragte Emery.

»In der Tat.«

»Gut. Ich bin nämlich am Verhungern.«

Sie gingen in die Küche, die recht klein war. Die Gäste hatten sich alle versammelt und lehnten sich gegen die Arbeitsfläche. Ihr Dad schob Helen zur Seite, um an den Herd heranzukommen, wo er sich bückte, um nach etwas zu sehen, während sie eine Proseccoflasche entkorkte und die Gläser herumreichte.

»Alles Gute zum Dreißigsten, mein Schatz! Ich fasse es nicht. Jetzt komme ich mir richtig alt vor.«

Emery verdrehte die Augen und schaute zu Amber hinüber, doch die starrte geistesabwesend auf die weißen Fliesen.

»Und Adam!«, fuhr Helen fort und ließ ihr Glas sinken, dessen Rand inzwischen Lippenstiftspuren zierten. »Ich kann es kaum erwarten, alles über Sie zu erfahren. Emery hat uns praktisch nichts verraten.«

Adam sah Emery vielsagend an, woraufhin sie Helen einen warnenden Blick zuwarf.

»Dann mal prost!« Robin hielt ihre Sektflöte mit Orangensaft hoch, und alle folgten ihrem Beispiel. Emerys Dad zog die Topfhandschuhe aus. »Wie ich euch alle beneide.« Robin schnitt eine Grimasse und nippte an ihrem Orangensaft.

»Und wie fühlst du dich?«, erkundigte sich Emery.

»Ach, na ja. Die ganze Zeit ist mir schlecht, außerdem behandeln mich einige meiner Studenten, als hätte ich die Pest.« Robin schüttelte kläglich den Kopf. »Ich wünschte, ich könnte einfach ein Ei legen und mich eine Weile draufsetzen, und damit wäre die Sache erledigt.«

Emery grinste, während Adam ein höflich-verständnisloses Lächeln aufsetzte. Amber trat neben Robin und tätschelte ihre Schulter, woraufhin Robin in einem stummen Dialog ihre Finger zwischen Ambers schob.

»So, aber jetzt alle raus aus der Küche.« Ihr Dad verscheuchte sie mit wedelnden Handbewegungen. »Als Vorspeise gibt es Bruschetta.«

»Wow, Dad«, verkündete Emery, bevor sie den anderen in den Wohn- und Essbereich folgte. »Du hast dich ja selbst übertroffen.«

»Tja, ich habe ja jetzt jede Menge Zeit, richtig? Ein armer, alter Rentner, ganz allein.«

Emery legte den Arm um ihn und drückte ihn an sich. Winzige Fältchen gruben sich in die Haut um seine Augen, als er sie anlächelte. Zum Glück hatte ihm niemand erzählt, dass sie neulich Abend wieder zusammengebrochen war. Sie hatte Bonnie das Versprechen abgenommen, den Mund zu halten. Und sie war die Einzige, die Kontakt zu ihrem Dad hatte. Amber und Robin waren bereits fort gewesen, weshalb sie auch nichts wussten. Emery konnte nur hoffen, dass Adam sich nicht verplapperte. Oder es etwa andeutete, indem er zum Beispiel, so wie jetzt, ständig auf das Glas in ihrer Hand starrte, als bedeute es eine Gefahr für sie. Herrje. Emery hatte noch nie darüber nachgedacht, wie es für einen neuen Menschen in ihrem Leben sein mochte, sich an diese Situation zu gewöhnen.

Ihr Dad hatte einen gewaltigen Heliumballon mit einer 30 aufgehängt, und auf dem hölzernen Esstisch prangte eine kleine 30 aus Silberfolie. Emery lachte. »Hattest du Angst, ich könnte vergessen, wie alt ich bin?«

Er tätschelte sanft ihren Kopf. »Man wird nur einmal dreißig.«

Alle nahmen Platz, während er die Vorspeise holte. Es war kein sehr großer Tisch, und es gab auch nur vier zusammenpassende Stühle. Hinter dem Tisch führte eine Terrassentür in einen kleinen Garten, den ihr Vater über den Sommer mit Robins tatkräftiger Unterstützung so wildtierfreundlich wie möglich hergerichtet hatte. An die Essecke grenzte ein Sitzbereich mit zwei um einen Fernseher gruppierten Sofas an. Ein weiteres Fenster ging hinaus auf die Straße.

Adam rückte ihr einen Stuhl zurecht, etwas, woran sie sich erst hatte gewöhnen müssen. Sie lächelte ihm zu. »Alles in Ordnung?«, raunte er.

Sie packte ihn an der Hand und zog ihn auf den Stuhl neben sich. »Mach dich locker, okay?«, flüsterte sie. Sofort zog er ein betretenes Gesicht. Prompt plagten sie Gewissensbisse. Sie musste ihm Zeit lassen, das war ihr klar. Sicher war es ein Schock gewesen, zum ersten Mal mitzuerleben, was mit ihr geschah. Aber ein weiterer Mensch, der sie behandelte wie ein rohes Ei, hatte ihr gerade noch gefehlt.

Helen, die am Ende des Tisches saß und ihren Blick bemerkt hatte, verzog nicht sehr diskret das Gesicht. *Männer*, formte sie lautlos mit den Lippen. Tja.

Hinzu kam, dass Adams Miene – insbesondere sein Schuldbewusstsein – sie an einen anderen Mann erinnerte.

Warum? Warum hatte Nick so bedrückt ausgesehen? Welchen Grund hatte er, sich schuldig zu fühlen? Was wollte er ihr verheimlichen?

Nein. Hör auf, Emery. Sie musste sich auf die Gegenwart konzentrieren. Auf Adam. Der lebte und deswegen wichtiger war.

Da Amber und Robin einander gegenübersaßen, konnte Emery beobachten, dass Robin Amber auf ganz ähnliche Weise im Auge behielt wie Adam sie, was sie stutzig machte. Hätte es nicht eigentlich umgekehrt sein sollen? Schließlich war es Robin, die schwanger war.

Ihr Dad kehrte mit zwei Platten zurück. Die Bruschetta mit Ziegenkäse duftete köstlich.

»Und wie war es gestern noch, nachdem wir gegangen sind?«, erkundigte sich Amber, während alle zugriffen. »Irgendwelche spannenden Vorkommnisse?«

Adam warf Emery einen Blick zu. »Äh ...«

»Bonnie hat eine Runde Schnaps zu viel bestellt«, antwortete Emery. »Aber alle hatten genug, deshalb hat sich die Fete irgendwann aufgelöst.« Was nicht ganz gelogen war. Schließlich hatte Bonnie die Runde tatsächlich geordert, und kurz darauf war die Party vorbei gewesen. Allerdings nicht wegen der Shots. Emery spürte Adams Blick auf sich und beschloss, ihn zu ignorieren.

»Und Bonnie hat niemanden gezwungen, noch in eine Karaokebar weiterzuziehen?«, hakte Robin nach.

»Nein, schließlich ist sie jetzt verheiratet, vernünftig und langweilig.«

»Hört, hört«, bemerkte Helen, die es nach drei Scheidungen aufgegeben hatte und sich ihres Lebens als Single erfreute. Behauptete sie wenigstens.

Wieder spürte Emery Adams Blick, in dem womöglich sogar der Hauch eines Tadels lag. Aber sie hatte es doch nur als Witz gemeint! Es sollte nicht heißen, dass sie verheiratete Menschen grundsätzlich für Langweiler hielt. Außerdem war es noch viel zu früh für sie beide, um an so etwas auch nur zu denken. Gewiss teilte er ihre Ansicht, oder? Obwohl: Er hatte das Thema Kinder erwähnt. Um sich abzulenken, trank sie einen großen Schluck Prosecco. Allmählich hatte sie den Verdacht, dass es ein Fehler gewesen sein könnte, Adam mitzubringen. Vielleicht hätte sie lügen und ihm diese Geburtstagsfeier mit ihrer Familie verschweigen sollen.

»Also, Adam«, begann ihr Dad, den Mund voller Bruschetta. »Emery hat erzählt, dass Sie im Vertrieb tätig sind?«

Adam setzte sich aufrecht hin, als mache er sich für ein Vorstellungsgespräch bereit. »Ja, das ist richtig.«

»Ich muss zugeben, dass ich nicht genau weiß, was das bedeutet. Wie ich annehme, verkauft man da Dinge?«

»Äh … ja, so ähnlich.« Diesmal gestattete sich Emery einen Blick in seine Richtung. Bei ihrer ersten Begegnung hatte sie ihm unverblümt erklärt, sein Job höre sich zum Gähnen langweilig an. Wahrscheinlich erinnerte er sich gerade daran.

»Und wie ist Ihre Firma als Arbeitgeber?«, fuhr ihr Dad fort. »Behandelt man Sie gut?«

»Ja, sie sind fantastisch und geben sich große Mühe mit den Mitarbeitern. Gerade stellen sie ein Fallschirmspringen für einen guten Zweck auf die Beine, an dem wir alle teilnehmen. Das wird sicher ein Riesenspaß.«

»Du bist bestimmt auch dabei, richtig?«, erkundigte Robin sich boshaft. »Aber Vorsicht: Ich musste nämlich kotzen.«

Amber lachte leise auf. »Musstest du nicht.«

Achselzuckend steckte Robin das letzte Stück Bruschetta in den Mund. »Doch, ich habe nur nicht ausgespuckt.«

Emerys Dad zuckte zusammen. Helen prustete, aber Amber brachte sie mit einer unwirschen Geste zum Schweigen.

Adam schien nicht sicher zu sein, ob er Robin glauben sollte. Nachdem er eine Weile sichtlich mit sich gerungen hatte, wandte er sich an Emery. »Es hat dir doch Spaß gemacht, oder, E.?«

Emery nickte heftig. »Es war sensationell.« Sie ignorierte Ambers Seitenblick; sie wollte sich die Erinnerung nicht von dem kaputt machen lassen, was danach passiert war.

»Irgendwelche Tipps?«, fragte Adam, schob seinen Teller weg und lehnte sich zurück.

»Lass die Finger davon?«, schlug Amber vor, was ihr einen sanften Tritt unterm Tisch von Robin einbrachte.

»Schau nicht nach unten?«, meinte Robin.

»Doch, du musst nach unten schauen«, protestierte Emery. »Das ist ja das Tollste daran. Ohne Adrenalin bringt es ja nichts.« Sie schüttelte den Kopf. »Es ist so cool, hoch oben in der Luft zu sein und zu wissen, dass man gleich springt. Ich weiß nicht, wie ich es erklären soll.«

»Nun.« Ihr Dad stand auf und begann, die Teller einzusammeln. »Ich glaube, wir sind uns alle einig, dass Fallschirmspringen vielleicht nicht die beste Idee war, die Emery je hatte.« Sein Tonfall war nachsichtig, aber auch so entschlossen genug, um dem Schwelgen in Erinnerungen ein jähes Ende zu bereiten. Emery reichte ihm ihren Teller, doch er sah ihr nicht in die Augen, sondern nahm ihn und ging damit in die Küche. Emery versuchte, den stummen Tadel nicht an sich heranzulassen. Allerdings hatte sie den Verdacht, dass er ihr dieses Spiel mit ihrem Leben niemals verzeihen würde. Und das zu allem Überfluss auch noch in Australien.

»Warum? Was ist passiert?« Adam senkte die Stimme.

»Nichts«, erwiderte Emery rasch. »Nicht so wichtig.«

Er runzelte die Stirn, doch Helen sprang Emery bei, als ihr Dad mit dem Hauptgang zurückkam – Emerys Lieblingsessen: Risotto mit Erbsen und Schinken. »Ich glaube, ich fahre nächste Woche zu dieser Studentendemo nach London. Es geht um den Protest gegen die Studiengebühren.«

Emery trank einen Schluck. »Hast du etwa vor, ein Studium anzufangen?«

Aber Robin nickte eifrig. »Du solltest auf jeden Fall hingehen! Die brauchen jede Unterstützung. Die geplanten Erhöhungen sind eine Frechheit. Ich zahle noch immer meinen Kredit ab. Deswegen entscheiden sich immer mehr Menschen gegen eine akademische Laufbahn, und es wird noch viel schlimmer werden. Wir brauchen diese neuen Studenten. Als ich letztens Sprechstunde hatte, hat Ellie, die Zoologie im dritten Semester studiert ...« Und schon war sie nicht mehr zu bremsen. Es war beruhigend, ihr zuzuhören, und außerdem brauchte niemand etwas zum Gespräch beizutragen. Das Risotto mit frisch geriebenem Parmesan wurde auf die Teller verteilt. Auf den Prosecco folgte ein Weißwein. Und irgendwann schwenkte der Monolog von den schändlichen Plänen der Regierung, die Studiengebühren zu erhöhen, zu Robins Forschungsgebiet und den Auswirkungen, die diese Erhöhungen auf den Vogelschutz, insbesondere den Schutz des neuseeländischen Kiwis, haben würde. Auch wenn Emery Mühe hatte, diesen Zusammenhang herzustellen.

»Ich wusste doch, dass du es irgendwie schaffen wirst, wieder auf dein Lieblingsthema zu kommen«, meinte Amber liebevoll und tätschelte Robin die Hand.

Nach dem Essen präsentierte ihr Dad den Kuchen in Form einer 30, den er eigens hatte backen lassen. Grinsend pustete Emery die Kerzen aus. »Jetzt hat es auch der Letzte kapiert, was, Dad?«

Erst nachdem der Kuchen verspeist war, räusperte sich Amber, als habe sie eine Ankündigung zu machen. Alle sahen sie an. »Ich habe mir etwas überlegt.« Sie wartete einen Moment. Emery griff nach ihrem Weinglas und bedeutete ihr, fortzufahren. »Ich hätte gern, dass wir uns alle mit Mum treffen. Vielleicht irgendwann nächste Woche?«

Die Reaktionen am Tisch sprachen Bände: Ihr Dad erstarrte. Helen stieß ein leises Keuchen aus. Emery spürte, wie sich ihr ganzer Körper verspannte. Adam blickte fragend von einem zum anderen. Und Robin nickte Amber aufmunternd zu.

Und in diesem bedeutungsvollen Schweigen spürte Emery die Last der Diskussionen, die sie im Laufe der Jahre geführt hatten. Fast hatte sie die Vorwürfe ihrer Schwester im Ohr, obwohl Amber sie niemals laut ausgesprochen hatte: Sie, Emery, war der Grund, warum Mum der Familie den Rücken gekehrt hatte.

»Was bringt dich denn auf diese Idee?«, erkundigte sie sich zögernd.

»Gar nichts. Sie war schon immer da.«

»Und warum fängst du dann ausgerechnet jetzt damit an?«

An meinem Geburtstag, hätte sie am liebsten hinzugefügt, doch das hätte geklungen, als wolle sie sich wichtigmachen.

»Ich würde mich einfach freuen, wenn wir alle zusammen wären.« Emery bemerkte, dass Amber Robin zunickte. Offenbar hatten die beiden im Vorfeld darüber gesprochen. Inzwischen schweifte Adams Blick ratlos zwischen Emery und Amber hin und her. Er wusste zwar, dass ihre Mum gegangen war, kannte aber die genauen Umstände nicht. Herrje. Sie hätte ihn wirklich nicht mitbringen sollen.

»*Ich* würde mich aber nicht freuen«, entgegnete Emery bemüht ruhig. Hilfesuchend sah sie zu Helen, die das Gesicht verzog.

»Ich weiß nicht, ob es richtig wäre, wenn ich mich einmische.« Emery hatte Mühe, sich ihre Verärgerung nicht anmerken zu lassen. Das war feige Drückebergerei, dabei mischte Helen sich sonst immer und überall ein. »Ich bezweifle ohnehin, dass Alice mich sehen will«, fügte Helen hinzu.

»Ich habe mit ihr geredet, und sie würde uns alle gerne sehen«, erwiderte Amber mit Nachdruck. »Wir können uns ja in einem Pub verabreden, das wäre …« *Neutrales Terrain*, dachte Emery. Doch das war es eigentlich nicht, was ihr sauer aufstieß.

»Du hast schon mit ihr geredet? Ohne uns vorher zu fragen?« *Mich?*

»Irgendwo musste ich ja anfangen.« Emery bemerkte, dass Amber trotzig das Kinn reckte und die Schultern straffte. Sie hätte ihre Schwester nicht für so starrsinnig gehalten.

»Aber warum?«

»Ich habe dir gesagt, warum.«

»Dad?« Emery wandte sich ihrem Vater zu, der stocksteif und mit zusammengepressten Lippen dasaß, ein klares Zeichen, dass ihm dieser Vorschlag ebenso wenig gefiel wie ihr.

Amber mochte ihrer Mum verziehen haben, doch Emery war sicher, dass zumindest ihr Dad das anders sah.

»Amber«, sagte er langsam, »natürlich solltest du dich mit deiner Mum treffen, wenn du das möchtest. Aber ich glaube nicht, dass eine ›Familienzusammenführung‹« – er beschrieb Anführungszeichen in der Luft – »eine gute Idee ist. Sie könnte sich sogar in die Ecke gedrängt fühlen.«

»Richtig«, stimmte Emery sofort zu. »Bestimmt würde sie es genau so empfinden.«

»Nicht, wenn wir sie nicht in die Ecke drängen.«

Emery erwiderte nichts darauf, war jedoch sicher, dass ihre Miene keinen Raum für Zweifel ließ: Es kam überhaupt nicht infrage, dass sie sich nach so vielen Jahren mit ihrer Mum auf ein freundschaftliches Bier zusammensetzte. Denn genau das schien Amber im Sinn zu haben.

Amber ließ den Blick noch einmal über die Runde schweifen und sprang unvermittelt auf, als der erhoffte Zuspruch ausblieb. Ihr Stuhl geriet ins Schwanken, fiel aber nicht um. »Also gut«, fauchte sie, wobei ihre Augen vor Zorn funkelten. »Das ist so ...« Anstatt den Satz zu beenden, stürmte sie aus dem Zimmer und die Treppe hinauf. Ihre Schritte hallten laut in der nachfolgenden Stille wider. Robin biss sich auf die Lippe, stand auf und folgte ihr mit einer erklärenden Geste auf die Treppe nach oben.

»Ich glaube, jetzt wäre mehr Wein angebracht«, verkündete Helen mit gespielter Fröhlichkeit.

»Stimmt.« Emerys Dad räusperte sich. »Außerdem habe ich noch eine Käseplatte.« Er und Helen verschwanden in der Küche, sodass Emery und Adam allein zurückblieben.

Emery massierte sich die Schläfen.

»Alles in Ordnung, Emery?«

Kurz schloss sie die Augen und zwang sich dann ihm zuliebe zu einem Lächeln. »Klar. Tut mir leid.« Sie nahm seine Hand und drückte sie. »Nur eines dieser Familiendramen. Sie kriegt sich schon wieder ein.« Allerdings war sie da nicht so sicher. Amber neigte nämlich sonst nicht dazu, so die Fassung zu verlieren. Sie schaute zur Treppe hinüber. Sollte sie ihr auch nachgehen? Aber damit würde sie es nur noch schlimmer machen. Oh Gott, sie wollte nur noch nach Hause.

Sie lockerte ihre Schultern. Eine halbe Stunde. Sie würde sich eine halbe Stunde Zeit geben und versuchen, sich wieder mit ihrer Schwester zu versöhnen. Und danach die Segel streichen.

Kapitel 20

VIER MONATE SPÄTER (MÄRZ 2009)

ALTER: 30

»Also ist alles in Ordnung?«, hakte Adam nach und blickte auf den Blutdruckmonitor, als könne er dort etwas anderes erkennen als die Ärztin. »Es geht ihr wirklich gut?«

Dr. Holden, eine Frau über fünfzig mit kurzem blondem Haar und einem herzförmigen Gesicht, lächelte Adam aufmunternd zu. Dieser stand, eine Hand auf der Lehne, dicht hinter Emerys Stuhl. »Für mich sieht alles normal aus. Nichts, worüber man sich Sorgen machen sollte.« Emery bewegte automatisch die Finger, nachdem sie ihr die Blutdruckmanschette abgenommen hatte. Als Kind und Jugendliche war sie bei ihren jährlichen Untersuchungen immer von derselben Kinderärztin betreut worden, die ihr erlaubt hatte, sie Jo zu nennen, und stets ein Lächeln und ein Zwinkern für sie übriggehabt hatte. Inzwischen jedoch war sie an die kardiologische Abteilung des Addenbrooke's Hospital in Cambridge überwiesen worden, wo die Ärzte ständig wechselten.

»Also gibt es keinen Grund, warum sie bald wieder einen Zusammenbruch haben sollte?«, hakte Adam nach. Emery registrierte seinen beinahe aggressiven Ton und blickte zu ihm auf. Er musterte Dr. Holden argwöhnisch, und seine Körperhaltung war steifer als gewöhnlich. Adam hatte heute darauf bestanden, sie zu dem Termin zu begleiten, obwohl Emery beteuert hatte, es handle sich nur um eine Routineuntersuchung.

»Nun ja«, erwiderte Dr. Holden und schaute kurz in Emerys Richtung. »Emerys Anfälle treten unregelmäßig auf. Das

Krankheitsbild wird zwar noch erforscht, aber bis jetzt konnten noch keine vorhersehbaren Muster herausgearbeitet werden.« Sie lächelte entschuldigend, woraufhin Emery die Achseln zuckte. Schließlich hatte sie das schon öfter gehört. »Irgendwann einmal wird es hoffentlich Medikamente zur Abschwächung der Symptome geben, aber das wird noch eine ganze Weile dauern, denn sie befinden sich momentan noch in der ersten Versuchsphase. Aktuell könnten wir nichts weiter tun, als die Herztätigkeit zu überwachen, um festzustellen, ob die Funktionsfähigkeit des Herzens nachgelassen hat oder sich sonstige besorgniserregende Befunde zeigen.« Sie drehte sich zu ihrem Computer um. »Sie sagten, der letzte Anfall sei vor vier Monaten gewesen?«

»Ja«, erwiderte Adam so schnell, dass Emery nicht zu Wort kam. Sie schluckte ihren Ärger hinunter.

»Und davor waren es zwei Jahre, richtig?«

Emery zögerte nur kurz, bevor sie es bestätigte. Sie spürte Adams eindringlichen Blick. Über das Auftreten ihrer Anfälle hatte sie bis jetzt nie mit ihm gesprochen, hatte sie als möglichst unwahrscheinlich darstellen wollen. Als kaum erwähnenswert. Nur ein wenig lästig eben. Da er nicht weiter nachgebohrt hatte, hatte sie geglaubt, damit durchgekommen zu sein.

»Also gut«, sagte Dr. Holden ruhig und tippte etwas in ihren Computer. »Dann machen wir jetzt erst einmal ein EKG und schauen danach weiter.« Sie wies auf die Liege am Ende des Raums, woraufhin Emery sich erhob. Dr. Holden warf Adam einen Blick zu. »Sie wissen ja, dass Sie den Oberkörper freimachen müssen, Emery. Möchte Ihr Freund also vielleicht kurz hinausgehen?«

Adam sah Emery an, die nach einem Moment den Kopf schüttelte. »Es ist okay, er kann bleiben.« Draußen vor der Tür würde er sich vermutlich nur noch mehr Sorgen machen. Sie hatte schon unzählige EKGs hinter sich, die niemals irgendwelche Unregelmäßigkeiten anzeigten – was den Ärzten zusätzlich Rätsel aufgab. Aber vielleicht war es ja gut für Adam, noch einmal das Wort »normal« zu hören.

Als sie sich auf das dünne blaue Laken legte, spürte sie, wie es unter ihr Falten schlug. Auf dieser Seite des Raums war der Geruch nach Desinfektionsmittel stärker, und obwohl sie wusste, dass die Liege nach jedem Patienten gereinigt wurde, hätte sie schwören können, dass ein Hauch von Schweiß in der Luft lag. Sie wartete ab, während Dr. Holden die Elektroden an Brust, Knöcheln und Handgelenken befestigte, und lächelte Adam aufmunternd zu. Als sie an das Gerät angeschlossen wurde, starrte er darauf, als misstraue er ihm zutiefst.

»Ich weiß, dass ich Ihnen nichts Neues erzähle, Emery«, sagte Dr. Holden, »aber es ist wichtig, dass sie während des EKGs ganz still daliegen, um eine genaue Aufzeichnung zu gewährleisten.« Emery nickte. In den nächsten Minuten sagten weder sie noch Adam ein Wort. Sie kannte die Untersuchung inzwischen und dachte sich nichts mehr dabei. Allerdings fühlte es sich durch Adams Anwesenheit anders an.

»Okay, fertig. Ich werfe nur einen raschen Blick auf den Befund. Aber soweit ich feststellen kann, gibt es keinen Grund zur Sorge.«

»Also fehlt ihr nichts? Nichts Erkennbares?«, fragte Adam, während Emery wieder in ihren Pulli schlüpfte.

»Nein, es sieht alles normal aus«, erwiderte Dr. Holden lächelnd. »Selbstverständlich heißt das nicht, dass es nicht wieder zu einem Anfall kommen kann. Allerdings ist es beruhigend, dass die Herzfunktion in Ordnung ist.«

»Und Sie können uns nicht sagen, wann genau es zum nächsten Anfall kommen wird?«

Wieder sah Dr. Holden Emery an, bevor sie antwortete. Wollte sie sie um Erlaubnis bitten? Oder war sie nicht sicher, ob Emery auch wirklich verstanden hatte, wie unberechenbar ihr Zustand war? Emery wandte den Blick ab, zog sich vollends an und strich umständlich ihr Haar glatt. »Ich fürchte nicht«, antwortete Dr. Holden und wies wieder auf den Stuhl vor ihrem Schreibtisch. »Also, Emery, lassen Sie uns zum Abschluss noch ein paar Dinge abklären, einverstanden?«

Adam schwieg während der restlichen Untersuchung. Doch Emery bemerkte, dass sein Blick immer wieder ruhelos umherschweifte. Sie sagte sich, dass sie nachsichtig mit ihm sein musste. Vielleicht hatte er ja noch nie zuvor einen Fuß in ein Krankenhaus gesetzt. Ihr Versäumnis. Sie nahm sich vor, mit ihm über dieses Thema zu sprechen. Eigentlich war es doch gut, dass er sich Sorgen um sie machte. Schließlich hieß das, dass sie ihm wichtig war, oder?

Allerdings war ihr nicht entgangen, dass er beinahe enttäuscht gewirkt hatte, als die Ärztin meinte, alles sei in Ordnung. Sie kannte diesen Gesichtsausdruck. Von ihren Eltern. In den ersten Jahren nach der Diagnose hatten sie sich beinahe einen Befund herbeigewünscht. Etwas Greifbares, das man behandeln konnte.

Emery lag auf dem Sofa, den Laptop auf die Oberschenkel gestützt und drei Kissen im Nacken. Sie hoffte, dass sie noch einige Stunden Zeit hatte, bis Beth, die junge Frau, mit der sie sich die Dreizimmerwohnung teilte, nach Hause kam. Sie hatte das schmutzige Geschirr vom Abendessen auf der Arbeitsfläche stehen gelassen und diese auch nicht abgewischt, und Beth war in diesen Dingen ziemlich streng. Sie war auch streng, was Lärm nach einundzwanzig Uhr (nach neun durfte man nicht einmal mehr fernsehen), die exakte Aufteilung des Platzes im Kühlschrank und den Duschplan anging. Zum Glück verbrachte sie den Großteil ihrer Zeit bei ihrem Freund, der am anderen Ende von London wohnte. Also fand Emery, dass sie mit ihrer Zweck-WG noch ziemliches Glück gehabt hatte.

Gerade scrollte sie sich durch Google, was derzeit ihre Lieblingsbeschäftigung darstellte. Sie hatte sich bemüht, ja, regelrecht angestrengt, in der Gegenwart zu bleiben und sich mit der realen Welt zu beschäftigen. Zum Beispiel, sich einen Job zu suchen, der ihr wirklich Spaß machte, und an ihrer Beziehung mit Adam zu arbeiten. Aber sie konnte nicht anders. Sie *musste* mehr über ihn erfahren. Leider stellte sich heraus, dass es eine ganze Reihe von Nick Reymores auf der Welt gab. Und keines der Fotos, das sie im Netz entdeckte, sah ihrem Nick auch nur im Entferntesten ähnlich. Eigentlich hatte sie gehofft, dass es leichter sein würde, etwas über ihn herauszufinden. Andererseits hatte es in den Siebzigern ja auch noch kein Facebook gegeben.

Es klopfte an der Tür. Emery zuckte zusammen, knallte den Laptopdeckel zu und sprang auf, um in die Küche zu hasten und zu tun, als wäre sie gerade mit dem Abwasch beschäftigt. Allerdings würde Beth doch nicht anklopfen, oder?

Sie ging zur Wohnungstür. Vermutlich war es Adam. Er hatte vorhin angerufen, um ihre Verabredung für den Abend abzusagen, weil er wegen eines unglaublich langweilig klingenden Meetings länger arbeiten musste. Aber vielleicht war er ja doch früher fertig geworden und wollte sie nun überraschen. Doch vor der Tür stand nicht Adam – sondern Amber.

Ihr Haar war feucht, und sie hatte die Hände in den Taschen ihres schwarzen Mantels vergraben. Emery sah sie verblüfft an. »Was machst du hier?« Amber lebte doch in Edinburgh. In Edinburgh! Was, um alles in der Welt, tat sie also an einem Mittwochabend auf Emerys Türschwelle?

Amber spähte über Emerys Schulter in die Wohnung, nahm die Hände aus den Taschen und strich sich das Haar aus dem Gesicht. »Bist du allein, kleine Em?«

»Äh, ja …«

Sie nickte und trat ein.

»Ambs, nicht, dass ich mich nicht riesig freuen würde, dich zu sehen, aber was um alles in der Welt tust du …?«

»Ich habe mir überlegt, wie ich es dir sagen soll.«

Emery schloss die Tür und drehte sich zu ihrer Schwester um. »Was willst du mir sagen?« Sie spürte das Pochen ihres Pulses am Handgelenk wie ein warnendes Trommelsignal.

Amber holte Luft, als müsse sie ihren Mut zusammennehmen, öffnete den Mund – und schwieg. Sie standen noch immer an der Wohnungstür. Im grellen Schein der Flurbeleuchtung wirkte Ambers Gesicht gelblich und fahl, und sie hatte dunkle Ringe unter den Augen. Aber es war ja noch nie ihre Art gewesen, die Spuren von Schlafmangel zu überschminken. Nun rang sie die Hände. In Emerys Magen krampfte sich etwas zusammen, sodass ihr ganz flau wurde.

»Amber«, begann sie bemüht ruhig und vernünftig. »Ist alles in Ordnung? Haben du und Robin …?« Das wäre eine Erklärung, warum sie hier war. Es musste etwas Schlimmes zwischen den beiden vorgefallen sein. Obwohl sich Emery eigentlich keine Situation vorstellen konnte, in der Robin Amber vor die Tür setzen würde. Amber schüttelte den Kopf. Emery atmete auf. »Komm, wir setzen uns.«

Amber folgte ihr in das kleine Wohnzimmer, nahm auf dem Sofa Platz, verschränkte die Hände auf dem Schoß und sah Emery an, die sich neben sie gesetzt hatte. »Mit Robin ist alles in Ordnung«, erwiderte sie. »Ihr geht es gut.« Trotzdem. Etwas an ihrem Tonfall stimmte nicht. Und dann war da noch immer der Umstand, dass sie aus heiterem Himmel hier aufgetaucht war.

Im nächsten Moment kam Emery ein anderer Gedanke. Sie schluckte. »Hat sie …? Ist das Baby …?« Der Geburtstermin war erst in einem Monat.

»Nein, dem Baby geht es auch gut.« Tränen traten Amber in die Augen. Doch als Emery den Arm um sie legen wollte, zuckte sie abrupt zurück. »Robin ist im Hotel geblieben, weil ich allein mit dir reden wollte. Ich dachte …« Mit einer ungelenken Bewegung strich sie sich erneut das Haar aus dem Gesicht. »Morgen fahren wir nach Cambridge.« Sie leckte sich über die Lippen. »Genau genommen werden wir nach Cambridge ziehen. Das haben wir letzte Woche entschieden.«

»Ihr kommt zurück? Jetzt?« Emery sah sie verständnislos an, doch Amber schwieg und holte wieder so tief Luft, als müsse sie Mut fassen. »Amber! Du machst mir Angst. Was ist denn los? Warum zieht ihr wieder nach Cambridge? Was ist passiert?«

Amber griff nach Emerys Hand. Mit einem Mal hatte Emery das Gefühl, am Rand einer Klippe zu balancieren. Fast schmeckte sie Metall auf ihrer Zunge, was immer geschah, kurz bevor sie starb. Bevor sie von der einen Welt in eine andere wechselte. Bevor sich alles veränderte. Beinahe wäre sie zurückgewichen, hätte den Kopf geschüttelt und Amber gebeten, es nicht auszusprechen, was immer es auch war.

Ambers Hände umklammerten Emerys. Sie waren feuchtkalt. »Ich habe Krebs, kleine Em.«

Im ersten Moment herrschte Stille. Nein, keine Stille, denn irgendwo ganz weit weg erklang ein leises Klingeln. »Nein«, stieß Emery hervor und schüttelte den Kopf. Ambers Griff um ihre Hände wurden fester. »Nein«, wiederholte sie.

»Doch«, flüsterte Amber. Als Emery Tränen in ihren Augen schimmern sah, drang die Wahrheit endlich zu ihr durch.

»Was ... Wann? Wie?«

»Eierstockkrebs«, erwiderte Amber, deren Tonfall forsch geworden war. »Ich weiß es seit etwa vier Monaten.«

»Seit vier Monaten? Amber, was soll das ...?« Emery holte tief Luft, nahm die schale Luft in der Wohnung wahr. Sie konnte es nicht glauben. Es fühlte sich absolut unwirklich an. »Warum hast du nicht schon früher etwas gesagt?«

»Es war kurz vor deinem Geburtstag, und ich ...«

Emery erinnerte sich, dass Amber mitgenommen gewirkt hatte. Auf ihrer Party und beim Familienessen. Und sie hatte mitbekommen, wie Robin sie kaum aus den Augen gelassen hatte. Emery schloss die Augen und spürte, wie die Welt um sie herum zu vibrieren begann. Krebs.

»Sie glauben, sie kriegen mich wieder hin«, fuhr Amber fort. »Das heißt, sie haben einen Behandlungsplan aufgestellt. Ich muss mich einer Chemotherapie unterziehen. Mit allen Schikanen, aber sie glauben …« Ihr Atem geriet leicht ins Stocken. »Die Chancen stehen gut, dass ich …« Ihre Stimme erstarb. Erst jetzt bemerkte Emery, dass sie schweigend dasaß, obwohl sie ihre Schwester doch hätte trösten sollen. Sie öffnete die Augen, zog Amber an sich und schlang die Arme um sie. Ambers warmer Honigduft stieg Emery in die Nase. Sie spürte, wie Amber ein Schauder durchlief.

»Es tut mir so leid«, flüsterte sie. Sie überlegte, was sie noch sagen könnte. Was denn nur? Es ging um ihre Schwester. Da mussten ihr doch die richtigen Worte einfallen. Aber es gab keine, nichts fühlte sich richtig an. Weil es nicht richtig war. Amber. Ihre große Schwester. Ihre gesunde Schwester.

»Ich wollte es dir schon länger erzählen.« Ambers Stimme klang gedämpft an Emerys Schulter. »Aber ich wusste nicht, wie. Robin und ich haben versucht, uns etwas zu überlegen, wie wir es am besten allen sagen können. Aber wann immer ich dich anrufen wollte, habe ich es einfach nicht geschafft. Am Ende hat Robin Zugfahrkarten für uns gekauft – und hier bin ich.«

Emery nickte. »Und ich bin auch hier, okay? Nicht nur jetzt, sondern immer, wenn du mich brauchst, okay? Wir stehen das zusammen durch.« Sie zögerte einen Moment, aber sie musste ihr die Frage stellen. »Weiß Dad es schon?«

»Noch nicht. Er ist der Nächste auf meiner Liste.« Amber machte sich los und wischte sich das Gesicht ab. Emery merkte ihr an, wie sehr sie um Beherrschung rang. Gewiss wollte sie nicht vor ihren Augen zusammenbrechen, schließlich war sie stets Emerys Stütze gewesen, nicht umgekehrt.

Emery biss sich auf die Lippe, als ihr noch ein Gedanke

kam. »Das ist der Grund, warum du dieses Familientreffen mit Mum wolltest, stimmt's? Du wolltest es uns allen gemeinsam eröffnen.«

»Ich wollte mir die Möglichkeit offenhalten. Keine Ahnung, ob ich es wirklich durchgezogen hätte.«

»Es tut mir leid.«

»Das braucht es nicht. Ich hätte es dir schon früher sagen sollen, nur …« Amber beendete den Satz nicht. Wusste sie nicht, wie sie es ausdrücken sollte? Hatte sie nicht gewollt, dass die Leute ein anderes Bild von ihr bekamen? Nicht gewollt, dass es real wurde, indem sie es laut aussprach? Diese Gründe konnte Emery nur allzu gut verstehen. Und deshalb hätte sie ihrer Schwester wegen ihrer Heimlichtuerei niemals Vorwürfe gemacht. Obwohl sie wünschte, sie hätte es früher erfahren. Um während der vergangenen Monate für sie da gewesen sein zu können.

Stattdessen zog sie Amber noch einmal an sich und versuchte, alle ihre Gefühle in diese Umarmung zu legen. »Alles wird gut, Amber«, murmelte sie. »Du wirst es schaffen, und alles wird gut.« Die Worte waren genauso an sie selbst gerichtet. Ihr blieb nichts anderes übrig, als von ganzem Herzen daran zu glauben. Denn über die Alternative wollte sie nicht einmal nachdenken.

Kapitel 21

Emery hatte Mittagspause. Sie saß in einem Café und rührte gedankenverloren in ihrem Milchkaffee herum, während sie auf Adam wartete. Sie war erst einmal in diesem Café in Marylebone gewesen, das näher bei ihrem Büro lag als bei seinem. Normalerweise trafen sie sich nicht zum Mittagessen, weil es meist zu hektisch war. Doch er hatte darauf bestanden, und ihr hatte die Energie gefehlt, ihm zu widersprechen. In den letzten Tagen, seit Amber ihr von ihrer Krebserkrankung erzählt hatte, machte Emery ein Wechselbad der Gefühle durch. Manchmal fühlte sie sich müde, wie benommen und von der kleinsten Kleinigkeit überfordert. Dann wieder strömte das Adrenalin durch ihre Adern, und sie hatte den Drang, etwas zu unternehmen: mehr Informationen über Eierstockkrebs aufzutreiben, Fahrten nach Cambridge zu planen, damit sie vor Ort sein konnte, wenn Robin das Baby bekam, um Amber zu entlasten, Rezepte für gesunde Mahlzeiten zu sammeln. Alles war ihr recht, wenn sie sich nur nützlich machen konnte.

Emery griff zu ihrem Handy: Adam war ein paar Minuten zu spät dran. Sie musste sich bremsen, um Amber nicht schon wieder eine Nachricht zu schicken. Am liebsten wäre sie ununterbrochen in Verbindung mit ihr gewesen, um zu erfahren, wie es ihr ging und ob sie etwas brauchte. Aber sie wollte sie nicht belästigen.

Die Tür ging auf, und sie sah zu, wie Adam den Blick durch den Raum schweifen ließ, wo Menschen über ihre Laptops gebeugt dasaßen oder in einer langen Schlange an der Theke warteten. Das Café war für seine Bagels berühmt.

Schließlich entdeckte er sie und steuerte raschen Schrittes auf ihren Tisch zu.

»Emery.« Er sprach ihren Namen aus, als wäre es das erste Mal. Fragend sah sie ihn an und versuchte, seinen Tonfall zu deuten. Das Geräusch der Kaffeemühle im Hintergrund schwoll an. Er schien zu zögern, ehe er sich vorbeugte und sie auf die Wange küsste. Überhaupt verhielt er sich seltsam förmlich. Außerdem stieg ihr Pfefferminzgeruch in die Nase, der offenbar den Gestank von Zigaretten überdecken sollte. Sehr sonderbar, denn er hatte behauptet, er habe kurz vor ihrem Kennenlernen mit dem Rauchen aufgehört. Sie hatte bislang auch nie Nikotingeruch an ihm wahrgenommen.

Seine Stuhlbeine scharrten auf dem Holzboden, als er sich gegenüber von ihr hinsetzte. »Wie geht es dir?«, erkundigte er sich in demselben förmlichen Ton. Oder bildete sie es sich nur ein? War sie es vielleicht, die sich seltsam benahm?

»Ich ...« Sie machte eine lahme Geste. Von Ambers Krankheit hatte sie ihm noch nichts erzählt, weil sie nicht die richtigen Worte fand. Eigentlich hatte er am Vorabend zu ihr kommen wollen, sie dann jedoch aus dem Büro angerufen und erklärt, er müsse wieder länger bleiben. Emery war froh darüber gewesen, da sie so nicht absagen musste. Sie wollte weder Theater spielen noch weinend vor ihm zusammenbrechen, denn wenn sie erst einmal damit anfinge, würde die Angst die Oberhand gewinnen, und dann gäbe es kein Halten mehr. Im Moment wendete sie ihre gesamte Kraft dafür auf, sich einzureden, dass alles gut gehen würde. Es würde nichts passieren, denn statistisch standen die Chancen, Eierstockkrebs zu überleben, höher als die für das Gegenteil. Alles würde gut werden, weil Amber zäh war und es überstehen würde. Es würde gut gehen, weil all das gar nicht wirklich geschah. Und es geschah nicht wirklich, weil Amber ihre große Schwester war und großen Schwestern so etwas einfach nicht passierte.

»Okay«, brachte sie nur heraus, weil Adam offenbar eine

Antwort erwartete. »Nur müde ... ich habe letzte Nacht schlecht geschlafen.« Das stimmte. Sie konnte schon seit einigen Tagen nicht mehr richtig schlafen, weil jedes Mal, wenn sie die Augen schloss, Wellen der Angst über sie hereinbrachen. Gestern hatte sie sich krankgemeldet, sich heute aber ins Büro geschleppt. Warum klammerte sie sich eigentlich an diesen dämlichen Job? Er langweilte sie entsetzlich, und außerdem war sie sicher, dass die Werbebranche nicht das Richtige für sie war. Was machte sie nur aus ihrem Leben?

»Und wie geht es dir?« Sie musste sich zwingen, ein normales Gespräch zu führen.

»Ja, ich ...« Er verstummte und fuhr sich mit der Hand durchs Haar. »Hör zu, Emery ...« Also doch. Sein Tonfall war eindeutig seltsam. Sie suchte in seinem Gesicht nach Hinweisen. Doch seine Züge waren unverändert: dasselbe spitze Kinn, glatt rasiert, dieselbe schmale Oberlippe. »Ich habe nachgedacht, und ich ...« Er räusperte sich. Dann blickte er sich um und senkte kaum merklich die Stimme. »Ich bin nicht sicher, ob das hier klappen wird.« Dieser förmliche Tonfall. Benutzte er den auch in seinen geschäftlichen Meetings?, fragte sie sich.

Nun sah er sie an. Offenbar erwartete er eine Reaktion. »*Das hier?*« Im nächsten Moment dämmerte es ihr. »Ah, du meinst uns.« Er zuckte zusammen und nickte dann. »Ah«, sagte sie noch einmal, doch auch jetzt fühlte es sich surreal an. Wieder ratterte die Kaffeemühle. Am Nachbartisch wurde laut gelacht.

»Es tut mir sehr leid.« Sie nickte reflexartig. Es tat ihm also leid. Natürlich tat es ihm leid. Er streckte die Hand aus, und als sie auf die Tischplatte blickte, stellte sie fest, dass er sie auf ihre gelegt hatte. Sie war zu heiß. Am liebsten hätte sie ihre Hand weggezogen, doch das hätte sich wahrscheinlich nicht gehört. »Ich mag dich wirklich, E. Sehr sogar. Und ich glaube ...« Er schüttelte den Kopf. Es gelang ihm ziemlich gut, den

Verzweifelten zu mimen. »Wenn die Dinge anders lägen, hätten wir es bestimmt gut hingekriegt.«

Sie sah ihn verständnislos an. Seine Worte brauchten viel zu lange, um sie zu erreichen. Und sie wartete noch immer auf den Todesstoß. Darauf, dass Trauer oder Zorn auf sie einstürmten. »Wenn *was* anders läge?«

»Nein, tut mir leid, ich meinte nicht … Ich glaube nur, dass wir in verschiedene Richtungen wollen.« Woher wollte er das wissen? In welche Richtung wollte *sie* denn? Im Moment hatte sie doch selbst keine Ahnung. »Ich weiß, wie dämlich das klingt«, fuhr er fort, »aber ich habe ziemlich klare Vorstellungen von dem, was ich vom Leben erwarte.« Inzwischen klang er wieder selbstbewusster. Sein Tonfall erinnerte sie an den Tag, als er sie um ein Date gebeten und hinzugefügt hatte, sie begehe einen großen Fehler, wenn sie ablehnen würde. »Außerdem bin ich inzwischen dreiunddreißig und muss … Ich meine, ich möchte mit jemandem zusammen sein, der dieselben Zukunftspläne hat wie ich, verstehst du?«

Nein, auch jetzt nicht. Sie entzog ihm ihre Hand. »Nicht wirklich.«

Er nahm eine Serviette und begann, sie zu zerpflücken. »Du weißt schon, in deinem … äh … Zustand …« Sie starrte ihn an. »Und außerdem«, fügte er rasch hinzu, »warst du selbst nicht sicher, ob du Kinder willst. Richtig? Ich will nicht, dass es zwischen uns aus ist, wirklich nicht. Aber seit einigen Monaten denke ich ständig daran. Und ich glaube, wenn wir noch ein oder zwei Jahre so weitermachen, tut es nur noch mehr weh.«

»Liegt es daran, dass ich kein ernsthaftes Gespräch über Kinder führen wollte?« Sie hatte das Gefühl, immer einen Schritt hinter ihm herzuhinken. Hatte sie tatsächlich gesagt, dass sie keine Kinder wollte? Außerdem war sie doch sicher noch nicht alt genug, um so etwas abschließend zu entscheiden. Oder? War sie vielleicht alt genug geworden, ohne es zu bemerken? Aber es spielte keine Rolle. Genau das war der springende Punkt. Sie gab sich Mühe, aber all das schien nicht mehr wichtig zu sein. Denn verglichen *damit* war gar nichts mehr wichtig. Amber hatte Krebs. Sonst zählte nichts.

Sie hätte es Adam sagen können. Vielleicht würde er dann nicht mit ihr Schluss machen. Vielleicht würde er beteuern, es täte ihm leid, und versuchen, sie zu trösten.

»Ich hoffe, du verstehst mich.« Inzwischen hatte er die Serviette vollständig zerlegt. Sie betrachtete die Fetzen und dann ihn. Etwas passte hier nicht zusammen. Auch wenn ihr Verstand gerade etwas verlangsamt war, war sie sicher, dass er ihr nicht alles gesagt hatte. Die Tatsache, dass er ihr nicht in die Augen schauen konnte, verriet es deutlich. Auch jetzt nicht, nachdem er mit der Sprache herausgerückt war.

Ihr Zustand, hatte er gesagt. Und dass er in den *letzten Monaten* darüber nachgedacht habe. Allmählich wurde ihr der Zusammenhang klar: Er wollte nicht mit ihr zusammen sein, weil sie jeden Moment tot umfallen konnte.

»Emery?« Seine Stimme klang zögernd.

»Nein, ich verstehe schon.« Ihre Stimme klang heiser, als hätte sie geschrien. »Es wäre sowieso unfair, Kinder kriegen zu wollen.«

Er lächelte mitfühlend, widersprach ihr aber nicht. Und da war er, der wahre Grund, warum er sich von ihr trennte: Man konnte sich nicht darauf verlassen, dass sie am Leben bleiben würde. Sie war eine Wackelkandidatin, mit der man nicht seine Zukunft planen konnte. Und wer wollte ihm daraus einen Vorwurf machen?

Sie war dankbar, dass sie sich noch immer wie betäubt fühlte, als sie aufstand. Adam sah sie fragend an. »Was tust du?«

»Ich gehe.«

»Aber …« Warum versuchte er, sie zurückzuhalten? Was wollte er noch von ihr?

»Schon gut, Adam. Ich habe verstanden. Wirklich.« Wie

dumm von ihr, zu glauben, dass sie eine ganz normale Beziehung führen konnte. Eigentlich war es nur eine Frage der Zeit, bis ein Mann begriff, was passieren konnte, und Reißaus nahm.

Sie verließ das Café, ohne sich noch einmal umzuschauen, und trat in die kalte Märzluft hinaus. Ohne darüber nachzudenken, zog sie ihr Handy heraus, scrollte beim Gehen durch die Kontakte und wählte.

»Es tut mir leid«, waren Colins erste Worte, als er sich meldete.

Seine Stimme durchdrang ihre Benommenheit, und sie spürte, wie ein Schluchzen in ihrer Kehle aufstieg.

»Oh, Em. Ich hätte anrufen sollen. Aber ich war nicht sicher, ob du mit mir reden willst. Mein Gott, es tut mir so leid. Ich bin für dich da, okay? Ich komme sofort zu dir.«

»Ich muss zurück ins Büro«, erwiderte Emery mit tränenerstickter Stimme.

»Vergiss das Büro. Fahr nach Hause. Wir treffen uns dort. Ich brauche etwa eine Stunde, in Ordnung?«

Er brauchte exakt zweiundfünfzig Minuten. Ihre Augen waren verquollen, und bestimmt war ihr Gesicht fleckig und gerötet, als sie ihm die Tür öffnete. Bestürzung zeichnete sich auf seinen Zügen ab. Wortlos zog er sie in seine Arme, und sie vergrub schluchzend das Gesicht an seiner Brust. Es war so selbstverständlich, von ihm umarmt zu werden, so tröstlich. Er war der Einzige, den sie jetzt um sich haben wollte. Der Einzige, auf den sie sich verlassen konnte, wenn sie keine Kraft mehr hatte.

Na ja, beinahe. So schrecklich dieser Gedanke auch war, ertappte sie sich bei dem Wunsch, dass etwas passieren würde. Etwas, das sie erschreckte oder ihr Schmerz zufügte, ganz gleich, was es war. Denn eigentlich wollte sie nicht hier sein. Sondern *dort*. Weit weg von der Wirklichkeit. Wollte so tun, als passierte all das eigentlich gar nicht.

Und obwohl Colin, der liebe, gute, wundervolle Colin, sofort an ihre Seite geeilt war, war es in Wahrheit Nick, den sie sehen und mit dem sie reden wollte.

Wenn ich die Wahl hätte, würde ich mich auf jeden Fall für dich entscheiden.

»Es tut mir so leid, Emery«, sagte Colin und streichelte ihren Rücken. Er versprach ihr nicht, dass alles gut werden würde. Er machte überhaupt keine Versprechungen. Obwohl sie es sich so sehr wünschte. Vielleicht würde sie ihm ja glauben, wenn er beteuerte, alles käme wieder in Ordnung. »Kann ich irgendetwas tun?«

Reflexartig schüttelte sie den Kopf, hielt jedoch inne und löste sich von ihm, um ihn ansehen zu können. Er war Journalist. Die Erkenntnis traf sie mit voller Wucht. Wie vom Donner gerührt starrte sie ihn an, während sich ihr Atem allmählich beruhigte.

»Emery?«

Sie wischte sich mit dem Ärmel die tränennassen Wangen ab. »Ja, du könntest etwas für mich tun.«

Er nickte. »Was immer du willst.«

»Du musst mir helfen, Nachforschungen über jemanden anzustellen.« Sie holte tief Luft. »Ich muss herausfinden, wer er wirklich war.«

Kapitel 22

DREI JAHRE SPÄTER (AUGUST 2012)

ALTER: 33

Wird deine Schwester also wieder gesund?«
Emery schaute zu Nick hinüber, der am Küchentresen lehnte. Ihrem Küchentresen. Dem, an den sie sich noch aus ihrer Kindheit erinnerte. Es war seltsam, Nick dort zu sehen. Beinahe ebenso seltsam, wie selbst wieder hier, in ihrem Elternhaus, zu sein. Es war eine Erinnerung aus der Zeit, bevor ihre Mum sie verlassen hatte. Ein Abend, der eigentlich hätte bedeutungslos sein sollen, sich ihr aber dennoch unauslöschlich eingeprägt hatte. Sie saßen zu viert beim Abendessen, eine der Gelegenheiten, bei denen ihre Mum und ihr Dad sich vertragen hatten. Ihr Dad hatte ein Rezept aus einem neuen Kochbuch nachkochen wollen, mit dem Ergebnis, dass der Reis am Topfboden angebrannt war. Ihre Mum war ausnahmsweise früh aus der Kanzlei nach Hause gekommen und hatte etwas beim Lieferservice bestellt. Der Geruch nach Curry lag noch in der Luft. Die leeren Behälter standen hinter Nick auf dem Küchentresen.

»Sie ist in Remission. Das ist gut, wie man mir ständig versichert.« Nick nahm das zur Kenntnis und ließ den Blick durch die Küche schweifen, über die Terracottafliesen und die Kühlschranktür, die nicht nur von unzähligen Magneten geziert wurde, sondern auch von einem Foto, das Amber und Emery zeigte: Emery mit einem Grinsen über beide Backen, beide Mädchen mit Eiswaffeln in der Hand. Einen kurzen Moment malte sie sich aus, Nick wäre im wirklichen Leben in dieser Küche: dass er am Leben und ihre Mum nicht gegangen wäre. Sie hätten sich alle um den runden Holztisch versammelt, wo sie jetzt saß. Nick betreibe eifrig Small Talk, vielleicht um ihre Eltern zu beeindrucken. Amber würde sich ins Gespräch einschalten, sobald es unbehaglich zu werden drohte. Das Wissen, dass das niemals möglich sein würde, versetzte ihr einen Stich.

Nicks Blick richtete sich wieder auf Emery. Der Ausdruck in seinen graugrünen Augen war durchdringend, ja, beinahe abschätzend. »Und wie geht es dir?«

»Ich bin ...« Sie beendete den Satz nicht, da ihr das Wort »okay« noch schwerer über die Lippen kam als sonst. Bei ihm hatte sie größere Hemmungen als bei anderen, die Dinge zu beschönigen. Als sie den Kopf schüttelte, spürte sie, wie die Locken ihr über den Rücken streiften. Sie trug ihr Haar so lang wie schon seit Jahren nicht mehr. »Keine Ahnung«, gestand sie. »Ich komme eben irgendwie klar.« Und das stimmte auch. Ja, gut, sie hatte ihr Leben mehr oder weniger auf Eis gelegt, um abzuwarten, wie es mit Amber weitergehen würde. Und es mochte nicht die optimale Entscheidung gewesen sein, wieder nach Cambridge zu ziehen. Doch so war sie in Ambers Nähe, konnte ihr bei der Betreuung ihrer Nichte helfen und Amber zum Arzt fahren, wenn Robin keine Zeit hatte. Daran hätte sie auch nichts ändern wollen. Und nun fühlte Amber sich besser. Die Ärzte schienen zufrieden und voller Zuversicht, dass sie es überstanden hatte. Also stand die Frage, was sie als Nächstes tun sollte, ganz oben auf Emerys Liste. Denn sie hatte nicht die geringste Lust, länger als unbedingt nötig in dieser Boutique zu arbeiten. Vor allem, weil sie in den letzten vierzehn Tagen zweimal ermahnt worden war, sie lächle die Kundschaft nicht freundlich genug an.

Nick kam zu ihr herüber. Ihr Blick wanderte die Konturen seines Gesichts entlang: den markanten Kiefer und die leicht asymmetrische Nase, die hauchfeinen Fältchen rings um die Augen, die man nur bemerkte, wenn man ganz genau hinsah.

Und als diese Augen sich nun auf sie richteten, konnte sie sich nicht abwenden. Sie spürte, wie etwas beinahe schmerzhaft in ihrer Kehle aufstieg.

»Ich wollte zu dir«, flüsterte sie. Sein Blick blieb fest, doch ein sonderbarer Ausdruck huschte über seine Züge, und seine Lippen verzogen sich, fast als täte es ihm weh, wenn auch nur für einen Sekundenbruchteil. Schon im nächsten Moment war seine Miene wieder gelassen. Emery schluckte. »Als ich das mit Amber erfahren habe, wollte ich zu dir. Ich wollte es dir erzählen. Aber ich konnte nicht.«

Nick schien nach ihrer Hand greifen zu wollen, als sei es die alltäglichste Geste der Welt. Dann jedoch zögerte er, und Emery dachte schon, er würde seine Hand wieder zurückziehen. Doch er tat es nicht. Ohne nachzudenken, schob sie ihre eigene Hand vorwärts und flocht die Finger in seine. Und sie spürte, wie die Berührung sie beruhigte.

Er schaute zwischen ihren verschränkten Händen und Emerys Gesicht hin und her. Sie stellte fest, dass sein Blick über ihre Züge glitt, so wie ihrer vorhin über seine. Wie er sich jede Einzelheit einprägte. Funken sprühten auf ihrer Haut, wo immer sein Blick sie streifte. Und als er ihr wieder in die Augen sah, fing ihr Herz an zu pochen. »Ich wäre gern für dich da gewesen.« Obwohl er leise sprach, schwang etwas in seinem heiseren Flüstern mit. Etwas, das dazu führte, dass sich ihr Innerstes zusammenzog.

Sanft drückte sie seine Hand und spürte den Puls an seinem Handgelenk. »Jetzt bist du ja hier.« Eine Weile saßen sie einfach nur da, am alten Küchentisch ihrer Eltern, die Finger ineinander verschlungen, als wären sie die einzigen Menschen auf der ganzen Welt. Doch es schwebte zwischen ihnen, dass nicht er zu ihr gekommen war, sondern sie zu ihm. Und dass es, obwohl sie jetzt hier war, nur vorübergehend sein konnte.

Nick entzog ihr seine Hand. Emery lockerte die Finger und wünschte, er hätte nicht losgelassen. »Wie läuft es mit deinem

Freund?«, erkundigte er sich. Obwohl er in normaler Lautstärke gesprochen hatte, schien seine Stimme in der kleinen Küche widerzuhallen.

Emery sah ihn fragend an. »Mit wem? Ich bin nicht … Ach, Adam.« Sie schüttelte den Kopf. »Der ist schon lange Vergangenheit.«

»Oh.« Die nachfolgende Pause war einen Sekundenbruchteil zu lang, um beiläufig zu sein. »Das tut mir leid.«

Sie zuckte die Achseln. »Schwamm drüber.« Seitdem hatte sie sich mit niemandem mehr verabredet. Sie wollte für ihre Schwester da sein und war nicht in der richtigen Stimmung für Dates. Außerdem: War es nicht ohnehin sinnlos? Sie hatte es mit einer festen Beziehung versucht und wieder einmal die Bestätigung erhalten, dass das nichts für sie war. Sie war nun einmal eine Wackelkandidatin, wie Adam ihr unmissverständlich klargemacht hatte.

»Emery, fehlt dir etwas?«

Ihr wurde klar, dass sie finster auf ihre im Schoß zusammengekrampften Hände gestarrt hatte, und hob den Kopf. Sie konnte kaum fassen, dass er wirklich da war. Endlich. So lange hatte sie ihn sehen, mit ihm sprechen, hierherkommen wollen. In all dem Durcheinander und der Belastung der letzten beiden Jahre hatte sie sich nach einem Moment allein mit ihm gesehnt. Einem Moment, in dem sie nicht für ihre Familie die Starke spielen musste, sondern mit jemandem sprechen konnte, der voll und ganz verstand, was es bedeutete, in ihrem Körper zu stecken. Mit dem einzigen Menschen auf der Welt, mit dem sie dieses Geheimnis teilte. Und nun war er hier. Zwei Jahre zu spät.

»Emery?«

»Entschuldige. Ja, alles okay.« Dass sie ihn nicht sehen konnte, hatte sie nicht daran gehindert, nachzuforschen. Und dabei hatte sie einiges herausgefunden, was ihr nun schon seit einer Weile auf den Nägeln brannte: Informationen, auf die sie und Colin gestoßen waren. Dinge, nach denen sie ihn unbedingt fragen wollte. Also holte sie tief Luft und straffte die Schultern. »Nick, wer ist Lisa?«

Der Name verfehlte seine Wirkung nicht. Nick erstarrte. In seinem Gesicht regte sich kein Muskel. So, als hätte jemand die Gefrierautomatik eingeschaltet. »Was weißt du über Lisa?«

Offen gestanden wusste sie frustrierend wenig. Allerdings hatte Colin mithilfe des Namens, des Geburtsorts und des Todesdatums – der Abend, an dem Margaret Thatcher die Wahl gewonnen hatte – in Erfahrung gebracht, wer Nick war. Oder, genauer gesagt, gewesen war. Mit achtzehn war er von Inverness nach Oxford gezogen, um dort zu studieren. Soweit sie hatten feststellen können, war er anschließend in der Stadt geblieben, auch wenn es schwierig war, Einzelheiten über das Leben eines Menschen herauszufinden, wenn man nur auf Archive zurückgreifen konnte. Mit Anfang zwanzig hatte er seine Mutter verloren, und sonst schien es keine Angehörigen zu geben, die man hätte aufspüren und befragen können. Allerdings waren sie auf eine kurze Ankündigung in der *Oxford Times* gestoßen. Es ging darin um zwei Menschen, die gerade ihr Studium in Oxford abgeschlossen hatten: Nick Reymore und Lisa Hartington.

Emery setzte sich gerader hin. »Du warst verlobt, richtig?«

In dem Artikel war es mehr um Lisa als um Nick gegangen. Lisa war zwei Jahre jünger als Nick gewesen und hatte aus einer Familie von Oxford-Absolventen über viele Generationen gestammt. Ihre Familie hatte großzügig an die Universität gespendet, und der Artikel listete einige karitative Organisationen in Oxford auf, die von den Harringtons unterstützt wurden. Es gab sogar ein Foto: Nick, den Arm um Lisa gelegt. Er war jünger, als Emery ihn kennengelernt hatte, allerdings nicht viel, schätzungsweise Ende zwanzig, und grinste breit, beinahe keck, in die Kamera, so als wisse er genau, welchen Platz die Welt für ihn bereithielt. Ohne zu ahnen, dass er bald tot sein würde, für immer gefangen in einer Art Zwischenwelt. Nur in seinen Augen spiegelte sich ein kaum merklicher Anflug von Trauer. Obwohl Emery nicht sicher war, ob sie sich das nur einbildete, denn wenn sie das Foto lange genug betrachtete, verlor sie jegliches Gefühl für Perspektive. Lisa war mitten im Lachen fotografiert worden. Sie hatte den Kopf leicht in den Nacken gelegt, und ihr langes Haar – möglicherweise blond, auch wenn das bei einem Schwarz-Weiß-Foto nur schwer zu erkennen war – wirkte vom Wind zerzaust. Sie war ziemlich klein und reichte Nick selbst mit Absätzen nur bis an die Brust. Außerdem strahlte sie ein Selbstbewusstsein aus, wie man es nur bei wenigen Menschen fand.

Nick schloss die Augen, wobei Emery den schmerzlichen Ausdruck in seinen Zügen bemerkte. Sie spürte ein hässliches Gefühl in ihrem Innern – etwas, das sie sich nicht eingestehen wollte und am liebsten vor sich geleugnet oder gar nicht erst empfunden hätte. Aber sie konnte es nicht abstreiten: Es war Eifersucht. Das war unfair von ihr und ganz und gar falsch, doch sie war machtlos dagegen.

Als er die Augen öffnete, bemerkte sie ein stählernes Funkeln in dem Grau. Sein Ton war eisig. »Du musst aufhören, Nachforschungen über mich anzustellen.«

Sie bemühte sich, sich seine Bemerkung nicht zu Herzen zu nehmen. »Warum? Vielleicht ist es ja hilfreich.« Wem genau es helfen würde, ließ sie unausgesprochen. Denn offen gestanden wusste sie es auch nicht.

»Ist es nicht.«

»Was macht dich da so sicher?«

Ein Beben ergriff ihre Umgebung, und die Küche ihrer Kindheit verschwamm. Für eine Sekunde waren sie in einer Seitengasse. Ein säuerlicher Geruch, nach verdorbenen Lebensmitteln vielleicht, überdeckte den Duft des noch warmen Essens vom Lieferservice. Die Luft wurde kalt. Das war die Erinnerung, auf die sie beim letzten Mal einen Blick hatte erhaschen können. Die Erinnerung, die er ihr zeigen wollte. Nur, dass da diesmal noch mehr war: Der Lärm einer nahe gelegenen Straße schwoll an. Das Gellen einer Autohupe brach sich am Nachthimmel. Es war so feuchtkalt, dass Emery die Arme um den Oberkörper schlang. Sie drehte sich um die eigene Achse und sah rings um sich herum hohe Gebäude und Mülltonnen neben Hintertüren, die zu Restaurants gehören könnten.

»Nein.« Nicks Stimme war leise, beinahe flehend. Etwas in Emery krampfte sich zusammen. Als sie ihn ansah, war er taumelnd einen Schritt zurückgewichen und schüttelte den Kopf. Er war so kreidebleich geworden, dass sich sein Gesicht hell vom Nachthimmel über der unbeleuchteten Gasse abhob.

Im nächsten Moment ließ ein Echo die Erinnerung erzittern. Ein Knall. Etwas – oder jemand – prallte auf Metall. Das Geräusch war weit entfernt und wurde vom Brausen des Verkehrs überdeckt. Dann eine Frauenstimme. Sie bettelte.

Nick, bitte nicht.

»Nein!« Das war Nicks Stimme, lauter als die der Frau. Er packte Emery am Handgelenk, als wolle er sie aus der Gasse zerren.

Die Erinnerung verblasste, und die Küche schien sich allmählich wieder zu materialisieren. Emerys Mund war trocken. Inzwischen standen sie beide in der Mitte des Raums. Nick war noch immer sehr blass.

»Nick, was war …?« Zitternd holte sie Luft. *Nick, bitte nicht.* »War das Lisa?« Ihre Stimme hörte sich seltsam hohl an.

»Lass die Vergangenheit ruhen, Emery.« Er wandte sich ab, kehrte ihr den Rücken zu und schaute aus dem Küchenfenster hinaus in den Garten ihrer Kindheit, wo noch die Schaukeln hingen.

Emerys Kopf fühlte sich wattig an. Sie war benommen und konnte nicht mehr klar denken. Was hatte sie da gerade gesehen? »Bitte, Nick. Bitte erklär mir …«

»Nein.« Er stieß das Wort so erbittert hervor, dass sie zusammenzuckte. Einen Moment standen sie schweigend da. Sie spürte, wie das Herz in ihrem Brustkorb pochte. Wie lange noch? Sicher würde sie bald wieder zurückgeschickt werden. Er blickte sich zu ihr um und verzog das Gesicht. »Entschuldige.« Sein Tonfall war nun nicht mehr so kalt, allerdings noch weit entfernt von seinem üblichen beruhigenden Murmeln.

»Was verschweigst du mir?«, flüsterte sie. Statt einer Antwort drehte er sich wieder zum Fenster um. Sie trat auf ihn zu und legte ihm die Hand auf die Schulter, löste sie jedoch, als er zusammenzuckte. »Ich möchte es verstehen«, sagte sie bemüht leise.

»Es ist nicht richtig«, flüsterte Nick. »Es ist nicht richtig.«

»Was ist nicht richtig?« Inzwischen klang ihre Stimme schärfer, und sie spürte, wie sie allmählich die Geduld verlor.

Er wandte sich zu ihr um, als hätte er es gespürt. »Du sollst nicht versuchen, etwas über mich herauszufinden. Zwischen unseren Begegnungen solltest du nicht einmal an mich denken, sondern in der realen Welt leben.«

Sie betrachtete ihn zweifelnd. Mit dieser Antwort hatte sie nicht gerechnet. »Kann ich nicht beides tun?« Er erwiderte nichts. »Du bist jetzt ein Teil meiner wirklichen Welt. Es ist zu spät.« Wut stieg in ihr auf, als er einen Schritt zurückwich und abwehrend die Lippen verzog. »Kannst du nicht einmal eine Sekunde lang aufhören, so zu tun, als wäre das hier alles einseitig? Herrgott, Nick. Du führst dich auf, als wäre ich irgendein ...« – sie wedelte mit der Hand – »albernes kleines Schulmädchen, das für dich schwärmt. Glaubst du nicht, dass wir über dieses Stadium allmählich hinaus sind, verdammt noch mal? Wie lange willst du mir noch weismachen, dass du nie an mich denkst, wenn ich nicht hier bin?«

Während sie sprach, hatte er den Blick nicht von ihrem Gesicht abgewendet. Sie spürte, wie ihr Puls zu rasen begann. *Du bist eine Idiotin, Emery! Wie kannst du so dämlich sein, ihm das Messer auf die Brust zu setzen?*

»Ich habe hier eine Aufgabe zu erledigen«, erwiderte Nick zögernd.

Emery verschränkte die Arme. »Also denkst du niemals an mich, wenn ich nicht hier bin?« Trotz ihres herausfordernden Tonfalls schlug ihr Herz immer schneller, während sie forschend sein Gesicht betrachtete.

Eine kurze Pause entstand. Dann: »Na gut, ja, ich denke an dich.« Er verzog das Gesicht und breitete schicksalsergeben die Hände aus. »Ist es das, was du hören wolltest? Ich denke so verdammt oft an dich, und die Zeit dazwischen verschwimmt derart, dass ich einerseits das Gefühl habe, du wärst immer hier, und dich andererseits jede Sekunde vermisse, wenn du es nicht bist.«

Ihr stockte der Atem. Nicks Miene war noch immer finster, so als habe man ihm dieses Eingeständnis abgepresst. Gleichzeitig ruhte sein Blick auf ihr, als versuche er, ihre Reaktion zu deuten. Unwillkürlich streckte sie die Hand aus und legte sie ihm auf die Wange. Wieder schienen Funken auf ihrer Haut zu sprühen. Für einen kurzen Moment legte er die Hand auf ihre, ehe er sie sacht wegschob. Die Zurückweisung tat weh.

»Ich muss mich zusammennehmen«, sagte er leise. »Denn ich werde für immer hier festsitzen, und du wirst niemals hierbleiben können. Es ist jetzt schon schwer genug, wenn du wieder fortmusst. Es ist eine Qual, sich vorzustellen, dass du da draußen bist und ein Leben führst, von dem ich niemals ein Teil sein werde. Und das ist falsch von mir, Emery. Verstehst du das nicht?«

Der Anblick seiner Miene versetzte ihr einen Stich ins Herz. Sie wollte die Arme um ihn schließen und einen Teil seines Schmerzes in sich aufnehmen. Das Bedürfnis, ihm beizustehen, war übermächtig. Und es wurde von einem Anflug von Furcht begleitet, davor, was die Folgen sein könnten. Was mochte es bedeuten, dass er, soweit sie feststellen konnte, der erste Mann war, für den sie so empfand?

»Verstehst du das, Emery?«, wiederholte er leise. »Ich darf mir nicht wünschen, dass du hier bei mir bleibst, denn dann wärst du endgültig tot. Das darf ich mir niemals wünschen. Außerdem könntest du selbst dann nicht bleiben.« Er schüttelte den Kopf. »Es gibt keine Version der Wirklichkeit, in der ich dich bei mir behalten könnte. Also ist es leichter, es gar nicht erst zu wollen.«

Da ihr keine passende Antwort einfiel, sah sie ihn nur an. Die Luft zwischen ihnen schien förmlich zu vibrieren. Und wieder war da das Gefühl, als stünde sie am Rand eines Massivs, hoch oben auf einer Klippe, und blickte nach unten. So als wäre sie nicht sicher, ob sie springen oder einen Schritt zurück auf festen Boden machen sollte.

Die Erinnerung erbebte. Es war die Ankündigung, dass ihre Zeit fast vorüber war. Und vielleicht auch eine Warnung vor etwas völlig anderem.

Emery räusperte sich. »Na, das war ja eine dramatische Ansprache«, bemerkte sie, um die Stimmung aufzulockern. Allerdings missglückte ihr der scherzhafte Tonfall, den sie eigentlich beabsichtigt hatte.

»Was denkst du gerade?«, fragte Nick leise.

Sie holte tief Luft. »Ich frage mich, ob das hier echt sein kann.«

Ein leichtes Lächeln huschte über sein Gesicht. »Ich dachte, wir hätten das bereits ...«

»Nein, ich meine das nicht im metaphysischen Sinne. Sondern ... Wie oft denkst du nur deshalb an mich, weil ich der einzige Mensch bin, den du mehr als einmal gesehen hast?«

Er zuckte leicht zusammen. »Autsch.«

Sie biss sich auf die Lippe. »Tut mir leid. Aber ... ich bin doch die Einzige, der du immer wieder begegnest, richtig? Wie viel davon liegt also daran, dass du ...« Sie konnte die

Frage, ob er einsam war, nicht aussprechen. Allerdings war es doch nur natürlich, oder? Dass man den einzigen Menschen, den man je zu Gesicht bekam, häufiger um sich haben wollte?

»Wenn wir schon beim Thema sind: Wie oft denkst du nur deshalb an mich, weil ich der ultimativ unerreichbare Mann bin?« Er zog die Augenbrauen hoch, um seiner Bemerkung die Schärfe zu nehmen.

Sie lachte auf. »Autsch.«

»So weit hergeholt ist das doch nicht, oder?«

Sie betrachtete ihn zweifelnd. »Was soll das heißen?«

»Vergiss nicht, dass ich dich kenne.« Als sie widersprechen wollte, redete er ungerührt weiter. »Ich weiß, dass du festen Bindungen aus dem Weg gehst und dich weigerst, dich in irgendeiner Form auf die Zukunft festzulegen.«

»Weil ich möglicherweise gar keine Zukunft habe!« Sie wies auf die leere Luft zwischen ihnen. »Dass ich hier bin, ist doch der Beweis dafür, oder?«

»Das ist nur eine Ausrede.«

Emery spürte, wie Zorn in ihr hochstieg, und sah ihn ärgerlich an. »Scheiß drauf.« Sie zwang sich, ruhig durchzuatmen. Wenn sie jetzt wütend davonlief, würde sie es ganz bestimmt bereuen. Deshalb reckte sie das Kinn und nickte. »Gut. Dann sind wir uns also einig, dass sich das alles nur in unseren Köpfen abspielt. Wir denken aneinander, weil wir einander nicht haben können.« Vielleicht war es ja einfacher, die Angelegenheit darauf zu reduzieren. Sie wollte ihn kennenlernen, weil es nicht möglich war. Mehr steckte nicht dahinter.

Er nickte langsam. »Einverstanden. Es spielt sich alles nur in unseren Köpfen ab.«

Lange Zeit sahen sie einander an, weil keiner von ihnen sich zuerst abwenden wollte. Emery spürte, wie ihr Herz gegen ihre Rippen schlug und sich sämtliche Muskeln in ihrem Körper anspannten. Sie stellte fest, dass sein Blick ganz kurz zu ihrem Mund wanderte, bevor er ihr wieder in die Augen schaute. Ein Schauder lief ihr den Rücken hinunter.

Inzwischen nahm sie es deutlich wahr: Rings um sie herum begann die Erinnerung zu verblassen. Nick sah sich in der Küche um, bemerkte es ebenfalls und wandte seine Aufmerksamkeit wieder ihr zu. Noch eine Sekunde lang schauten sie einander in die Augen.

Und dann: »Scheiß drauf.« Er machte einen Schritt auf sie zu und umfasste ihr Gesicht. Sein Daumen liebkoste ihre Wange. Seine Haut war ein wenig rau und schwielig und fühlte sich so real an. Alle ihre Sinne richteten sich auf diese Berührung, und sie hörte, wie sie heftig nach Luft schnappte. Im nächsten Moment legten sich seine Lippen heiß und fordernd auf ihre. Sie streckte die Hand aus, umklammerte seine Schulter und vergrub die andere in seinem Haar, um ihn an sich zu ziehen.

Noch während ihre eigenen Konturen schärfer wurden und er immer mehr verschwamm, hielt sie sich an ihm fest. Sie brauchte mehr, denn sein Geschmack war genauso wundervoll, wie sie es sich ausgemalt hatte. Und sie wusste, dass er sich irrte. Dass sie sich beide irrten. Das hier spielte sich nicht nur in ihrem Kopf ab. Es war das einzig Reale, was es gab.

Mit einem plötzlichen Ruck, wie sie ihn noch nie zuvor erlebt hatte, wurde sie in ihren Körper zurückgestoßen. Es war, als würde sie der Erinnerung – und Nick – gewaltsam entrissen und in die wirkliche Welt katapultiert. Ein heftiger Schmerz durchzuckte sie, sodass ihr die Luft wegblieb. Es war ein Gefühl, als würde sie gleich wieder sterben, eine Vorstellung, die ihr nur recht war, weil sie zu ihm zurückkehren wollte. Sie wollte bei ihm sein, ihn küssen und seine Hände auf ihrer Haut spüren. Und sie wollte wissen, wer sich wirklich hinter seinen vielen Fassaden verbarg.

Obwohl sie die Augen geschlossen hatte, erschien ihr alles viel zu hell. Wimmernd kniff sie die Lider noch fester zu.

Rings um sie herum ertönten laute Stimmen. Sie lag auf einem harten Untergrund, der ein wenig klebrig war. Wo war sie? Sie konnte sich nicht erinnern. Außerdem hatte sie einen Blutgeschmack im Mund. Panik machte sich in ihr breit, denn sie hatte keine Ahnung, wo sie sich befand, was geschehen war und was zu diesem Herzstillstand geführt hatte.

Sie zwang sich, die Augen zu öffnen, und zuckte wieder zusammen, als ihr grelles Licht ins Gesicht schien. Menschen umringten sie und schauten auf sie herunter. Einer von ihnen beugte sich über sie und drückte ihr zwei Finger ans Handgelenk, um ihr den Puls zu fühlen. Emery kannte niemanden. Es waren alles Fremde.

»Hat jemand einen Krankenwagen gerufen?«

»Oh, mein Gott, wie geht es ihr?«

»Jemand soll den Filialleiter holen.«

»Wissen Sie überhaupt, was Sie da machen?«

»Moment, ich habe einen Kurs in Erster Hilfe gemacht. Lassen Sie mich ...«

»Alles in Ordnung.« Ihre Stimme war nur ein Hauch, aber der Mann, der neben ihr kauerte, hatte sie gehört. Er war um die vierzig und hatte das sonnengebräunte Gesicht eines Menschen, der sich viel im Freien aufhielt. Emery stellte fest, dass rings um sie herum Regale aufragten. Neben ihr lag ein Einkaufskorb. Käse, Brokkoli und Orangensaft waren auf dem weißen Fußboden verstreut. Außerdem sah sie Blut. Panisch fing sie wieder zu wimmern an.

»Hey, es ist alles gut«, sagte der Mann, und im selben Moment wurde ihr klar, dass es sich nicht um Blut, sondern um Rotwein handelte. Die Flasche war neben ihr zerbrochen. Sie bewegte die Finger. An der linken Hand hatte sie ein paar winzige Schnitte. Nichts Ernstes also. »Wie heißen Sie?«

»Emery«, stieß sie mühsam hervor.

»Okay, Emery. Alles wird gut. Verstehen Sie mich? Der Krankenwagen ist schon unterwegs. Sollen wir jemanden verständigen?« Er sah sich nach ihrem Mobiltelefon um. Offenbar hatte sie das auch fallen gelassen, denn jemand reichte es ihm. Sie schloss die Augen, um die Umstehenden nicht ansehen zu müssen.

»Meine Schwester«, flüsterte sie. »Amber Wilson.«

»Okay, ich erledige das sofort. Ich rufe Ihre Schwester an.«

Was war passiert? Emery konnte sich nicht erinnern. Ja, sie war im Supermarkt. Sie wusste noch, wie sie ihn betreten und nach der Flasche Malbec gegriffen hatte. Doch was hatte ihr Herz aussetzen lassen? Fehlanzeige. Warum war sie zusammengebrochen? Angesichts dieser Ungewissheit wurde ihr eiskalt. Ganz gleich, was auch mit Nick geschehen sein mochte.

Kapitel 23

Emery stand auf dem Balkon in Ambers und Robins Wohnung. Die Balkontüren waren sperrangelweit geöffnet, in der Hoffnung, die nicht vorhandene frische Brise ins Wohnzimmer zu locken. Ihre Nichte Lily saß auf ihrer Hüfte und hielt sich an ihrer nackten Schulter fest. Hin und wieder wanderten die Finger der Kleinen zu den Trägern von Emerys Top. Emerys Haar fühlte sich zu schwer an, und ihr Nacken war nass geschwitzt.

»Und das da drüben ist der Fluss«, sagte sie und zeigte mit der freien Hand in die ungefähre Richtung, wo die Cam lag. Von hier aus konnte man ihn kaum sehen, außerdem gingen ihr allmählich die Ideen aus, um das Spiel spannend zu gestalten. Lily fand es nämlich langweilig, mit den anderen vor dem Fernseher zu sitzen und die Olympischen Spiele zu verfolgen.

Nun richtete Lily ihre großen braunen Augen auf sie. »Da wohnen die Enten.«

»Ja!« Selbst Emery fiel auf, dass ihre Begeisterung ein wenig zu übertrieben klang. Sie lachte leise. Lily lachte mit. Emery wusste, dass es nicht möglich war, denn schließlich war eine Eizelle von Amber in Robin herangereift. Trotzdem hätte sie schwören können, dass Lily ihren beiden Müttern ähnlich sah. Robins Augen und Ambers Nase. Nun fing sie an zu zappeln. Sie langweilte sich schon wieder. Lily besaß eine Ungeduld, die Emery widerwilligen Respekt abnötigte.

Aus der Wohnung hinter ihr wehte die Stimme des Fernsehmoderators herüber. Helen verlangte noch einen Schluck Prosecco.

»Emery!«, rief ihr Dad. »Jetzt kommt Rudern! Du willst doch das Rudern nicht verpassen!«

»Ruf uns, wenn die Sprinter dran sind!« Emery blickte Lily an. »Willst du sehen, wie Leute ganz, ganz schnell rennen?« Lily starrte sie verständnislos an und schien auch dann nicht begeistert zu sein, als Emery sie auf und ab wippen ließ, um es ihr schmackhaft zu machen. Vielleicht redeten Robin und Amber ja öfter über Enten als über rennende Menschen.

»Hat jemand meine Kinder gesehen?« Emery spähte ins Wohnzimmer, wo Maureen, Bonnies und Colins Mum, mit der Proseccoflasche zum Sofa trat, um Helen nachzuschenken. Ihr Lippenstift war ein wenig verschmiert, ihr rotes Haar hingegen makellos glatt. Die Lockenwickler, auf die sie früher geschworen hatte, gehörten inzwischen der Vergangenheit an.

»Warum kommen sie so spät?«

Amber trat heraus auf den Balkon, woraufhin Lily zu zappeln begann. »Mama!« Emery stellte sie auf den Boden, und die Kleine watschelte auf Amber zu und streckte die Ärmchen aus. Amber reichte Emery ein Glas Prosecco und bückte sich nach Lily. Am liebsten hätte Emery sie ermahnt, vorsichtig zu sein, doch sie biss sich auf die Zunge. Nach Lilys Geburt war Amber wegen ihrer Behandlung lange Zeit nicht kräftig genug gewesen, um ihre Tochter längere Zeit im Arm zu halten. Deshalb wusste Emery, wie viel es ihr bedeutete, es endlich tun zu können.

»Darf ich Lutscher?«, fragte Lily ihre Mutter hoffnungsvoll.

»Nein, Schätzchen. Sie sind alle weg.«

»Alle weg?«

»Alle weg«, bestätigte Amber.

»Vielleicht später?« Das war Lilys Lieblingsfrage.

»Vielleicht.«

Emery lächelte ihre Schwester an. »Keine Lust mehr auf Rudern?«

»Ich dachte, hier draußen ist es kühler«, erwiderte Amber

mit einem leisen Seufzer. Sie schauten ins Wohnzimmer, wo Robin konzentriert vor dem Fernseher saß und sich Popcorn in den Mund stopfte.

»Ich wusste gar nicht, dass Robin sich so für Sport interessiert«, merkte Emery an.

»Tut sie eigentlich auch nicht, sie ist bloß ins Olympia-Fieber verfallen.« Was deutlich daran zu erkennen war, dass sie die ganze Wohnung mit olympischen Ringen dekoriert hatte. »Letztens hat sie gejammert, dass sie damals nicht beim Hundert-Meter-Lauf geblieben ist, denn mit elf hätte sie großes Talent gezeigt.«

Lachend lehnte Emery sich ans Balkongeländer und genoss die Sonnenstrahlen auf ihrem Rücken, auch wenn es ein wenig zu heiß war. Sie fand, dass Amber schon viel gesünder wirkte. Nur ihr Haar war noch nicht richtig nachgewachsen und ein wenig flaumig, weshalb es fast wie Lilys Kinderhaar wirkte. Allerdings beruhigte sich ihre Haut allmählich, die während der Behandlung häufig rot oder fleckig gewesen war. Und obwohl sie ihr altes Gewicht noch nicht zurückhatte, machte sie eindeutig keinen so zerbrechlichen Eindruck mehr.

Eilig wandte Emery den Blick ab, als Amber sie ertappte, wie sie sie musterte. Eigentlich hätte sie es besser wissen müssen. Schließlich hatte sie ihre Mitmenschen oft bei genau diesen Blicken ertappt und wusste sehr wohl, wie belastend das war.

»Und wie geht es dir, kleine Em?«

Beim Anblick der sorgengeweiteten Augen ihrer Schwester lachte Emery leise.

Amber runzelte die Stirn. »Was ist?«

»Nur wir beide.« Amber zog fragend die Augenbrauen hoch. Doch Emery schüttelte den Kopf. Inzwischen war ihr stärker bewusst als früher, wie besorgt ihre Schwester stets um sie gewesen war. Woran sich offenbar nichts geändert hatte. Aber vielleicht war es ja besser, es ihr nicht unter die Nase zu reiben. »Mir geht es gut«, erwiderte sie stattdessen. Amber schwieg. »Wirklich, Ambs.«

Inzwischen bereute sie, dass sie den Mann gebeten hatte, Amber anzurufen, nachdem sie letzte Woche in einem Supermarkt wieder zu sich gekommen war. Sie hatte nicht nachgedacht und sich, umringt von fremden Leuten, von deren Panik anstecken lassen. Denn nun hatte Amber Angst um sie, und das konnte sie im Moment überhaupt nicht gebrauchen. Deshalb verriet Emery ihr auch nicht, dass die Nachwirkungen diesmal länger angehalten hatten als sonst. Noch Tage hinterher hatte sie Stiche in der Brust gespürt, und auf dem Fußweg zur Arbeit war ihr immer wieder schwindelig geworden, auch wenn die Symptome inzwischen abzuklingen schienen. Obwohl ihr das zugegebenermaßen gar nicht gefiel, hätte sie ihrer Schwester nie im Leben reinen Wein eingeschenkt. Oder sonst jemandem. Da bald die jährliche Untersuchung anstand, konnte sie ja die Ärzte danach fragen, auch wenn die Antwort vermutlich genauso ausfallen würde wie immer: Es werde noch daran geforscht, und ihr Herz verhalte sich, abgesehen davon, dass es willkürlich stehen bleibe, ganz normal. Es werde zwar irgendwann Medikamente dagegen geben, doch die klinischen Versuche liefen noch.

Wieder dachte sie daran, wie sie im Supermarkt aufgewacht war: den Blutgeschmack im Mund, das viel zu grelle Licht über ihr an der Decke. Und sie erinnerte sich daran, was sie kurz zuvor getan hatte. Wie es sich angefühlt hatte, aus Nicks Armen gerissen und gewaltsam in ihren Körper gestoßen zu werden. Nicht zum ersten Mal fragte sie sich, ob sie nicht selbst schuld daran war, dass die Nachwirkungen andauerten. Weil sie ihn nicht hatte verlassen wollen. Weil sie sich an ihn geklammert hatte. War es möglich, dass sie länger bei ihm geblieben war, als ihr guttat?

»Amber, glaubst du an Seelenverwandtschaft?« Die Frage

war ihr spontan herausgerutscht, und die Miene ihrer Schwester verriet, dass sie ihr, gelinde gesagt, merkwürdig erschien.

Amber schaute hinter sich ins Wohnzimmer, wo Robin saß. Sie hatte sich das blonde Haar bis hinunter auf die Kopfhaut abrasiert, behauptete aber steif und fest, es habe nichts mit Ambers Chemotherapie zu tun. Obwohl alle wussten, dass es ein Akt der Solidarität gewesen war. »Ich bin nicht sicher. Warum?«

Emery zuckte bemüht lässig die Achseln. »Nur so.«

Amber musterte sie forschend, ein Blick, den Emery nur allzu gut kannte: Ambers Große-Schwester-Blick, wie sie ihn insgeheim nannte. »Na ja«, sagte sie schließlich. »Ich glaube, dass es Menschen gibt, in deren Gegenwart es einem … ich weiß nicht, einfach besser geht. Ist das nicht schräg? Menschen, bei denen alles passt, bei denen eine Übereinstimmung entsteht … mit denen du daran arbeiten willst … mit denen du gern dein Leben verbringen würdest. Aber ich weiß nicht, ob ich diese Idee à la ›Er ist der Richtige, und sonst kann es niemanden anderen für mich geben‹ ernst nehmen soll.«

Emery schwieg, woraufhin Amber den Kopf schief legte. »Ist es das, worauf du wartest? Deinen Seelenverwandten?« Emery wusste, warum sie nachhakte. Seit Adam lebte sie praktisch im Zölibat. Deshalb schwangen in dieser Bemerkung unausgesprochene Fragen mit: Hast du deshalb noch keine richtige Beziehung gehabt? Bist du deshalb weiter Single?

Emery nahm einen Schluck Prosecco, um Zeit zu gewinnen. Er war ein wenig zu warm, weil niemand die Geduld gehabt hatte, ihn lange genug kalt zu stellen. »Was, wenn du deinen Seelenverwandten finden würdest«, meinte sie zögernd, »aber ihr könntet nicht zusammen sein? Hältst du es für möglich, dass man sich dann einen anderen Partner sucht?«

Nachdenklich schürzte Amber die Lippen. Im nächsten Moment verdüsterte sich ihre Miene. »Oh, Em, er ist doch nicht etwa verheiratet?«

»Was? Nein. Nein, ich spreche von niemand Bestimmtem. Es war nur eine Frage. Rein spekulativ.«

Amber strich mit den Fingern über den Rock ihres fließenden grünen Sommerkleids. »Ich glaube, mit solchen Grübeleien kann man sich selbst verrückt machen«, sagte sie schließlich. »Wenn man glaubt, dass es da nur einen einzigen Menschen gibt, und sich ständig fragt, ob man ihn schon gefunden hat.«

Emery nickte wortlos. Denn die Frage, die ihr in Wahrheit auf der Zunge lag, konnte sie ohnehin nicht stellen: Was, wenn man seinen Seelenverwandten schon gefunden hat, dieser aber leider zum falschen Zeitpunkt geboren wurde? »Und wie ist es so, zurück im Job zu sein?«, erkundigte sie sich stattdessen, um das Gespräch wieder in unverfänglichere Bahnen zu lenken. Vor Kurzem hatte Amber wieder in Teilzeit als Physiotherapeutin angefangen, ein Schritt, den Emery für verfrüht hielt. Doch Robin schien ihn voll und ganz zu unterstützen. Emery hatte den Verdacht, dass Robin genauso besorgt war wie sie. Aber offenbar wollte sie Amber nicht in ihrer Freiheit einschränken – und das wiederum konnte sie sehr gut verstehen.

»Es macht mir Spaß. Es ist so schön, wieder meinen Verstand zu gebrauchen. Und anderen Leuten erzählen zu können, welche Behandlungen für sie infrage kommen.« Sie grinste ironisch. »Allerdings bin ich ziemlich erledigt. Das gilt für uns beide.« Aber sie lächelte zu Lily hinüber, die inzwischen neben Robin saß. Das Lächeln ließ ihr Gesicht weicher werden, ein Anblick, der Emery ans Herz ging. Sie machte einen Schritt auf ihre Schwester zu, legte den Arm um sie und drückte sie an sich. Der Pfefferminzduft von Ambers Bodylotion überdeckte den leichten Schweißgeruch, der sich bei dieser Hitze nicht vermeiden ließ. Amber lächelte Emery an, was diese mit einem Nicken quittierte – ein Gespräch ohne Worte.

»Weißt du was? Ich finde, dass ich ein Riesenglück gehabt

habe«, meinte Amber. Glück, weil sie trotz all der Schwierigkeiten ein Kind hatte. Glück, weil sie mit Robin zusammen war. Glück, weil sie noch lebte, um bei den beiden zu sein. Glück, weil sie die entsetzlichen letzten Jahre überstanden hatte. Vielleicht ein bisschen von allem. So viele andere hätten mit ihrem Schicksal gehadert, der Ungerechtigkeit. Aber nicht Amber.

»Wie dem auch sei«, fuhr sie fort. »Wie läuft es bei dir? Und im Job?«

Emery trank noch einen Schluck Prosecco. Eindeutig zu warm. »Ich ... äh ... habe gekündigt.« Amber schürzte die Lippen und nickte. »Du wirkst nicht überrascht.«

»Warum sollte ich auch?«

»Tja, ich hatte nicht vor, als Kleiderverkäuferin zu enden.«

Amber lachte auf. »Und was kommt als Nächstes? Akrobatin?«

»Ach, mein Gott, leider nicht. Das wäre so cool. Oder Feuerwehrfrau. Den Plan, Detektivin zu werden, habe ich inzwischen aufgegeben. Ob ich länger hätte durchhalten sollen?«

»Küchenchefin?«

»Balletttänzerin?«

»Reiseleiterin? Nein, halt, das hast du ja schon ausprobiert.« Emerys chaotische berufliche Laufbahn brachte sie beide zum Lachen. »Was hältst du von etwas Künstlerischem? Kunstlehrerin? Es gibt bestimmt noch mehr Jobs, die mit Kunst zu tun haben. Aber im Moment fällt mir keiner ein.«

Emery zuckte ausweichend die Achseln. Das war der Vorschlag, den sie wegen ihres Abschlusses von den meisten zu hören bekam. Nur fehlte ihr die Leidenschaft, das Ziel konsequent zu verfolgen. Obwohl sie Kunst studiert hatte, hatte sie nie ernsthaft daran gedacht, ihren Abschluss beruflich zu nutzen, und sie verspürte auch nur wenig Lust, etwas daran zu ändern.

»Vielleicht solltest du dich auch außerhalb von Cambridge

bewerben. Geh doch zurück nach London. Bonnie wohnt noch dort, oder?«

Jemand klopfte an die Wohnungstür, woraufhin Robin praktisch im Spurt hinlief, um zu öffnen, ehe sie nach einer flüchtigen Begrüßung zurück zum Sofa hetzte, um ja keine einzige Minute des Wettbewerbs zu verpassen.

»Ich weiß, ich weiß«, sagte Bonnie und kam, gefolgt von Colin, herein. »Wir sind zu spät dran. Alles meine Schuld.«

Amber warf Emery einen erstaunten Blick zu. »Ich traue meinen Augen nicht. Offenbar habe ich magische Kräfte!« Sie lachten wieder. »Offenbar habe ich recht: London mit Bonnie?«

»Genau genommen lebt Bonnie in Tunbridge Wells, was man kaum als London bezeichnen kann. Außerdem bin ich nicht sicher, ob ich dort wieder hinwill.«

»Dann also ins Ausland?«

»Wenn ich mich recht entsinne, hast du mich nach Hause geschleppt, als ich das letzte Mal im Ausland war.«

Aber Amber ließ sich davon nicht aus der Ruhe bringen und tätschelte Emery nur leicht den Arm. »Ich weiß, warum du wieder nach Cambridge gezogen bist, kleine Em, und ich bin dir dafür sehr dankbar. Aufrichtig dankbar. Und ich habe dich sehr gern in meiner Nähe. Allerdings will ich nicht, dass du meinetwegen dein Leben auf Eis legst. Da es mir jetzt wieder gut geht und ich es offenbar ausgestanden habe, könntest du auch mal an dich denken.« Aber wozu würde das führen?, dachte Emery. Irgendwie hatte sie es geschafft, dreiunddreißig zu werden, ohne etwas vorweisen zu können: keine Beziehung, keine Karriere, kein Geld. So lange hatte sie sich eingeredet, dass es albern war, für die Zukunft zu planen. Und nun hatte sie diese Zukunft bald zur Hälfte hinter sich gebracht, und zwar auf einem Weg, der bis jetzt eher vom Zufall als von bewussten Entscheidungen bestimmt gewesen war.

Sie drehte sich um und wollte vom Balkon ins Wohnzimmer gehen, wo Maureen gerade ihren Kindern um den Hals fiel. Auch Lily war neugierig auf die Gäste.

»Hallo, Kleines«, hörte Emery Bonnie sagen. »Ich habe dir ein Geschenk mitgebracht.«

»Geschenk!« Dieses Wort kannte Lily sehr gut.

»Ich habe Mum eingeladen«, verkündete Amber, gerade als Emery über die Türschwelle trat. Emery bemühte sich um eine gleichmütige Miene, obwohl sie heftig zusammenschreckte.

»Aha.«

»Sie kommt nicht.«

Emery versuchte, sich die Erleichterung nicht anmerken zu lassen. Es war nicht nur für sie selbst das Beste so. Nein, das ganze gesellige Beisammensein hätte sich dadurch in eine steife Veranstaltung verwandelt, obwohl sie alle doch ein bisschen Spaß und Ablenkung so bitter nötig hatten.

Amber sah sie an und erwartete offenbar irgendeine Form von Reaktion. »Ich hab's versucht!«, protestierte Emery und räusperte sich, als ihr auffiel, wie rechtfertigend sie klang. »Ich habe ihr eine SMS geschrieben.«

»Ja, das hat sie mir erzählt.«

Emery verzog das Gesicht. Es gefiel ihr gar nicht, dass die beiden über sie geredet hatten. Seit der Diagnose hatte ihre Mum Amber ein paarmal besucht. Doch Emery war es stets gelungen, ihr aus dem Weg zu gehen. Vielleicht hatte ihre Schwester es ja auch absichtlich so eingerichtet. Sofort überkamen Emery Gewissensbisse: Offenbar hatte Amber es selbst während ihrer Krankheit für nötig gehalten, sie und ihre Mum voneinander zu trennen. Allerdings war es gut, dass ihre Mum sich um Amber kümmerte. Denn wenn Emery nicht gewesen wäre, hätte ihre Schwester vielleicht mit beiden Elternteilen aufwachsen können. Sie nahm sich zusammen und verbot sich, diesen Gedanken weiterzuspinnen. *Vorbei und vergangen, Emery. Sinnlos.*

Gerade wollte sie Amber fragen, warum sie die Einladung an ihre Mum überhaupt erwähnte, als Bonnie heraus auf den Balkon trat. Lily folgte mit schokoladenverschmiertem Mund und einem neuen Olympia-Teddy im Arm.

Amber rümpfte die Nase. »Bestimmt flippt sie von dem vielen Zucker gleich aus.«

»Oh, entschuldige!«, erwiderte Bonnie und zog Emery mit einem Arm an sich. »Robin hat gesagt, es ist in Ordnung.«

»Ob du es glaubst oder nicht: Robin hat ein zu weiches Herz.«

Emery lächelte Bonnie zu. »Es ist so schön, dich zu sehen! Wo ist Joe?«

»Der kommt gleich. Er parkt nur das Auto. Ich habe ihn gebeten, mich vor der Tür abzusetzen.«

»Prima Idee. Los, komm mit nach drinnen. Hier draußen hole ich mir noch einen Sonnenbrand.« Bonnie folgte ihr in die von einer Reihe hölzerner Unterschränke vom Wohnzimmer abgetrennte Küche. »Prosecco? Inzwischen ist er vermutlich sogar kalt.«

»Äh … nein.«

»Gin Tonic?«

»Nein, danke. Ich … äh … trinke momentan keinen Alkohol.«

Emery hielt vor dem Kühlschrank inne und drehte sich zu Bonnie um. Auf der anderen Seite der Küchenzeile redete Maureen gerade mit Colin, während Helen, Emerys Dad und Robin noch immer auf dem Sofa saßen und gebannt in den Fernseher starrten. Bonnie errötete leicht.

»Bist du etwa …?«, stammelte Emery.

Bonnie nickte und holte tief Luft. »Ich bin.«

»Du bist schwanger?« Das war wohl ein wenig zu laut gewesen. Bonnie lief feuerrot an. »Sorry«, entschuldigte sich Emery.

»Tja, wenigstens wissen es jetzt alle.«

»Oh, mein Gott! Das ist ja Wahnsinn!« Bonnie hatte bei ihrem letzten Treffen erwähnt, dass sie und Joe mit dem Gedanken spielten, es zu versuchen. Doch Emery war nicht klar gewesen, wie ernst es ihnen inzwischen damit war. »Moment ... du freust dich doch, oder?«

Bonnie lachte auf. »Natürlich.«

»Junge oder Mädchen?«, fragte Emery.

»Keine Ahnung. Wir haben uns gedacht, wir leben wild und gefährlich und warten einfach ab.«

Amber gesellte sich zu ihnen und schloss Bonnie fest in die Arme. »Ich habe rein zufällig mitgehört«, sagte sie und zwinkerte Emery zu. »Glückwunsch. Das ist ja eine wundervolle Nachricht.«

»Danke! Du musst mir ein paar Tipps geben. Ich kriege nämlich jetzt schon die Panik.«

Amber lächelte. »Du schaffst das. Und wenn du eine Schwangerschaftsberatung brauchst, kannst du dich vertrauensvoll an Robin wenden.« Das klang so beiläufig, dass Bonnie den wehmütigen Unterton vermutlich gar nicht bemerkte, dachte Emery. Den Anflug von Bedauern, weil sie ihr Kind nicht selbst hatte austragen können.

Und dann legten Amber und Bonnie los und erörterten Robins Schwangerschaft und worauf man achten sollte. Bonnie hatte bereits einiges zu erzählen und auch Bücher über das Thema gelesen, und Amber berichtete ihr von einigen Entscheidungen, die sie während und nach der Schwangerschaft getroffen hatten. Bald hatte Emery das Gefühl, am Rand zu stehen und nicht länger Teil dieses Gesprächs zu sein, zu dem sie ohnehin nichts beizusteuern hatte als ein dünnes Lächeln.

Vielleicht hatte Colin es ja bemerkt, denn er eiste sich von seiner Mum los und kam zu Emery herüber, um sie zu umarmen.

Emery drückte ihn ebenfalls an sich. »Du wirst Onkel!«

»Ich weiß! Schau uns nur an. Wir sind ja richtig erwachsen geworden.«

»Nicht so erwachsen wie die Eltern unter uns.« Wenigstens hatte sie noch Colin. Was sollte sie tun, wenn er eines Tages heiratete und eine Familie gründete? Die Vorstellung beschwor für einen kurzen Moment Panik in ihr auf. *Nein. Hör auf damit.* Es war egoistisch, so etwas überhaupt zu denken. »Ist Rachel heute nicht dabei?«

Er trat von einem Fuß auf den anderen. »Wir haben uns vor ein paar Monaten getrennt.«

»Was? Warum hast du mir nichts erzählt?«

Ein leichtes Achselzucken. »Ich dachte, du hättest momentan andere Sorgen.«

Emery biss sich auf die Lippe. »Es tut mir leid.«

»Das braucht es nicht. Es sollte nicht sein.« Die Gründe nannte er nicht, und Emery wollte nicht weiter nachhaken, obwohl sie sich die Antwort schon denken konnte. Wenn sie zwischen den Zeilen von Bonnies Andeutungen las und Schlüsse aus den Bruchstücken der Telefonate zwischen Rachel und Colin zog, die sie zufällig mitbekommen hatte, war Rachel nicht begeistert gewesen, dass Colin sich so oft mit Emery traf. Und in den letzten Jahren hatten sie sich wirklich oft gesehen. »Heißt das, wir müssen einen Trennungsabend veranstalten und um die Häuser ziehen? Mit Tequila bis zum Abwinken?«

»Ja, warum haben wir nicht schon früher daran gedacht?«

»Keine Ahnung. Was für ein Versäumnis.«

»Aber das können wir ja nachholen. Obwohl wir offenbar immer weniger werden.« Die beiden schauten sich im Raum um: Amber und Robin. Und jetzt auch noch Bonnie, die sich in nächster Zeit den Tequila verkneifen würde. Colin schüttelte in gespielter Verzweiflung den Kopf. Dann packte er Emery am Arm und zog sie beiseite. »Da wäre noch etwas: Suchst du noch immer nach Infos über diesen toten Typen?«

Emery wurde von Aufregung ergriffen. »Warum?« Sie hatte Colin nie richtig erklärt, warum sie Nachforschungen in Sachen Nick anstellte, sondern nur gesagt, er könnte etwas mit ihrer Vergangenheit zu tun haben. Außerdem war sie zu Beginn ihrer Recherchen ziemlich durch den Wind gewesen, weshalb er nicht weiter nachgehakt hatte.

»Ich habe etwas darüber herausgefunden, wie er gestorben ist.«

Emery erstarrte. *Ich bin eine Woche nach meinem fünfunddreißigsten Geburtstag gestorben. An dem Abend des Tages, an dem Margaret Thatcher die Wahl gewonnen hat. Ich bin unter Schmerzen gestorben und voller Angst um jemanden, den ich geliebt habe.*

Die Gasse, in die er sie nicht nur einmal, sondern zweimal mitgenommen hatte. Die Schreie einer Frau.

»Offenbar war es ein Raubüberfall«, fuhr Colin fort, anscheinend ohne ihre aufgewühlten Gefühle zu bemerken. »Es gibt einen kurzen Artikel dazu. Den haben wir beim ersten Mal übersehen.«

Ihre Handflächen wurden schweißfeucht, und das Proseccoglas zitterte in ihrer Hand. »Ein Raubüberfall?« Ihre Gedanken bewegten sich im Kreis und kehrten immer wieder zu Nicks Gesicht zurück. Dazu, wie er sie abblockte, wenn sie versuchte, mehr über diese Seitengasse zu erfahren.

Nick, bitte nicht.

»Ja. Die Meldung war in einem Bericht über Straßenkriminalität versteckt. Deshalb haben wir sie überlesen.«

Ein Gedanke löste sich aus dem Chaos in ihrem Kopf. »Aber du hast sie gefunden? Du hast weitergebohrt?«

»Irgendwie ist die Sucherei zur Freizeitbeschäftigung geworden.« Für sie. Er hatte für sie weitergesucht. Mein Gott, sie hatte jemanden wie ihn nicht verdient. »Jedenfalls ist es nur ein kurzer Artikel, daher kenne ich die Einzelheiten nicht. Nur, dass er noch am Tatort an einer Stichverletzung gestorben ist. Hilft dir das weiter?«

Emery schluckte. »Ja, ja, das tut es.« Sie hob ihr Glas und

wies auf seines. »Noch einen Schluck?« Sein Glas war zwar noch voll, aber sie ging trotzdem zum Kühlschrank, damit er ihr Gesicht nicht sah. Ihr war heiß, und der Atem stockte ihr in der Kehle.

Vielleicht soll ich dir ja helfen.

Ich werde für immer hier festsitzen.

Festsitzen. Eine Strafe.

Warum? Was hatte er in der Nacht des Raubüberfalls getan?

Ich bin unter Schmerzen gestorben. Und voller Angst um jemanden, den ich geliebt habe.

Was weißt du über Lisa?

Eine Strafe.

Was hast du getan, Nick?

Doch ganz gleich, was es war. Ganz gleich, warum er glaubte, bestraft werden zu müssen. Emery war sicher, dass es etwas mit Lisa zu tun hatte.

Kapitel 24

EIN JAHR SPÄTER (JULI 2013)

ALTER: 34

Emery war in Bordeaux. Sie saß in der frühen Morgensonne in einem Straßencafé und trank einen Espresso. Die Stadt ringsum war noch nicht vollständig erwacht. Doch Emery hatte sich angewöhnt, aufzustehen, bevor die Läden öffneten und ihre Schicht im Hotel begann, um hierher in ihr Lieblingscafé zu kommen. Es lag nahe genug am großen Brunnen, dass sie das Rauschen der Fontäne hören konnte. Die hohen Sandsteingebäude wurden vom Sonnenlicht in einen roten und goldfarbenen Schein getaucht. Obwohl Emery stets beteuerte, dass sie nichts von festen Tagesabläufen hielt, hatte diese Regelmäßigkeit etwas Friedliches an sich: der Spaziergang durch die Stadt und der Kellner, der ihren Namen kannte und sie dazu ermunterte, jeden Tag ein bisschen mehr Französisch zu sprechen.

Emery war vor sechs Monaten nach Frankreich gezogen. Sie hatte sich einen Job in der Gastronomie gesucht, nach dem Motto »Warum auch nicht?«, mit dem sie bislang stets ganz gut gefahren war. Amber hatte ihr gut zugeredet und beharrt, sie müsse raus aus dem Trott, um herauszufinden, was sie vom Leben wollte. Vielleicht war es ja das hier: die sonderbare Zufriedenheit, die es bedeutete, jeden Tag ein vertrautes Gesicht anzulächeln. Oder die Freundschaften, die sie mit ihren Kollegen geschlossen hatte. Oder ihr Chef, der behauptete, sie habe das Zeug für eine Leitungsposition. Außerdem war Frankreich so nah an England, dass sie jederzeit nach Hause fliegen konnte, falls es nötig war, und außerdem die Möglichkeit hatte, die Beziehung zu ihren Freunden und ihrer Familie zu pflegen. Nicht einmal ihr Dad hatte Widerstand geleistet, woraufhin sie ihn gehänselt hatte, er werde wohl allmählich altersmilde. Allerdings hatte sie den Verdacht, dass er nur Amber zuliebe die Ruhe bewahrt hatte. Weil Amber es ihm verboten hatte und er gerade hatte miterleben müssen, wie seine gesunde Tochter eine schwere Krankheit durchmachte, was die Dinge wieder ins richtige Lot rückte.

Emery betrachtete den Skizzenblock, den sie mitgebracht hatte. Kurz nach ihrer Ankunft hier hatte sie wieder angefangen zu zeichnen. Wahrscheinlich lag es an der Schönheit dieses Ortes. Oder daran, dass sie weit weg von allen war, die sie kannte, etwas, wonach sie sich mit Anfang zwanzig immer gesehnt hatte. Sie versuchte, Eindrücke von der Stadt und die Gesichter vertrauter Menschen auf Papier zu bannen. Außerdem hatte sie Amber, Robin und Lily gezeichnet und plante, Amber die Zeichnung bei ihrem nächsten Treffen zu schenken. Sicher würde ihre Schwester begeistert sein, weil Emery wieder zeichnete. Doch das Gesicht, das sie heute zeichnete, war das, welches dauernd vor ihrem geistigen Auge stand. Wenn sie ehrlich war, der eigentliche Grund, warum sie wieder zum Bleistift gegriffen hatte. Seine Augen blickten ihr entgegen, auch wenn sie die Farbe nie ganz genau traf. Es gelang ihr beim besten Willen nicht, einzufangen, wie die grauen Anteile im Grün abhängig von seiner Stimmung heller und dunkler zu werden schienen. Auch nicht, wie er sich um einen neutralen Gesichtsausdruck bemühte, der sich durch Anflüge von Kränkung oder Freude dennoch ständig veränderte. Und wie seine Lippen ihre berührt hatten oder das Ziehen, das sie beim bloßen Gedanken daran auch jetzt noch durchlief – all das ließ sich unmöglich zu Papier bringen.

Nachdem sie sein Gesicht noch eine Weile gemustert hatte, blätterte sie die Seite um. Sie hatte gehofft, der Umzug nach Frankreich würde ihr helfen, nicht dauernd an ihn zu denken und darüber nachzugrübeln, wie er gestorben war – niedergestochen in einer Seitengasse – oder warum er glaubte, Strafe verdient zu haben. Falls das überhaupt der Fall war. Obwohl sie versucht hatte, etwas über Lisa Hartington herauszufinden, waren ihre Nachforschungen bislang vergeblich gewesen. Sie konnte nirgendwo Informationen über ihren Tod entdecken, hatte jedoch beschlossen, Colin nicht weiter damit zu behelligen. Er hatte bereits so viel für sie aufgegeben und sogar seine Beziehung geopfert, um für sie da zu sein, als sie ihn brauchte. Deshalb war es ihm gegenüber nicht fair. Außerdem war da ein winziger Teil von ihr, der es eigentlich gar nicht wissen wollte. Denn wie sollte sie Nick je wieder gegenübertreten, wenn wirklich etwas Schreckliches geschehen war?

»*Encore un café*, Emelie?« Emery hob den Kopf und lächelte Matthieu zu. Seine Haut war ledrig, und er hatte Lachfältchen um die Augen. Gerade hatte er ein Geschirrtuch über die Schulter geworfen. Matthieu hatte von Anfang an Schwierigkeiten gehabt, ihren Namen auszusprechen, und nach einigen Versuchen, ihn zu verbessern, hatte sie beschlossen, es bei »Emelie« bewenden zu lassen.

Sie lächelte wieder. »*Oui, s'il vous plaît.*«

»*Nous avons aussi des croissants, si vous en voulez un?*«

Emery brauchte einen Moment, um diese Frage zu verarbeiten, doch das Wort »Croissant« war eigentlich klar, weshalb sie nickte. »*Pourquois pas?*«

Als Matthieu wieder hineinging, läutete Emerys Smartphone, das auf dem kleinen Plastiktisch lag. Amber.

»Hey!«, sagte sie. »Gerade habe ich an dich gedacht. Du weißt ja, dass ich euch in einer Woche besuchen komme. Aber vielleicht können du, Robin und Lily ja auch bald einmal nach Frankreich fahren. Ich könnte euch im Hotel einen Rabatt besorgen. Wir könnten mit Lily an den Strand gehen. Außerdem gibt es hier eine tolle Weinhandlung, wo sie einem auch die wissenschaftlichen Hintergründe der Weinherstellung erklären. Eine Freundin von mir fand es langweilig, aber Robin wäre bestimmt begeistert.«

Als Amber nichts erwiderte, nahm Emery kurz das Smartphone vom Ohr, um sich zu vergewissern, dass sie nicht versehentlich die Verbindung getrennt hatte. »Amber? Ist der Empfang okay? Kannst du mich hören?«

Am anderen Ende der Leitung wurde tief durchgeatmet. Emery spürte, wie sich sofort ihr Herz zusammenkrampfte. »Kleine Em, der Krebs. Er ist wieder da.«

Bei Nicks Anblick war das letzte Jahr, erfüllt von Grübeleien über die Vorfälle in der Seitengasse, die Angstschreie der Frau und die Frage, was er getan haben mochte, um hier festzusitzen, schlagartig wie weggeblasen. Emery lief ihm entgegen, und er schloss sie in die Arme. Sein vertrauter Geruch hüllte sie ein, schenkte ihr Geborgenheit. Sie presste das Gesicht an seine Brust und spürte die harten Muskeln unter seinem Hemd, während sie von heftigen Schluchzern geschüttelt wurde.

Er fragte sie nicht, was geschehen war, sondern zog sie nur noch enger an sich. Denn natürlich wusste er es schon. Diesmal war ihr Herz nicht wegen eines körperlichen Ereignisses stehen geblieben. Nicht wegen eines Geräuschs, eines plötzlichen Schmerzes oder eines Kälteschocks im eisigen Wasser. Nein, es war die Stimme ihrer Schwester gewesen. Und das, was diese vier Wörter bedeuteten. Nun würde Amber am Telefon in Panik geraten, weil Emery auf einmal verstummt war. Eigentlich hätte Emery sich jetzt schrecklich fühlen müssen, erfüllt von Ungeduld, so schnell wie möglich ins Land der Lebenden zurückzukehren, um ihre Schwester zu beruhigen und Einzelheiten zu erfahren. Doch sie war einfach nur froh, hier zu sein. Hier bei ihm.

Seine Hand glitt sanft und zärtlich über ihren Rücken, und er küsste ihr Haar, während sie weiterschluchzte. »Emery, es ist in Ordnung. Alles wird gut. Ich bin hier.«

»Meine Schwester«, stieß sie hervor.

»Sie hat die Krankheit einmal bekämpft. Sie kann es wieder schaffen.«

Ihr wurde bewusst, wie nah sie einander waren, und sie spürte, wie sein Herz schlug, so sonderbar es auch sein mochte. Seine Hände strichen weiter über ihren Rücken. Sein Hemd war nass von ihren Tränen. Seine Wange schmiegte sich in ihr Haar. Es gelang ihr, sich ein wenig zu fangen und ein Stück zurückzuweichen, um ihm in die Augen zu schauen. Nein, ihre Zeichnungen wurden ihm nicht gerecht. Dazu musste man vermutlich begabter sein, als sie es war, denn ihr gelang es nicht, das einzufangen, was ihn ausmachte. Die Konturen seines Gesichts, die genaue Farbe seiner Augen. Ihr Atem wurde langsamer und passte sich seinem an, ein Rhythmus, von dem sie immer ruhiger wurde. Einen winzigen Moment lang hatte sie das Gefühl, in völligem Einklang mit einem anderen Menschen zu sein. Doch sofort drohte eine gewaltige Welle aus Trauer und Schuld sie zu überwältigen, sodass sie die Augen schließen musste.

»Was passiert, falls sie stirbt?«

Er erwiderte nicht, dass das nicht geschehen würde. Es war nicht seine Art, falsche Versprechungen zu machen. »Du weißt, dass ich die Antwort darauf nicht kenne.«

»Wird sie hierher zu dir kommen?« Für diesen Fall konnte sie Vorkehrungen treffen, ihn bitten, ihrer Schwester etwas von ihr auszurichten, sich überlegen, was sie sagen sollte. Schon jetzt spürte sie, wie ihr Herz schneller schlug und ihr von dem Druck, die richtigen Worte zu finden, ganz heiß wurde.

»Ich weiß es nicht.«

»Was *weißt* du eigentlich?« Unwirsch machte sie sich los, wischte sich die Tränen ab und kehrte ihm den Rücken zu.

»Vielleicht stirbt sie ja nicht, Emery«, hörte sie seine Stimme hinter sich.

Vielleicht. Vielleicht. Vielleicht. Sie biss sich auf die Lippe. Am liebsten hätte sie ihn angeschrien, doch sie versuchte, ihren auflodernden Zorn zurückzudrängen, sich einzureden, dass Amber wieder gesund werden würde, weil es dazu keine Alternative gab. Ganz egal, was die Statistiken auch sagen mochten – ihre Schwester war stärker als die Statistiken. Sie selbst war doch das beste Beispiel dafür, dass Statistiken logen: Eigentlich hätte Emery schon mit fünf endgültig sterben sollen.

»Sie wird an einen ähnlichen Ort kommen wie dieser hier«, fuhr Nick fort, als spüre er, dass sie Wörter wie »vielleicht«, »hätte« und »könnte« nicht mehr hören wollte. »Sie wird jemanden haben, der ihr hilft. Vergiss das nie. Sie wird nicht allein sein.«

Es schnürte Emery die Kehle zu, und ihre Augen fingen wieder an zu brennen. Wie würde dieser Ort für Amber aussehen? In welche Erinnerungen würde sie zurückkehren? Erst jetzt blickte sie sich um und ließ ihre Umgebung auf sich wirken. Ein Garten mit einem von Nesseln umwucherten Teich am einen Ende. Es roch nach Gegrilltem und frisch gemähtem Gras. Aus der Küche wehte Musik herüber. Die Türen zur Terrasse standen offen.

»Daran kann ich mich kaum erinnern. Das war in unserem alten Haus. Aber wann?«

Obwohl es nur eine rhetorische Frage war, antwortete er: »Bevor du zum ersten Mal gestorben bist. Du hast im Garten gespielt. Deine Mum, dein Dad und deine Schwester waren auch draußen. Das Radio lief, und dein Dad hat Würstchen auf den Grill gelegt. Amber hat ein Buch gelesen, und deine Mum hat in irgendeiner Akte geblättert und Rosé getrunken.« Verwundert darüber, dass er noch so viele Details wusste, starrte sie ihn an. »Da bin ich dir zum ersten Mal begegnet«, fügte er leise hinzu.

Davor also. Das war eine Erinnerung aus der Zeit, ehe all das angefangen hatte. Vor ihrer Erkrankung, vor dem Auszug ihrer Mum. Hatte ihr Verstand sie deshalb wieder hierhergebracht?

Sie holte tief Luft und atmete die Sommerluft ein. »Nick. Was ist mit Lisa passiert?« Sie musste es wissen. Es war zwecklos, es abzustreiten. Sie brauchte Antworten, Anhaltspunkte, um weiter in die Zukunft denken zu können. Und möglicherweise schwang auch ein wenig Rachsucht mit. Das Bedürfnis, ihm wehzutun, wohl wissend, dass er nicht darüber reden wollte. Und dass er die Antworten auf ihre eigentlichen Fragen nicht kannte.

»Emery.« Sein Tonfall war warnend.

»Nein. Ich will es wissen!« Sie klang wie ein quengeliges Kind, das kurz davor war, mit dem Fuß aufzustampfen. Sie hielt inne und atmete tief durch. »Nick, ich muss es wissen. Und vielleicht ist es auch für dich gut, darüber zu reden.« Noch während sie das aussprach, wurde ihr klar, wie richtig das war. Hatte er überhaupt je darüber geredet? Über das, was damals geschehen war? Schließlich waren seine zwischenmenschlichen Beziehungen alle flüchtig, und außerdem musste er sich den Bedürfnissen seines Gegenübers anpassen. Sicher bedeutete das eine große Belastung.

»Du wurdest Opfer eines Raubüberfalls, stimmt's?«, bohrte sie weiter. »Du wurdest ausgeraubt und erstochen. Und Lisa ... War sie dabei? Oder hast du ...?« Doch sie konnte den Satz nicht beenden, weil sie nicht wollte, dass es wahr war. Weil sie nicht wollte, dass sie auf ihre Fragen eine Antwort bekommen würde, mit der sie nicht leben konnte. *Hast du ihr etwas angetan? In jener Nacht? Vor jener Nacht? Hat sie dich deswegen angefleht? Damit du aufhörst? Damit du ihr nicht wehtust?*

Er schwieg und setzte wieder sein Pokerface auf, das sie inzwischen so gut kannte. Sie dachte schon, dass er ihr nicht antworten würde, doch dann verzog er schmerzerfüllt das Gesicht. Als er tief Luft holte, schien sein ganzer Körper zu erschaudern. Und im nächsten Moment begann Emerys Erinnerung zu erbeben. Ihre Umgebung veränderte sich, und sie drehte sich um.

Sie waren wieder in der Seitengasse. Nick stand mit an die Mauer gepresstem Rücken da, als wolle er so weit wie möglich vor seiner Erinnerung zurückweichen. Emery befand sich in der Mitte der Gasse. Es war kühl und dunkel, und die Luft war feucht. Rechts und links ragten hohe Backsteingebäude auf, und der Geruch nach verdorbenen Essensresten war übermächtig. Der Straßenverkehr am Ende der Gasse schien sehr weit weg zu sein.

Da war ein zweiter Nick, der in eine der Mülltonnen spähte. Ein lebendiger Nick. Obwohl es dunkel war und sie nur seinen Nacken sehen konnte, erkannte sie ihn an seinem Körperbau und am zerzausten Haar. Er trug eine Lederjacke und Jeans. »Ich sehe es nirgends.« Sein schottischer Akzent war in der Erinnerung an sein wirkliches Leben ausgeprägter.

»Ich bin ganz sicher, dass es mir im Restaurant runtergefallen ist.« Beim Klang der zweiten Stimme zuckte Emery zusammen. Es war eine Frau, die wenige Meter neben Nick stand. Lisa. Klein, zierlich und blond und höchstens Ende zwanzig. Sie trug einen ausgestellten roten Rock, eine weiße Bluse und eine Jeansjacke darüber. Mit einem Fuß – Keilabsatz – tippte sie ungeduldig auf den Boden. »Wenn sie darauf beharren, dass es nicht da ist, haben sie es bestimmt weggeworfen.«

»Es ist ein funkelndes Armband. So etwas wirft man nicht einfach weg.« Nicks Tonfall war ein wenig gereizt, ein Hinweis auf einen vorherigen Streit.

»Du musst nur gründlicher suchen.«

»Ich kann kaum etwas sehen. Außerdem weigere ich mich, in einer Mülltonne zu wühlen.«

»Nick, weißt du, wie viel dieses Armband gekostet ...«

»Es ist mir egal, was es gekostet hat! Warum schaust du nicht selbst in die verdammte Tonne?«

Er knallte den Deckel zu und drehte sich mit finsterer Miene zu ihr um. Im nächsten Moment wurde seine Miene argwöhnisch, und er trat mit wenigen Schritten vor sie.

»Was machst du …«

»Pssst.«

Eine Gestalt kam auf sie zu. Sie hatte das Licht von der Straße im Rücken, sodass ihr Gesicht im Schatten lag. Emery spürte, wie sie ein warnender Schauder überlief, und sie sah Nick – den echten Nick – fragend an. Doch er erwiderte ihren Blick nicht. Seine Züge waren reglos wie eine Maske, obwohl sie in den Tiefen seiner Augen das unmittelbar bevorstehende Grauen erkennen konnte.

»Ich habe euch zwei hier reingehen sehen«, sagte der Mann. Seine Stimme war ein leises Knurren, und Emery konnte seinen Akzent nicht einordnen. Sie waren in Oxford, das wusste sie, denn Nick war in Oxford gestorben. Doch der Akzent war von anderswo.

Nick packte Lisa am Handgelenk. Wollte er sie festhalten? Sie von dem Mann wegziehen? Sie stand wie erstarrt da und rührte sich im ersten Moment nicht.

»Ich will nur dein hübsches Handtäschchen«, presste der Mann hervor. Und Sie, Sir« – das »Sir« war eindeutig höhnisch gemeint –, »haben sicher auch eine kleine Spende für mich übrig.«

Nick richtete sich zu voller Größe auf. Er überragte den Mann zwar, aber nicht viel. »Wir haben nichts, was wir dir geben könnten.«

Der Mann stieß ein hohles, blechernes Lachen aus. »Ich glaube euch kein Wort. Ihr habt doch gerade über ein funkelndes Armband geredet. Außerdem hast du gesagt, dass es eine Stange Geld gekostet hat.«

»Wir haben es verloren«, erwiderte Lisa mit zitternder Stimme. Eine Autohupe ertönte, allerdings zu weit entfernt. »Sie können ja selbst danach suchen, wenn Sie wollen. Es ist irgendwo in der Mülltonne. Ganz bestimmt.« Kluges Mädchen, dachte Emery und spürte, wie ihr Herz heftig klopfte. Am liebsten hätte sie Nick und Lisa zugerufen, sie sollten loslaufen, dem Unausweichlichen irgendwie entrinnen.

»Das werde ich tun, Schätzchen.« *Schätzchen.* Das Wort klang auf seltsame Weise bedrohlich und entschuldigend zugleich. Und da war es, das silbrige Aufblitzen. Emery schnappte nach Luft. Nick zog Lisa in Richtung der Einmündung zur Gasse. Dorthin, wo die Autos fuhren. Zu den hellen Straßenlaternen und den lachenden Passanten. Aber auch auf den Mann zu, der ein Messer in der Hand hatte und ihnen den Weg versperrte.

Lisa stolperte hinter Nick her. »Nick.« Ihre Stimme war kaum lauter als ein Flüstern, und sie zog die Schultern hoch, um sich möglichst klein zu machen.

»Aus dem Weg«, rief Nick mit so viel aufgesetztem Mut in der Stimme, dass Emerys Herz zu flattern begann. Glaubte er wirklich, er könnte sich an dem Angreifer vorbeidrängen? Oder traute er diesem Mann schlichtweg nicht zu, dass er ihnen etwas antun würde? Sie warf einen Blick auf den zweiten Nick, doch der ließ sich nichts anmerken. Sein Gesicht war bleich, und er hatte die Fäuste geballt. »Lass es einfach«, blaffte der Nick aus der Erinnerung. »Wir haben keine Angst vor dir.« Doch die Körpersprache der beiden sagte etwas anderes.

Ohne zu zögern, streckte der Fremde das Messer vor. »Eure Brieftaschen, wenn ich bitten darf.«

Mit zitternden Fingern reichte Lisa ihm ihre Handtasche. »Hier, nehmen Sie das.«

»Danke, Schätzchen.« Als hätte sie ihm gerade eine Tasse Tee serviert. Der Mann starrte Nick an. Nick starrte zurück. Einen Moment lang glaubte Emery, dass alles gut werden und der Mann sie in Ruhe lassen würde, obwohl sie wusste, wie es weiterging. Dann jedoch wanderte Nicks Blick zu der Handtasche. Es war eine elegante schwarze Tasche. Der Riemen bestand aus einer silbernen, mit bunten Perlen verzierten Kette.

Nick ballte die Fäuste, und seine Augen verdunkelten sich. Emery wusste, dass die Veränderung Lisa nicht entgangen war.

»Nick, bitte nicht.« Ihre Stimme hallte durch die Gasse, und die Erinnerung schien ins Stocken zu geraten. Emery konnte förmlich hören, wie oft Nick diese Worte hatte Revue passieren lassen. Eine schiere Ewigkeit lang, immer wieder, bis zu diesem Moment.

Er schnellte vor, doch der Angreifer war schneller und stieß zu. Er verpasste Nick einen Schnitt quer über die Brust, der ihm das Hemd unter der Lederjacke aufschlitzte. Nick wirbelte herum und holte aus. Doch dass ihm die Erfahrung mit körperlichen Auseinandersetzungen fehlte, war offensichtlich, wohingegen der Mann genau wusste, was er tat – und offenbar zu wild entschlossen war, um im entscheidenden Moment zu zögern.

Es ging viel zu schnell. Ein Stich. Dann eine Pause, bevor der Mann zurückwich. Die silberne Messerklinge war voller Blut. Nick blickte auf seinen Bauch und schien beinahe erstaunt zu sein. Lisa schrie. Nick sackte zusammen, sein Hemd war bereits blutgetränkt. Und Emery konnte nur hilflos dastehen und zusehen. So wie Lisa. Absolut hilflos.

Dann drehte der Mann sich zu Lisa um.

»Bitte nicht.« Sie wich ein paar Schritte zurück, doch er schlenderte weiter auf sie zu. Nick schleppte sich über den Boden, sein Blut verschmierte den Asphalt. Die Erinnerung wurde dunkler, als hätte jemand eine Lampe gedimmt. Weil Nick starb, wie Emery klar wurde. Und zwar nicht so, wie sie gestorben war, also in einem plötzlichen Abschied von der Welt, sondern langsam und qualvoll. Die Szene verdunkelte sich weiter.

»Lisa.« Seine Stimme war kaum noch zu hören. Heiser. Flehend.

Die Finsternis senkte sich weiter herab. Emery hörte Lisas

Schluchzen. Dann ein Poltern, als sie gegen die Mülltonnen geschleudert wurde. Noch ein Blick auf die Szene, Nicks letzter Versuch, die Augen zu öffnen. Und sie sah, wie der Mann panisch auf Lisa einstach und sie zu Boden stieß, sodass ihr Kopf mit einem dumpfen Geräusch auf dem Asphalt aufschlug. Ihr Blick aus stumpfen, leeren Augen traf den von Nick.

Die Erinnerung verblasste, und sie waren wieder im hellen, warmen Garten. Der Geruch nach frisch gemähtem Gras vertrieb den Gestank der Seitengasse. Emerys Mund war trocken, das Herz klopfte ihr bis zum Halse. Wie gerne hätte sie ihn getröstet, doch die grausigen Umstände seines Todes – Lisas Todes – waren ihr in die Glieder gefahren, sodass sie wie gelähmt war. Wie sehr musste ihn dieses Erlebnis all die Jahre lang gequält haben.

»Oh, Nick.« Sie wusste nicht, was sie sagen sollte.

Er war stocksteif. Seine Muskeln wirkten so angespannt, als könnten sie jeden Moment entzweireißen. »Es ist meine Schuld. Es ist meine Schuld, dass sie sterben musste«, stieß er mit erstickter Stimme hervor. Wie lange schon schwärten diese Worte in ihm?

»Nein«, entgegnete sie mit Nachdruck, denn wenigstens diese Angst konnte sie ihm nehmen. »Es ist nicht deine Schuld, sondern die des Mannes, der …«

»Ist es doch!« Er zerrte an seinen Haaren, als wolle er sie an der Wurzel ausreißen. Und da verstand sie, was hinter all den Selbstvorwürfen und Schuldgefühlen steckte. Es war zwar längst nicht dasselbe, aber sie erinnerte sich noch klar und deutlich an die Worte ihrer Mum: *Du warst derjenige, der ein zweites Kind wollte. Ich schaffe das nicht. Eine Zeitbombe, die jeden Moment hochgehen kann.*

»Als meine Mum uns verlassen hat«, begann sie leise, »habe ich mir die Schuld gegeben. Das tue ich, wenn ich absolut ehrlich bin, auch heute noch. Obwohl ihr vermutlich der größere

Vorwurf zu machen ist. Ich weiß, es ist nicht dasselbe, aber ...«
Sie fuhr sich mit der Zunge über die Lippen. Er beobachtete sie. »Ich weiß, wie es sich anfühlt, wenn man glaubt, ganz allein schuld an etwas zu sein. Aber du bist nicht schuld, Nick. Du hast Lisa nicht wehgetan. Sondern dieser Mann.«

»Dass deine Mum euch verlassen hat, war auch nicht deine Schuld, Emery«, erwiderte er ruhig. »Du warst noch ein Kind.«

»Sie ist nicht damit klargekommen ... mit ... meiner Krankheit.«

»Das ist ihr Problem«, antwortete er mit Nachdruck. »Nicht deins.«

»Also gut. Aber das könnte man auch über das sagen, was dir passiert ist.«

Er schüttelte den Kopf. »Ich hätte einfach nachgeben können, ihm die Tasche überlassen können. Dann hätte er uns vielleicht laufen lassen.«

»Vielleicht, Nick. Das Leben ist voller ›Vielleichts‹.« Der Tod offenbar auch.

»Sie ist meinetwegen gestorben.« Seine Stimme klang tonlos, ohne jede Hoffnung.

Emery spürte, wie ihre Augen wieder zu brennen begannen. Wie gerne hätte sie um das geweint, was ihm zugestoßen war. Um seine Schuldgefühle. Deshalb also glaubte er, dass er es verdient hatte, hier zu sein. An diesem Ort. Für immer gefangen zwischen Leben und Tod. Nur würden ihm Tränen auch nichts bringen. Deshalb trat sie zu ihm und griff nach seiner Hand.

»Ich wollte es dir nicht zeigen«, sagte er, noch immer mit derselben matten Stimme. »Du solltest nicht meine schlechteste Seite sehen.«

Sie umfasste sein Gesicht. »Davor darfst du dich nie fürchten. Fürchte dich nie davor, mir alles von dir anzuvertrauen.« Das warnende Beben war zu spüren. Der Countdown begann.

Die Zeit reichte nicht mehr, um das Gespräch zu Ende zu führen.

Emery ließ die Hand sinken. »Ich dachte immer, wir könnten in unseren Erinnerungen keine anderen Menschen sehen.« Das war zwar nicht die Frage, die sie am meisten beschäftigte, doch sie war ihr spontan über die Lippen gekommen.

»Keine Ahnung, wie ich das gemacht habe.«

»Möglicherweise ist deine Verbindung zu diesem Ort ja enger, als du glaubst.« Sie blickte ihn an, in der Hoffnung, dass sich etwas an seiner Miene verändern und der stumpfe Ausdruck aus seinen Augen weichen würde. *Zu wenig Zeit.* »Nick, ich mag mich irren, aber ich denke nicht, dass du hier bist, weil du für etwas bestraft werden sollst.« Als sie ihn auf die Wange küsste, spürte sie, wie er nach Luft schnappte und erstarrte. Ebenso wie sie, als ihre Blicke sich trafen und ein Funke in seinen Augen tanzte. Er legte ihr die Hände auf die Hüften. Als sie seinen Hals berührte, war seine Haut ganz warm und weich. Er verstärkte seinen Griff, um sie festzuhalten. Sie wollte ihm noch näher kommen, ihren ganzen Körper an ihn pressen und alles andere vergessen. Alles, was geschehen war, und alles, was noch geschehen würde, um einfach nur bei ihm zu sein.

Doch die Zeit war vorüber. Sie sah, wie die Konturen ihrer Hände an seinem Hals schärfer wurden, und bemerkte, dass die Erinnerung ringsum verblasste. Und sie würde nicht darum kämpfen, bleiben zu können, denn sie hatte eine Schwester, die sie brauchte. Also schloss sie die Augen und lehnte zum Abschied die Stirn an seine.

»Emery.« Er sprach ihren Namen aus wie ein Gebet. Und sie war nicht sicher, ob sie sich seine nächsten Worte nur einbildete oder ob sie echt waren, geflüstert durch den Schleier einer verblassenden Erinnerung. »Verlass mich nicht.«

Kapitel 25

NEUN MONATE SPÄTER (APRIL 2014)

ALTER: 35

Emerys Absätze versanken im Gras unter ihren Füßen. Ihr Atem stand wie eine Wolke vor ihrem Mund, und die eiskalte Luft umstrich ihre Wangen. Eigentlich hätte sie frieren müssen, doch sie empfand nichts als Benommenheit. Sie konnte nicht sagen, wie sie die letzten Stunden überstanden hatte, und sie erinnerte sich nicht mehr, was sie gesagt hatte, als sie vor die Anwesenden getreten war, um über ihre Schwester zu sprechen. Sie hatte versucht, sich die richtigen Worte zurechtzulegen. Worte, die alles einschlossen, was Amber ausgemacht hatte, weshalb die Menschen sie im Gedächtnis behalten sollten. Aber sie hatte zu viel weggelassen und glaubte nicht, dass es ihr gelungen war, zu vermitteln, was für ein einfühlsamer Mensch Amber gewesen war. Und zwar von Natur aus, nicht weil sie sich dafür hätte Mühe geben müssen. Wie unbeschreiblich selbstlos sie gewesen war, immer für alle da, die sie brauchten, ganz gleich, aus welchem Grund. Wie sie es in ihrer Jugend klaglos ausgehalten hatte, die große Schwester eines kranken Kindes zu sein. Wie sehr sie sich Kinder gewünscht und sich gefreut hatte, als Lily geboren worden war. Wie sie ihren Beruf geliebt hatte, weil er dem Ziel diente, anderen Menschen zu helfen, und weil es eine sonderbare Faszination auf sie ausgeübt hatte, was eine Berührung in der menschlichen Muskulatur bewirken konnte. Wie sie ihre Behandlung mit Würde und Geduld ertragen und nie über ihre Schmerzen geklagt hatte. Bis zum Ende hatte sie hoch erhobenen Hauptes durchgehalten, weil sie es den

Menschen um sich herum nicht noch schwerer machen wollte. Dass sie, nur ein einziges Mal, verraten hatte, wie zornig sie war, nur um dieses Gefühl danach Tag für Tag hinunterzuschlucken, damit das Leben für alle weiterging. Sie war die beste große Schwester, Mutter und Lebenspartnerin von allen gewesen.

Nicht nur Lebenspartnerin, sondern Ehefrau. Als Amber starb, war sie verheiratet gewesen. Robin und Amber hatten sich vor einigen Wochen trauen lassen, denn die gleichgeschlechtliche Ehe war in Großbritannien nun endlich legal. Es war nur eine kleine Feier gewesen. Da Amber schon so geschwächt gewesen war, hatte man die Zeremonie im Sitzen abgehalten. Also alles andere als die Sause, die Amber sich vielleicht gewünscht hatte, auch wenn man in dieser Hinsicht nur mutmaßen konnte. Sie hatten es Lily zuliebe getan. Und wegen Robin, damit Amber nicht nur auf die einzige Weise, die wirklich zählte, sondern auch im Sinne des Gesetzes zu ihrer Familie gehörte.

Inzwischen war Lily fast fünf Jahre alt und würde sich kaum an die Mutter erinnern, die sie so geliebt hatte.

Es hatte sich eine beträchtliche Menschenmenge um das Grab versammelt. Emery stand ein Stück abseits. Sie hatte noch nicht ganz begriffen, dass das hier wirklich passierte. Es gab noch keinen Grabstein, da er erst in Auftrag gegeben worden war. Robin hatte Emery nach ihrer Meinung gefragt. Emery hatte versucht, zu funktionieren und Vorschläge zu machen, um Robin eine Hilfe zu sein. Denn Robin, die während der ganzen Zeit wie ein Fels in der Brandung gestanden hatte, war nach Ambers Tod völlig zusammengebrochen. Sie aß und schlief kaum noch, und die kleine Lily konnte nicht verstehen, warum eine ihrer Mummys nicht mehr zurückkam, während die andere nur noch ein Schatten ihrer selbst war. Alle versuchten zu helfen, doch Emery konnte sich nicht vorstellen, wie sie all das überstehen sollten. Die Trauer schien sich endlos vor ihr zu erstrecken, denn alles, was sie kannte und liebte, war ihr entrissen worden.

Robin stand mit Lily an der Hand in der ersten Reihe der Trauernden und weinte bitterlich. Emery brachte es nicht über sich, zu ihr zu gehen, um sie zu unterstützen und zu trösten. Sie konnte nichts anderes tun, als vor sich hin zu starren. Doch Robins Mum war bei ihr. Und Emerys Eltern, ihr Dad und ihre Mum. Sie versuchte, ihre Mutter nicht anzusehen, hatte jedoch während der ganzen Trauerfeier ihren Blick auf sich gespürt. Emery hatte ein paar Worte mit ihr gewechselt, ausschließlich über Amber. Die Trauer spiegelten sich auf ihrem Gesicht, das älter wirkte als in ihrer Erinnerung. Älter als das Gesicht vor ihrem geistigen Auge, wann immer sie sich im Laufe der Jahre nach ihr gesehnt oder sie zum Teufel gewünscht hatte. Graues Haar, Falten, eine andere Brille. Obwohl sie erst Mitte sechzig war, wirkte sie älter als Emerys Dad. Sie hatte der Familie den Rücken gekehrt, weil sie nicht damit zurechtgekommen war, dass eine ihrer Töchter vielleicht sterben könnte. Und nun war die andere Tochter tot. Amber war tot. Unter der Erde. Das war nicht fair. Es hätte Emery sein sollen, die da lag – und zwar schon seit vielen Jahren. Es war, als suche das Universum nach einem Ausgleich dafür, dass es ihr, Emery, immer wieder eine neue Chance zum Weiterleben gab, und zwar, indem es Amber die ihre genommen hatte.

Colin trat hinter sie und legte ihr die Hand auf die Schulter. Sie zuckte nicht einmal zusammen. »Komm. Ich fahre dich nach Hause.« Er trug einen schwarzen Anzug mit Krawatte. Seine blauen Augen waren gerötet und verquollen.

»Ich habe kein Zuhause«, erwiderte sie leise. Bis jetzt hatte sie bei ihrem Dad übernachtet, wusste aber nicht, ob sie es weiter dort aushalten würde, denn sie waren beide zu erschüttert vor Trauer. Im Moment wurde er von ihrer Mum getröstet. Sie standen nebeneinander an Ambers Grab, zwei Elternteile in Trauer vereint. Emery hatte sich erboten, bei Robin zu bleiben, doch ihre Schwägerin hatte abgelehnt, und sie hatte sie nicht bedrängt. Vielleicht wollte Robin ja lieber allein sein, um in Ruhe und ohne Zeugen zu weinen.

»Du kannst mit zu mir kommen«, schlug Colin vor, schob sie vom Grab weg und in Richtung seines Wagens. Sie ließ ihn gewähren. Was sollte sie anderes tun?

Als sie mitten in der Nacht aufwachte, wusste sie im ersten Moment nicht, wo sie war. In Colins Wohnung. In seinem Schlafzimmer. Er hatte darauf bestanden, dass sie das Doppelbett nahm, und schlief selbst auf dem Sofa. Es roch ein wenig muffig. Und eindeutig nach ihm. Bis jetzt war ihr sein Geruch nie aufgefallen: nach Holz und Moschus und so vertraut wie ihr eigener. In der ersten Sekunde hatte sie vergessen, warum sie hier war. So ging es nun schon seit Tagen: ein paar glückselige Augenblicke nach dem Aufwachen, bevor die schreckliche Erkenntnis wieder über sie hereinbrach.

Emery kroch aus dem Bett und spürte leise Panik in sich aufsteigen. Sie wollte weg. Nicht aus der Wohnung, sondern aus der Welt. Eigentlich hatte sie nach Ambers Tod erwartet, Nick wiederzusehen. Bei der Beerdigung hatte sie darauf gehofft und sich regelrecht etwas herbeigewünscht, das ihr einen Schock versetzte, denn er war der Einzige, der sie jetzt vielleicht trösten konnte. Er würde sie verstehen, denn auch er hatte einen geliebten Menschen verloren. Nick war es, bei dem sie jetzt sein wollte. Es war nicht fair, dass sie Amber verloren hatte, denn sie hatte fest geglaubt, dass sie immer für sie da sein würde. Und nun konnte sie nicht zu dem einzigen Menschen, der niemals bei ihr war.

Sie schlich sich ins Wohnzimmer. Colin lebte in der Nähe von Lutton am Stadtrand von London. Die Wohnung gehörte ihm und war alles, was er sich von seinem Gehalt als Journalist leisten konnte, obwohl die tägliche Pendelei an seinen

Nerven zerrte. Nun lag er wach auf dem Sofa. Ob er nicht hatte schlafen können oder ob sie ihn beim Hereinkommen geweckt hatte, konnte Emery nicht sagen. »Willst du zu mir ins Bett kommen und neben mir schlafen? Ich kann nicht allein sein.«

Ohne nachzufragen, stand er auf, folgte ihr ins Schlafzimmer und ließ sich neben sie ins Bett fallen. Sie kehrte ihm den Rücken zu und schmiegte sich an seine Seite. Als er den Arm um sie legte, hüllte sein Holzgeruch sie ein wie eine Decke. Sie schwiegen. Auch er hatte Amber verloren. Vielleicht auf eine andere Weise als Emery, dennoch hatte er sie praktisch sein Leben lang gekannt. Sie war für sie beide eine Konstante im Leben gewesen, und es war ein Trost, dass er möglicherweise ahnte, was in Emery vorging. Sie drehte sich um und sah ihn an.

»Alles in Ordnung?«, flüsterte er.

Sie schüttelte den Kopf. Nein, nichts war in Ordnung. Und außerdem – nein, sie wollte nicht darüber reden. Also rückte sie noch ein Stück näher und küsste ihn auf den Mund. Kurz nur, aber innig. Er reagierte nicht, blieb nur völlig reglos liegen. Deshalb streckte sie die Hand aus und strich ihm über den nackten Arm. Sie spürte, wie er erstarrte, und stellte fest, dass er sie beobachtete.

»Emery.« Es klang zögernd, fast wie eine Warnung. Wieder schüttelte sie den Kopf und lehnte sich an ihn. Sie brauchte es, musste etwas fühlen, sich ablenken. Diesmal erwiderte er ihren Kuss, vorsichtig, und sie spürte, wie er sie fester an sich zog. Er liebte sie. Sie wusste es. Und es war falsch und schrecklich und egoistisch von ihr. Aber sie brauchte diese Zuwendung, jemanden, der sie tröstete. Sie wollte sich real fühlen, geerdet, wollte etwas anderes empfinden als diese nicht enden wollende Benommenheit. In diesem Moment brauchte sie ihn.

Er machte sich los. »Emery, ich glaube nicht, dass du ...«

Doch sie drehte ihn nur wortlos auf den Rücken, beugte sich über ihn, sodass ihre Locken wie ein Vorhang um ihre Gesichter fielen, und küsste ihn wieder. Nun erwiderte er ihren Kuss. Seine Zunge glitt in ihren Mund, seine Hände wanderten ihre Taille hinunter und zogen sie an sich. Seine Lippen streiften ihren Hals, sodass sie seinen warmen Atem wie eine Liebkosung auf der Haut spürte. Ihr Ohr. Und als sie seinen Namen aussprach, klang es wie ein Flehen.

Er drehte sie so, dass sie unter ihm lag, hielt inne und sah ihr in die Augen. Sie erwiderte seinen Blick. Ja, sie wollte es. Bitte. Ja. Er beugte sich vor, um ihren Mundwinkel zu küssen, und strich mit den Lippen abwärts in Richtung ihrer Brüste. Seine Hände glitten unter ihren Pyjama und tasteten über die nackte Haut. Sie schloss die Augen und hob die Arme, damit er ihr das Oberteil ausziehen konnte. Dabei konzentrierte sie sich ganz auf ihn, auf seine Hände, die ihre Brüste berührten und sich ein Stück tiefer unter ihre Hose schoben. Ja. Gut. Alles. Alles, damit sie sich selbst nicht wahrnehmen musste, so flüchtig es auch sein mochte.

Kapitel 26

ZWEI MONATE SPÄTER (JUNI 2014)

ALTER: 35

Emery stand vor dem cremefarbenen Gebäude und fand, dass es eher wie ein Wohnblock aussah. Auf dem ordentlich gemähten Rasen vor dem Haus standen Tische und Stühle. Große Fensterscheiben reflektierten das Sonnenlicht. Das Gebäude war hoch und ein wenig einschüchternd und schien sie beinahe missbilligend zu mustern. Als kenne es den Grund ihres Besuchs und heiße ihn nicht gut.

Ihr taten die Füße weh. Seit einigen Stunden ging sie nun schon ziellos durch Oxford. Ihr einziger Plan war, ein Gefühl für die Stadt zu bekommen, in der Nick gelebt hatte. Als sie unter dem historischen Torbogen durchging, die hellen goldfarbenen Fassaden betrachtete und die ehrwürdigen Gemäuer der Bodleian Library bewunderte, stellte sie sich vor, er sei bei ihr, und fragte sich, ob er wohl je in dieser Bibliothek gesessen hatte. Sie malte sich aus, wie er ihre Hand hielt, ihr die besten Cafés zeigte und mit ihr in einem Stechkahn den Fluss hinunterfuhr. Sie dachte auch an Amber. Eigentlich gab es keinen Moment, in dem sie nicht mit den Gedanken bei ihr war. Als sie vorhin an einer Buchhandlung mit Café vorbeigekommen war, hatte sie kurz einen Blick auf einen Haarschopf im selben Braunton wie dem ihrer Schwester erhascht, und ihr Herz hatte zu flattern begonnen. Doch bereits im nächsten Moment war die niederschmetternde Erkenntnis gefolgt, dass es nicht Amber sein konnte. Soweit Emery wusste, war Amber nie in Oxford gewesen, außerdem hatte Amber am Ende kein so langes, seidiges Haar mehr gehabt wie die junge Frau am Fenster des Cafés. Auch wenn Emerys Füße müde waren, reichte ihre wahre Erschöpfung viel tiefer und hatte von jeder Zelle ihres Körpers Besitz ergriffen. Zwei Monate. Seit Ambers Beerdigung waren zwei Monate vergangen, und sie hatte noch immer das Gefühl, sich wie eine Schlafwandlerin durchs Leben zu bewegen, so als lasse die Benommenheit niemals nach. Mit Ausnahme der Nächte, wenn sie sich tatsächlich legte und eine übermächtige Trauer ihren Platz einnahm. Dann rollte Emery sich schluchzend zusammen und wünschte sich, sie könnte einschlafen und nie wieder aufwachen. Denn das wäre besser, als sich so zu fühlen. Als zu wissen, dass es keinen Ausweg gab.

Sie atmete einen tiefen Zug der feuchten Luft ein, um sich zu sammeln. Für die nächsten Tage war schon wieder Regen vorhergesagt, und alle redeten nur noch darüber, dass es in diesem Monat offenbar ständig regnete, obwohl es um diese Jahreszeit eigentlich viel klarer und trockener hätte sein sollen. Als ob es eine Rolle gespielt hätte, ob es regnete oder nicht. Als ob überhaupt etwas irgendeine Scheißrolle gespielt hätte.

Emery zwang sich, zur Tür des Gebäudes zu gehen. Sie schob sie auf und trat in einen Empfangsbereich. Drinnen war alles gut beleuchtet, und es standen zahlreiche Blumenvasen herum – eine auf einem runden Tisch in der Mitte des Raums, eine am Empfang gleich dahinter und eine links auf einem Regal zwischen zwei hellblauen Lehnsesseln. Emery ging über den polierten Holzboden zum Empfang. Im Hintergrund spielte klassische Musik. Doch alles erschien ihr viel zu still, und sie hatte das Gefühl, aufzufallen. So, als gehöre sie hier nicht hin.

Aber Emery hatte herkommen müssen. Das hier war Lisas letzte bekannte Adresse. Obwohl inzwischen ein Pflegeheim in diesem Gebäude untergebracht war. Doch möglicherweise wusste man ja trotz des Besitzerwechsels, was aus Lisa geworden war oder wo sie begraben lag. Vielleicht hatte man sie ja neben Nick beerdigt.

All die Einzelheiten hatte sie ohne Colins Hilfe herausgefunden – Colin, den sie in einen Winkel ihrer Erinnerung verbannt hatte, wo er am besten auch bleiben sollte. Seit der Beerdigung hatte sie kaum noch mit ihm gesprochen und wusste, dass sie das zu einer schlechten Freundin, ja, sogar vielleicht zu einem schlechten Menschen machte. Aber sie hätte die Fragen nicht ertragen. Ebenso wenig wie die Tatsache, dass er sie nun vermutlich mit anderen Augen sah oder gar etwas wollte, das sie ihm nicht geben konnte. Was hätte sie ihm antworten sollen? Schließlich war sie selbst nicht sicher, was sie eigentlich empfand. Dafür waren ihre Gefühle viel zu verworren und chaotisch. Also war es besser, alles auf sich beruhen zu lassen, bis sie bereit war, sich damit zu beschäftigen. Bis sie wusste, was sie sagen sollte. Was sie sagen wollte.

Die Pflegerin hinter dem Empfang blickte auf. Sie trug ein violettes Hemd über einer marineblauen Hose. Ihr dunkelblondes, an den Ansätzen ergrautes Haar hatte sie zu einem Dutt hochgesteckt. Sie nahm die Brille ab und ließ sie an einer Kette um ihren Hals baumeln. »Hallo, meine Liebe. Möchten Sie jemanden besuchen?«

»Nein, ich …« Emery unterbrach sich und überlegte, wie sie es ausdrücken sollte, und kam zu dem Schluss, dass es ihr gleichgültig war, ob die Pflegerin sie für merkwürdig hielt. »Ich möchte etwas über jemanden herausfinden, der früher hier gewohnt hat. Lisa Hartington. Dies war die letzte Adresse, die ich von ihr finden konnte, und …«

Die Pflegerin musterte sie forschend und legte den Kopf schief, sodass die Kette mit der Brille ihr seitlich über das Schlüsselbein rutschte. »Lisa Hartington? Sie ist noch hier, meine Liebe.«

Emery starrte sie entgeistert an. »Aber sie …« Sie schluckte. »Ihre Adresse lautet Oakwood House.«

»Das ist richtig. So hieß diese Einrichtung früher, bevor sie aufgekauft wurde. Von uns, um genau zu sein. Das war vor meiner Zeit. Aber Lisa ist geblieben. Ihre Eltern wollten sie nicht verlegen. Allerdings hat sie inzwischen keine Familie mehr, die Arme. Ihre Mum und ihr Dad sind gestorben, und sie war nicht verheiratet. Ich glaube, es gab da einen Verlobten, aber der ist auch tot, soweit ich weiß. Außer ... Sie sind keine Verwandte, oder?«

»Nein, ich ...« Emery war wie vor den Kopf geschlagen und hatte noch nicht ganz begriffen, was sie da hörte. »Sie ist hier? Lisa Hartington? Sie muss jetzt über sechzig sein. Schätzungsweise. Blond, ziemlich zierlich.« Das war zwar nur eine vage Beschreibung und konnte auch falsch sein, denn schließlich basierte sie darauf, wie sie Lisa im Jahr 1979 gesehen hatte. Aber das konnte doch nicht stimmen. Lisa war tot. Sie hatte es selbst beobachtet.

»Ja, meine Liebe, sie ist noch hier. Sie kennen sie also?«

»Ich ...« Emery presste die Zunge gegen ihren trockenen Gaumen. »Ich kenne die Familie ihres Verlobten.« Das stimmte zwar ebenso wenig, denn Nicks Eltern waren lange tot, und er hatte keine Geschwister. Aber die Pflegerin nickte und schürzte die Lippen, während sie Emery unter diesem neuen Gesichtspunkt betrachtete. Emerys Herz schlug schneller, und das Gefühl, dass ihr Körper nach der wochenlangen Starre wieder zum Leben erwachte, war nicht gerade angenehm.

»Möchten Sie sie sehen? Sie bekommt nie Besuch. Sie müssen sich nur hier eintragen.« Was blieb ihr auch anderes übrig? Sie musste sich vergewissern. Also folgte Emery den Anweisungen der Pflegerin. Der Stift fühlte sich in ihrer schweißfeuchten Hand glitschig an. Der Puls an ihrem Handgelenk pochte warnend. Dann führte die Pflegerin sie durch die Glastüren des Empfangsbereichs und einen Flur entlang, vorbei an geschlossenen weißen Türen und durch eine Küche, wo sich jemand gerade Tee kochte, bis in einen hell erleuchteten Aufenthaltsraum. Hier saßen die Bewohner des Heims. Einige starrten aus den großen Fenstern hinaus in den Garten, andere hatten sich über Schachbretter gebeugt. Am Ende des Raums ruhte eine Frau in einem aufs Fenster ausgerichteten Liegestuhl.

Die Schwester warf einen kurzen Blick auf Emery, als wolle sie ihre Reaktion abschätzen, dann ging sie vor ihr her auf die Frau zu. Sie war nicht mehr als die Lisa zu erkennen, die Emery in der Seitengasse beobachtet hatte. Ihr Haar war kurz und weiß und umrahmte in Wellen ihr Gesicht, das faltig war und wegen der erschlafften Muskeln konturlos wirkte. Ihre Augen standen offen. Sie waren hellblau, etwas, das Emery in Nicks Erinnerung nicht aufgefallen war. Allerdings schienen diese Augen nicht wahrzunehmen, dass sich gerade zwei Menschen über ihre Besitzerin beugten.

»Lisa?«, sagte die Pflegerin. Emery fragte sich, warum sie so laut sprach. Vielleicht war Lisa ja schwerhörig. Zumindest schien sie die Pflegerin nicht gehört zu haben. Emery konnte sie nur anstarren. Lisa lebte. Das musste sie Nick erzählen. All die Schuldgefühle, mit denen er sich zermürbt hatte – und hier lag sie und lebte! »Lisa, ich habe Besuch für Sie mitgebracht.« Nichts. Emery spürte, wie sich ihr Magen zusammenkrampfte. Etwas stimmte hier nicht. Inzwischen bemerkte sie, dass Lisa nur vom Liegestuhl aufrecht gehalten wurde. Ihr Kopf sackte gegen die Lehne, ihre Augen waren aufs Fenster gerichtet, ohne etwas draußen wahrzunehmen.

»Wenn Sie mich verstehen, folgen Sie meinem Finger«, sagte die Pflegerin, eine klare Anweisung. Lisas Augen folgten dem Zeigefinger, der sich vor ihrem Gesicht hin und her bewegte. Emery schnappte nach Luft.

Die Pflegerin nickte ihr zu. Aber was sollte sie jetzt tun? Lisa war zwar am Leben, aber ganz offensichtlich schwerst krank. Emery schluckte. Sie musste es versuchen. Nick zuliebe musste sie es versuchen. »Lisa? Ich bin …« Oh, Gott. »Ich bin eine Freundin von Nick.« Keine Reaktion.

»Manchmal reagiert sie, wenn man ihr die Hand drückt«, sagte die Pflegerin mit sanfter Stimme.

Emery nahm die zerbrechlich wirkende Hand der Frau. Ihre Haut war dünn wie Papier und weich. Offenbar machte sich jemand die Mühe, sie regelmäßig einzucremen. Obwohl sie sich zur Ruhe zwang, begann ihre eigene Hand zu zittern. »Erinnern Sie sich an Nick, Lisa?«, fragte sie leise. »Drücken Sie meine Hand, wenn Sie mich verstanden haben.« Sie zuckte zusammen und hätte Lisas Hand beinahe fallen gelassen. Denn Lisa hatte eindeutig zugedrückt. Doch ihr Gesicht blieb leer, ihre Augen starrten ins Nichts.

Emery machte sich los, wich zurück und sah die Pflegerin an. »Wie …?«

»Vielleicht sollten wir uns unterhalten.«

Emery stand auf der Brücke, während ihr der Wind das Haar zerzauste, und blickte hinunter auf die fahrenden Autos. Jedes bewegte sich schnell voran, schien entschlossen, irgendwo anzukommen. Aber wo? Was war so wichtig, dass man unbedingt dort sein wollte? Diese Frage erschien ihr absurd, denn sie hatte nicht das geringste Bedürfnis nach einem Ortswechsel.

Kurz hinter Oxford hatte sie angehalten, weil sie unbedingt aussteigen, durchatmen und nachdenken musste. Lisa lebte. Diese zwei Wörter gingen ihr wie ein Mantra durch den Kopf. Sie musste es Nick erzählen. Selbst wenn … Ja, Lisa mochte am Leben sein, aber um welchen Preis?

Es regnete, wie sie erst jetzt bemerkte. Kleine dunstige Tröpfchen bedeckten ihre Jacke. Ihre Fingerspitzen wurden feucht und kühl. Der Wind strich über ihren Nacken, bis sie erschauderte. Sie musste nach Hause und nach ihrem Dad sehen. Musste sich um einen weiteren in einer Reihe von hirnlosen Jobs bewerben. Musste Colins letzte SMS beantworten und aufhören, eine schlechte Freundin zu sein. Musste Robin anrufen und Lily besuchen. Es war einfach zu viel. Die erdrückende Last all dieser Bedürfnisse, die ihr gleichzeitig so abstrakt erschienen, als hätten sie gar nichts mit ihr zu tun. Sie fühlte sich haltlos. So als würde die Schwerkraft sie nicht in die Tiefe ziehen, wenn sie einfach einen Schritt von dieser Brücke machte. War das nicht die Lösung? Schließlich war sie in so vieler Hinsicht entwurzelt. Schon ihr ganzes Leben lang. Ohne den Anker, der die meisten Menschen am Boden hielt. In der ständigen Gewissheit, dass der kleinste Fehler, ein winziger Schock, genügte – und dann wäre es vorbei mit ihr. Trotzdem kehrte sie immer wieder zurück. Unsterblicher als sie konnte ein Mensch gar nicht werden. Bloß wollte sie gar nicht unsterblich sein. Sie wollte nicht, dass sich das Elend noch eine Ewigkeit hinzog.

Wieder blickte sie von der Brücke hinunter auf den harten, unnachgiebigen Asphalt. Es wäre ein Leichtes, diesen Schritt zu tun. Einen Tod für sich zu reklamieren, der nicht nur vorübergehend sein würde: Nick noch ein letztes Mal sehen und es endlich hinter sich bringen.

Sie legte beide Hände auf die Brüstung. Der Beton war rau unter ihren Handflächen. Als sie sich hochstemmte, fingen ihre Arme von der Anstrengung leicht zu zittern an, ein Zeichen dafür, wie schwach sie gerade war. Sie würde sich einfach auf die Brüstung stellen. Nur dastehen, um zu sehen, wie sich das anfühlte.

»Äh, Verzeihung.« Sie hörte die Stimme hinter sich, drehte sich aber nicht um, sondern hob das zweite Bein auf die Brüstung, sodass sie nun darauf kniete. Der Autoverkehr klang weit weg, was völlig unmöglich war, schließlich hätte er laut sein müssen. Im nächsten Moment spürte sie, wie jemand sie von hinten am Arm packte und sie von der Brüstung wegzog. Und das genügte. Es war der Schock, auf den sie gewartet hatte.

Kapitel 27

»Bist du völlig verrückt geworden, so etwas zu tun?« Nicks Tonfall war barsch. Keine Spur von dem Trost, nach dem sie sich so sehr gesehnt hatte. Er kam durch ein kleines Schlafzimmer mit zwei Einzelbetten auf Emery zu. Sie stand am anderen Ende des Raums, mit dem Rücken zum Fenster und neben einem kleinen Waschbecken, auf dem zwei Kinderzahnbürsten lagen. Nicks Blick war durchdringend, und er zog die Augenbrauen zusammen. Ein himmelweiter Unterschied zu der Gelassenheit und Ruhe, die er eigentlich ausstrahlen sollte. Was ihm bis jetzt auch immer gelungen war. Sie erinnerte sich an seine Abschiedsworte bei ihrer letzten Begegnung. An das, was sie zu hören geglaubt hatte.

Verlass mich nicht.

Deshalb hatte sie gedacht, dass er sich über ihren Anblick freuen würde. Dass er sie in seine Arme nehmen würde, um ihr einen Kuss ins Haar zu drücken. Das war das Wiedersehen, das sie sich ausgemalt hatte. »Ich habe überhaupt nichts getan«, zischte sie trotzig und verschränkte die Arme vor der Brust. »Du hast es doch selbst gesehen. Eine fremde Frau hat mich gepackt und ...«

»Das ist nicht die ganze Geschichte, wie du sehr wohl weißt.« Er trat noch einen Schritt auf sie, sodass sie den Kopf in den Nacken legen musste, um ihn ansehen zu können. »Was wolltest du auf dieser Brücke, Emery? Was hattest du vor?«

Sie antwortete nicht, weil sie nicht sicher war, ob sie die Antwort selbst kannte. Stattdessen blickte sie sich in dem kleinen Zimmer um. Es war ein *Bed and Breakfast*, wie die Einrichtung verriet. Die beiden Betten waren einheitlich bezogen: blau-weiß gestreifte Deckenbezüge, Kissen mit blauen und violetten Blumen. Die Tapete war blassgrün. An der Wand gegenüber von den Betten hingen abstrakte Gemälde in kühnen Farben und Formen. Ein leichter Geruch nach Frühstücksspeck lag in der Luft. Die Szene kam Emery bekannt vor. Was nur natürlich war, schließlich war es ihre eigene Erinnerung. Und sie konnte Amber lachen hören. Nicht hier, nicht von irgendwo draußen, sondern in ihren Gedanken. Amber als kleines Mädchen, ein kindliches Kichern.

»Was hattest du vor, Emery?«, wiederholte Nick seine Frage. Doch sie verschränkte weiter die Arme und starrte ihn an. Er fuhr sich mit der Hand übers Gesicht und ließ sie dann mit einem Seufzer sinken. »Ich weiß, dass es schwer für dich war ...«

»Du warst nicht dabei, oder?« Sie bedachte ihn mit einem vernichtenden Blick. »Du warst nicht da und musstest mit ansehen, wie Amber immer kränker wurde, ohne ihr helfen zu können, während die Ärzte meinten, sie hätten alles Menschenmögliche getan. Du warst nicht bei der Beerdigung und musstest keine Beileidswünsche entgegennehmen und beobachten, wie alle versuchten, sich damit abzufinden. Du musstest dir die Bemerkungen nicht anhören, wie schrecklich unfair das alles sei. Du musstest die vergangenen beiden Monate nicht durchmachen und warst nicht da, um mich dabei zu unterstützen, mein Scheißleben wieder auf die Reihe zu kriegen.«

Er erbleichte ein wenig, und auch sein Gesichtsausdruck veränderte sich, war nun nicht mehr ganz so finster. »Deine Schwester?« Seine Stimme war belegt.

»Genau. Sie ist tot. Für immer weg.« Dass Nick so schockiert wirkte, machte es sogar noch schlimmer. Denn sie hatte gehofft ... »Sie war nicht hier? Bei dir?«

»Nein. Tut mir leid.«

»Dann eben nicht.« Emery wandte ihm den Rücken zu,

denn er sollte ihre Enttäuschung und die neue Welle der Trauer nicht bemerken. Sie schaute aus dem Fenster hinaus in den kleinen Bauerngarten, wo gewiss summende Insekten um die Blumen kreisten. Tief in ihrem Innersten hatte sie sich daran geklammert, dass Nick vielleicht eine Nachricht von Amber an sie hatte. Und dass sie womöglich sogar die Gelegenheit hätte, zu schummeln. Dass sie wegen ihrer besonderen Verbindung zu diesem Ort und zu ihm eine Chance bekommen würde, die sonst niemandem gewährt wurde. Aber so war es nicht. Diese letzte Hoffnung auch noch zu verlieren, war niederschmetternd, und in ihr zog sich alles zusammen. Sie fühlte sich leer, ausgehöhlt. »Wie ich schon sagte, hast du nicht die geringste Scheißahnung, wie schwer es für mich war.«

Er schwieg einen Moment. »Du hast recht«, erwiderte er nach einer Weile. »Ich habe tatsächlich keine Ahnung. Auch wenn ich wünschte, es wäre anders. Ich wünschte, ich hätte für dich da sein können. Und die Ungewissheit hat mich fast um den Verstand gebracht. Aber das ändert nichts daran, dass ...« Sie hörte, dass er schluckte. »Du musst es versuchen, Emery.«

Mit einem höhnischen Lachen drehte sie sich zu ihm um und spürte, wie etwas Heißes, Bitteres in ihr aufstieg. »Ausgerechnet du hältst mir Vorträge über das Versuchen. Du bist doch derjenige, der sich selbst bestraft. Willst du bis in alle Ewigkeit hier festhängen und dich in deinen Schuldgefühlen suhlen? Was dir passiert ist, war ein riesiger Mist. Nein, mehr als das. Mir fehlen die richtigen Worte dafür. Aber dich deshalb zu zermürben, bringt dich ganz offensichtlich nicht weiter, denn sonst wärst du nicht mehr hier. Du *versuchst* es doch auch nicht, richtig? Du versuchst nicht, nach vorne zu schauen. Du versuchst nicht, dich besser zu fühlen. Du versuchst nicht, gegen deine Schuldgefühle anzukämpfen. Also verschon mich, verdammt noch mal, mit deinen Predigten, Nick.«

Er erwiderte nichts. Seine Miene wurde wieder verschlossen. Das Pokerface war zurück, das er immer dann aufsetzte, wenn er seine wahren Gefühle verbergen wollte. »Ich wollte dich nicht kränken.«

»Tja, hast du aber.« Sie ging zum Waschbecken und betrachtete die beiden Zahnbürsten: eine leuchtend blau (ihre), eine rot (Ambers). Ein Urlaub zu viert, das erste Mal, dass Amber und sie in einem Zimmer geschlafen hatten. Sie spürte, wie Tränen in ihren Augen brannten, als sie die Hand nach Ambers Zahnbürste ausstreckte. Sie fühlte sich winzig und zerbrechlich an. Mein Gott, es tat so weh. Am liebsten wäre sie aus dem Zimmer und nach unten gerannt, wo Amber sicher schon in der Küche saß und vielleicht ein Sandwich mit gebratenem Speck verspeiste. Sie wollte wieder hier sein, wo ihre einzige Sorge gewesen war, dass Amber sie wegen ihres Schnarchens hänseln könnte. Obwohl sie sicher war, dass sie gar nicht schnarchte. Aber das ging nicht. Dieses Zimmer war ein Echo der Vergangenheit, und sie konnte nicht dorthin zurückkehren, sosehr sie es sich auch wünschte.

Sie stellte die Zahnbürste zurück in den Becher, drehte sich um und lehnte sich ans Waschbecken. »Sie lebt, Nick.«

Er starrte sie entgeistert an. »Was meinst du?«

»Lisa lebt.«

Er erstarrte. »Das ist unmöglich. Du hast gesehen, was passiert ist.«

Emery holte tief Luft und berichtete ihm, wie sie Lisa aufgespürt und sie besucht hatte. Dass sie nach einem Aufenthalt in der Intensivstation von ihren Eltern in einem Heim untergebracht worden war, wo man für sie sorgte. Sie schilderte ihm, was die Pflegerin ihr erklärt hatte: Beim Sturz auf den Asphalt hatte Lisa ein schweres Schädel-Hirn-Trauma erlitten. Sie hatte im Koma gelegen. Doch obwohl sie irgendwann aufgewacht war und sich erste Anzeichen einer Besserung gezeigt hatten, war es bei einem minimalen Bewusstseinszustand geblieben.

»Ein minimaler Bewusstseinszustand?«, wiederholte Nick tonlos.

»Ja.« Sie erläuterte ihm, was das bedeutete, soweit sie die Ausführungen der Pflegerin verstanden hatte. Ein Mensch, der seine Umgebung kaum und auch nicht durchgehend wahrnahm. Der nur in der Lage war, einfachen Anweisungen zu folgen, wie einem Finger zu folgen und Emerys Hand zu drücken.

Nicks Hände waren zu Fäusten an den Seiten geballt. Sein Gesicht war noch blasser geworden. »Wird sie ... wird sie wieder gesund?«

Emery zögerte. Die Antwort auf diese Frage kannte er angesichts der langen Zeit, die seitdem vergangen war, vermutlich selbst. Dennoch war es ihm offenbar wichtig, dass sie es laut aussprach, klar und unmissverständlich. Schließlich hatte sie auch wissen wollen, was passieren würde, wenn Amber starb. Ihr Vater hatte damals von den Ärzten ebenfalls eine genaue Auskunft verlangt, wann und wie oft Emerys Herz stehen bleiben würde, um auf alles vorbereitet zu sein. Die Ungewissheit war manchmal das Allerschlimmste. »Ich glaube nicht«, erwiderte sie deshalb. »Hin und wieder wachen Menschen aus dem Koma auf und scheinen sich zunächst zu erholen, haben aber unumkehrbare Schäden erlitten. Und ich nehme an – die Pflegerin denkt, dass nach all den Jahren ...«

Sie trat einen Schritt auf Nick zu. Der Anblick seiner tieftraurigen Miene ließ ihre Wut verrauchen. Sie griff nach seiner Hand. »Sie ist in jener Nacht nicht gestorben, Nick.«

Er entzog ihr seine Hand und schüttelte den Kopf. Als er vor ihr zurückwich, wäre er beinahe gegen eines der Betten gestoßen. »Aber so ist es ja noch schlimmer! Die ganze Zeit über hat sie so dagelegen. Wie eine Gefangene.« Mit beiden Händen fuhr er sich durch Haar, ehe er sie resigniert wieder sinken ließ. »Deshalb bin ich auch gefangen.« Seine Stimme war kaum mehr als ein Flüstern und dennoch erfüllt von Gewissheit.

»Was? Nein, Nick, ich ...«

»Es klingt doch logisch, oder? Dass ich so lange gefangen

bin wie sie. Ich bin der Grund, warum ihr das zugestoßen ist, richtig? Wenn ich nicht …« Als er schluckte, schien es ihm körperlich wehzutun. »Sie lebt in einer Welt zwischen Wachsein und Bewusstlosigkeit. Und ich auch, oder etwa nicht?«

Er sah sie an, als habe er ein Rätsel gelöst und wolle, dass sie ihm zustimmte.

»Nein, ich sehe das nicht so«, widersprach sie nachdenklich.

»Doch!«

Emery rang die Hände. »Schön, dann bemitleide dich eben weiter selbst.« Wieder stieg Zorn in ihr hoch, auch wenn sie nicht genau wusste, woher er kam. Sie war zornig auf alles, dachte sie. Einfach zornig auf alles.

Ein Schauder durchlief den Raum, als würde das ganze Haus von einem Erdbeben erschüttert.

»Nein«, hauchte Emery. Sie verschränkte die Arme vor der Brust. »Nein. Ich will nicht zurück. Ich kann nicht.« Sie schloss die Augen. »Ich kann das nicht mehr ertragen.«

»Doch, du kannst.« Seine Stimme war so fest wie vorhin, klang aber sanfter.

»Nein.«

Als sie spürte, dass er näher kam, öffnete sie die Augen und stellte fest, dass er dicht vor ihr stand. »Du kannst, Emery. Und du musst. Denn das Leben hält noch viel für dich bereit. Ich weiß es genau.« Er strich mit dem Daumen an ihrem Wangenknochen entlang. »Irgendwann wird der Tod unweigerlich kommen. Früher oder später. Du musst ihm nicht hinterherlaufen. Stattdessen kannst du versuchen, das Beste aus deinem Leben zu machen. Du kannst für deine Nichte da sein, kannst dir jemanden suchen, den du liebst.« Nach kurzem Zögern fügte er hinzu: »Deine Schwester würde das wollen.«

Sie fuhr zurück. »Das ist unfair.«

Er grinste verlegen. »Das Leben ist nicht fair. Der Tod übrigens auch nicht.«

»Aber ich will hierbleiben. Bei dir. Ich …« Sie holte tief Luft und fasste ihn an den Händen. »Ich liebe dich, Nick.«

Er machte sich los und war plötzlich so abweisend, dass es sie traf wie ein Schlag. »Das geht nicht.« Sein Tonfall war barsch, so wie zuvor bei ihrer Ankunft. Ein Schmerz durchzuckte sie. Emery setzte sich aufs Bett und starrte auf ihre Knie, damit er ihr Gesicht nicht sah.

»Es ist aber so.« Diese Worte hatte sie noch nie zu einem der Männer in ihrem Leben gesagt. Denn sie hatte es noch nie empfunden.

Obwohl sie Nicks Blick auf sich spürte, konnte sie ihm nicht in die Augen schauen. »Das darfst du nicht.«

Und es passierte schon wieder: Ein Mensch entzog sich ihr. Erst ihre Mum. Dann Amber, auch wenn sie es nicht freiwillig getan hatte. Und nun Nick. Emery schloss die Augen und bemühte sich, den Schmerz wegzuatmen. Sie hörte das Bett knarzen, als er sich neben ihr niederließ. »Emery.« Er wollte nach ihrer Hand greifen, aber sie rutschte von ihm weg. Warum? Warum log er nicht einfach? Sah er denn nicht, wie sehr sie ihn brauchte? »Ich will nicht … Du darfst nicht für diese Momente mit mir leben. Es geht nicht, dass du lieber hier bist als dort, wo du hingehörst.«

»Wer bestimmt denn, wo ich hingehöre?«, murmelte sie, zog die Knie an und stützte das Kinn darauf wie damals als kleines Mädchen.

»Du bist nicht unsterblich, Emery.«

Das kam ihren Gedanken vorhin auf der Brücke sehr nah. Und dennoch … »Glaubst du, das wüsste ich nicht, verdammt noch mal? Ich werde tagtäglich mit meiner eigenen Sterblichkeit konfrontiert. Ist die Tatsache, dass ich wieder und wieder hier lande, nicht Beweis genug?«

»Aber du kehrst jedes Mal in die reale Welt zurück, und das ist gewissermaßen eine Version von Unsterblichkeit, oder nicht?« Sie zog zwar ein finsteres Gesicht, aber er sprach weiter. Er tat es ab. Nicht nur tat er ihre Worte ab, sondern wollte ihr auch noch einen beschissenen Vortrag halten? »Früher oder später wirst du sterben, und selbst wenn das geschieht, gibt es für uns kein Happy End. Du wirst nicht hier bei mir bleiben können. Sondern tot sein. Wirklich tot. Und ich will nicht, dass unser nächstes Wiedersehen das Ende für dich ist. Ich wünsche mir mehr für dich, Emery.«

Wären sie nicht sie gewesen, hätten sie beide gelebt und die Möglichkeit gehabt, zusammen zu sein, hätten sie Zeit zusammen verbringen können, ohne dass im Hintergrund die Uhr tickte und jeder Moment hier Emerys Verbindung zu ihrem Körper gefährdete, hätten sie vielleicht die Chance gehabt, alles in Ruhe anzugehen. Doch diese Chance hatten sie nicht. Und Nick wusste das sehr wohl.

Er umfasste ihr Kinn und hob ihr Gesicht an. Wie ein trotziges Kind weigerte sie sich, ihn anzusehen. »Versprich es mir. Versprich mir, dass du es versuchst.«

»Das kann ich nicht.« Denn sogar ein solches Versprechen abzugeben, erschien ihr zu anstrengend. Doch noch während sie das dachte, bekam sie das Gefühl, dass ihr Körper nach ihr rief und dass ihr Herz tapfer zu einem Neustart ansetzte. Sie wusste, dass es sich immer weiter bemühen würde, auch wenn sie selbst es nicht tat.

»Schau mich an, Emery. Du wirst es bereuen, wenn du es nicht versuchst. Ich habe genug miterlebt, um das zu wissen. Am Ende wirst du es bereuen.«

Sie schüttelte den Kopf, während er weiter ihr Kinn umfasst hielt. Mein Gott, sie war so müde. Selbst hier bei ihm war sie unendlich müde. »Ich komme nicht hierher, um mir so etwas anzuhören.« Die Worte waren aus ihr herausgeplatzt und klangen fast, als sei es ihre freie Entscheidung, ob sie herkommen wollte. War es so? Hätte sie es auch von selbst getan? Sie hatte keine Antwort darauf. Sie fuhr fort, bevor er ihre Unsicherheit bemerkte. »Ich habe keine Lust auf Ermahnungen nach dem Motto, dass ich es mir nie verzeihen würde. Und so weiter und so fort.«

»Es geht nicht nur um dich«, flüsterte er. Sein veränderter Tonfall bewog sie, ihn endlich anzusehen. Sein Blick war eindringlich, fast als wolle er tief in sie hineinschauen. Sie erschauerte leicht. »Ich würde es mir selbst nie verzeihen, Emery, wenn du sterben würdest, ohne zuvor gelebt zu haben.«

Sie wusste nicht, was sie darauf erwidern sollte. Allmählich begann die Erinnerung zu verblassen. Seine Hände auf ihrem Gesicht verschwammen bereits.

»Ich schlage dir eine Abmachung vor«, fügte er rasch hinzu. »Irgendwann, vielleicht nicht heute, vielleicht nicht morgen, aber wenn du bereit dazu bist, reißt du dich zusammen und fängst an zu leben. Du suchst dir etwas, das dir Halt gibt, schiebst deine Schuldgefühle beiseite und lebst. Wenn du das tust, versuche ich es auch. Ich versuche anzunehmen, was geschehen ist, und höre auf, mich mit Selbstvorwürfen zu zermürben. Okay? Okay, Emery?«

Sie spürte, wie seine Hand die ihre streifte. Es war kaum mehr als ein Hauch. Doch sie war fort, bevor sie antworten konnte.

»Sie lebt!«

»Oh, mein Gott. Oh, mein Gott. Ich dachte schon …«

Jemand leuchtete ihr in die Augen. Das Licht war viel zu grell. Als Emery sich abwenden wollte, drehte sich alles. Erst da wurde ihr klar, dass sie sich nicht mehr auf der Brücke befand. Sie war auch nicht mehr im Freien. Emery blinzelte. Eine Frau hielt ihre Hand. War sie es, die Emery von der Brüstung gezogen hatte? Ein Mann in Grün blickte auf sie herunter. Er hatte einen Defibrillator in der Hand. Eine Sirene heulte. Sie war ganz nah. Emery lag auf einer Trage.

»Wir bringen Sie ins Krankenhaus«, sagte der Mann in Grün. »Alles wird gut.«

Aber beinahe hätte es böse geendet. Sie war offenbar so lange bewusstlos gewesen, dass in der Zwischenzeit ein Krankenwagen hatte kommen können. Wie lange hätte ihr Körper noch ohne Herzschlag durchgehalten, bevor unumkehrbare Schäden eingetreten wären? Bevor ihr Gehirn sich abgeschaltet hätte?

Als der Mann eine Notfalldecke über sie breitete, während die Frau neben ihr erleichtert zu schluchzen begann, erinnerte Emery sich an Nicks Worte. *Ich schlage dir eine Abmachung vor.* Jetzt hatten sie also eine Abmachung, richtig?

Sie würde es versuchen, schwor sie sich. Und auch ihm. Als sie noch bei ihm gewesen war, hatte sie nicht geantwortet. Dafür tat sie es jetzt.

Ich versuche es, Nick.

Denn ein Versuch war alles, was sie zu bieten hatte. Ein Versuch musste genügen.

Kapitel 28

ZWEI JAHRE SPÄTER (AUGUST 2016)
ALTER: 37

»Das Roastbeef?«

»Ja, mein Lieber«, erwiderte Helen. »Es ist doch englisch gebraten, oder?«

»Englischer geht es nicht.«

Der Kellner verteilte die Teller mit dem Fleisch und der mit Spargel gefüllten Blätterteigpastete für Emery. Unterdessen versuchte Robin, Lily davon zu überzeugen, das Malbuch beiseitezulegen. Lily, deren Zunge vor Konzentration aus ihrem Mundwinkel lugte, schien ihre Mutter nicht zu hören. Ob sie eher nicht hören wollte, war nicht festzustellen.

»Komm schon, Lily. Du magst doch Roastbeef. Außerdem haben wir extra Soße für dich bestellt. Schau nur.« Die Soße war genug Verlockung, denn Lily schob die Stifte weg und griff zu Messer und Gabel. Sieben Jahre alt. Wie konnte es sein, dass Lily schon sieben war?

»Was meint ihr?« Emerys Mum schenkte Helen Rotwein nach. »Sollen wir noch eine Flasche ordern?«

»Oh, prima Idee.« Wenn man bedachte, wie heftig Helen auf den Auszug ihrer Schwägerin damals reagiert hatte, zeigte sie sich heute erstaunlich versöhnlich. Sie winkte den Kellner heran, der die Beilagen servierte, und bat ihn um eine zweite Flasche Malbec. Emerys Dad lächelte Emery zu und zwinkerte. Sie schnitt ihre Pastete an.

Es war ihr zweites Mittagessen im Familienkreis anlässlich von Ambers Geburtstag. Das erste vor einem Jahr war sehr schwer gewesen, denn es war ihnen beinahe morbide erschienen, Ambers Geburtstag ohne sie zu feiern. Der Vorschlag war von Robin gekommen, die sichergehen wollte, dass Lily den Kontakt mit Ambers Familie nicht verlor. Emery hatte nicht widersprechen können. Außerdem erschien es ihr richtig, diesen Tag mit Menschen zu verbringen, die Amber gekannt und geliebt hatten. Also hatte sie sich nach einem Gespräch mit Robin für die Idee erwärmt. Amber müsse gefeiert werden, hatte Robin beharrt. Sie dürfe nicht in Vergessenheit geraten. Ein berechtigter Einwand, oder? Und so saßen sie alle zusammen und versuchten, das Beste aus der Situation zu machen.

Helen nahm die frische Weinflasche von dem Kellner entgegen und schenkte Robin nach. Als sie auch Emerys Glas neuerlich füllen wollte, hielt Emery sie zurück. »Ich kann nicht. Ich muss noch fahren.«

»Oh, wie langweilig. Warum?«

»Nach dem Mittagessen muss ich nach Oxford.«

»Was um alles in der Welt willst du in Oxford?« Es klang, als sei ein Ausflug nach Oxford das Abwegigste, was man sich nur vorstellen konnte.

»Ich bin dort verabredet.« Emery drückte sich absichtlich vage aus, damit niemand weiter nachhakte. In Wahrheit wollte sie Lisa besuchen, was sie inzwischen schon einige Male getan hatte. Heute war eine wunderbare Gelegenheit dazu. Das Mittagessen fand in Derby statt, das günstig gelegen war, sodass Robin aus Schottland, ihr Dad und Helen aus Cambridge und sie selbst aus Bristol anreisen konnten, wo sie sich gerade häuslich einrichtete, weil bald ihr Studium beginnen würde. Denn sie würde ihr Versprechen an Nick halten und es versuchen. Deshalb hatte sie sich – erfolgreich – für einen Masterstudiengang in Psychologie und Psychotherapie angemeldet. Drei Jahre berufsbegleitendes Studium, jede Menge Praktika – und astronomisch hohe Studiengebühren, die sie irgendwie würde auftreiben müssen.

Also konnte sie zwei Fliegen mit einer Klappe schlagen, bevor sie in den Südwesten zurückkehrte. Seit Emery wusste, dass Lisa noch lebte, hatte sie sie nicht vergessen können. Sie hatte das Gefühl, Lisa ein wenig Fürsorge schuldig zu sein, denn offenbar war sie der einzige noch lebende Mensch, der von ihrer Existenz wusste. Oder zumindest der einzige, der sie noch nicht aufgegeben hatte. Nur sie allein war genau über die Ereignisse in jener Nacht im Bilde. Außerdem tat sie es auch Nick zuliebe. Er wäre gewiss für Lisa da gewesen, wenn er gekonnt hätte. Allerdings fragte sich Emery nach einigen Besuchen inzwischen, ob es nicht menschlicher gewesen wäre, Lisa gehen zu lassen. Schließlich konnte man ihren Zustand kaum noch als Leben bezeichnen. Das Problem war nur, dass sie nicht auf lebenserhaltende Maschinen angewiesen war, was die Gesetzeslage vertrackt machte. Ihre Eltern hatten sich nicht mit dem Gedanken anfreunden können, sie sterben zu lassen, und sich an die Hoffnung geklammert, dass sie eines Tages wieder zu Bewusstsein kommen könnte. Und sie hatten diese Anweisung vor ihrem Tod nicht mehr geändert.

»Also, Robin«, begann Helen. »Wie ist es denn so in Glasgow?«

»Verregnet«, erwiderte Robin, die obligatorische Antwort. »Wusstest du, dass es die Stadt mit den zweitmeisten Regentagen in ganz Schottland ist?«

»Mich wundert nur, dass es nicht auf Platz eins steht, Liebes.«

»Das ist Greenock«, verkündete Robin und spießte ein Brokkoliröschen auf. »Nur ein paar Kilometer entfernt mit durchschnittlich 174,6 Regentagen im Jahr.«

»Erinnere mich daran, falls ich je auf den Gedanken kommen sollte, nach Greenock zu ziehen.«

»Aber Lily mag ihre neue Schule«, fuhr Robin fort. »Stimmt's, Lily?«

Lily nickte zustimmend, den Mund voller Bratkartoffeln.

Was ging wohl in ihr vor, wenn sie einmal im Jahr Ambers Familie sah? Wie gut erinnerte sie sich noch an ihre zweite Mutter? Robin hatte Emery erzählt, dass sie viel über Amber redeten und in Lilys Zimmer Fotos von ihr hingen. Sie sei fest entschlossen, Lily zu vermitteln, wie sehr Amber sie geliebt habe. Emery war zu dem Schluss gekommen, dass Robin mehr Mut als die meisten Menschen hatte. Viele hätten es nicht ertragen, über die Verstorbene zu sprechen und das Gedenken an sie am Leben zu erhalten. Sie war so froh, dass Robin nicht zu diesen Leuten gehörte. Amber hatte mit Robin eine gute Wahl getroffen, ein Gedanke, der sie trotz all der Trauer ein wenig glücklich machte.

Emery fand, dass Robin gut aussah. Ein bisschen müde vielleicht, aber gesund. Ihr Haar war ein wenig nachgewachsen, aber immer noch kurz, eine Frisur, die man sich nur leisten konnte, wenn man die entsprechenden Wangenknochen hatte. Ihr schottischer Akzent war stärker geworden, seit sie wieder in Glasgow lebte. Vermutlich würde Lily ihn auch bald annehmen.

»Wie läuft es an der Uni?«, erkundigte sich Emery.

»Oh, prima. Besser als erwartet, wenn ich ganz ehrlich bin.« Emery wusste, dass es keine leichte Entscheidung für sie gewesen war, in einer neuen Stadt eine neue Stelle anzutreten. Ein Leben als alleinerziehende Mutter bedeutete eine Menge Arbeit. Robin hatte zwar Unterstützung, doch die Hauptlast fiel auf sie zurück. Emery wusste, dass sie zum Teil auch deshalb nach Glasgow gezogen waren, um in der Nähe von Robins Eltern zu sein.

In früheren Zeiten hätte Robin vermutlich zu einem Vortrag über ihre Forschungstätigkeit angesetzt, aber nun wandte sie sich wieder ihrem Teller zu. Vielleicht würden ihre ständigen Begleiter von einst, die Lebhaftigkeit und die Liebe zu ihrem Beruf, irgendwann zurückkehren. Möglicherweise konnte sie diese in Gegenwart anderer Menschen, die nicht zu Ambers

Familie gehörten, ja auch besser zeigen. Es war ein Gedanke, der Emery zu schaffen machte.

»Was ist mit dir, Mum? Was macht London?«

Ihre Mum, die nicht mehr gewöhnt war, dass Emery sie direkt ansprach, zuckte so heftig zusammen, dass sie sich fast mit Soße bekleckert hätte. Sie trug ein elegantes Kleid und einen Blazer dazu, eine Aufmachung, die Emerys Ansicht nach eher in ein Büro passte als zu einem Mittagessen im Pub. Inzwischen war ihr Haar vollständig ergraut, doch wie Emery sich erinnerte, hatte es früher genau die gleiche Farbe wie das von Amber gehabt. In ihrer Kindheit hatten sie ständig gehört, dass Amber ihrer Mum ähnlicher sah, während Emery nach ihrem Dad geraten war. Hätte Amber irgendwann so ausgesehen, wenn sie ihren sechzigsten Geburtstag erlebt hätte? Sie zwang sich, den auflodernden Schmerz zu verdrängen.

»Ach, du weißt schon, London ist eben London. Nie eine ruhige Minute. Obwohl ich zugeben muss, dass es mir schwerfällt, nicht mehr jeden Tag in die Kanzlei gehen zu können. Ich habe mir überlegt, ob ich eine Beratertätigkeit annehmen soll, um etwas zu tun zu haben.«

Emery bemerkte, dass ihr Dad sich demonstrativ auf sein Essen konzentrierte. Auch er trank keinen Wein, weil er noch fahren musste. Sicher war es sehr seltsam für ihn, mit seiner Ex-Frau an einem Tisch zu sitzen. Doch er war über seinen eigenen Schatten gesprungen, und zwar schneller und eleganter, als es Emery gelungen war. Und wenn er das hinkriegte, konnte sie es auch.

Als sie fertig waren, erschien der Kellner, um die Teller abzuräumen. »War alles zu Ihrer Zufriedenheit?«

»Tja, mein Lieber, das Rindfleisch …«

Doch ihr Dad fiel Helen ins Wort. »Es war ausgezeichnet, vielen Dank.«

»Möchte jemand einen Nachtisch?«

»Lily, hast du Lust auf ein Eis?«, fragte Robin und wischte

die Gemüsestückchen, die Lily vom Teller gerutscht waren, auf ihren eigenen, bevor sie ihn dem Kellner reichte.

»Vanille!«

Der Kellner lächelte. »Vanilleeis kommt sofort.«

Emery lächelte Lily zu und sah dann Robin an. »Das war Ambers Lieblingseis, als wir Kinder waren.«

»Wirklich? Ich kannte sie nur als Erdbeermädchen – Strawberry Cheesecake, wenn wir es kriegen konnten.«

Emery spürte einen Kloß in der Kehle und schluckte ihn hinunter. Der Ausdruck in Robins Augen verriet, dass ihre Schwägerin genauso empfand. Irgendwann würde es leichter werden, sagte sie sich. Zumindest war sie schon in der Lage, den Namen ihrer Schwester auszusprechen, ohne sofort in Tränen auszubrechen. Eines Tages würde sie es schaffen, mit anderen in Erinnerungen an Amber zu schwelgen und dabei zu lachen. Und wenn dieser Zeitpunkt käme, würde sie Robin brauchen.

»Komm, Lily«, sagte sie, um sich abzulenken, und zog ein Blatt von Lilys Malpapier zu sich heran. »Ich bringe dir bei, wie man eine Katze zeichnet.«

Lily verdrehte die Augen. »Katzen kann ich schon, Tante Em.«

Emery lachte. Sie konnte lachen. Das war doch schon ein Fortschritt, oder? »Okay. Was hältst du dann von einer Seekuh?«

»Was ist eine Seekuh?«

»Ich zeige es dir.«

Nach dem Mittagessen gingen sie alle – mit hochgezogenen Schultern wegen des Nieselregens – zusammen zum Parkplatz. Bevor Robin und Lily in das Taxi zum Bahnhof stiegen, umarmte Emery sie zum Abschied. »Lass von dir hören«, sagte Robin.

»Wird gemacht.«

»Du weißt, dass du jederzeit bei uns willkommen bist. Solange es dir nichts ausmacht, dass es die Stadt mit den zweitmeisten Regentagen auf der Welt ist.«

»Ich dachte, der Vergleich gilt nur für Schottland.«

Robin machte eine wegwerfende Handbewegung. »Für mich ist das ein und dasselbe.«

»Und das von dir als Wissenschaftlerin!«

Als Robin grinste, wurde Emery klar, wie wenig sie ihre Schwägerin eigentlich kannte. Ja, als Lebenspartnerin ihrer Schwester, aber genau genommen nur als Ambers Anhängsel, nicht als eigenständige Person. Daran würde sie etwas ändern, schwor sie sich, und streckte die Arme nach Lily aus. Ihre Nichte warf sich mit einem Schwung hinein, den man nur bei Kindern findet. Emery sog ihren Duft tief ein. Obwohl sie wusste, dass es nur Einbildung war, hätte sie schwören können, dass ihr Ambers Pfefferminzgeruch in die Nase stieg.

»Du wirst mir fehlen, kleine Lily.« Sie drückte das kleine Mädchen fest an sich. Aber sie verstand, warum Robin hatte wegziehen müssen. Cambridge würde immer Ambers Stadt sein. Die Stadt, in der sie sich kennengelernt und zusammengelebt hatten. Die Stadt, in der Amber gestorben war.

Emery stellte Lily auf den Boden. Robin griff nach ihrer Hand. »Komm, wir verabschieden uns von Opa und Großtante Helen.«

Emery lachte auf. »Das wird sie gar nicht gerne hören. ›Tante‹ genügt ihr.«

Robin grinste. »Deshalb macht es ja solchen Spaß.«

Zu guter Letzt fand Emery sich neben ihrer Mum wieder. Kurz entstand Verlegenheit. Hinter ihnen sprang ein Motor an. Sollten sie sich umarmen? Sie schienen beide nicht fähig zu sein, diese Kluft zu überbrücken, und Emery fragte sich, ob ihr Verhältnis wohl immer schwierig bleiben würde. Wahrscheinlich würde sich nichts mehr daran ändern, dafür hielt dieser Zustand schon viel zu lange an.

Ihre Mum nestelte an ihrer Brille herum und schob sie auf dem Nasenrücken hin und her. »Meldest du dich, falls du mal nach London kommst?«

»Klar.« Sie wusste nur wenig über das Leben ihrer Mutter in London. Nur, dass sie sich zur Ruhe gesetzt hatte und sich offenbar bereits langweilte. Außerdem war ein- oder zweimal der Name eines Lebenspartners gefallen, doch die beiden wohnten offenbar nicht zusammen. Vielleicht würde Emery ihn ja eines Tages kennenlernen. Aber im Moment schien die Beziehung zu ihrer Mum für sie noch auf tönernen Füßen zu stehen. Es fiel ihr schwer, ihr nicht zu grollen, und sie hatte ihr noch immer nicht verziehen, dass sie die Familie im Stich gelassen hatte. Und warum.

Allerdings war jetzt nicht der richtige Zeitpunkt, um dieses Thema anzusprechen. »Es war schön, dich wiederzusehen, Mum.«

Ihre Mum lächelte. Möglicherweise spürte sie, dass das nur die halbe Wahrheit war. Eigentlich waren Emerys Erinnerungen an sie nur vage: die Diskussion über Obdachlosigkeit in der Küche. Ihre Mum, wie sie spät aus der Kanzlei nach Hause kam und über Müdigkeit klagte. Wie sie ihrem Dad sagte, er solle ihr dieses oder jenes erlauben. Gemeinsames Fernsehen und die Gespräche über die unsinnige Handlung der Filme, als Emery ein Teenager gewesen war. Ostereiersuchen im Garten in ihrer Kindheit. Momentaufnahmen eines Lebens, in das sie nicht mehr hineinpasste. Doch sie konnte es versuchen, sagte sie sich. Sie würde nicht aufgeben.

Während Helen und ihre Mum einander demonstrativ zum Abschied auf die Wangen küssten, trat ihr Dad zu Emery und umarmte sie. »Du fährst vorsichtig, ja?«

»Du weißt doch, dass ich immer vorsichtig bin.« Ihr alter Scherz. Nun allerdings sah er sie nachdenklich an.

Dann seufzte er auf. »Du weißt, dass es mir leidtut.«

Emery musterte ihn fragend. »Was genau?«

»Dass ich dich ständig ermahne und dir sage, dass du aufpassen und vorsichtig sein sollst.«

»Schon in Ordnung«, erwiderte Emery zögernd. Sie war nicht sicher, warum er das jetzt plötzlich erwähnte. »Du bist Vater, und die tun so was eben.«

»Schon, aber …« Er warf einen Blick auf ihre Mum. Ganz offensichtlich war es ihre Anwesenheit, die ihn auf diesen Gedanken gebracht hatte. Die Erinnerungen an die ewigen rechthaberischen Debatten darüber, wie man mit einem kranken Kind umgehen sollte, das eben nur manchmal krank war, dafür dann aber umso heftiger und beängstigender. »Ich hätte dich nicht daran hindern dürfen, zu tun, woran du Freude hattest. Ich habe mir einfach solche Sorgen gemacht.«

Emery grinste ironisch. »Ich sage es nur ungern, aber ich habe viele dieser Dinge trotzdem getan, obwohl du sie mir verboten hattest.«

»Ich weiß, aber … hätte ich dich nicht ständig davon abzuhalten versucht, hättest du vielleicht weniger Druck gehabt, dir selbst etwas zu beweisen.«

Emery betrachtete ihn. Sein faltiges Gesicht, das sie so gut kannte und das in den letzten Jahren auf so plötzliche und erschreckende Weise, gefühlt über Nacht, älter geworden war.

»Das lag nur daran, dass ich dich so liebe«, fügte er leise hinzu. Emery hatte wieder einen Kloß in der Kehle, doch es gelang ihr, die Tränen zu unterdrücken. Offenbar war sie noch immer nah am Wasser gebaut. Insbesondere, wenn sie mit ihrer Familie zusammen war. Die Trauer ist ein Kreislauf, hatte sie einmal jemanden sagen hören. Der Kreis mochte mit der Zeit größer werden, doch irgendwann landete man immer am Anfang.

Sie zwang sich zu einem Lächeln und umarmte ihn. »Ich liebe dich auch, Dad.«

Die Fahrt zum Pflegeheim in Oxford dauerte nicht so lange wie erwartet. Zweieinhalb Stunden später war sie da, also pünktlich zur abendlichen Besuchszeit. Emery trat in den Empfangsraum und lächelte der Pflegerin zu. Heute waren die Blumen in den Vasen weiß und violett. Allerdings kannte sich Emery nicht gut mit Pflanzen aus und wusste nicht, wie sie hießen. Sie holte tief Luft und straffte die Schultern. Dass sie immer wieder hierherkam, war eine sonderbare Art, sich selbst zu quälen.

»Hallo, ich möchte gern zu …«

Doch auf der Miene der Pflegerin erschien ein betrübter Ausdruck, bevor sie den Satz beenden konnte. »Oh, meine Liebe. Warum haben Sie nicht vorher angerufen?«

Kapitel 29

Emery riss ihre Wohnungstür auf und lächelte Colin und Bonnie strahlend an. »Da seid ihr ja!« Sie winkte sie in ihre kleine Zweizimmerwohnung in Bristol. Die Küche war eigentlich eher eine Kochnische, die Dusche so winzig, dass man darin Klaustrophobie bekommen konnte. Sie hatte Colin bitten müssen, sein aufblasbares Gästebett mitzubringen, weil sie nicht genügend Schlafplätze für alle hatte. Trotzdem war ihr diese Enge um einiges lieber, als sich wieder mit einer Mitbewohnerin herumschlagen zu müssen. Ihr Studium begann eigentlich erst im September, also in ein paar Wochen. Doch sie war bereits umgezogen, um sich davor mit der Stadt vertraut zu machen. Bonnie und Colin waren übers Wochenende gekommen, um diesen Schritt zu feiern – ins Erwachsenenleben oder zurück ins Dasein einer Zwanzigjährigen, je nachdem, wie man es nahm. Und um nach dem Rechten zu sehen, wie Emery nur zu gut wusste und wofür sie ihnen dankbar war.

Bonnie fiel ihr um den Hals und drückte ihr eine Flasche Prosecco in die Hand. »Für dich. Aber auch für mich, denn heute ist meine erste Nacht ohne Abi. Oh, Gott, vielleicht sollte ich Joe anrufen. Colin, hast du mein Smartphone?«

Colin stellte zwei Reisetaschen neben der Wohnungstür ab. »Ja. Es lag auf dem Beifahrersitz. Aber warum wartest du nicht einen Moment, bevor du ihn schon wieder anrufst? In den letzten zehn Minuten wird sich nichts geändert haben. Ich bin sicher, dass es Abi gut geht.«

»Ich mache mir eher Sorgen um Joe. Dass drei Jahre das schrecklichste Alter ist, ist ganz bestimmt nicht übertrieben.«

Colin legte einen Arm um Emery. »Hey, Em, wie geht es dir?«

»Oh, wie immer. Ich schlage mich mit Aushilfsjobs durch und freue mich schon sehr aufs Studentenleben.«

Er grinste sie an. »Es war eine gute Idee.«

Emery hoffte auch, dass sie die richtige Entscheidung getroffen hatte. Mit achtzehn bei der Wahl des Studienfaches danebenzugreifen, war eine Sache. Aber wenn man auf die Vierzig zuging ... *Nein!* Emery hatte sich fest vorgenommen, keine Zweifel aufkommen zu lassen. Sie hatte sich beworben, war – der Himmel wusste, warum – angenommen worden und würde die Sache jetzt durchziehen. Das Fach hatte sie sich aus einem bestimmten Grund ausgesucht: Sie wollte etwas Bedeutungsvolles tun. Zum ersten Mal im Leben hatte sie eine klare Vorstellung davon, wie ihre Zukunft aussehen könnte. Welche Richtung sie einschlagen wollte, wenn sie ihren Abschluss in der Tasche hatte. Das jetzt noch zu hinterfragen, wäre sinnlos.

»Los«, sagte Bonnie. »Wir trinken ein Glas Prosecco. Oder noch besser: Wir gehen in einen Pub. Du kennst doch bestimmt einen, der gut ist.«

Emery lachte. »Wir sind hier in Bristol. Da gibt es jede Menge gute Pubs.«

»Gibt es aktuell jemanden in deinem Leben, Emery?«

Emery zog die Nase kraus. Sie hatte gehofft, dass es ein wenig länger dauern würde, bis dieses Thema aufs Tapet kam. Aber inzwischen hatten sie schon zwei Runden intus, und Bonnie war ein wenig beschwipst. Wie sie immer wieder beteuerte, war dafür inzwischen nicht mehr viel notwendig. Abi und die Frage, wie Bonnie das Leben als Mutter meisterte, hatten sie ausführlich erörtert. Und auch, dass sie jetzt nur noch in Teilzeit in einer Marketingfirma arbeitete, was eine große Erleichterung war. Colin war befördert worden und mittlerweile stellvertretender Chefredakteur der ganzen verdammten Zeitung. Emery durfte gar nicht darüber nachdenken, wie albern sie sich vorkam, weil ihre beiden besten Freunde richtig erwachsen geworden waren, während sie selbst wieder zu studieren anfing. Und jetzt war offenbar das gefürchtete Thema Liebesleben an der Reihe.

»Äh … eigentlich nicht.«

»Eigentlich nicht oder wirklich nicht?«, hakte Bonnie nach.

Unwillkürlich musste sie an Nick denken. Seit Tagen schon kam er ihr in den Sinn, wann immer sie eine freie Minute hatte, und wollte ihr auch dann nicht aus dem Kopf, wenn sie versuchte, sich auf etwas anderes zu konzentrieren.

Oh, meine Liebe. Warum haben Sie nicht vorher angerufen? Sie hat uns letzte Nacht verlassen.

Nick dachte, dass er festsaß, weil auch Lisa in ihrem Körper gefangen war. Dass sie beide dazu verdammt waren, in einer Zwischenwelt zu verharren. Und eigentlich war das gar keine so schlechte Theorie.

Ich schlage dir eine Abmachung vor.

Aber wenn Lisa nicht länger da war und Nick sein Versprechen gehalten und versucht hatte, seine Schuldgefühle zu überwinden, bedeutete das womöglich, dass auch er nicht mehr festsaß? Hieß das, dass sie ihn beim nächsten Mal nicht wiedersehen würde? Würde sie von jemand anderem empfangen werden, von jemandem, der sie nicht kannte und nicht verstand, dass sie schon öfter dort gewesen war? Beim bloßen Gedanken wurde ihr übel. Auch wenn sie eigentlich wusste, dass sie sich das hätte wünschen sollen. Wenn ihr Nick wirklich wichtig war und sie ihn so sehr liebte, wie sie behauptet hatte, musste sie wollen, dass er seinen Frieden fand. Falls das, was ihn nach der Zwischenwelt erwartete, wirklich der Friede war.

»Emery?«

»Ja?« Sie spürte Colins Blick auf sich. Auch er wartete auf ihre Antwort. »Oh. Nein. Es gibt niemanden.« Sie hatte nach ihrem Umzug nach Bristol ein paar Wochen lang eine Affäre mit einem Mann gehabt, den sie auf Tinder kennengelernt hatte. Doch die Sache war, so wie alle ihre früheren Liebesgeschichten, im Sande verlaufen. Wenn man genauer darüber nachdachte, war es deprimierend, dass ihre längste Beziehung die mit Adam gewesen war. Oder mit Nick, wenn man ihn mitzählte. Obwohl sie ziemlich sicher war, dass niemand das täte. Also war es besser, nicht darüber nachzugrübeln. Das Problem war bloß, dass sie, wenn es so weiterging, mit vierzig immer noch Single und kinderlos sein würde. Vor den mitleidigen Blicken, die sie dann ernten würde, graute ihr schon jetzt.

»Du musst unter die Leute«, verkündete Bonnie. »Vielleicht lernst du ja jemanden im Studium kennen.«

»Klar, wenn ich Lust auf einen Toyboy haben sollte.« Emery trank einen Schluck Bier.

Bonnie schürzte die Lippen. »Unsere Tante Isobel hat die Liebe ihres Lebens erst mit über fünfzig gefunden. Richtig, Colin?« Colin zuckte ausweichend die Achseln.

»Prima, dann habe ich ja noch jede Menge Zeit.«

»Ich hole uns was zu trinken«, erbot sich Bonnie und stand auf. »Und Chips! Wir brauchen ganz dringend Chips.«

»Gleich am Ende der Straße steht ein Dönerwagen, falls du Hunger hast.«

»Emery Wilson, ich bin den weiten Weg hierhergekommen, dies ist meine erste Nacht außer Haus, seit Abi auf der Welt ist, und du willst mich mit Döner abspeisen?«

»Alles klar. Ich überlege mir etwas Besseres.«

»Während ich weg bin, kannst du ihr ja von deiner guten Nachricht erzählen, Colin.«

Emery drehte sich zu Colin um, während Bonnie auf die Theke zusteuerte. Das Stimmengewirr und Gelächter um sie herum wurde immer lauter, und in der Luft lag der Geruch nach Bier, der für Emery untrennbar mit einem englischen

Pub verbunden war. »Hast du noch mehr Nachrichten? Nicht nur die Beförderung? Zu der ich dir noch gar nicht genug gratuliert habe.« Sie hob ihr Glas, um ihm zuzuprosten. Als er mit ihr anstieß, hatte Emery kurz den mageren Vierzehnjährigen vor Augen, der hoch und heilig schwor, dass er einmal Journalist werden würde. Sie war wirklich stolz auf ihn.

Er räusperte sich. »Du kennst ja Natalie?«

»Deine Freundin? Ja.« Colin hatte sie vor etwa einem Jahr kennengelernt, und sie waren Hals über Kopf zusammengezogen. Natalie war einige Jahre jünger als Colin und konnte in allen wichtigen Fragen punkten: Sie war intelligent, was man an ihrem Spitzenabschluss am University College London erkannte. Sie war interessant, denn sie war fürs Verteidigungsministerium tätig – obwohl Emery den Verdacht hatte, dass sie in Wirklichkeit als Spionin arbeitete. Und sie war zugegebenermaßen attraktiv, wenn man den Typ dunkelhaarige, glutäugige Sexbombe mochte. Für Emerys Geschmack war sie ein bisschen überkandidelt, aber sie hatte sie bei ihren beiden einzigen Begegnungen recht nett gefunden.

»Also ... ich glaube, ich werde ihr einen Antrag machen.«

»Wirklich?«, rief Emery so laut, dass die Leute am Nachbartisch herübersahen. Wahrscheinlich würde sie es nie lernen, in Momenten wie diesen die Stimme zu senken. »Entschuldige«, sagte Emery rasch, als Colin nur den Kopf schüttelte. Ein Lächeln spielte um seine Lippen. »Ich meine ... wow, das ist ja toll, Colin.« Sie versuchte, nicht auf das unangenehme Ziehen in ihrem Bauch zu achten; ein Gefühl, auf das sie kein Recht hatte. Sie hatte gewusst, dass es zwischen den beiden ernst war, immerhin lebten sie zusammen. Aber dennoch war sie wie selbstverständlich davon ausgegangen, dass Colin immer da sein würde. Und das würde sich nun schlagartig ändern, wenn er erst einmal verheiratet war. Sie, Emery, stünde bei ihm dann nicht mehr an erster Stelle. Eilig hob sie ihr Glas an die Lippen, damit er ihr Gesicht nicht sah, trotzdem spürte sie seinen aufmerksamen Blick. Offenbar waren ihre Glückwünsche nicht überschwänglich genug ausgefallen.

Bevor sie das Versäumnis wiedergutmachen konnte, kehrte Bonnie zurück, stellte drei große Biergläser auf dem Tisch ab und förderte mehrere unter den Arm geklemmte Chipstüten zutage. Beeindruckend, dachte Emery. Vielleicht wurde man ja besser darin, mehrere Dinge gleichzeitig zu tragen, wenn man den ganzen Tag ein kleines Kind herumschleppen musste. »Also?«, fragte Bonnie, setzte sich, riss die Chipstüte auf und machte sich über den Inhalt her. »Hat er es dir erzählt? Er heiratet! Ist das nicht fantastisch?«

Emery konnte sich des Gedankens nicht erwehren, dass das Colins Worte nicht ganz richtig wiedergab: Zwischen »Ich glaube, ich werde ihr einen Antrag machen« und Bonnies Ankündigung bestand ein gewaltiger Unterschied, den auch Colin bemerkt zu haben schien. »Ich habe sie noch gar nicht gefragt, Bon.«

»Ach was, garantiert nimmt sie den Antrag an. Sie ist so verliebt in dich, das sieht ja ein Blinder.« Emery lächelte zustimmend, schwieg aber. Ihr war viel zu heiß. Allerdings befanden sie sich ja auch in einem voll besetzten Pub.

Sie leerten ihre Gläser. Bonnie hielt Vorträge, wie immer, wenn sie zu viel intus hatte, faselte pausenlos darüber, wie sie sich Colins Hochzeit vorstellte, und beteuerte, wie sehr sie Natalie liebte – natürlich längst nicht so sehr wie Colin und Emery. Irgendwann verkündete Colin, er müsse auf die Toilette, und verschwand im hinteren Teil des Pubs. Erst nachdem Emery die nächste Runde geholt hatte, wurde Bonnies Blick zweifelnd. »Wo steckt er denn? Er ist schon seit einer Ewigkeit weg. Ich will austrinken und mir was zu essen holen. Pommes! Ich will Pommes!«

»Ich dachte, du willst irgendwo hin, wo es nett ist.«

»Dafür bin ich schon viel zu betrunken.«

Emery lachte. »Ich gehe ihn suchen. Vielleicht ist er ja draußen.«

Sie machte sich auf den Weg zur Raucherecke hinter dem Pub, wo sie Colin wie erwartet antraf. Er redete mit einigen jungen Männern und hatte offenbar eine Zigarette geschnorrt. Es war zwar kalt draußen, aber die Wirkung des Biers sorgte dafür, dass Emery es kaum wahrnahm. Sie trat neben ihn. »Darf ich mal ziehen?« Er zuckte zusammen und sah sie schuldbewusst an. Sie lachte. »Ich wusste gar nicht, dass du noch rauchst.«

Er rümpfte die Nase. »Tu ich auch nicht. Es ist eben … so passiert.« Er hielt ihr die Zigarette hin.

Sie schüttelte den Kopf. »Nein, lieber doch nicht. Ich habe schon seit Jahren keine mehr angefasst.« Er nahm einen weiteren Zug. Inzwischen war die Zigarette fast bis zum Filter heruntergebrannt. Emery schaute sich um. Sie war noch nie in diesem Pub gewesen. Da sie sich nicht sehr gut in der Stadt auskannte, hatte sie vor Bonnies und Colins Ankunft nach etwas Geeignetem gegoogelt. Auch draußen war es gesteckt voll. Auf dem Rasen hinter der Terrasse standen Picknicktische, an denen sich die Gäste drängten. Emery sah Colin an. Seine blauen Augen waren leicht blutunterlaufen. »Also tust du es endlich«, stellte sie fest. »Du heiratest.«

»Endlich?«

»Nein, entschuldige, ich wollte nicht …« Zum ersten Mal herrschte so etwas wie Verlegenheit zwischen ihnen, die Erinnerung an das, was vor zwei Jahren geschehen und nie wieder erwähnt worden war. Emery hatte schlicht nicht die richtigen Worte gefunden, und ihr war das Risiko zu groß gewesen, etwas Falsches zu sagen. Oder gar etwas zu versprechen, das sie womöglich nicht halten konnte. Und dann hatte er Natalie kennengelernt. Also hatten sie beide die fragliche Nacht zu den Akten gelegt. »Das heißt wohl, dass wir beide alt werden«, versuchte sie, das Ganze in einen Scherz zu verwandeln.

Er verzog das Gesicht. »Alt würde ich es nicht gerade nennen. Nur älter.« Er ließ die Kippe fallen und trat sie aus.

»Sollen wir wieder reingehen?«, fragte sie fröhlich. »Bonnie will Pommes.«

Colin verdrehte die Augen. »Öfter mal was Neues.«

Emery wollte ihn Richtung Tür schieben, doch er packte sie am Ärmel. Sie drehte sich um. Der Ausdruck in seinen Augen verriet, dass er es ansprechen würde. Sie würde es nicht verhindern können, dabei hätten sie dieses Gespräch damals sofort führen sollen, bevor es durch die lange Zeit nur umso schwieriger geworden war. Und sie zu viel Bier intus hatten.

»Em, ich weiß, wir haben nie richtig über das geredet, was passiert ist, als … du weißt schon …«

»Ja, das weiß ich«, erwiderte sie leise.

»Mir ist klar, dass es der falsche Zeitpunkt war, und …« Als er aufseufzte, mischte sich sein Atem in der Nachtluft mit dem Zigarettenqualm. »Einige meiner Freunde würden mich jetzt wahrscheinlich in die Eier treten, aber … ja, mir ist klar, dass du es mir inzwischen gesagt hättest, wenn du interessiert wärst. Ich habe es kapiert, ganz ehrlich. Aber … bevor ich Natalie frage, ob sie den Rest ihres Lebens mit mir verbringen will, muss ich es laut aussprechen. Denn sollte ich noch Chancen bei dir haben, Emery, und wenn du es dir auch nur ansatzweise vorstellen könntest, werde ich sie nicht bitten, mich zu heiraten.«

Sie betrachtete ihn einen langen Moment und hatte das Gefühl, als schnüre ihr etwas die Kehle zu. Seine Augen. Obwohl sie deutlich verrieten, dass er betrunken war, liebte sie diesen ernsten Blick. Den gütigen Ausdruck. Trotz des Zigarettenqualms und des Gestanks nach abgestandenem Bier stieg ihr sein holziger Geruch in die Nase, der in ihr Geborgenheitsgefühle und etwas auslöste, das noch viel tiefer reichte. Und in diesem Moment wusste sie, dass sie nur zu nicken brauchte.

Ein Vielleicht würde genügen. Und das war falsch, denn er hatte etwas Besseres verdient. Doch sie wusste es einfach. Ihr Magen machte einen Satz, als ihr klar wurde, dass sie ihm dieses Vielleicht geben wollte. Dass sie sich am liebsten an ihn gelehnt, ihn geküsst und gespürt hätte, wie er die Arme um sie schloss, in dem Bewusstsein, dass er ihr gehören würde. So gerne wollte sie glauben, dass sie sich auf ihn einlassen konnte. Dass es eine Möglichkeit für sie war, weil Colin zu den wenigen Menschen gehörte, die sie bis in ihr Innersten kannten und sie trotzdem liebenswert fanden. Emerys Finger zuckten, und ihr Magen krampfte sich zusammen, während er sie abwartend musterte.

Aber es wäre nicht fair gewesen. Sie durfte ihm das nicht antun, durfte nicht so egoistisch sein. Durfte nicht verlangen, dass er alles ihretwegen aufgab. Nicht, wenn er etwas Besseres bekommen konnte.

Sie nahm seine Hand, die ihr so vertraut war, und drückte sie. »Du bist mein Freund, Colin.« Sie hasste sich dafür, dass sie diese Worte aussprach, wohl wissend, was sie damit opferte. »Und ich will, dass du glücklich wirst.« Sie holte tief Luft und zwang sich, ihm direkt in die Augen zu schauen. »Ich denke, du solltest sie bitten, dich zu heiraten.«

Er schluckte. Ihr entging der Anflug von Enttäuschung und Schmerz nicht, der über sein Gesicht huschte. Doch er lächelte. »Gut.« Einen Moment lang löste keiner von ihnen den Blickkontakt. »Danke, Em.«

In diesem Moment trat Bonnie aus dem Pub und schlang sich die Arme um den Oberkörper. »Hier steckt ihr! Was ist aus den Pommes geworden?«

»Entschuldige, Bon«, erwiderte Colin. »Ich gehe nur rasch pinkeln, dann können wir los.«

»Ich dachte, das wolltest du vorhin schon tun.«

»Bin aufgehalten worden.«

Gefolgt von Bonnies argwöhnischem Blick, eilte er hinein.

Im nächsten Moment richtete sich dieser Blick auf Emery. »Worüber habt ihr zwei geredet?«

»Nichts«, antwortete Emery ein bisschen zu schnell.

Bonnie sah Emey an und schien schlagartig ein wenig nüchterner zu werden. »Hör zu, ich sage das jetzt nur ein Mal.«

Emery verzog das Gesicht. »Was denn?«

Bonnie hob die Hand. »Bis jetzt habe ich den Mund gehalten, weil ich nie ganz kapiert habe, was da zwischen euch läuft, und mir dachte, wenn ihr nicht mit der Sprache rausrückt, geht es mich auch nichts an. Außerdem bin ich ein bisschen beschwipst, also krieg das jetzt nicht in den falschen Hals. Aber, Emery, tu bitte nichts, was Colin alles verderben könnte.«

Emery wurde ganz heiß. »Was! Ich verstehe nicht ...«

»Streite es nicht ab. Vielleicht ist es ja keine Absicht von dir, aber du tust es. Du weißt genau, was er für dich empfindet. Und ich glaube, dass da mehr zwischen euch ist, als ihr mir verratet. Mir ist klar, dass du ihn brauchst. Das verstehe ich. Aber für ihn ist es wichtig, dass du ihn loslässt.«

Emery starrte sie an. Offenbar hatte sie ihre Freundin unterschätzt. Sie hatte ihr nicht zugetraut, dass sie so feine Antennen hatte. Schließlich nickte sie. »Kapiert. Außerdem habe ich es ihm gesagt. Ich habe ihm gesagt, dass er sie heiraten soll.«

Bonnie atmete auf. »Sehr gut. Dann komm. Pommes. Glaubst du, die geben hier auch Käse drauf?«

Emery hakte Bonnie unter. »Ich denke, das müssten sie hinkriegen.«

Den restlichen Abend versuchte sie, nicht an den Mann zu denken, dem sie gerade gesagt hatte, er solle eine andere heiraten – den Mann, der all die Jahre im Hintergrund auf sie gewartet hatte, obwohl sie wusste, wie falsch es von ihr war, ihn hinzuhalten. Und sie versuchte, nicht an den anderen

Mann zu denken, den sie womöglich für immer verloren hatte. Denn Nick hatte recht: Sie durfte nicht weiter nur für die Momente leben, die sie mit ihm verbringen konnte. Was die Ungewissheit, ob er in einem anderen Punkt nicht ebenfalls recht gehabt hatte, nicht weniger qualvoll machte. Würde er noch für sie da sein, wenn sie das nächste Mal starb?

Kapitel 30

ZWEI JAHRE SPÄTER (MÄRZ 2018)

ALTER: 39

Emery lag auf dem Boden im Büro der Klinik. Sie trug kein Oberteil, ihr Rock war bis zur Taille hochgeschoben, und sie atmete schwer. Außerdem scheuerte der raue Teppich unangenehm an der Rückseite ihrer Oberschenkel und an den Schultern, und ihr Kinn war von Lukes Stoppelbart ein wenig wund. Luke lag keuchend neben ihr. Im nächsten Moment stützte er sich auf einen Ellbogen, beugte sich grinsend vor und küsste sie rasch auf die Wange, sodass seine Bartstoppeln sie erneut kratzten. Dann stand er auf und knöpfte sein Hemd zu. Für einen Therapeuten hatte er beeindruckende Brustmuskeln. Sie wusste, dass er ins Fitnessstudio ging, weil er es bereits mehrfach erwähnt hatte, normalerweise dann, wenn das Gespräch auf das Thema »Sport ist gut für die psychische Gesundheit« kam. Emery war nicht sicher, ob das ein diskreter Hinweis darauf sein sollte, dass sie mehr Sport treiben und etwas gegen ihren Bauch tun sollte, der seit einigen Monaten ein bisschen schwabbelig zu werden drohte.

»Wo ist meine …?« Er hielt Ausschau nach seiner Krawatte und pflückte sie von der Kante des Schreibtischs. Es war ein Schreibtisch, der Professionalität ausstrahlte, aus dunklem Holz und mit Aktenmappen auf der Tischplatte.

Emery beobachtete ihn beim Anziehen. Sie wusste, dass auch sie gleich würde aufstehen müssen. Aber verglichen mit der Kälte draußen war es angenehm warm in seinem Büro, und sie fühlte sich gerade so schrecklich faul. Sie hatte Luke im vergangenen Jahr kennengelernt. Er war einer ihrer Dozenten gewesen. Nur zwei Vorlesungen und auch nur als Gastdozent, wie er immer wieder betonte, wenn sie ihn wegen der Umstände hänselte, unter denen sie sich begegnet waren. Außerdem war er drei Jahre jünger als sie, was er ebenfalls gern erwähnte. Weshalb das Klischee, dass sie mit ihrem Professor schlief, hier wohl kaum zutraf (seine Worte). Sie war nach der Vorlesung nach vorne gegangen, um ihm ein paar Fragen zu stellen, woraufhin er sie auf einen Drink eingeladen hatte. Warum auch nicht?, hatte sie sich gedacht. Während seines Vortrags hatte er sympathisch gewirkt und alle zum Lachen gebracht. Außerdem hatte er schöne kaffeebraune Augen. Seitdem trafen sie sich ab und zu, und Emery sagte sich, dass das in Ordnung ging, da er sie jetzt, da sie im zweiten Studienjahr war, ja nicht mehr unterrichtete.

Inzwischen stand er vor dem Spiegel gegenüber vom Schreibtisch, um sich die Krawatte zu binden. Emery fand es noch immer seltsam, dass er einen Spiegel im Büro hatte. »Ich wollte dich fragen«, meinte er, wobei er mehr sich selbst ansah als sie, »ob du Lust hast, am nächsten Wochenende wegzufahren.«

Emery stützte sich auf die Hände auf und sah ihn an. »Mit dir?«

Er lachte auf und zog den Krawattenknoten mit einem letzten Ruck zurecht. »Natürlich mit mir. In diesem einen Hotel in den Cotswolds gibt es gerade ein Last-Minute-Angebot.«

Sie schüttelte den Kopf. »Ich kann nicht. Einer meiner besten Freunde heiratet.«

»Oh.« Er schürzte die Lippen. Wie sie inzwischen festgestellt hatte, schmollte er häufig. War es richtig, dass ein Therapeut, der ein erfolgreiches Buch zu diesem Thema geschrieben hatte, so häufig beleidigt war?

Emery erhob sich, strich ihren Rock glatt und schaute sich nach ihrem Oberteil um, bis sie es auf dem Schreibtischstuhl entdeckte. Ob er erwartete, dass sie ihn zur Hochzeit einlud?

Vielleicht fragte er sich ja auch, warum sie das nicht längst getan hatte. Aber das kam nicht infrage. Sie brauchte keine Gesellschaft, um Colin beim Heiraten zuzuschauen. Vielen Dank auch.

Sie ging zum Stuhl und griff nach ihrem Oberteil. Er schwieg noch immer, und sie fragte sich, ob das hieß, dass es das gewesen war. Aus und vorbei. Eigentlich sollte es ihr mehr ausmachen. Nein, sie sollte es *versuchen*, wie sie es versprochen hatte. »Wir können ja an einem anderen Wochenende wegfahren, wenn du möchtest.«

Er durchquerte den Raum und lächelte auf sie herunter. »Das wäre toll. Ich schaue, ob es ein günstiges Angebot gibt.« Er liebte Sonderangebote. Lachend schob sie ihn von sich, als er sie auf die Wange küsste und seine Hand unter ihr Oberteil wandern ließ.

»Du hast Termine.« Vielleicht sollte sie ja doch nicht immer gleich davon ausgehen, dass es vorbei war.

Es *versuchen*. Das Unwort des Jahrhunderts. Obwohl sie sich redlich Mühe gab. *Ich versuche es, Nick. Aber bist du noch da und wartest auf mich, damit ich es dir erzählen kann?* Wie immer bekam sie ein schlechtes Gewissen, weil sie so etwas überhaupt dachte, ja, es sogar herbeiwünschte. Und dennoch meldete sich die innere Unruhe ebenfalls wie immer, wenn sie sich solche Gedanken gestattete. Sie musste es wissen, musste wissen, ob sie ihn je wiedersehen würde. Und dennoch schlug ihr verräterisches Herz unverdrossen weiter.

Kapitel 31

Die Hochzeit fand in einem Landhaus mitten im Lake District statt – Natalies Entscheidung, soweit Emery hatte feststellen können. Doch obwohl das Wort »Frühlingshochzeit« in den letzten Monaten öfter gefallen waren, als sie zählen konnte, war das Wetter eindeutig nicht frühlingshaft, sondern grau und regnerisch. Und überdies eiskalt. Daher waren die Feierpläne im Freien – zum Glück – abgeblasen worden, sodass nun alle drinnen in einem Raum saßen, der für Emery wie ein riesiger Wintergarten aussah. Alles war in Weiß gehalten. Für Emerys Geschmack viel zu viel Weiß. Weiße Stühle mit weißen Blumen am Ende jeder Sitzreihe. Eine weiße Decke und ein weißer Tisch am Ende des Raums, wo Colin nun stand. Er trug einen Frack und wirkte ein wenig nervös, lachte aber, als sein Trauzeuge ihm etwas ins Ohr flüsterte. Sein Anblick versetzte Emery einen Stich. Oh, Gott, er tat es wirklich. Er heiratete allen Ernstes.

Die Frau neben ihr, eine ältere, intensiv nach Lavendel riechende Dame rückte viel zu nah an Emery heran, ließ einen finsteren Blick über die Sitzreihe schweifen und murmelte etwas vor sich hin. Emery gab sich Mühe, so wenig Platz wie möglich einzunehmen, und rutschte zur anderen Kante ihres Stuhls hinüber. Auch die einzelnen Stühle anstelle von Bänken konnten nur wenig gegen die Enge ausrichten, denn es war schlichtweg zu voll im Raum. Emery hatte gar nicht gewusst, dass Colin so viele Leute kannte. Oder bestand die Mehrheit der Gäste aus Natalies Freunden und Angehörigen? Ihre eigene Hochzeit würde niemals solche Menschenmassen anlocken. Nicht, dass es für sie jemals eine geben würde.

Hör auf damit, Emery.

Ihre Entscheidung, ohne Begleitung zu erscheinen, hatte sie bitter bereut, als sie beim Hereinkommen den Raum nach vertrauten Gesichtern abgesucht hatte. Die meisten Anwesenden schienen Paare zu sein, auch wenn Natalie durchgesetzt hatte, dass Kinder nicht eingeladen waren. Während sie darauf warteten, zu ihren Plätzen geführt zu werden, betrieb Emery Small Talk mit anderen Gästen, die sie nicht kannte – und hätte schwören können, dass jeder davon ausnahmslos hinter sie blickte, als rechne er damit, dass wie durch Zauberhand plötzlich ein Partner neben ihr erschien, damit es passte. Maureen hatte sie mit einer liebevollen Umarmung empfangen. Ihr Haar war noch immer so flammend rot, wie Emery es aus ihrer Kindheit in Erinnerung hatte, nur dass inzwischen einige Arbeit nötig war, um diesen Zustand zu erreichen. Allerdings hatte sie sich bald entschuldigt, um mit Natalies Eltern zu sprechen.

Emery hatte noch nicht einmal ein Wort mit Bonnie wechseln können, weil Natalie sie verrückterweise zu ihrer Brautjungfer erkoren hatte. Als Emery vor einigen Monaten Colin gegenüber erwähnt hatte, wie seltsam sie das fand, hatte dieser nur erwidert, Natalie wolle eben nicht, dass Bonnie sich ausgeschlossen fühle. Außerdem habe sie selbst ja keine Schwester. Also hatte Emery zugestimmt, wie *nett* das doch sei. Aber sie hatten beide gewusst, dass sie log. Und nun gab sie sich die größte Mühe, das Gefühl zu verdrängen, dass Natalie ihr die beste Freundin und auch den besten Freund wegnahm. Dass Natalie sie stets ziemlich kühl und leicht argwöhnisch behandelte, machte das Ganze nicht besser.

Als die Musik einsetzte, erhob sich Emery mit den anderen. Sie sah zu, wie Bonnie den Mittelgang entlangkam. Das rosafarbene Kleid biss sich mit ihrem rotblonden Haar. Bonnie zwinkerte Joe zu, der neben Colin stand. Bestimmt waren die beiden Paare schon oft zu viert ausgegangen. Abendessen, zu denen Emery nie eingeladen werden würde, weil sie Single war.

Sie lockerte die Schultern. Genug, jetzt wurde sie allmählich zynisch. Und sie hatte sich doch fest vorgenommen, das mit allen Mitteln zu verhindern.

Dass Natalie so absolut hinreißend aussah, war ein weiterer Wermutstropfen. Aber selbstverständlich tat sie das, schließlich war heute ja ihr Hochzeitstag. Ihr dunkles Haar war locker aufgesteckt. Der Blumenkranz – weiß natürlich – wirkte beinahe wie eine Krone. Ihr fließendes Kleid betonte eine übernatürlich schlanke Figur, die zu erreichen Emery schon längst aufgegeben hatte. Außerdem lächelte die Braut, ohne eine Spur von Nervosität zu zeigen. Bei ihrem Anblick lächelte Colin ebenfalls, und seine Schultern schienen sich zu entspannen. Emery sah ihn an, seine strahlenden blauen Augen, die vertrauten Konturen seines Kiefers. Doch er erwiderte ihren Blick nicht. Nein, er schaute kein einziges Mal in ihre Richtung.

Natürlich nicht. Warum sollte er auch? Nachdem sie wieder Platz genommen hatte, schloss sie kurz die Augen. Und als sie sie wieder öffnete, setzte sie ein gefrorenes Lächeln auf.

Es gelang ihr, die Zeremonie durchzustehen und den Kloß in ihrer Kehle hinunterzuschlucken, als das Brautpaar das Ehegelübde sprach. Einige andere Gäste schienen den Tränen nah oder tupften sich die Augen ab. Natalies Mutter machte sogar ein recht beeindruckendes Schauspiel daraus. Doch Emery war sicher, dass sie aus völlig anderen Gründen weinten. Später stand sie draußen in der Menschenmenge, um die Jungvermählten mit Konfetti zu bewerfen. Sie hatte Mühe, sich eine hämische Bemerkung zu verkneifen, als sich auch noch ein gottverdammter Regenbogen über den Himmel spannte, gerade in dem Moment, als das frischgebackene Ehepaar Hand in Hand aus dem Gebäude kam. Ein *Regenbogen*? Musste das unbedingt sein?

Sie nuschelte eine an niemanden im Besonderen gerichtete Entschuldigung und flüchtete sich auf die Toilette, die mit gedämpftem Licht, Kosmetiktüchern in Spendern und Messingwaschbecken ziemlich luxuriös ausgestattet war. Da sie die Tränen nicht länger zurückhalten konnte, schloss sie sich in einer Kabine ein, klappte den Deckel hinunter, setzte sich darauf und weinte. Obwohl sie sich bemühte, kein Geräusch zu verursachen, brachen sich die Schluchzer mit einer Intensität Bahn, der sie nichts entgegenzusetzen hatte. Erst nach einer Weile gelang es ihr, ruhiger durchzuatmen und sich ein wenig zu sammeln, sodass ihre Lippen zu zittern aufhörten. Sie hatte nicht erwartet, dass es sie so hart treffen würde. Ja, ihr hatte vor diesem Tag gegraut, aus verschiedenen Gründen. Hochzeiten waren immer schwierig, wenn man in einem gewissen Alter und noch immer alleinstehend war. Und außerdem ging es hier um Colin. Ja, sie hatte die Tür selbst zugeschlagen, doch das hieß noch lange nicht, dass sie sich das Ergebnis unter die Nase reiben lassen musste. Hinzu kam, dass sie wirklich nicht mit einem solchen Ansturm der Gefühle gerechnet hatte. Mit dieser inneren Leere.

Er ist weg. Das hatte sie sich immer wieder gesagt. Und in diesem Moment war es real, als sei er für immer aus ihrem Leben verschwunden, obwohl er doch dort draußen war und sich vermutlich gerade anschickte, die dämliche Hochzeitstorte anzuschneiden. *Aber er gehört nicht mehr dir*, raunte eine hinterhältige Stimme in ihrem Kopf. Auch wenn er es nie getan hatte, dachte sie bedrückt. Weil sie selbst es nicht zugelassen hatte. Und jetzt war es zu spät.

Sie presste sich die Hand aufs Herz und rang um Fassung. Mein Gott, was hätte sie dafür gegeben, wenn es in diesem Moment stehen geblieben wäre. Na gut, sie hatte Nick versprochen, nicht mehr für die Momente mit ihm zu leben – was sie ja auch nicht tat. Allerdings hinderte sie das nicht daran, sich zu wünschen, ihr Körper hielte ihr einen Fluchtweg offen. Denn am meisten sehnte sie sich danach, jetzt bei ihm zu sein, seine Arme um sich zu spüren. Emery schloss die Augen. *Bist du noch da, Nick?* Bei dem Gedanken, dass er fort sein könnte, wurde sie wieder von einem Schluchzer erschüttert.

Als sie hörte, wie sich die Tür zur Toilette öffnete, riss sie sich mit Mühe zusammen, sodass nur noch ein letzter leiser Schluchzer über ihre Lippen drang. Sie verharrte reglos, während jemand die Kabine neben ihr betrat und die Tür verriegelte. Dann wischte sie sich die Augen ab und schüttelte ihr Haar zurück in Form. Schließlich konnte sie sich nicht den ganzen Tag auf der Toilette verstecken. Also stand sie auf und betätigte die Spülung, um keinen Verdacht zu erregen.

Trotz der schmeichelhaften Beleuchtung über dem Spiegel sah ihr Gesicht wie ein Schlachtfeld aus. Ihre Haut wurde allmählich schlaff, und der Lippenstift ließ ihren Mund zu schmal wirken. Außerdem hatte sie Augenringe, und auf ihren Wangen zeichneten sich rote Flecken ab. *Du bist eine echte Traumfrau, Emery.* Sie feuchtete ein Papierhandtuch an, um den Schaden halbwegs einzugrenzen. Niemand durfte ihr anmerken, dass sie auf Colins Hochzeit geweint hatte.

Die Spülung rauschte, die Tür der Kabine öffnete sich, und Bonnie trat heraus. Emery schnappte nach Luft. Im Gegensatz zu ihr wirkte ihre Freundin taufrisch. Außerdem trat der Farbkontrast zwischen Kleid und Haaren in diesem Licht längst nicht so stark zutage. Ihre Blicke begegneten sich im Spiegel. Im ersten Moment befürchtete Emery, Bonnie würde ihr Vorhaltungen machen, sie habe kein Recht, so zu empfinden. Auf gar keinen Fall dürfe sie Colins Gefühle durcheinanderbringen. Was würde er denken, wenn er sie so sah? Doch Bonnies Züge wurden weicher, und sie verzog mitfühlend das Gesicht.

»Oh, Em.« Sie tätschelte ihren Arm. Emery musste die Lippen zusammenpressen, um ein erneutes Schluchzen zu unterdrücken.

Immer wieder strich Bonnie beruhigend über Emerys Arm. Obwohl sie nichts sagte, spürte Emery, wie ihre jahrelange Freundschaft sie umfing. Das Verständnis. Sie erinnerte sich an Bonnies Hochzeit, die inzwischen so viele Jahre zurücklag. Damals hatte Colin von ihr verlangt, dass sie Farbe bekannte. Das wäre der alles verändernde Moment gewesen. Hätte sie damals den Mut gehabt, hätte sie ihm alles gestehen können. Doch als sie die Augen schloss, hatte sie wieder das Gesicht von Nick vor sich. So wie immer. Langsam holte sie Luft, um den Schmerz wegzuatmen.

»Alles wird gut«, sagte Bonnie, und Emery nickte. Aber was sollte sie tun, wenn Colin den Kontakt zu ihr einschlafen ließ? Was, wenn Nick fort war? Wie sollte sie weitermachen, falls sie nie Gelegenheit erhalten sollte, sich von ihm zu verabschieden? »Los, wir besorgen dir einen Drink.«

Emery warf ihr Papierhandtuch in den Müll. »Wirst du nicht als Brautjungfer gebraucht?«

Bonnie zuckte die Achseln. »Ach was, ich bin eher so eine Art Alibi-Brautjungfer. Außerdem verbringe ich meine Zeit lieber mit dir.«

Emery lachte gepresst auf. »Großer Gott, ich liebe dich so sehr. Aber das weißt du ohnehin längst, oder?«

Bonnie grinste. »Weshalb bin ich dir wohl gefolgt?«

Sie schob Emery aus der Toilette. Die Tür schwang hinter ihnen zu. Was würde passieren, wenn sie jetzt den Finger in den Spalt hielte?, überlegte Emery. Wie damals bei der Taxitür nach dem Fallschirmspringen? Würde der Schmerz als Schock genügen, damit sie wieder starb? Doch der Gedanke war sofort wieder verflogen, und Emery ging weiter. Das konnte sie Colin nicht antun. Nicht mit Absicht.

Also würde sie stattdessen trinken und tanzen und lachen. Und es weiter versuchen. Denn sie hatte es, verdammt noch mal, versprochen.

Kapitel 32

EIN JAHR SPÄTER (MÄRZ 2019)

ALTER: 40

Als Emery endlich wieder starb, bemerkte sie gar nicht, dass es geschah. Ihrer Erinnerung nach war sie nicht einmal an einem bestimmten Ort gewesen. Sie wusste nur noch, dass sie mit einem Buch im Bett gelegen und sich eingeredet hatte, dass sie für eine Lesebrille noch viel zu jung war. Deshalb war sie noch im Nachthemd, was sie feststellte, als sie an sich hinunterblickte und stirnrunzelnd in ihrem Gedächtnis kramte. Vor einigen Monaten hatte sie ihren vierzigsten Geburtstag gefeiert. Es war zwar keine große Fete, doch trotzdem hatten sich in ihrem Drei-Zimmer-Reihenhaus am Stadtrand von Bristol einige Gäste versammelt. Inzwischen war sie dank einer Finanzspritze ihres Dads für die Anzahlung zur Hausbesitzerin aufgestiegen. Insgeheim hatte sie sich bereits gedacht, dass ihr Herz bei dieser Geburtstagsfeier stehen bleiben würde, so wie damals an ihrem Dreißigsten. Bestimmt würde jemand versuchen, sie zu überraschen. Oder eines der Kinder würde sie von hinten anspringen, weil es noch nicht verstanden hatte, dass man Emery wie ein rohes Ei behandeln musste. Offen gestanden hatte sie sogar darauf gehofft, denn sie wollte an diesen Ort zurückkehren, um endlich das flaue Gefühl loszuwerden, das mittlerweile ihr ständiger Begleiter geworden war, da sie sich fragte, wer sie wohl beim nächsten Mal empfangen würde.

Und nun, endlich, war sie tatsächlich hier. Einfach so. Im ersten Moment schien sich ihre Umgebung zu bewegen und erst allmählich Gestalt anzunehmen, die Phase, in der sie ihn noch nicht richtig sehen konnte. Als sie sich umdrehte, schlug ihr Herz schneller, und ein Schluchzer stieg in ihrer Kehle auf.

Schließlich bemerkte sie eine Gestalt, deren Umrisse deutlicher hervortraten, während die Erinnerung klarer wurde. In diesem Moment wusste sie, dass er es war. Zuerst machte sie die graugrünen Augen aus. Sein Mund war zu einem schiefen Lächeln verzogen, als er sie ansah. Sie erwiderte seinen Blick, nahm sich einen Moment Zeit, um ihn zu betrachten. Um sich zu vergewissern, dass er wirklich hier und nicht verschwunden war. Und dann lief sie mit einem Freudenschrei auf ihn zu.

»Ich dachte...« Seine Arme schlossen sich um sie, und sein vertrauter Geruch hüllte sie ein, sodass sie den Satz nicht beendete. Stattdessen legte sie den Kopf in den Nacken, streckte die leicht zitternde Hand aus, strich mit den Fingern über seine Wange und fuhr die Konturen seines Mundes nach. Und dann küsste sie ihn, der Kuss, nach dem sie sich so lange gesehnt hatte. Er erwiderte ihn, wie sie ohne die geringste Scheu. Emery schob den Gedanken beiseite, dass er sie beim letzten Mal zurückgewiesen hatte. Denn nun war er da, obwohl sie schon befürchtet hatte, sie würde ihn niemals wiedersehen.

Seine Hand lag auf ihrem Rücken, hielt sie fest, während sie sich an seine Schultern klammerte, um seine Muskeln zu spüren, als Vergewisserung, dass es ihn tatsächlich gab. Schließlich löste er sich von ihr und blickte ihr tief in die Augen. Und dann streckte er die Hand aus, um die Konturen ihres Gesichts nachzufahren. Es fühlte sich an, als loderten dort, wo er sie gerade berührt hatte, kleine Flammen auf. »Emery.« Wieder klang ihr Name aus seinem Mund wie ein Gebet. Er lehnte die Stirn an ihre. Seine Hand beschrieb sachte Kreise auf ihrem Rücken, so als ob er gar nicht anders könnte, als sie anzufassen. Als brauche er ebenso wie sie eine Bestätigung dafür, dass sie da war. »Ich liebe dich«, flüsterte er.

Sie hörte die Wahrheit, die in seinen Worten lag, fühlte, wie sie ihr Inneres erfüllten. Anstelle einer Antwort wich sie ein winziges Stück zurück, um ihn abermals küssen zu können, anfangs so sanft wie ein Hauch, eine Antwort. Schließlich war er es, der sämtliche Zurückhaltung aufgab und sie so leidenschaftlich küsste, dass sie aufstöhnte. Prompt gruben sich seine Finger fester in ihren Rücken und wanderten hinunter zu ihrer Taille. Sie spürte ein fließendes Ziehen in sich, und als er ihren Hals küsste, bäumte sie sich keuchend auf.

»Verdammt, Emery.«

Er schob sie gegen die Wand der Erinnerung. Emery schlang ihm die Arme um den Hals, während er ihren Hals mit Küssen bedeckte. Seine Hände glitten zu ihren Hüften, wo ihr Nachthemd sich bauschte. Seine Knöchel streiften ihre Haut. Wieder legte sie beide Hände auf seine Schultern, um ihn festzuhalten, und berührte mit den Lippen seinen Hals. Sie wollte ihn schmecken. Überall. Endlich. Sie hörte, wie er aufkeuchte, grub behutsam die Zähne in seine Unterlippe. Seine Finger umfassten ihren Schenkel, und als er langsam ihr Nachthemd nach oben streifte, wich sie ein wenig zurück, um ihn anzusehen, ehe sie die Arme über den Kopf reckte. Er ließ das Nachthemd neben sich fallen. Sein Blick glitt über sie hinweg, die Formen ihres Körpers. Anders als bei anderen Männern empfand Emery nicht die Spur von Verlegenheit oder Scham. Denn sie war hier. Beim ihm.

Seine Finger strichen die Innenseite ihrer Schenkel empor, wobei seine Augen jeden Zentimeter des Weges verfolgten. Und obwohl ihr Körper förmlich darum flehte und sie genau wusste, was sie wollte, gelang es ihr, den Kopf zur Seite zu neigen. »Ein bisschen einseitig, oder?«, stieß sie mühsam hervor. Er lachte auf, woraufhin sie die Hände unter sein T-Shirt schob und über seine Muskeln strich. Rasch zog er es aus, und sie legte ihm die flachen Hände auf die Brust. Sie spürte den Rhythmus seines Herzens, obwohl dieses Herz schon vor langer Zeit zu schlagen aufgehört hatte. Er strich mit der Nase an der ihren entlang und küsste ihre Mundwinkel. Alle Schranken fielen, als er sie hochhob und sie die Beine um seine Taille schlang, ihre Hände in seinem Haar, sein Mund an ihrer Brust.

Er legte sie aufs Bett – ein Bett, das sie bis jetzt gar nicht bemerkt hatte. Sie hörte das metallische Geräusch einer Gürtelschließe, eines Reißverschlusses. Und dann lag er auf ihr, und Flammen leckten an ihrer Haut, überall dort, wo er sie berührte. Seine Lippen folgten dem Weg seiner Finger, bis ihre Nervenenden zu vibrieren begannen. Ihr Innerstes pulsierte. Wieder grub sie die Zähne in seine Unterlippe, fester diesmal, ließ die Hände über seine Brust gleiten, immer tiefer, bis sie ihn fühlen konnte. Er bewegte sich ein wenig, schuf ein wenig mehr Raum für sie, während er leise stöhnend ihren Hals liebkoste.

»Nick.« Beinahe bittend stieß sie seinen Namen hervor und reckte ihm die Hüften entgegen. Ihr ganzer Körper flehte ihn an. Ohne Scheu. Und dann war er in ihr. Sie gab sich nicht einmal Mühe, den Aufschrei zu unterdrücken. Er umfasste ihre Hände und flocht die Finger in ihre. Ihre Blicke trafen sich und versanken ineinander. Beide zitterten vor Anspannung. Und dann beugte er sich über sie und küsste sie. Emery schloss die Augen. Deshalb, dachte sie, hatte es nie mit jemandem anders geklappt. Sie hatte nie etwas anderes gewollt als das hier.

Danach lagen sie da, die Gesichter einander zugewandt, malten sich gegenseitig träge Kreise auf die Haut, während sich ihre Atemzüge allmählich beruhigten.

Sie waren in ihrem Schlafzimmer. Das stellte Emery erst jetzt fest. Im Schlafzimmer ihres Reihenhauses. Die Matratze – für die sie ein Vermögen ausgegeben hatte – war dieselbe. Dazu die schrillrote Nachttischlampe, die so gar nicht zum Rest der Einrichtung passte – Lilys Geburtstagsgeschenk zum Vierzigsten. Fotos von Amber, Lily und Robin und von Colin und Bonnie lächelten ihr vom Frisiertisch aus entgegen. Daneben standen die Unmengen von Cremes und Anti-Falten-Seren, mit denen sie zurzeit herumexperimentierte. Die Wände waren noch hellblau, aber Emery spielte mit dem Gedanken, sie neu zu streichen, wenn sie endlich die Muße dazu hatte.

»So«, sagte Nick, stützte sich auf einen Ellbogen und schaute zu ihr herunter. »Was gibt es Neues bei dir?«

Sie lachte auf. »Tja ... ich muss dir beichten, dass ich gerade eine Ausbildung zur Therapeutin mache.«

»Wirklich?«

»Ich weiß, dass es ziemlich furchterregend klingt.«

»Nicht unbedingt.« Er zeichnete weiter Kreise auf ihren Arm. »Immerhin hast du mir schon ein paar ziemlich gute Ratschläge gegeben.«

»In ein paar Monaten habe ich meine Zulassung.« Emery hatte gerade ihre Abschlussarbeit beendet, die sich mit Sterbebegleitung befasste, und wollte sich in diesem Bereich spezialisieren. Ihr Ziel war es, Menschen dabei zu helfen, ihren Tod anzunehmen. Sie überlegte, ob sie ihm das erzählen sollte, denn eigentlich tat er das Gleiche, oder? Das hatte sie ja erst auf den Gedanken gebracht. Denn Emery hatte das Gefühl, dass sie angesichts ihrer vielen Begegnungen mit dem Tod wusste, wovon sie sprach, auch wenn das Thema dadurch nicht weniger Angst einflößend oder schwierig wurde. Doch jedes Mal, wenn sie in Panik geriet und daran zu zweifeln begann, ob sie auch das Richtige tat, hielt sie sich vor Augen, dass es die Mühe wert war, und wenn sie nur einem einzigen Menschen dabei half, zu akzeptieren, was mit ihm geschah. Und diese Vorstellung erdete sie so sehr wie bis jetzt nichts in ihrem Leben.

Im Rahmen der Ausbildung hatte sie auch selbst eine Therapie machen müssen, was gewiss vernünftig war, auch wenn ihr von Anfang an davor gegraut hatte. Doch es hatte sich als hilfreicher erwiesen, als sie gedacht hatte. Natürlich hatte sie nicht über Nick sprechen können, was seltsam war, denn schließlich war er ein wichtiger Teil ihres Lebens. Doch die

Gespräche über ihre Mum hatten es ihr ermöglicht, einige Dinge zu verarbeiten, die sie seit vielen Jahren nicht hatte loslassen können. Natürlich war ihr die Theorie vertraut, dass Kinder sich häufig mit Vorwürfen zermürbten und diese in sich hineinfraßen, wenn ein Elternteil ging – und dass dieses »Gehen« alles, angefangen vom Tod bis hin zu Scheidung oder emotionaler Abwesenheit, beinhalten konnte. Nichtsdestotrotz war es sogar mit der Unterstützung einer unbeteiligten Person schwierig, diesen Ansatz auf sich selbst anzuwenden. Sie dachte an das Gespräch, das sie mit Nick vor einigen Jahren geführt hatte. Über Lisa, über ihre Mum. *Es ist nicht deine Schuld.*

Er beobachtete sie, die Hand auf ihre Hüfte gelegt. Erst jetzt merkte sie, dass sie geschwiegen hatte. »Entschuldige«, sagte sie. »Jedenfalls ist das die wichtigste Neuigkeit von meiner Seite. Außerdem habe ich mich vergeblich an einer Beziehung mit meinem Dozenten versucht. Aber das hat nicht geklappt.«

»Mit deinem Dozenten?«

Seine entsetzte Miene brachte sie zum Lachen. Dann jedoch wurde sie ernst und legte ihm die Hände ums Gesicht. »Ich kann kaum fassen, dass du noch hier bist.« Er strich nur wortlos über ihre Taille. »Nick ...« Sie holte tief Luft, denn es führte kein Weg daran vorbei, es ihm zu sagen. »Lisa ist gestorben.«

Ein schmerzlicher Ausdruck huschte über sein Gesicht, und er presste die Lippen zusammen. »Ich weiß.«

Emerys Herz begann zu flattern. »Du weißt es?«, flüsterte sie.

»Ich habe sie gesehen.«

»Sie ... sie war hier?«

»Ja.«

Emery vermochte sich nicht vorzustellen, wie das für ihn gewesen sein musste. Sie war unsicher, ob sie weiter nachhaken durfte. Vielleicht wollte er ja nicht darüber reden.

»Sie war so, wie ich sie damals gekannt habe«, fuhr er fort. Er betrachtete seine Hand, die auf ihrer nackten Haut lag, und bewegte die Finger. »Wir waren in ihrer Erinnerung. Wieder in Oxford. Aber nicht in der Gasse«, fügte er leise hinzu.

Sie biss sich auf die Lippe und verkniff sich die Frage, die ihr auf der Zunge lag. Er sollte ihr nur erzählen, was er ihr anvertrauen wollte. So gerne sie auch erfahren hätte, was genau geschehen war und worüber sie geredet hatten.

Nick zögerte. Dann richtete er sich auf und nahm seine Hand weg. »Die Erinnerung sah so aus«, verkündete er. Ihre Umgebung begann sich zu verändern. Sie saßen auf einer Picknickdecke am Ufer eines Flusses. Das Laub der Bäume war dicht und grün. Die Sonne schien warm. »Hier habe ich Lisa gefragt, ob sie meine Frau werden will«, fügte er hinzu.

Emery machte es sich auf der Decke bequem. Sie war zwar splitternackt, doch das kümmerte sie nicht. »Du hast sie geliebt.« Sie sprach genauso leise wie er. Es klang nicht wie ein Vorwurf, sondern verständnisvoll.

»Die damalige Version von mir hat sie geliebt. Richtig. Und ich bin so froh, dass ich sie noch einmal wiedersehen und ihr in diesem Moment helfen durfte. Mir ist dadurch klar geworden …« Er verstummte. »Wieder und wieder habe ich dir gesagt, dass ich hier festsitze. Aber das war ein Irrtum, glaube ich. Denn als ich sie sah, habe ich erkannt, dass ich nicht mehr derselbe Mensch bin wie früher. Ihr war das klar, und es war gut so. Und ich habe dadurch verstanden, dass ich mich die ganze Zeit mit Schuldgefühlen gequält habe, weil ich eine andere liebe. Anstatt dankbar dafür zu sein.«

Als er sie anblickte, wurde ihr ganz warm ums Herz. Sein Mund verzog sich zu einem Lächeln. »Was Schuldgefühle angeht, sind wir beide echte Profis, was?«

Er rutschte ein Stück näher und lehnte die Stirn an die ihre, eine Geste, die immer vertrauter wurde. »Ich liebe dich, Emery.«

Sie schloss die Augen und sog seinen Duft ein. Doch sie konnte sich die Bemerkung nicht verkneifen. »Vielleicht ist es nur diese Version von dir, die mich liebt.«

Er schüttelte den Kopf. »Jede Version von mir. Jede Version von mir würde jede Version von dir lieben.«

Und sie glaubte ihm. Weil sie genauso empfand. Es war eine Verbindung, die bis ins Innerste reichte. Das Schicksal hatte sie zusammengebracht, obwohl das eigentlich gar nicht hätte möglich sein dürfen, schließlich hatten sie unterschiedliche Leben zu unterschiedlichen Zeiten geführt.

Er wich ein Stück zurück. »Tut mir leid, dass ich dich beim letzten Mal abgewiesen habe, als du gesagt hast, dass du …«

»Dass ich dich liebe?«

»Ja. Ich wollte dir keinen Grund liefern, wieder hierherkommen zu wollen.«

»Das habe ich schon kapiert.« Sie sprach es nicht laut aus, aber vielleicht hatte er ja recht gehabt. Denn bei ihrer letzten Begegnung hatte sie mitten in einer Krise gesteckt. Und hätte er ihr zu diesem Zeitpunkt seine Liebe gestanden, wäre sie vielleicht nicht mehr in ihren Körper zurückgekehrt. »Nick?«

»Hmmm?«

»Warum, meinst du, bist du noch hier?«

Er zögerte, und sie spürte, wie ihr Magen sich verkrampfte. Denn sie wünschte sich eine Gewissheit von ihm, die er ihr nie würde geben könne. Die Gewissheit, dass er für immer bei ihr sein würde.

»Ich glaube«, erwiderte er zögernd, »dass ich vielleicht hätte gehen können. Nachdem Lisa … Es war, als bliebe alles stehen. So als hätte ich die Wahl, mit ihr weiterzuziehen.« Emerys Herz schlug ein wenig zu schnell.

»Also denkst du, dass du tatsächlich gefangen warst?« Sie hatte sich stets gegen die Vorstellung gesträubt, dass seine Anwesenheit hier eine Strafe war. Denn das wäre wirklich morbide gewesen.

»Nein, das denke ich nicht. So seltsam es klingen mag, ist mir klar geworden, dass ich falschliege, als ich vor die Wahl gestellt wurde. Es war keine Strafe, sondern eher ein Hinweis, dass ich etwas verstehen muss, bevor ich weiterziehe. Und vielleicht habe ich es nur dank meiner Rolle hier begriffen. Wegen der Menschen, die ich kennenlerne.« Er grinste spöttisch. »Möglicherweise hattest du die ganze Zeit über recht: Du wurdest mir zugewiesen, um mir zu helfen, nicht umgekehrt.« Er holte Luft. »Es ist, als hätte dieser Ort darauf gewartet, dass ich meinen Frieden mit dem mache, was Lisa zugestoßen ist. Und sie zu sehen, war vermutlich das Mosaiksteinchen, das noch gefehlt hat. Aber es fing schon davor an, denn ich habe mir Mühe gegeben, mich nicht mehr mit Vorwürfen zu zermürben, genau wie ich es dir versprochen hatte.«

»Also hast du entschieden, nicht weiterzuziehen? Sondern zu bleiben?« Das Flattern in ihrem Magen wurde stärker. Etwa ihretwegen? Hatte er ihr zuliebe auf die Gelegenheit verzichtet? In diesem Moment wurde ihr klar, dass er das empfunden haben musste, als sie ihm ihre Liebe gestanden hatte. Als sie kurz davor gewesen war, von der Brücke zu springen.

»Ich wollte dich wiedersehen«, fuhr er fort und hatte offenbar wieder ihre Gedanken gelesen. »Ich konnte den Gedanken nicht ertragen, dass unsere letzte Begegnung wirklich die allerletzte gewesen könnte. Dann hätte ich dir nie sagen können, wie viel du mir bedeutest.«

Sie holte tief Luft. »Nick ...«

Er unterbrach sie mit einer Handbewegung. »Aber es war nicht nur das. Ich sitze nicht fest.« Emery blickte ihn zweifelnd an. Genau das hatte er doch gerade erst gesagt. Nick lachte über ihren Gesichtsausdruck. Er wirkte erleichtert. So locker, wie sie ihn nie zuvor erlebt hatte. »Gerade will ich hier sein. Ich bin gut in meinem Job, und es gibt sicher einen Grund, warum ich hierhergeschickt wurde. Und offenbar hat der nicht nur mit mir zu tun. Also werde ich einfach weitermachen wie bisher, denn nun weiß ich, dass es meine freie Entscheidung ist.«

Eigentlich hatte Emery damit gerechnet, dass die Erinnerung jederzeit erbeben könnte. Das erste Warnzeichen. Allerdings geschah etwas anderes, und auch das erkannte sie nur daran, dass Nicks Miene sich veränderte: Sein Lächeln wurde von Entsetzen abgelöst. Wenn sie sich anschickte zurückzukehren, wurden ihre Konturen normalerweise schärfer, während alles andere ringsherum verblasste. Nur, dass es diesmal nicht geschah. Stattdessen war sie diejenige, die zu verblassen begann.

»Emery!« Als er nach ihrer Hand griff, war die Berührung kaum wahrzunehmen. »Wer ist bei dir, Emery? Wer ist gerade bei dir?«

»Ich …« Sie dachte an ihr Bett und an das Nachthemd. »Niemand.« Allmählich übertrug sich seine Panik auf sie. Sie stand auf und streckte die Hand aus, stellte fest, dass sie immer weiter verblasste und mit den Blau- und Grüntönen der Flusslandschaft verschmolz.

»Nein. Deine Zeit ist noch nicht gekommen. Nein!« Inzwischen war auch er aufgesprungen. Sein Blick flog hin und her, und er umfasste fester ihre Hand, als wolle er sie erden.

Emery hatte Angst. Sie wollte nicht sterben. Sie wollte zurückkehren, ihren Abschluss machen und etwas bewirken, selbst wenn es noch so geringfügig wäre. Die Erkenntnis überkam sie mit voller Wucht: Sie wollte nicht sterben.

Nick legte ihr eine Hand aufs Herz. Und obwohl sie die aufblitzende Furcht in seinen Augen erkannte, blieb seine Stimme ruhig. »Jetzt liegt es nur an dir. Atme, Emery. Kämpfe!«

Sie spürte, wie sie nach Luft schnappte. Wie der Schmerz in ihrer Brust wie eine Schockwelle in ihrem ganzen Körper widerhallte. Und dann war sie wieder in ihrem Schlafzimmer. Sie lag im Bett und war schweißgebadet. Ihr Herz war mitten in der Nacht ohne Vorwarnung stehen geblieben. Das war ihr bis jetzt noch nie passiert. Sie hatte keine Ahnung, was der Auslöser gewesen sein könnte. Etwas, das sie im Schlaf gehört hatte? Oder ein Traum? Nun schlug ihr Herz wieder, allerdings schmerzhaft, und sie spürte, wie Übelkeit in ihr aufstieg. Emery zwang sich aufzustehen und schleppte sich ins Bad. Jeder Schritt kostete sie unglaubliche Mühe, und sie zitterte von Kopf bis Fuß. Sie beugte sich über die Toilettenschüssel und übergab sich heftig. Jeder Muskel tat ihr weh. Sie schloss die Augen und zwang sich, ruhig durchzuatmen.

Du bist zurückgekehrt. Das sagte sie sich immer wieder. Sie war zurückgekehrt, und das war ein sehr wichtiger Beweis dafür, dass sie am Leben sein wollte. Und dafür, dass sie es konnte. Sie konnte leben und darum kämpfen. Sich damit abfinden, dass ihr nur kurze Momente mit Nick vergönnt sein würden. Denn mehr würde sie niemals bekommen.

Kapitel 33

ZWEI JAHRE SPÄTER (APRIL 2021)

ALTER: 42

»Emery? Emery! Herrgott, jetzt mach schon die Augen auf.« »Geht es ihr gut? Muss Tante Em jetzt sterben?« Lilys Stimme war es, die Emery bewog, die Augen aufzuschlagen, sich umzudrehen und sich gefühlt beinahe die Eingeweide aus dem Leib zu husten.

»Nein.« Robins Stimme zitterte. »Nein, Lils, alles in Ordnung. Siehst du?«

Und das, dachte Emery ein wenig zornig, *ist genau der Grund, warum Robin mir nicht erlaubt, allein auf Lily aufzupassen.* Inzwischen zerstreute sich die Menschenmenge, die sie umringte, denn Robin versicherte allen, dass kein Grund zur Sorge bestand. Dass Emery nur in Ohnmacht gefallen sei. Emery selbst fühlte sich ein wenig benommen. Ein Teil von ihr war noch bei Nick in Dublin, und zwar in einem Hotel, in dem Bonnie und sie im Zuge eines Mädelswochenendes abgestiegen waren. Blinzelnd schaute sie sich um: Sie befanden sich mitten in einem hell erleuchteten Einkaufszentrum, denn Emery hatte Lily versprochen, dass sie sich hier ihr Geburtstagsgeschenk aussuchen durfte. Unterdessen musterte Lily sie aus ängstlich aufgerissenen Augen. Wie sie sich so an Robin drängte, wirkte sie viel jünger, als sie sich in letzter Zeit gab. Sie war völlig aus dem Häuschen, weil sie endlich zwölf wurde, was hieß, dass es bis zum Teenager nicht mehr weit war.

»Keine Angst, Lils«, sagte Emery und rappelte sich mühsam auf. »Vergiss nicht, dass ich Superkräfte habe und von den Toten zurückkehren kann.« Als sie eine Zombiegrimasse schnitt, kicherte Lily.

Sie spürte noch immer die Nachwirkungen des Anfalls. Ihr Herz schlug unregelmäßig, immer wieder schoss ihr ein Schmerz durch die Brust, und der Schweiß lief ihr in dünnen Rinnsalen den Nacken hinunter. Es wurde mit jedem Mal schwieriger, sofort zum Alltag überzugehen.

Lily musterte sie argwöhnisch. »Du hast doch nicht wirklich Superkräfte, oder? Man kann nicht wiederkommen, wenn man erst mal tot ist.«

»Nur ganz besondere Menschen wie ich schaffen das.« Lily nahm ihr das offenbar nicht ab. Inzwischen war sie zu groß, um voll und ganz in Fantasiewelten einzutauchen. Allerdings merkte Emery ihr an, dass sie es gerne glauben wollte. So erwachsen war sie auch wieder nicht.

Als sie ihre Nichte auf den Scheitel küsste, stieg ihr jener Pfefferminzduft in die Nase, den sie stets mit Amber verbunden hatte. Lily war blond wie Robin, allerdings war ihr Haar einen Ton dunkler. Außerdem war sie groß und schlaksig wie Amber.

»Tatsächlich ist es medizinisch möglich, wieder aufzuwachen, wenn man klinisch tot war«, erklärte Robin Lily. »Das ist keine Superkraft, sondern Wissenschaft.«

Emery verdrehte die Augen. Mein Gott, sogar das tat weh. »Spielverderberin!« Sie sah sich nach ihrer Handtasche um und entdeckte sie etwa einen Meter neben ihr auf dem Boden. Robin, die ihren Blick bemerkte, kam ihr zuvor und bückte sich rasch danach.

»Ich glaube, wenn ich mir eine Superkraft aussuchen könnte«, meinte Lily, »wäre es, die Antwort auf jede Frage zu kennen. Dann müsste ich nie wieder Hausaufgaben machen.«

»Das klingt prima«, stimmte Emery zu. »Und gut ausgedrückt.«

Emery und Lily sahen Robin erwartungsvoll an. Diese

überlegte einen Moment und reichte Emery ihre Handtasche. »Ich würde wohl am liebsten mit Pflanzen sprechen können.«

»Mit Pflanzen sprechen?«, wiederholte Lily ungläubig.

»Nun ja, das Verhalten von Tieren ist schon so viel besser erforscht. Außerdem weiß ich nicht, ob ich mir die Gedanken von Tieren anhören möchte, weil so viele von Menschen schlecht behandelt werden. Über Pflanzen wissen wir hingegen nur sehr wenig. Ich könnte die Forschung in diesem Bereich vorantreiben. Und es wäre wirklich spannend zu sehen, ob unsere früheren Theorien zutreffen, nämlich dass Pflanzen viel mehr denken und fühlen, als wir ihnen zutrauen.«

Lily musterte ihre Mutter zweifelnd. Emery lachte. »Fliegen zu können, war wohl nicht gut genug, was?«

»Unsere Fallschirmaktion hat mir genügt.« Der Stich, der früher einmal unerträglich gewesen wäre, tat diesmal nur ganz kurz weh. Und als der Schmerz verflogen war, konnte Emery sogar darüber schmunzeln, wie sehr Amber sich anfangs gesträubt und sich dann doch überwunden hatte.

Robin nahm sie am Arm und zog sie ein Stück beiseite. »Bist du sicher, dass alles okay ist?«

»Es geht mir gut.«

»Du siehst aber nicht so aus.«

»Tja, von den klinisch Toten zurückzukehren, fordert eben seinen Tribut, auch wenn es wissenschaftlich möglich ist.«

»Ich war schon öfter dabei, als du wieder zu dir gekommen bist. Diesmal war es … schlimmer.«

»Alles ist in Ordnung, Robin, wirklich. Außerdem habe ich in ein paar Tagen sowieso einen Arzttermin. Dann frage ich nach.« Nicht, dass es etwas geändert hätte. Die Gespräche bei ihren Untersuchungsterminen verliefen immer gleich. »So, und jetzt machen wir mit unserer Shoppingtour weiter, die ich gerade so abrupt unterbrochen habe.«

»Ich will zu John Lewis«, verkündete Lily, die offensichtlich gelauscht hatte.

»Du willst zu *John Lewis*?« Sie blickte Robin an und wartete auf Bestätigung.

Robin zuckte lächelnd die Achseln. »Ihre Freundin hat eine Decke von dort, und Lily ist ganz begeistert davon.«

»Na, Lils, du bist ja ein richtiges Luxusgeschöpf. Dann also los, auf zu John Lewis.« Emery hakte ihre Nichte unter und ging los, ohne auf die pochenden Schmerzen in ihrem Hinterkopf zu achten. Wahrscheinlich hatte sie ihn sich beim Sturz auf den harten Boden des Einkaufszentrums angeschlagen. »Weißt du, dass Mama Amber ein Kissen von dort hatte, das sie sehr geliebt hat? Als wir klein waren, hat sie es überall hin mitgenommen.«

»Ehrlich?« Als kleines Mädchen hatte Lily Amber »Mama« und Robin »Mummy« genannt. Vielleicht erinnerte sie sich ja nicht mehr daran, aber Robin und Emery hielten das Andenken an Amber am Leben, indem sie sie immer wieder erwähnten. »War das Kissen blau?«

»Ich … äh … ich weiß nicht mehr.« In Wahrheit wusste sie es noch sehr wohl: Es war grün und silberfarben gemustert gewesen. Allerdings war sie nicht sicher, warum Lilys Stimme so entschlossen klang.

»Bestimmt war es blau«, beharrte Lily nun. »Auf dem Foto, das ich von ihr habe, hat sie auch etwas Blaues an. Sicher war Blau ihre Lieblingsfarbe.«

Emery tätschelte ihren Arm und hatte einen Kloß in der Kehle. »Ja, ich glaube, du hast recht. Wahrscheinlich war es blau.« Es war ganz gewiss besser, Lily zu ermutigen, über Amber zu sprechen. Und außerdem war, Kissen hin oder her, Blau wirklich eine von Ambers Lieblingsfarben gewesen.

Beim Betreten des Ladens wechselten Robin und Emery einen Blick über Lilys Kopf hinweg und lächelten. Und Emery wusste endlich, was die Leute mit dem Ausspruch gemeint hatten, dass die Zeit alle Wunden heilte, auch wenn sie das in ihrer Trauer damals nicht verstanden hatte: Irgendwann würde es nicht mehr so wehtun, und sie wäre in der Lage, sich an den Erinnerungen an Amber, die ihr geblieben waren, zu erfreuen.

»Da ist ja meine Lieblingsenkelin!« Emerys Dad nahm Lily in die Arme, als sie sich später um einen Tisch bei Pizza Express versammelten. Wenn Robin in den Süden von England reiste, betrachtete sie das als einen Urlaub, um Ambers Familie zu besuchen, und achtete darauf, auch niemanden auszulassen. Emery stellte fest, dass ihr Dad Karen mitgebracht hatte, seine neue Lebensgefährtin. Karen plauderte bereits angeregt mit Robin und versuchte unübersehbar, einen guten Eindruck zu machen. Und auch Lily schien zufrieden, da sie so in den Genuss eines zusätzlichen Geschenks gekommen war.

Emery sah, dass ihre Mum am anderen Ende des Tisches ein gefrorenes Lächeln auf den Lippen hatte. Sie ging zu ihr hinüber und schenkte sich ein Glas Wasser ein, bevor sie sich neben sie setzte. Ihre Mum beobachtete sie so eindringlich beim Trinken, dass sie ganz verlegen wurde. Erst als Emery sie fragend ansah, schien sie zu bemerken, was sie da tat, und räusperte sich. »Wie fühlst du dich?«, erkundigte sie sich. »Wegen vorhin, meine ich.«

Emery seufzte auf. Natürlich hatte es sich längst herumgesprochen. »Prima.« In Wahrheit war sie müde und hatte noch immer Kopfschmerzen. Allerdings hatte sie inzwischen gelernt, wie sie sich zu verhalten hatte, um ihre Mitmenschen zu beruhigen, und ihren Krankheitsgefühlen erst nachzugeben, wenn sie endlich allein war. Als sie bemerkte, dass ihr Dad sie vom anderen Ende des Tisches aus ebenfalls beobachtete, nickte sie ihm aufmunternd zu.

»Robin sagt, du hättest in ein paar Tagen einen Arzttermin?«

»Ja.«

»Und fährst du allein hin?«

Emery zog die Augenbrauen hoch. »Ja. Warum?«

»Ich dachte nur ...« Ihre Mum schluckte. »Falls du jemanden brauchst, der dich hinfährt, oder moralische Unterstützung möchtest oder ...« Sie errötete, als Emery sie entgeistert ansah. »Das heißt nicht ... Ich will mich nicht aufdrängen, sondern nur ...« Sie schürzte die Lippen. »Ich hätte da sein sollen. Ich hätte jedes Mal da sein sollen, wenn es passiert ist.«

Am anderen Ende des Tisches machte Lily sich über Karens Geschenk her. Emery öffnete den Mund und schloss ihn wieder. Sie wollte nichts Falsches sagen. Zum Beispiel, dass es ein bisschen spät für so ein Angebot war. Doch ihre Mum schien auf eine Antwort zu warten. »Na ja, Dad hat die meisten Anfälle auch nicht miterlebt, wenn das dein Gewissen beruhigt. Den letzten, bevor ich von zu Hause ausgezogen bin, hatte ich mit vierzehn. Kurz bevor du ...«

Ihre Mum zuckte zusammen, und sie schloss kurz die Augen, als lasse sie eine Erinnerung Revue passieren. Im nächsten Moment öffnete sie die Augen wieder und blickte Emery direkt ins Gesicht. »Ich hätte das schon vor vielen Jahren sagen müssen, aber ...« Sie holte Luft. »Ich hätte nicht gehen, sondern bei euch bleiben sollen. Und dass ich das nicht getan habe, werde ich bereuen, solange ich lebe.«

Emery musterte sie kurz. »Warum hast du es eigentlich getan?« Endlich stellte sie diese Frage. Vielleicht hatte sie es ja ihrer Ausbildung zu verdanken, dass sie das nun konnte. Inzwischen war Tante Helen eingetroffen. Ihre laute Stimme dröhnte über den Tisch, als sie Mineralwasser und eine Flasche Rosé bestellte und gleichzeitig Lily ihr Geschenk überreichte.

»Ich ...« Ihre Mum fuhr sich mit der Hand durchs graue Haar. »Mein Gott, alles war so chaotisch. Ich weiß nicht, ob ich es je werde richtig erklären können. Auch mir selbst.« Sie biss sich auf die Lippe, wandte den Blick von Emery ab, griff nach ihrer Serviette und begann, sie zu Quadraten zu falten.

»Nach deiner Geburt hatte ich ziemlich schwere Depressionen.«

Emery spürte, wie Hitze sich über ihren Hals ausbreitete. »Das wusste ich nicht«, sagte sie leise.

»Nun ja, darüber, wie ich mich fühle, haben wir nicht oft gesprochen. Außerdem ging es mir nach einer Weile besser. Ich habe mich eben in meine Arbeit gestürzt. Daran erinnerst du dich bestimmt noch.«

»Ja, ich erinnere mich noch sehr gut daran.«

»Und ich hatte Angst, dass ich, wenn ich zu lange weg von meiner Arbeit bin, die mich ja abgelenkt hat, psychisch ... tja ... Und dann kam noch deine Situation hinzu ...«

»Du konntest nicht damit umgehen?« Emery bemühte sich um einen sachlichen Tonfall. Sie wollte auf keinen Fall vorwurfsvoll klingen.

Dennoch zuckte ihrer Mum wieder zusammen. »Kann sein. Allerdings hatte ich eher das Gefühl, dass man mir die Schuld dafür gibt.« Emery dachte an die Streitereien ihrer Eltern. Daran, wie wütend ihr Dad geworden war, wenn ihre Mum Emery etwas erlaubt hatte. Dinge, die für jedes normale Kind eine Selbstverständlichkeit waren.

»Und ich dachte, dass es meine Schuld ist«, erwiderte sie leise. »Dass du uns meinetwegen verlassen hast.«

Ihre Mum ließ die gefaltete Serviette fallen und starrte sie an. »Wie bist du denn auf diese Idee gekommen?« Ihre absolute Fassungslosigkeit hatte etwas beinahe Komisches. Offenbar war ihr diese Möglichkeit nie in den Sinn gekommen.

»Weil ich gehört habe, dass du und Dad euch wegen mir gestritten habt. Wegen meiner Anfälle. Und ich war sicher, dass du nicht gegangen wärst, wenn ... also, wenn es mich nicht gegeben hätte.«

»Oh, Emery.« Ihre Mum schien nach Emerys Hand greifen zu wollen, hielt jedoch mitten in der Bewegung inne. Der Hauch ihres Geruchs stieg Emery in die Nase. Lavendel und

Thymian, ein Duft, der sie an ihre Kindheit erinnerte. Die Handcreme ihrer Mum. »Es tut mir so leid. Dein Dad und ich …« Sie blickte hinüber zum anderen Ende des Tisches, wo er gerade Karen anlächelte. »Wir haben eigentlich nicht richtig zusammengepasst. Ich habe ihn geliebt«, fügte sie rasch hinzu. »Doch im Laufe der Jahre wurde es immer schwieriger. Und ich … Wenn du bei einer unserer Streitereien deinen Namen gehörst hast, kann ich mich gar nicht genug entschuldigen, denn es ging nie um dich. Sondern um mich und um mein Gefühl, dass ich fehl am Platze war. Ich dachte, ohne mich würde es dir besser gehen. Schließlich warst du schon zweimal gestorben, weil ich nicht vorsichtig genug gewesen war. Das war das ständige Streitthema zwischen mir und deinem Dad. Und als es wieder passierte, ohne dass einer von uns beiden dabei gewesen wäre, fing ich an zu glauben, dass er recht hat. Dass ich dich nur in Gefahr bringe. Natürlich entschuldigt das überhaupt nichts. Ich bin völlig falsch mit allem umgegangen.« Sie seufzte auf und wirkte auf einmal so erschöpft, wie Emery sie noch nie erlebt hatte.

Emery ließ die Worte ihrer Mutter einen Moment auf sich wirken und beobachtete, wie Helen den Kellner heranwinkte, um etwas zu essen zu bestellen. »Danke für das Angebot«, sagte sie nach einem Moment. »Aber du brauchst dir wegen des Termins keine Sorgen zu machen. Colin kommt mit.«

»Okay.« Ihre Mum lächelte kurz. Vermutlich war sie erleichtert, weil Emery das Gespräch auf praktische Dinge gelenkt hatte. »Du sollst nur wissen, dass ich für dich da bin, auch wenn ich es in der Vergangenheit nicht war. Ich hätte Verständnis dafür, wenn du lieber weiter Abstand halten würdest. Aber falls ich irgendetwas für dich tun kann …«

»Dann gebe ich dir Bescheid, versprochen.« Emery lächelte dem Kellner zu, der sich ihrem Ende des Tisches näherte. Sie bestellte einen Salat mit Ziegenkäse und grinste, als ihre Mum das Gleiche nahm. Nachdem er die Speisekarten eingesammelt und sich entfernt hatte, ergriff sie wieder das Wort. »Mum? Bereue es nicht. Bereue nicht, was geschehen ist oder was du getan hast.« Reue machte so viel kaputt, das hatte sie bei ihren Patienten gesehen. Und bei Nick. Es war nicht immer möglich, die Selbstvorwürfe loszulassen. Aber man konnte es wenigstens versuchen. »Lass uns lieber sehen, ob wir einen Weg finden, um in die Zukunft zu schauen, einverstanden?«

»Einverstanden«, stimmte ihre Mutter zu. »Ein guter Vorschlag.«

Kapitel 34

Emery saß dem Arzt gegenüber und wartete, während er etwas in seinen Computer eintippte. Zu ihrer Linken studierte Colin mit offensichtlichem Interesse ein Plakat, das die Aufgaben der verschiedenen Teile des Herzens erläuterte. Im Büro roch es nach Desinfektionsmittel, die Luft war stickig.

»Also, Emery«, begann Dr. Green, schob seine Brille hoch und bedachte sie mit einem seiner typischen direkten und sachlichen Blicke. »Ich fürchte, ich habe schlechte Nachrichten.« Ihr Herz geriet ein wenig ins Stottern, als wüsste es, dass es gerade Gesprächsthema war. »Ihre Herzfunktion lässt offenbar nach. Das EKG zeigt gewisse Unregelmäßigkeiten, die sich seit Ihrer letzten Untersuchung eindeutig verschlechtert haben. Außerdem ist Ihr Blutdruck ein wenig zu hoch.«

»Was bedeutet das?« Sofort war Colin da und setzte sich auf den Stuhl neben ihr.

Dr. Green richtete das Wort weiter direkt an Emery. »Das heißt, dass Sie nach Möglichkeit vorsichtig sein sollten. Meiden Sie Stress und unberechenbare Situationen.«

Nur mit Mühe konnte Emery ein höhnisches Schnauben unterdrücken. Dieser Ratschlag war in ihrem Alter und angesichts dessen, was über ihre Krankheit bekannt war, schlicht und ergreifend lachhaft. Außerdem war das Leben an sich schon stressig genug. Sosehr sie ihren Beruf auch liebte, gestaltete sich das Dasein als Therapeutin nicht immer leicht. Patientinnen und Patienten, die kurz vor dem Tod standen, gingen ganz unterschiedlich mit der Situation um. Was ziemlich belastend sein konnte.

»Moderate sportliche Betätigung«, fuhr Dr. Green fort. »Nichts zu Anstrengendes. Und achten Sie auf Ihre Ernährung. Sie wissen schon, wenig Salz, viel frisches Obst und Gemüse, Vollkornprodukte und so weiter und so fort. Dadurch müsste Ihr Blutdruck hoffentlich sinken.«

Emery seufzte. Diese Universaltipps hatte sie schon öfter bekommen. »Aber ich kann nichts dagegen tun, dass mein Herz stehen bleibt, richtig?«

Colin warf ihr einen kurzen Blick zu und wandte sich dann wieder zu Dr. Green um, der sie beide einen Moment lang ansah, seine Brille abnahm und die Fingerspitzen aneinanderlegte. »Ich möchte Ihnen keine falschen Hoffnungen machen, aber die Ergebnisse der jüngsten klinischen Versuche waren recht vielversprechend. Es wurden einige Medikamente getestet, mit denen man Ihren Zustand in den Griff bekommen könnte. Falls alles nach Plan läuft, sollten diese Medikamente in den nächsten Jahren auf den Markt kommen. Natürlich kann ich Ihnen nichts versprechen, doch ich neige zu dem vorsichtigen Optimismus, dass ich Ihnen bald ein Rezept ausstellen kann, anstatt Ihnen nur zu empfehlen, möglichst auf rotes Fleisch zu verzichten.« Der letzte Satz klang ein wenig spöttisch, als wisse er selbst, wie albern seine Tipps zur Vermeidung von Bluthochdruck gewesen waren.

»Oh, mein Gott!«, rief Colin aus. »Das ist ja fantastisch, Emery. Findest du nicht?«

Emery achtete nicht auf ihn. »Meinen Zustand in den Griff bekommen? Was genau muss ich mir darunter vorstellen?«

»Tja, im besten Fall sollten die Medikamente verhindern, dass Ihr Herz, so wie jetzt, spontan aussetzt, wenn Sie sie regelmäßig nehmen.«

Emery schwieg und nickte nur langsam. Colin sah sie fragend an. »Em, ein bisschen mehr Begeisterung hätte ich von dir schon erwartet.«

Sie stand auf. »Danke, Dr. Green.«

Der Arzt erhob sich ebenfalls und öffnete die Tür. »Passen Sie gut auf sich auf.«

Auf dem Weg vom Krankenhaus zum Parkplatz spürte Emery Colins forschenden Blick auf sich. »Emery, das ist doch eine tolle Nachricht. Vielleicht gibt es ja bald ein Medikament, das …«

»Vielleicht«, entgegnete Emery mit unwillkürlicher Schärfe. Sie wollte dieses Gespräch nicht führen und sich irgendwelchen Hoffnungen hingeben. Inzwischen hatte sie ihren Frieden mit ihrem Zustand geschlossen und versuchte, ihre Möglichkeiten so gut zu nutzen, wie sie konnte. Anstatt wie früher in Extremen und nur für den Augenblick zu leben, engagierte sie sich in ihrem Beruf, machte etwas aus ihrem Leben. Deshalb konnte sie nichts gebrauchen, was wieder Unruhe hineinbrachte. Und das alles nur für ein »Vielleicht«. Ein »Vielleicht«, das alle in Begeisterung versetzen würde, obwohl es keine Erfolgsgarantie gab. Ja, das Thema Medikamente war schon öfter angesprochen worden, allerdings nur sehr vage und allgemein, nicht als etwas, das jemals wahr werden würde. »Lass uns das Thema wechseln, ja? Wie geht es Natalie?«

»Ganz gut.« Doch sein Tonfall verriet, dass etwas nicht stimmte.

»Colin?«

Er warf ihr einen raschen Blick zu. »Sie hat mit einem anderen Typen geschlafen.«

»Was?«

»Emery, sprich leiser.« Er schaute sich auf dem Parkplatz um und scheuchte sie die letzten Meter zu seinem Auto, wo er ihr die Tür aufhielt und dann um den Wagen herum zur Fahrerseite hastete. Emery rieb sich die Hände, um sie zu wärmen, und kuschelte sich in ihren dicken schwarzen Mantel. Wann würde es endlich Frühling werden? Und dabei hatten sie bereits April. Eigentlich sollte es schon viel wärmer sein.

»Wann ist das passiert?«, fragte sie, sobald Colin im Auto saß.

Er ließ den Motor an und schaltete die Heizung höher. »Vor ein paar Monaten.«

»Vor ein paar *Monaten*?«

»Ja. Und da wir hier über meine Ehe reden und nicht über deine, würde ich mich freuen, wenn du dich ein bisschen zurückhältst, Em.«

»Gut. Du hast recht. Tut mir leid. Aber warum hast du nicht …?«

Nach einem Blick in den Rückspiegel legte er den Rückwärtsgang ein. »Dir nichts gesagt?«

Sie verzog das Gesicht. »Entschuldige, so habe ich es nicht gemeint. Oder doch. Ich bin nur überrascht. Und es tut mir leid. Mein Gott, Colin, wie geht es dir damit?«

Er rangierte aus der Parklücke und schaltete in den ersten Gang. »Na ja, eigentlich weiß ich es nicht so richtig. Schön ist es nicht, wenn man von seiner Frau betrogen wird. Aber ich versuche … du weißt schon … es auf die Reihe zu kriegen.«

»War es …?« Sie biss sich auf die Lippe.

Er seufzte auf. »Los, frag schon.«

»War es eine einmalige Sache?«

»Nein, eindeutig mehr als das.« Er verließ den Parkplatz. Emery bemerkte, dass er das Lenkrad ein wenig zu fest umklammerte. »Sie sagt, es sei inzwischen beendet. Aber sie sei schon seit einer Weile nicht mehr glücklich. Ich habe keine Ahnung, ob das stimmt oder ob sie mir nur die Schuld in die Schuhe schieben will. Aber wahrscheinlich lief nicht alles bestens. Also hätte ich es vielleicht früher erkennen und etwas unternehmen sollen.«

»Sie ist doch diejenige, die fremdgegangen ist«, murmelte Emery. Es machte sie wütend, dass Natalie Colin so etwas angetan hatte. Deshalb löste sie ihre Finger, die sie im Schoß verkrampft hatte. Er hatte recht. Es war seine Beziehung, nicht ihre.

»Schon, aber zu einer Ehe gehören immer zwei.« Emery schwieg dazu. Schließlich war sie nicht unbedingt die Richtige, um ihren Mitmenschen Beziehungstipps zu geben. Kurz herrschte Stille. Dann: »Wir lassen uns scheiden.«

Emery stieß einen leisen Pfiff aus. »Ach, herrje. Du machst es aber spannend.« Der Anblick, wie er fest die Lippen zusammenpresste, ging ihr ans Herz. »Kann ich irgendwas für dich tun?«

»Nein, aber trotzdem danke. Das heißt, du könntest mich davon überzeugen, dass ich kein Totalversager bin, weil ich nur knapp drei Jahre nach der Hochzeit wieder geschieden werde.«

»Natürlich bist du kein Versager. So ist nun mal das Leben. Voller böser Überraschungen.«

»Ist das der beste Rat, den du mir als Therapeutin geben kannst?« Emery lachte leise auf. »Es ist nur … ich hätte nie gedacht, dass mir so etwas passiert. Eigentlich dachte ich, dass ich in meinem Alter alles geregelt hätte. Du weißt schon: Haus in der Vorstadt, eine liebende Ehefrau, Kinder.«

»Tja, das Haus in der Vorstadt hättest du ja schon mal«, merkte Emery an. Obwohl niemand sagen konnte, was im Fall einer Scheidung daraus werden würde. Zum Thema Kinder schwieg sie lieber ebenfalls, da sie auch in diesem Punkt ziemlich ratlos war. Wegen ihrer Krankheit hatte sie nie geglaubt, dass Kinder für sie infrage kamen. Doch wenn sie sich Robin anschaute, deren Leben als alleinerziehende Mutter zwar kein Zuckerschlecken, aber auf jeden Fall die Mühe wert war … Sie kam nicht umhin, sich zu fragen, ob die beiden es auch dann mit einer Schwangerschaft versucht hätten, wäre Ambers Diagnose ein Jahr früher gekommen. Und das wiederum hatte sie schon mehr als einmal ins Grübeln gebracht, ob sie die Möglichkeit, ein Kind zu bekommen, nicht vorschnell für sich ausgeschlossen hatte. Aber inzwischen spielte es keine Rolle mehr, denn sie war zweiundvierzig und Single. Es war zu spät.

Also musste sie sich an dem erfreuen, was sie hatte – ihrem Beruf, ihrer Familie, ihren Freunden und ihren Momenten mit Nick. Das war mehr, als vielen anderen Menschen vergönnt war. »Es tut mir so leid für dich, Colin«, sagte sie noch einmal. »Falls ich etwas für dich tun kann ... aber das weißt du ja.«

»Ja, das weiß ich.« Stirnrunzelnd hielt er inne. »Offen gestanden gäbe es da sogar etwas.«

»Alles, was du willst.«

»Ich will, dass du mit mir ausgehst.«

Ihr Herz geriet ins Stocken. Hitze breitete sich prickelnd über ihren Nacken aus. Sein Tonfall war beiläufig, aber ... »Ein Date?«

»Du hast gesagt, ich könnte mir wünschen, was ich will.«

Sie musste ein Auflachen unterdrücken. »Ich weiß, Colin, aber ...« Sie schluckte und versuchte, ihre Gedanken zu ordnen. »Du hast gerade erst beschlossen, dich scheiden zu lassen. Außerdem sind wir Freunde und schon über vierzig.«

»Genau. Wir sind Freunde. Und ich glaube, ein Teil von dir weiß genau, dass wir auch mehr sein könnten.« Das sagte er selbstbewusst und ohne eine Spur von Verlegenheit, während Emery inzwischen feuerrot im Gesicht war. »Und ja, wir sind über vierzig. Ich bin bald geschieden, und du bist Single. Also könnten wir es doch schlimmer treffen, oder?«

Emery ertappte sich dabei, wie sie neuerlich die Hände im Schoß ineinander verkrallte, und zwang sich zur Ruhe. »Colin, das ist ... Ich glaube nicht, dass wir dieses Gespräch führen sollten.« Ja, gut, vielleicht hatte sie im Laufe der Jahre hin und wieder daran gedacht. Als sie ihn nun betrachtete, erinnerte sie sich daran. Aber schließlich gab es einen bestimmten Grund, warum sie diesen Weg nicht eingeschlagen hatten. Oder?

»Tja, das sehe ich anders.« Er warf ihr einen Blick zu. »Nicht sofort natürlich, sondern erst, wenn ich mein Chaos auf die

Reihe gekriegt habe und die Scheidung endgültig ist. Dann rufe ich dich an und lade dich zum Essen ein. Und das meine ich als Date. Wenn du noch Single bist, möchte ich, dass du Ja sagst.«

»Colin, ich …«

»Nur ein Date, Emery. Ich glaube, das sind wir uns schuldig. Oder besser: *Du* bist es *mir* schuldig.« Als sie zusammenzuckte, zog er die Nase kraus. »Tut mir leid, es sollte nicht so rüberkommen … ich denke nur, dass wir es wenigstens versuchen sollten, und sei es nur ein einziges Mal. Was hast du zu verlieren?«

»Dich«, flüsterte sie. »Ich könnte dich verlieren, Col.« Und das war doch der eigentliche Grund, richtig? Wenn man alles andere außer Acht ließ, war das der springende Punkt: Denn wenn sie zustimmte und es vermasselte, würde sie einen der wenigen Menschen verlieren, die sie brauchte. Wirklich in ihrem Leben brauchte. Und sie glaubte nicht, dass sie das würde ertragen können. Sie würde es nicht überstehen. Nicht schon wieder.

Er nahm eine Hand vom Lenkrad und tätschelte sanft die ihre. Sie spürte seine Berührung noch, nachdem er sich von ihr gelöst hatte. »Das wirst du nicht. Das verspreche ich dir.«

Aber so etwas konnte er doch nicht versprechen, oder? Sie versuchte, das Durcheinander in ihrem Kopf zu ordnen. Das, was sie bei seiner Hochzeit empfunden und energisch beiseitegeschoben hatte. Ihre Gefühle vor so vielen Jahren, als sie, beide erfüllt von Trauer, Sex gehabt hatten. Aber er war Colin. Ihr Freund. Der immer für sie da war, ganz gleich, was auch geschah. Der alles über sie wusste und sich davon nicht abschrecken ließ. Und den sie liebte. Das konnte sie sich eingestehen, eine freundschaftliche Liebe, ja. Aber unterschied diese Liebe sich tatsächlich nicht von dem, was sie mit Bonnie verband? Schließlich hatte sie bei Bonnies Anblick vor dem Altar kein Gefühl des Verlusts überkommen.

»Okay.«

Seine Fingerspitzen zuckten auf dem Lenkrad. »Okay?«

Sie lachte auf und fand, dass es ein wenig schrill und viel zu jugendlich klang. »Ja. Wenn du das immer noch möchtest, nachdem deine Scheidung unter Dach und Fach ist, haben wir zwei ein Date. Aber nur ein Date, okay?«, fügte sie rasch hinzu, aus Angst, zu hohe Erwartungen in ihm geweckt zu haben. War es nicht zu riskant, sich darauf einzulassen? Sie war jetzt schon nervös und fragte sich, ob es die richtige Entscheidung gewesen war. Und sosehr sie sich auch dagegen wehrte, hatte sie plötzlich Nicks Gesicht vor Augen und spürte seine Lippen auf ihren und seine Hände auf ihrer nackten Haut. Den Frieden, der sie in seiner Gegenwart ergriff, wenn sie so sein konnte, wie sie wollte. Durfte sie auf Colins Angebot eingehen – auch wenn es nur ein Date war –, solange sie so für Nick empfand?

Doch Colin lächelte sie an. Colin war hier, und sie konnte nicht abstreiten, dass ihr Magen bei seinem Anblick einen kleinen, freudigen Satz machte. »Mehr verlange ich nicht«, fügte er hinzu.

Kapitel 35

SECHS MONATE SPÄTER (OKTOBER 2021)

ALTER: 42

Emery lag in Nicks Armen. Den nackten Rücken an seine Brust gepresst, lauschte sie dem Klang seines Atems. Sie waren draußen im Freien. Die Sonne schien, und sie fühlte sich schläfrig und friedlich. Emery hatte ihn gebeten, ihr eine seiner Erinnerungen zu zeigen, und er hatte sie hierhergebracht. Sie waren irgendwo in Schottland auf einer Wiese. Ein Stück vor ihnen befand sich ein Wald, hinter ihnen erhob sich eine Hecke. Emery roch Gras und dass irgendwo in der Nähe offenbar Erdbeeren wuchsen. Das Zwitschern von Vögeln, die sie zwar hören, aber nicht sehen konnte, schuf ein angenehmes Hintergrundgeräusch. In Momenten wie diesem war es so schwer, sich vor Augen zu halten, dass das alles nicht real war.

»Was denkst du?« Sein Atem liebkoste ihr Ohr. Ein Schauder überlief sie, als sie sich dem Gefühl entgegenwölbte.

»Dass ich hier mit dir glücklich bin.«

Er küsste sie und streifte mit den Lippen ihren Hals. »Ich bin hier mit dir auch glücklich.« Er schob ihr Haar beiseite, um weiter ihren Hals küssen zu können. Sie stöhnte wohlig auf. Im nächsten Moment hielt er inne. Sie drehte sich zu ihm um.

»Was ist?«

»Alles in Ordnung.« Er tätschelte ihr beschwichtigend den Rücken. »Ich habe nur letztens einen deiner Patienten kennengelernt.«

Überrascht zuckte sie zusammen. »Wen?«, fragte sie nach einer kurzen Pause.

»George.«

Emerys Herz zog sich zusammen, als sie sich an Georges Gesicht erinnerte. Er war erst fünfzig gewesen und hatte an fortgeschrittenem Muskelschwund gelitten. Inzwischen war Emery eigentlich gut darin, ihre persönlichen Gefühle beiseitezuschieben und sie in einem Winkel ihres Bewusstseins zu verstauen, wenn sie zusehen musste, wie sehr ihre Patienten sich am Ende ihres Lebens quälten. Sie hatte gelernt, das Positive zu sehen und für die Menschen da zu sein, ohne ihr Herz an sie zu hängen. Doch George war es mit seinem spitzbübischen Grinsen, seiner scharfen Zunge und seinem schwarzen Humor gelungen, sich einen Platz in ihrem Herzen zu erobern, sosehr sie sich auch dagegen gesträubt hatte.

»Ging es ... ihm gut?«

»Ja.« Nick küsste ihren Scheitel. »Ich glaube schon. Er hat über dich geredet und meinte, du hättest ihn warnen können, was ihn erwartet.«

Emery lachte leise auf. »Das passt zu ihm. Aber wahrscheinlich hätte er es mir sowieso nicht geglaubt.«

»Er hat mich gebeten, dir seinen Dank auszurichten«, murmelte Nick. Es schnürte Emery die Kehle zu, doch sie drängte die Tränen zurück und nickte.

Ringsherum begann die Wiese zu beben. »Du weißt, dass ich dich liebe, oder?«, sagte sie.

Er schlang die Arme um sie, zog sie an sich und küsste sie auf die Schulter. »Ich habe dich immer geliebt.«

Mittlerweile verblasste die Wiese. Und Emery hätte schwören können, dass Colin irgendwo in weiter Ferne ihren Namen rief. Colin, dessen Scheidung inzwischen durch war und der sie zu ihrem Date abholen wollte.

»Ich wünschte, ich müsste dich nicht verlassen«, flüsterte sie. »Ich wünschte, ich müsste nicht Abschied nehmen.«

»Aber das ist doch das Schöne daran. Ich werde immer bei dir sein, selbst wenn ich es nicht bin.«

Kapitel 36

DREI JAHRE SPÄTER (SEPTEMBER 2024)

ALTER: 45

Emery stand im Badezimmer. Das Fenster hinter den geschlossenen Läden stand weit offen. Draußen verblasste das Licht des Spätsommerabends, und sie blickte auf das Rezept in ihrer Hand. Der Arzt hatte ihr sogar zwei mitgegeben. Emery war zu ihrer jährlichen Untersuchung ins Krankenhaus gegangen und mit den Rezepten wieder nach Hause gekommen. Mit Medikamenten für ihr Herz, die nun endlich die klinischen Versuche hinter sich hatten und für Menschen wie sie zugelassen waren. Mit Medikamenten, die, wenn sie sie nahm, bedeuteten, dass sie sich wegen der Anfälle keine Sorgen mehr zu machen brauchte. Sie würde die Defibrillatoren zu Hause in ihrem Schrank und im Büro unter dem Schreibtisch abschaffen, die Instruktionen für die Wiederbelebungsmaßnahmen, die für alle Fälle dort an der Wand hingen, abnehmen können und keine Angst mehr haben müssen, zu lange allein zu sein.

Mit Medikamenten, die, wenn sie sie nahm, bedeuteten, dass sie Nick nie wiedersehen würde.

Es läutete an der Tür. Emery wandte sich vom Spiegel ab, ging wie betäubt barfuß über den Teppich nach unten und öffnete die Haustür. Colin stand vor ihr. Die oberen Knöpfe seines Hemds waren geöffnet, und er hatte den Rucksack geschultert, den er neuerdings mit zur Arbeit nahm. Sein Haar war von der Zugfahrt von London nach Bristol zerzaust. Emery küsste ihn auf die Wange und machte Platz, damit er eintreten konnte. Sie war noch immer nicht sicher, was sie füreinander waren. Sie lebten zwar nicht zusammen, wurden aber als Paar zu Festen eingeladen, verbrachten die Wochenenden miteinander in einem ihrer Häuser und trafen sich auch während der Woche, wann immer es möglich war. Außerdem hatten sie ziemlich guten Sex. Die meisten Menschen hätten das wohl als feste Beziehung betrachtet. Wie Emery wusste, lag es an ihr, dass sie diesen letzten Schritt noch nicht gemacht hatten, weil sie sich davor fürchtete, was er bedeuten könnte.

»Hallo, Em.« Er schloss die Tür hinter sich. »Entschuldige die Verspätung, aber in der Redaktion ist etwas dazwischengekommen.« Er hielt eine Flasche Rotwein hoch. »Hast du Lust zu kochen? Ich kann es ja nicht. Oder wir bestellen etwas? Em?«, fragte er, denn sie starrte ihn einfach nur an. Sein Blick fiel auf die Rezepte in ihrer Hand. »Hey, das ist ja fantastisch. Du hast es!«

»Nein, ich…« Ihre Stimme klang merkwürdig … und wie aus weiter Ferne. »Ich meine, ja. Aber das … es nicht …« *Rede, Emery, du musst reden.* »Erinnerst du dich daran, was der Arzt uns vor ein paar Jahren über klinische Versuche und ein Medikament erzählt hat?«

»Ja. Ich werde diesen Tag nie vergessen, weil du damals endlich bereit warst, mit mir auszugehen«, meinte er neckend. Als sie nicht mitlachte und nicht auf das Geplänkel einging, verflog sein Lächeln. Im nächsten Moment dämmerte es ihm offenbar. »Soll das heißen …?« Wieder wanderte sein Blick zu ihrer Hand.

»Ja.«

»Oh, mein Gott!« Er hob sie hoch – ja, ihre Füße verließen tatsächlich den Boden – und wirbelte sie herum, bevor er sie wieder abstellte. »Du … freust dich ja gar nicht.«

Emery fuhr sich mit der Zunge über die trockenen Lippen. »Ich weiß nicht, was ich …«

»Wovon redest du, Emery?« Inzwischen klang er besorgt.

»Du willst damit doch nicht etwa sagen, dass du ernsthaft überlegst, die Tabletten nicht zu nehmen?«

»Ich ... ich weiß es nicht. Ich muss darüber nachdenken.«

»Was gibt es denn da nachzudenken?«

»Ich weiß es nicht«, wiederholte sie, und inzwischen klang sie eher barsch. »Nebenwirkungen.«

»Nebenwirkungen? Aber die Alternative wäre, zu sterben, Emery. Laut Arzt könnte dein Herz nicht mehr viele dieser Anfälle ...«

»Das ist mir klar, vielen Dank.«

Colin schüttelte den Kopf. Er hatte noch immer die Weinflasche in der Hand. »Ich begreife das nicht.« Nein. Wie sollte er auch? »Möchtest du die Wahrscheinlichkeit nicht einschränken, dass du plötzlich nicht mehr da sein könntest? Dass du zum Beispiel Lilys achtzehnten Geburtstag nicht erlebst?«

»Hör auf, Colin.« Seine Worte trafen sie bis ins Mark. Das war emotionale Erpressung.

»Ich verstehe es nicht. Welche Nebenwirkungen könnten so schlimm sein, dass du ein solches Risiko eingehst?«

Ich könnte ihn nicht mehr sehen. Ich würde ihn nie mehr wiedersehen. Inzwischen schlug ihr Herz schneller, und Panik machte sich in ihr breit. »Gib mir eine Minute«, stieß sie hervor und ließ ihn, die Weinflasche in der Hand, im Flur stehen, wo er ihr fassungslos nachblickte. Emery kehrte zurück ins Bad, legte die Rezepte auf den Waschbeckenrand, wusch sich das Gesicht und versuchte, ruhig durchzuatmen. Doch die Rezepte schienen sie anzustarren. Und wenn sie die Augen schloss, konnte sie nur Nicks Gesicht sehen. Er wäre ahnungslos. Würde nie erfahren, was aus ihr geworden und wohin sie verschwunden war. Wenn sie die Medikamente nahm, würde sie ihn nicht wiedersehen können, um es ihm zu erklären. Und sie könnte nie sicher sein, ob es wirklich die richtige Entscheidung gewesen war.

Sie hätte es Colin nicht sagen sollen. Verdammt, warum hatte sie nicht den Mund gehalten? Denn er sah nur die Vorteile dieser Medikamente. Und nun würde er sie unter Druck setzen, damit sie die Tabletten nahm, und das bedeutete …

Sie hörte Schritte auf der Treppe. Dann wurde die Badezimmertür vorsichtig geöffnet. »Em?« Sie wandte sich zu ihm um. Ihr Mund war trocken, und ihre Finger umklammerten den Waschbeckenrand. »Es tut mir leid, okay? Ich weiß, dass es eine große Sache für dich ist.« Er versuchte, sie zu verstehen, obwohl es absolut unmöglich war, denn sie hatte nie mit ihm darüber gesprochen. Es war ein Teil von ihr, den sie selbst vor ihm geheim hielt. Und ihr wundervoller, lieber Colin versuchte zu begreifen, warum sie nicht glücklich war. Warum sie sich nicht über die Aussicht freute, mit ihm zusammenbleiben zu können. Ohne Herzprobleme. Ohne Notfälle und Chaos und die ständige Frage, was wohl als Nächstes passieren würde. Und sie hatte es nicht verdient. Allein die Tatsache, dass sie daran zweifelte, hieß doch, dass sie es nicht verdient hatte.

Emery brach in Tränen aus. Er trat auf sie zu und schloss die Arme um sie, während sie immer heftiger schluchzte. Am liebsten hätte sie laut schreiend das Gesicht an seiner Brust vergraben. Sie brauchte mehr Zeit, um das alles zu ordnen. Um zu erklären, was wirklich in ihr vorging.

Ich habe keine Gelegenheit, mich zu verabschieden.

Im nächsten Moment kam ihr ein anderer schrecklicher Gedanke: Es war ausgeschlossen, dass sie sich nicht verabschiedete. Weshalb verschob sie es dann nicht einfach? Sie konnte doch warten und die Tabletten erst später nehmen, wenn sie so weit war. Falls sie jemals so weit sein würde.

Andererseits war da Colin. Er unterstützte sie und hielt zu ihr, obwohl sie ihm wenig Grund dafür gegeben hatte. Irgendwie war es ihm gelungen, genug in ihr zu entdecken, was er lieben konnte, sooft sie ihm auch im Laufe der Jahre wehgetan haben mochte. Und sie liebte ihn auch. Vielleicht nicht so himmelhochjauchzend, wie sie Nick liebte, doch es war eine Liebe, die sich auf eine gemeinsame Vergangenheit berufen konnte. Auf eine emotionale Verbindung. Auf Vertrautheit. Es war eine Liebe, die real und zuverlässig war und die ihr ein Gefühl der Geborgenheit schenkte. Und wenn sie Colin wirklich und wahrhaftig liebte, durfte sie ihm das nicht antun. Oder? Durfte sie warten und dadurch ihr Leben riskieren, nur um Nick noch einmal wiederzusehen? War es richtig, dass sie ihr Glück dafür aufs Spiel setzte?

»Ich hoffe, dass du die Tabletten nimmst«, sagte er und streichelte ihr beruhigend den Rücken. »Da will ich ganz ehrlich sein. Ich wünsche mir eine Zukunft mit dir, Emery.« Den Kopf noch immer an seine Brust gelehnt, holte sie bebend Luft. Eine Zukunft. Das war ein Gedanke, den sie bis jetzt immer vermieden hatte. Und jetzt war diese Zukunft da und fiel ihr einfach in den Schoß, ob es ihr nun passte oder nicht. »Ich weiß, dass wir noch nie richtig darüber geredet haben, aber ich will es.« Er wich ein Stück zurück, umfasste sanft ihr Kinn und hob es an, sodass sie ihm in die Augen schauen musste. Der Tränenschleier ließ sein Gesicht verschwimmen. Es war das Gesicht eines Menschen, dem sie großes Leid zufügen würde, wenn sie die Medikamente nicht nahm. Und falls ihr Herz nach der nächsten Episode nicht mehr zu schlagen anfangen sollte, würde sie diesen Menschen für immer verlieren. »Aber die Entscheidung liegt bei dir«, fuhr er leise fort. »Und ich werde dich unterstützen, ganz gleich, wie du dich entscheidest.«

Eine Entscheidung. Er überließ sie ihr. Aber wie sollte sie so etwas entscheiden? Wie konnte sie diese Medikamente tagein, tagaus nehmen, wohl wissend, dass sie Nick nie wiedersehen würde? Obwohl er da war und auf sie wartete? Und wie konnte sie die Medikamente nicht nehmen, wohl wissend, dass sie damit tagein, tagaus ihr Leben riskierte. Und dass sie damit die Menschen, die sie liebte, in Angst versetzte?

Sie atmete zittrig durch, schloss die Augen, lehnte wieder den Kopf an Colins Brust und ließ sich von seinem beruhigenden holzigen Geruch einhüllen wie von einer Decke. Sie dachte an ihre letzte Begegnung mit Nick. *Ich werde immer bei dir sein, auch wenn ich es nicht bin.* Sie malte sich aus, wie es war, wenn er die Arme um sie schlang und ihr etwas ins Ohr flüsterte. Wieder wurde sie von einem Schluchzer erfasst. Colin drückte sie fest an sich. Aber er sagte nichts mehr. Er würde sie nicht drängen, das war ihr klar. Obwohl er nicht verstand, worum es ging, würde er sie nicht drängen.

Ich werde dich unterstützen, ganz gleich, wie du dich entscheidest.

Sie hielt die Augen geschlossen. Wenn sie sie jetzt öffnete, würde sie Farbe bekennen müssen. Also stand sie reglos da, atmete unter Tränen weiter und schob die Entscheidung noch ein wenig vor sich her. Denn sie würde alles verändern. So oder so.

Kapitel 37

VIERZIG JAHRE SPÄTER

Als Emery zum letzten Mal stirbt, ist sie fünfundachtzig. Die Augen geschlossen, liegt sie in einem Krankenhausbett. Das medizinische Gerät neben ihr piepst leise. Ihre Augenlider sind leicht bläulich, und ihr Haar ist weiß, fällt ihr aber noch in weichen Locken über die Schultern. Ihr Gesicht ist von tiefen Furchen durchzogen, ihre Nase ein wenig gekrümmter, als ich es in Erinnerung habe. Hat sie sich etwa die Nase gebrochen? Das würde mich nicht wundern, wahrscheinlich hat sie wieder einmal etwas getan, das sie besser gelassen hätte. Ihre Hände sind faltig und voller Altersflecken, aber jemand hat ihr die Fingernägel leuchtend blau lackiert, allerdings nicht sehr ordentlich.

Seit unserer letzten Begegnung sind über vierzig Jahre vergangen. Und dennoch würde ich sie überall wiedererkennen. Einige Leute sitzen um sie herum. Colin ist da, zwei Jahre älter als sie und beinahe kahlköpfig. Tränen schimmern in seinen ernst dreinblickenden blauen Augen, als er ihren Scheitel streichelt. Da ist noch eine jüngere Frau von Anfang fünfzig mit warmen braunen Augen. Das muss Lily sein. Ihre Hand liegt auf Colins Schulter, und sie versucht, ihm Kraft zu geben. Allerdings sehe ich, wie ihre Kehle sich bewegt, als sie Luft holt. In einer Zimmerecke sitzt ein junges Mädchen. Sie hat die Fingernägel in demselben Blau lackiert wie Emery. Langes blondes Haar hängt ihr ins Gesicht, und sie versucht, sich dahinter zu verstecken. Während sie zum Bett hinüberschaut, beißt sie sich auf die Unterlippe. Lily löst sich von Colins Seite, geht zu ihr hinüber und legt den Arm um sie. »Alles wird gut, mein Schatz«, flüstert sie. Ist sie vielleicht Lilys Tochter? Oder sogar ihre Enkelin?

Colin beugt sich tiefer über Emery und streicht ihr die flaumigen Locken aus dem Gesicht. Emerys Augen bleiben geschlossen, der Apparat neben ihrem Bett piepst weiter. »Hast du das gehört, Emery? Alles wird gut. Das hast du mir doch immer gesagt, weißt du noch? Wir sind alle hier, und wir lieben dich.« Ein Arzt ist da. Er hält pietätvoll Abstand. Colin holt mühsam Luft. Dann dreht er sich zu dem Arzt um, nickt und wendet sich sofort wieder ab, als könne er es nicht ertragen.

Ich höre Emerys letzten Atemzug, wenige Momente nachdem auf dem Monitor des piepsenden Geräts eine flache Linie erscheint. Und ich wünschte, ich könnte Colin trösten, den Mann, der immer an ihrer Seite war, könnte ihm bestätigen, dass er recht hat und dass es ihr gut gehen wird. Dass ich auf sie achten werde. Aber das kann ich nicht. Denn schon sind wir fort, Emery und ich. Fort aus diesem Krankenzimmer und von den Menschen, die um sie trauern, in dem Wissen, dass sie diesmal nicht zurückkehren wird.

Als wir in die Zwischenwelt gezogen werden, verändert sich die Umgebung. Emery drehte sich zu mir um und legt lächelnd den Kopf schief. »Hallo, du.« Mein erleichtertes Aufatmen ähnelt beinahe einem Schluchzer. Denn sie ist da. Und sie ist beides: die ältere Emery und die jüngere. Eine Emery, die erwachsen geworden ist und den Mut hatte, sich für ein Leben ohne mich zu entscheiden. Und meine Emery. Die Frau, in die ich mich verliebt habe und die mich dazu ermutigt hat, mich meiner Vergangenheit zu stellen. Die mir klargemacht hat, dass ich, was meine Zukunft anging, völlig falschlag.

Inzwischen weint sie. Tränen laufen ihr die Wangen hinunter, und ich spüre Tränen in meinen eigenen Augen, als ich sie in die Arme nehme und mir ihr Geruch in die Nase steigt. Ihr Duft. Ihre Wärme.

»Ich wusste, dass ich dich wiedersehen würde«, flüstert sie.

»Ich wusste immer, dass ich dich wiedersehen würde.« Ich schmiege den Kopf an ihren Hals und kämpfe weiter mit den Tränen. Hier fühlt sie sich nicht so alt, schwach und hinfällig an wie im Krankenhaus, sondern ist stark und scheint nur so von Leben zu strotzen. Und ich weiß, dass ich trotz aller Menschen, die ich in der Zwischenzeit getroffen und kennengelernt habe – und zwar so nah, wie ich es vor Emery nie versucht hätte –, eigentlich immer nur auf sie gewartet habe, auf diesen Augenblick.

Sie macht sich los, hebt den Kopf und mustert mein Gesicht, eine Geste, die mir so vertraut ist, dass es wehtut. »Wie lange haben wir?«, fragt sie.

Mein Mundwinkel verzieht sich zu einem Lächeln. »Ich weiß nicht. Das habe ich dir doch immer gesagt.«

Ihr Lachen ist ansteckend. Im nächsten Moment schaut sie sich zweifelnd um. »Wo sind wir?«

Ich ziehe eine Augenbraue hoch. »Erinnerst du dich nicht? Es ist deine Show.«

Sie beißt sich auf die Lippe und lässt die Umgebung auf sich wirken. Ich bemerke, dass es sich nicht nur um einen einzigen Ort handelt. Nein, die Erinnerung setzt sich aus vielen verschiedenen zusammen, etwas, das mir in meiner Zeit hier noch nie passiert ist. In einer Ecke ist ein Stück einer Wiese zu erkennen. Das dort links muss ein Flughafengebäude sein. Da ist auch ein schmales Bett, das ich aus dem *Bed and Breakfast* wiedererkenne, wohin Emery mich zweimal mitgenommen hat. Und wir zwei stehen vor Emerys Bett aus dem ersten Haus, das sie gekauft hat.

»Nein, deine«, erwidert sie und blickt mich an. »Es sind Erinnerungen, die mit dir zusammenhängen.« Sie lächelt mich an. »Du bist es, zu dem mein Gedächtnis mich zurückbringen will.« Ihr Lächeln schwindet ein wenig, als sie sich umschaut, als suche sie jemanden. Und weil ich sie kenne, weiß ich, was sie jetzt denkt.

»Colin?«, frage ich leise, worauf sie nickt.

»Glaubst du ... er kommt klar?«

Ich zögere, wähle meine Worte mit Bedacht. »Ich glaube, er wird die Kraft haben, das hier zu überstehen, denn schließlich hast du entschieden, dein Leben mit ihm zu verbringen. Er wird seinen Frieden finden, wenn es so weit ist.«

Wieder nickt sie und blinzelt. »Ja«, sagt sie mit belegter Stimme. »Ja, das wird er.« Sie wischt eine widerspenstige Träne weg. Dann sieht sie mich an, und die Tränen fließen weiter. Diesmal lässt sie es geschehen. »Es tut mir leid. Es tut mir leid, dass ich mich nicht für dich entschieden habe.«

Ich führe ihre Hand an die Lippen und küsse sie sanft. »Mir täte es leid, wenn es anders wäre.«

Sie zieht mich zu sich aufs Bett. Nun sitzen wir nebeneinander da. Sie lehnt den Kopf an meine Schulter. Es fühlt sich tröstlich an. »Und jetzt erzähl«, fordert sie mich auf. »Erzähl mir, was du in all den Jahren erlebt hast.« Also berichte ich ihr von einigen Menschen, denen ich begegnet bin, und auch, dass ich mir dank Emerys Hilfe Mühe gegeben habe, sie an mich heranzulassen. Ich gestehe ihr, wie sehr ich sie vermisst habe, und sage ihr, wie stolz ich darauf bin, dass sie das Leben gewählt hat. Sie beschreibt mir ihre letzten vierzig Jahre: ihre Hochzeit mit Colin und ihr gemeinsames Leben. Da sie weiß, dass sie offen zu mir sein kann, sagt sie mir, wie sehr sie ihn geliebt hat und dass sie großes Glück hatte, ihn zu finden. Sie habe alles getan, was sie konnte, um ihn auch zu verdienen. Sie erzählt, dass ihre Nichte Lily geheiratet und ein Baby bekommen hat. Als sie hinzufügt, Bonnie sei nun in einem Pflegeheim, stockt ihre Stimme. Dann schildert sie mir, wie schwer es war, Robin zu verlieren, und dass sie ihr gesagt habe, Amber werde sie sicher erwarten. Sie berichtet mir von ihren beruflichen Höhen und Tiefen. Und zu guter Letzt meint sie, die Tabletten zu nehmen, sei jeden Tag von Neuem eine Entscheidung gewesen. Nämlich die, bei den

Menschen zu bleiben, die sie liebte, anstatt zu mir zu kommen.

Obwohl es eigentlich unmöglich ist, scheinen wir diesmal mehr Zeit zu haben. Viel mehr, als ich je mit anderen Menschen verbringen konnte, bevor sie zu verblassen begannen. Doch das Verblassen ist unvermeidlich, wir beide wissen das. Wir müssen uns damit abfinden, dass es kein Zurück mehr gibt.

Sie bemerkt es im selben Moment wie ich und betrachtet ihre Hand, die mit der Umgebung zu verschmelzen scheint. Doch ihre Miene ist nicht ängstlich oder traurig, sondern voller Hingabe. Ihre wunderschönen braunen Augen richten sich auf mich. »Kannst du mitkommen?«, fragt sie.

Ich lehne die Stirn an ihre, ein Abschied, wie wir ihn schon so oft voneinander genommen haben. »Ich wünschte, es wäre möglich. Aber mein Platz ist hier. Ich habe nur eine Weile gebraucht, um es zu verstehen.«

»Glaubst du, dass da noch mehr ist?« Ihr Tonfall ist beiläufig. »Oder ist da nichts? Ich weiß, ich weiß – du hast keine Ahnung.« Sie klingt so sehr wie Emery als Teenager, dass ich schmunzeln muss. Das ist wieder eine Version von ihr, und zwar eine, die ich genauso liebe. »Aber wenn ich jetzt sterbe, also diesmal wirklich sterbe, könntest du wenigstens ein bisschen mit mir spekulieren. Wölkchen? Harfen?«

Ich lache prustend auf. Doch das Lachen vergeht mir rasch, als ich feststelle, dass ihr Gesicht weiter verblasst. Ich greife nach ihrer Hand, aber sie entgleitet mir bereits. Also umfasse ich sie fester und versuche, nicht in Panik zu geraten. Denn das ist nicht das, was sie jetzt von mir braucht. Diese Frau, die mir so viel beigebracht hat, hat ein Ende ohne Panik und Angst verdient. »Ich glaube nicht, dass da nichts ist«, erwidere ich mit kräftiger Stimme, und zwar so laut, dass es sie auch dort erreicht, wo sie jetzt hingeht. »Und ganz gleich, was da auch sein mag, glaube ich, dass sich unsere Seelen eines Tages wiederfinden werden.«

Als sie lächelt, schnürt es mir die Kehle zu, denn mir wird klar, dass ich dieses Lächeln nun zum letzten Mal sehe. »Die Verabredung steht.« Ihre Stimme klingt inzwischen weit entfernt. Doch ihre letzten Worte dringen noch zu mir durch, hallen rings um mich wider, an diesem Ort, der aus unseren Erinnerungen gemacht ist. »Ich liebe dich, Nick Reymore.« Mein Name. Ein Name, den ich mich nicht mehr zu benutzen scheue. Und zwar ihretwegen.

Ich zwinge mich zu einem Lächeln, denn sie darf meine Tränen nicht sehen. »Ich habe dich immer geliebt, Emery Wilson.«

Es gelingt mir, mich bis zuletzt zu beherrschen. Erst dann gebe ich den Schluchzern nach und lasse die Tränen fließen. Doch noch während sie endgültig entschwindet und ich spüre, dass sie mir entglitten ist, wiederhole ich meine eigenen Worte: *Ich glaube, dass unsere Seelen sich eines Tages wiederfinden werden.*

Die Welt um mich herum schimmert, verdunkelt sich aber noch nicht, als wisse dieser Ort, mein Ort, dass ich noch einen Moment brauche. Dass ich noch nicht bereit bin, loszulassen.

Ich glaube, dass unsere Seelen sich wiederfinden werden.

Das werden sie, sage ich mir. Denn wie sollte es anders sein?

Anmerkung der Autorin

In diesem Buch leidet Emery an einer Herzerkrankung, die zum Glück reine Fiktion ist. Sie ist lose dem Anoxischen Reflexsyndrom (RAS) nachempfunden, einer Erkrankung, an der meine Nichte Lily leidet. Das Anoxische Reflexsyndrom (auch Anoxischer Anfall) kann dazu führen, dass der oder die Betroffene kurzzeitig zu atmen aufhört. Die Störung wird zumeist bei kleinen Kindern beobachtet, kann aber in jedem Alter auftreten. Ein unerwarteter Reiz wie ein plötzlicher Schmerz, Schock oder Angst kann einen Stillstand von Herz und Atmung auslösen. Allerdings setzt beides sofort wieder ein und hat deshalb keine tödlichen Folgen. Obwohl RAS mir als Vorlage gedient hat, ähneln Emerys gesundheitliche Probleme in keiner Weise einem Leben mit dieser Störung oder irgendeiner anderen Erkrankung und sind ein reines Produkt meiner Fantasie.

Danksagung

Die Idee zu diesem Buch geht mir schon seit einigen Jahren im Kopf herum. Es ist eine Geschichte, die ich bereits seit einiger Zeit schreiben wollte, doch ich habe es mir bis jetzt nie zugetraut. So viele Menschen haben mir geholfen, meinen Wunsch zu verwirklichen, der ohne ihr Zutun wohl ein vager Gedanke geblieben wäre.

Vielen Dank an meine Agentin Sarah Hornsley, die mich ermutigt hat, mir die Zeit zu nehmen, um mir die Einzelheiten zu dieser Geschichte zu überlegen. Sie hat mich unterstützt, seit sie meine erste wirre E-Mail dazu erhalten hat. Als ich ihr einen Teilentwurf vorlegte, haben mir ihre Ratschläge geholfen, einen großen Teil der Handlung umzuschreiben und sie zu dem nun vorliegenden Buch zu machen. Ich bedanke mich für ihr grenzenloses Vertrauen in meine Fähigkeiten. Außerdem Dank an Cara Lee Simpson, die mich betreut hat, während Sarah in Elternzeit war. Sie hat mir bei diesem Buch und auch bei meinem vorangegangenen Roman *Das Chaos eines Augenblicks* mit Rat und Tat zur Seite gestanden.

Danke auch an meine wundervolle Lektorin Sarah Hodgson für ihre Begeisterungsfähigkeit und ihre klugen redaktionellen Anmerkungen. Da mir dieses Buch wie eine Mammutaufgabe erschien, habe ich beim Schreiben einige Höhen und Tiefen durchgemacht. Ihre Unterstützung und ihre Anregungen, nachdem sie es gelesen hatte, haben mir das Gefühl vermittelt, dass es die Mühe wert war. Danke an Kate Straker von der PR-Abteilung sowie Sophie Walker und Felice McKeown vom Vertrieb. Und auch an Holly Battle, die sich so treffsicher der schwierigen Aufgabe gestellt hat, ein Cover für ein Buch wie dieses zu entwerfen. Vielen Dank für die wundervolle Verpackung!

Ein Riesendank geht außerdem an Emylia Hall bei The Novelry für die Kreativität und die Aufmunterung. Sie gehört zu den motivierendsten Menschen, die ich kenne. So viele andere Menschen haben mich bei meinem ersten Roman, *Das Chaos eines Augenblicks*, unterstützt. Doch wie es eben bei Danksagungen so ist, hatte ich noch keine Gelegenheit, sie alle zu erwähnen. Ich bin allen, die meinen Erstling gelesen und dafür die Werbetrommel gerührt haben, unglaublich dankbar, denn sie haben mich dazu beflügelt, das vorliegende Buch zu schreiben. Vielen Dank an Georgina Moore und Catherine Jarvie für die Anregungen und den ersten Ideenaustausch. Leider ist die Liste der Beteiligten zu lang, um sie alle namentlich zu nennen, aber ich möchte mich ganz besonders bei den Autorinnen Cathy Bramley, Jill Mansell, Veronica Henry, Holly Miller, Sheila O'Flanagan, Harriet Tyce, Elizabeth Buchan, Cressida McLaughlin und Fanny Blake bedanken, die die Muße gefunden haben, *Das Chaos eines Augenblicks* zu lesen und ein paar Sätze dazu zu schreiben. Außerdem vielen Dank an alle Rezensentinnen und Bloggerinnen, die dafür – und im Voraus auch für dieses Buch – geworben haben! Es sind zu viele Namen, um sie alle hier aufzuzählen, doch ganz besonders möchte ich Nina Pottell, Anne Carter, Jo Finney, Charlotte Heathcote, Claire Frost, Natasha Harding, Lisa Howells, Amy Rowland, Linda Hill und Deirde O'Brien hervorheben.

Natürlich sind die Leserinnen und Leser der einzige Grund, überhaupt ein Buch zu schreiben. Also vielen Dank an meine Leserschaft, die sich die Zeit genommen hat, diesen Roman bis zum Ende durchzulesen. Außerdem bedanke ich mich herzlich bei allen, die eines meiner Bücher auf irgendeine Weise rezensiert oder besprochen haben. Denn es bedeutet mir unglaublich viel.